AF392249

# Aurum: El origen del caos

Luis B. V.

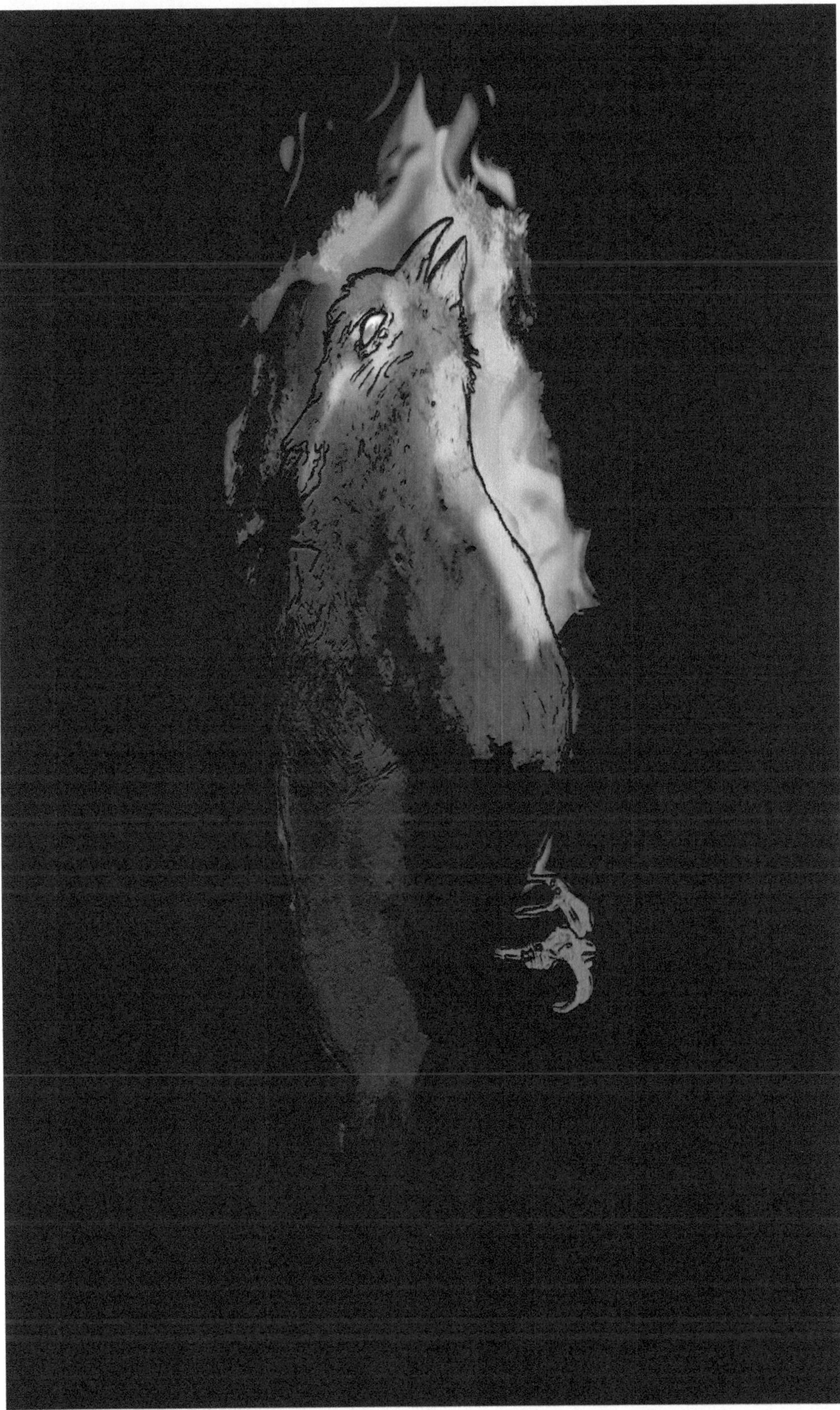

*Al creador y arquitecto universal por darme un camino,*

*A mis padres por darme la vida,*

*A mi gran amor por creer siempre en mí, incluso cuando nadie más quiso hacerlo,*

*A la hermandad de los 7 por los lazos de amistad que trascienden más allá de los años,*

*Y en general a todo aquel que siempre me dio su apoyo, gracias.*

*Esto es por y para ustedes.*

# Contenido

# Exordium

—**H**ay momentos en los que te preguntas si tal vez tendrás una segunda oportunidad —con gran estruendo se cernía la misteriosa voz en la inmensidad de la «nada» —. Te preguntas si aquella decisión que tomes en un momento crucial o ante la situación adecuada te permitirá cambiar lo que eres o lo que serás.

Al principio te toma tiempo darte cuenta y no le das mucha importancia. Lo dejas a un lado y dices: «tal vez después podré hacerlo, o tal vez después podré cambiarlo, enmendarlo todo, arreglarlo». Pero cuando finalmente pasan las horas, los días y los años, las preguntas que te haces a ti mismo cuando intentas dormir son las que te ayudan a entender si lo has hecho bien...

«¿Eres feliz?, ¿hiciste lo correcto?, ¿es lo que esperabas?»

Un sutil estruendo que resuena en tu cabeza destruyendo tu tranquilidad mientras intentas encontrar la respuesta. Una respuesta que tal vez nunca puedas encontrar. La luz se ha escapado de mi vida y puede que nunca encuentre el camino correcto, pero... no por ello tienes que perder el tuyo.

—Argh, mi cabeza. ¿Qué..., qué sucede?

—Es bueno tenerte de vuelta, Elilah.

—¿Qu...quién eres? —preguntó confundido.

—Cuando llegue el momento oportuno lo descubrirás por ti mismo. Por ahora, es algo irrelevante.

—¿E... en dónde estoy?, no puedo ver nada.

—Cálmate. Sé que estás confundido y, tal vez, un poco asustado. Pero puedo asegurarte que todo está bien. Estás a salvo conmigo.

—No entiendo qué pasó, ¡mi cabeza!

—No te preocupes —lo interrumpió —, la confusión
es momentánea, créeme.

—No puedo moverme.

—Tranquilo, solo tienes que...

—¡No puedo moverme! —gritó aterrado.

—¡Hey! —hacía un intento por tranquilizarlo —,
no pierdas la cabeza, cálmate.

—No respiro —jadeaba con rapidez —. ¡No respiro!

—Solo deja que tus pulmones se inunden de la energía universal, mi querido, Elilah. Tienes que serenar
tu mente e intentar calmarte. Confía en mí, todo está
en tu cabeza.

—E, e, es...tás bro, bro...meando, ¿verdad? —far-
fullaba, haciendo pequeñas pausas para recobrar el
aliento —, ¿có, có...mo quieres que... me calme? No...
, no puedo moverme... e, e, está oscuro... te, te... tengo
frío, me, me... falta el aire.

—¡Silencio! —exclamó un poco irritado —, solo
concéntrate.

—No, res, pi...—jadeaba con un dramatismo exagerado en un intento por recuperar el aliento.

—Bien —exclamó con resignación —, tómate
el tiempo que necesites.

Luego de varios minutos tosiendo y resoplando con
abrupta preocupación por la boca, Elilah emitió un
pequeño chillido y quedó en absoluto silencio, sentía
cómo sus pulmones se abarrotaban de un líquido espeso que fluía con involuntaria naturalidad a través
de sus conductos respiratorios. Y a pesar de que aquel
líquido no le proveía el oxígeno que necesitaba, Elilah
sentía que sus células eran abastecidas con una especie de energía que discurría a través de su abdomen
y, sin mayor esfuerzo, aquella energía le permitía respirar, aunque sin estar respirando realmente. Al final,
Elilah se calmó.

—¿Mejor?

—¡No! —gritó enojado —. Tú no lo entiendes. No recuerdo nada, ni siquiera sé dónde estoy.

—Para eso estoy aquí —dijo la misteriosa voz con un tono persuasivo —, yo te mostraré el camino.

—¿El camino a donde?, maldición, ¿podrías hablar claro?

—¡Haces demasiadas preguntas, Elilah; solo cállate de una maldita vez! —su estruendosa voz retumbó con el furor de una tormenta.

Elilah permaneció en silencio por varios minutos antes de hablar.

—Lo siento —dijo al fin sintiendose muy acongojado —, solo estoy..., estoy un poco confundido.

—Lo sé —convino la misteriosa voz con un tono más reposado —, entiendo que no es fácil sentirse perdido, pero... Bah, no importa. Perdóname, no debí alterarme. Comencemos de nuevo. No tengas miedo. Respira profundo, concéntrate y tú mismo podrás disipar toda duda que ronde por tu cabeza.

—No es tan sencillo no tener miedo en un lugar así —se quejó Elilah —, ¿cómo sé que no quieres hacerme daño?

—Si quisiera dañarte —objetó la misteriosa voz —, lo habría hecho mientras no tenías conocimiento. ¿No crees?, además, como ya lo dijiste, no puedes moverte. No sería tan difícil dañarte si así lo quisiera.

—Bueno, pues sí —titubeó Elilah —, suena relativamente racional, pero y, ¿qué quieres de mí?

—Ayudarte.

—¿Ayudarme? —preguntó frustrado —, ¿ayudarme cómo?

—Soy aquel que te ayuda a iniciar de nuevo cada vez que has perdido el camino.

—Ahí vas de nuevo —lo reprochó fastidiado —, no logro entender una sola palabra de lo que dices, ¿te das cuenta de eso?

—Ya lo harás, confía en mí.

—¿Cómo podría confiar en alguien que ni siquiera puedo ver? —le reprochó entre dientes —, muéstrate.

—Lo has hecho toda tu vida —le rebatió sin perder la paciencia —. Siempre has confiado en algo que no puedes ver, a pesar de tener la luz. Ahora estás en la oscuridad, ¿cuál es la diferencia?; las creencias se basan en la búsqueda de aquello sin un sustento material u objetivo. No tenemos certeza de su existencia o inexistencia, pero aun así confiamos en ello. Llámalo miedo, dudas o la necesidad de una apoteósica redención. Con cualquiera que elijas por lo menos tienes mayor certeza de la existencia de algo o alguien que puedes oír. Además, piensa en la posición en la que estás. No tienes muchas opciones, así que tienes que confiar.

—Maldición —susurró para sí mismo —, al menos podrías decirme: ¿quién eres?, eres... ¿cómo Dios o algo parecido?

La voz misteriosa rio con sutileza. —A su tiempo tendrás todas las respuestas que buscas, ten paciencia.

Elilah suspiró fastidiado.

—Mi paciencia quedó atrapada en el vientre de mi madre. Aunque, ahora que lo pienso, ni siquiera recuerdo si tuve una.

—¡Ja! —exclamó con ironía —, es gracioso que lo menciones.

—¿Gracioso? —lo increpó exasperado —, a mí no me hace ninguna gracia. Maldita sea, esto es un infierno. No sé quién soy y tú... —hizo una pequeña pausa —. Bien, tú dices que solo tengo que escucharte, ¿verdad?

—Es correcto.

—Así que —titubeó—, ¿si escucho lo que tienes que decir, prometes que recuperaré mi vida?

—En realidad —respondió con sagacidad—, no puedo prometerte nada.

—A la mier... —masculló Elilah.

—Todo depende de ti para hacer del caos algo hermoso —agregó la voz misteriosa antes de que Elilah pudiera terminar su improperio.

—¿De mí?, ¿el caos? —refunfuñó—, en definitiva, no te entiendo nada.

—Solo escucha —lo reprendió—. Intentaré explicarte de forma sutil aquello que deberás recordar para tu renacimiento. Solo así evitarás cometer los mismos errores, o por lo menos quiero pensar que lo harás.

—Rena... ¿qué?

—Shh, silencia tu voz y aprende a escuchar por una vez en tu existencia.

Elilah se mostró dubitativo y murmuró entre dientes por unos cuantos minutos antes de guardar silencio. Una vez en silencio, la atronadora reverberación volvió a hablar.

—Arriba y abajo —exclamó sin más la misteriosa voz—, el antes y el después; principio y fin. Sí, el caos. El caos está en todas partes, mi querido amigo.

Es algo sutilmente precioso cuando se deja de buscar su estructura. La energía fluye por sí sola y se dispersa por un cauce que con ingenuidad podría creerse es aleatorio, pero que, en últimas, no deja de ser compatible con un modelo determinista, preciso y estable. Y claro, dirás que es algo irracional pensar en el caos como un sistema ordenado, pero créeme, no es una entidad azarosa.

No es posible negar que a partir del caos se crean cosas buenas o malas, pues ninguna de las dos nociones es ajena al mismo. Y tampoco se puede negar que nadie puede predecir con exactitud qué pasará una vez se han puesto en marcha todas las variables. Pero si hay algo claro en el curso innato de la misma existencia es que, a veces, es mejor no oponerse a lo que acontece. El caos es perfecto, y tiende a equilibrarse por sí solo.

Y quiero hacer un pequeño paréntesis para no confundirte, mi querido Elilah, y es que cuando te digo que no debemos oponernos al caos no hablo de la idea de someterse sumisamente a los efectos que el caos pueda generar sobre nuestra existencia, no. Lo que en verdad quiero decir es que más que cerrarse a la incertidumbre de un, ¿por qué? O ¿por qué a mí?, hay que entender que, aunque queramos, no podemos controlarlo todo. Pues, así como aceptamos que hay elementos que crean y destruyen tan solo con su presencia, hay otros tantos que, al ser negados, pueden causar una avalancha de eventualidades incluso peores a las que se intenta evitar en un principio.

Y en efecto, puedes llegar a la conclusión de que es algo injusto, y que, bajo este principio, muchas veces estarás perdiendo más de lo que ganas. Pero la realidad, mi querido Elilah, es que cuando hablamos del caos, en él solo eres una pequeña partícula influyendo dentro de la inmensidad de un sistema complejo y, así como estás presente en este plano, así mismo existen muchos otros elementos imprescindibles que también intervienen dentro de este mismo sistema y, además, aquellos elementos tienen y tendrán efectos diferentes, efectos que, por supuesto, se escapan a tu voluntad.

—Pero... ¿Qué? —murmuró Elilah confundido —, y dijiste que serías sutil.

—Lo sé, al principio es un poco difícil de entender, pero... bueno, te lo pondré de otra manera —intentó conservar su paciencia.

—Piensa en una sucesión de eventos que interactúan entre sí y que, al interactuar, desencadenan otra sucesión diferente a la inicial. Y piensa que, para bien o para mal, dichas sucesiones van a tener un efecto directo sobre tu vida y sobre la existencia misma. Todo en conjunto, al mismo tiempo. Algunas veces será bueno, algunas otras no tanto. Lo único seguro es que casi siempre será algo inesperado y, aunque creas tener el control, las cosas no siempre saldrán como las tenías planeadas. Incluso muchas veces el caos puede sepultarte bajo una montaña de tristeza, miseria o soledad. Y piensas que es injusto, y lo es. Nadie quisiera tener que enfrentarse a las negativas del caos. Pero, aunque suene tonto, es a partir de estas negativas que surgen los eventos favorables. El aprendizaje, el desarrollo, la fortaleza, el progreso... Llámalo un «dolor necesario». No siempre se tendrá lo que se quiere y la vida no siempre será justa. El mundo de mariposas y chocolates tendrás que dejarlo para los cuentos infantiles. En la vida, y escúchame bien, Elilah, en la vida siempre aprendes más de las cosas que te hacen daño, y subsecuentemente te haces más fuerte. Aunque, bueno, esa es una resolución que en gran parte también dependerá de ti. O lo aceptas, mejoras y sigues o, te hundes con ello, así de fácil. Siempre tienes la oportunidad de inferir sobre el «caos» que se crea a partir de tu realidad. Y aunque no puedas controlarlo todo, por lo menos puedes comprenderlo e intentar alterarlo desde tu perspectiva. Decisiones y condiciones.

Cada decisión, cada detalle, cada persona, cada suceso, etc..; puede influir, cambiar y definir quién fuiste, quién eres y lo que serás. Es una transformación constante del mundo que crees conocer y, claro, de ti mismo. Para mí, mi querido Elilah, eso es algo hermoso, pues en últimas, a partir de negativas y positivas, el mismo sistema encuentra la forma de regularse. En pocas palabras, es el orden que puede surgir a partir del caos.

Y claro, podrías quejarte toda la eternidad por lo que te tocó, y sucumbir ante el funesto arraigo de la autocompasión; o simplemente sales, lo vives, buscas ayuda (si la necesitas) e intentas mejorarlo. Tienes que fluir con ese caos, tienes que... hacer del caos algo que te guste vivir y no algo que los demás quieren que vivas —hablaba emocionado —, pero eso sí, ten mucho cuidado, Elilah. No confundas la libertad que te brinda el caos con la responsabilidad que eso conlleva. Tienes que ser responsable de ti mismo y de tus acciones, pues, como ya te dije: «no eres el único en la existencia».

—¿Responsable? —refunfuñaba entre dientes —, primero déjame ir y luego hablamos de responsabilidades.

—Déjame terminar —lo reprendió con un deje de molestia en su voz —. Escúchame, Elilah. No hallarás paz si siempre buscas un orden establecido. El orden absoluto no existe. Déjalo ser, acéptalo, no todo tiene que ser de la mejor manera. Si aprendes a fluir con el caos, aceptas las variables que el caos puede ofrecerte y entiendes cómo sobrellevar cada situación, al final encontrarás el equilibrio que necesitas. Y eso, te servirá para vivir tu vida sin sentirte miserable. Y bueno, en pocas palabras a eso es a lo que llamo: el caos.

—Wo, wo, wo, pero, qué mier... No, no, no, no... No. ¿Qué? —balbuceó confundido —, me dices todas estas cosas y ¡boom! siento que mi cabeza ha explotado, bueno... si es que aún tengo una. Pero, si te soy sincero, no te estoy entendiendo nada y la verdad me quedé en la parte en la que dijiste: «el caos es precioso y bla, bla, bla...» —engrosó su voz con un tono burlón—, no sé cómo toda esta palabrería me servirá para recordar quién soy. Y, siendo claros, siento que me volviste más estúpido.

—Meh —gruñó fastidiado —, tu tiempo es infinito mientras estés conmigo, y podrás comprenderlo todo en su momento. Sé que no eres un tonto... Déjame contarte una historia, tal vez pueda ser de más ayuda. Hablemos de la historia del caos que nos llevó al vacío absoluto en el que ahora habitamos.

—Lo sabía, estoy muerto...

La misteriosa voz emitió un suspiro. —A veces ni yo mismo te soporto.

—Ya, perdón —se excusó —, es solo que hablas de cosas que no tienen sentido para mí, pero —exhaló ruidosamente —, está bien, haré mi mejor esfuerzo si con eso terminamos con esta... estupidez.

—Ignoraré que dijiste eso —dijo un poco irritado —, en todo caso, sino tienes nada más que decir y no teniendo más opciones: um.. um.. —aclaró su garganta —, la historia comienza así:

La devastación en la que se vieron involucradas varias civilizaciones a lo largo de la galaxia inició a partir de los O'dir, una dinastía de guerreros que desciende casi desde el principio de la creación del universo. Siendo parte importante de su formación, desarrollo e inevitable destrucción. Podría decirse que son y han sido partícipes del inicio y los dueños del final, pero bueno, ya llegaremos a ese punto más adelante.

Elilah simuló un gran bostezo.

—Siento que tu atención empieza a dispersarse de nuevo y no llevamos ni una pequeña parte de la historia. Vaya que eres complicado.

—Em... Es involuntario —titubeó —, creo que nunca he sido bueno escuchando, aunque tampoco puedo asegurar lo contrario. No lo tomes personal.

—Pues prepárate —dijo con seriedad —, porque tendrás mucho que escuchar y que aprender si de verdad quieres salir de aquí.

—Como sea —refunfuñó —, solo quiero mi vida de vuelta.

—Y bien... avanzando un poco más en el tiempo, apenas hace unos siglos atrás, antes de que todo saliera muy mal, los O'dir fueron una de las primeras familias aurianas en establecerse en el planeta rojo. Luego de pasar al menos dieciséis años refugiados en Terra, y poco tiempo después de ser expulsados de allí por la presión que ejercieron los sectores más conservadores, o mejor llamados «grupos radicales de purificación» de sus siglas (GRP). Resumiéndote de manera rápida y antes que me lo preguntes: los GRP eran un pequeño grupo de energúmenos ancianos avariciosos, fervientes detractores de las políticas de asilo extraterrestre instauradas por la ONU (otra organización terrestre) y de falsos extremos políticos de derecha e izquierda que, declamando abiertamente sus repetitivos discursos cargados de odio hacia los aurianos, no habían hecho más que promover el rencor en el corazón de los hombres y la discriminación hacia aquellos refugiados, que lo único que anhelaron alguna vez fue una oportunidad para sobrevivir y salvar a su raza de la inminente extinción.

Fueron años difíciles desde la llegada de los aurianos a Terra, y la tensión política que despertó aquella crisis migratoria, generó una lucha incansable entre los activistas defensores de los derechos aurianos, y los extremistas adeptos de los GRP que cada día sumaban más simpatizantes a sus filas.

Con el tiempo y gracias a la repentina aparición de los primeros brotes de «*VI*», la lucha entre ambos extremos se vio gradualmente amainada, así como con los estatutos de control aprobados en la entonces fundada «Corte Internacional de Asuntos Espaciales», la balanza se vio inclinada hacia la aversión y el odio que ya de por sí sentían los terranos hacia los aurianos. Pronto las protestas pacíficas se tornaron en luchas airadas, y la represión violenta contra los aurianos y todos aquellos que los defendían se fue en picada sobre un torbellino de agresiones e improperios irracionales. Y, como era de esperarse, la empatía de los terranos se fue perdiendo poco a poco, sepultada bajo la malsana influencia de los medios y su maliciosa tendencia de manipular opiniones en pro de sus contribuyentes, es decir, los GRP.

Ante esta intolerancia y el rechazo infundido en toda la comunidad internacional. Los aurianos fueron desechados como basura y agrupados en pequeñas colonias temporales ubicadas a lo largo del desierto de Kalahari, entre Namibia y Botsuana, para ser más exactos; un desierto árido donde fueron confinados a vivir como alimañas por varios meses hasta ser finalmente exiliados bajo amenaza de muerte, con la etiqueta de: «Hurtar y consumir desmesuradamente los bienes destinados para la subsistencia y permanencia de la raza humana sobre la tierra; además, claro, de poner en peligro su economía, seguridad y sistema sanitario». —Una amenaza latente —profesaban los GRP.

Asustados, acorralados y temiendo por una masacre, los aurianos partieron sin rumbo alguno, vagando durante semanas por la órbita terrestre hasta que sus reservas de comida y agua se redujeron a poco menos de la mitad.

La desesperación llevo a muchos al borde de la locura e, incluso, algunos encontraron en el suicidio la puerta de escape a las interminables desgracias, que parecían ensañadas en hacerlos miserables hasta el final de sus días. Pero, como siempre, hay quien encuentra oportunidades, donde otros ven inconvenientes. A la tercera semana navegando a la deriva, rotos por el abandono de un dios que parecía no acudir a sus plegarias, fatigados ante la carrera con la muerte que parecía respirar cada vez más cerca de sus cuellos y, cuando todo parecía completamente perdido, encontraron en aquel desértico paraje coloreado de rojo-anaranjado la única salida para poder construir su nuevo hogar... Un hogar, al que tiempo más tarde, todos conocerían como: «*New Age*».

—¿Dijiste «*New Age*»? —preguntó sorprendido —me suena ligeramente familiar.

—Es buena señal —infirió —, ya ves que mis palabras no son en vano.

—Claro... —dijo con un tono sarcástico —, continúa.

—En resumen, puedo decirte que... el establecimiento de «*New Age*» fue difícil, y requirió de mucho esfuerzo, físico y mental por parte de los pocos sobrevivientes que lograron arribar a las devastadas planicies de la tierra roja; una tarea compleja que precisó de largas jornadas de trabajo viviendo bajo condiciones paupérrimas y el asedio de la inanición, la deshidratación y, por supuesto, la exigüidad de recursos. Transcurrieron varios años de sacrificio antes de su asentamiento, y después de algunos miles de muertos más, gracias a la residual tecnología que lograron rescatar de sus naves, una cuarta parte del planeta pudo ser terra-formado y adaptado para albergar vida.

Muchos creyeron que no lo lograrían y abandonaron el planeta, pero tras lograr un ambiente controlado bajo el velo de un rudimentario domo, los sobrevivientes aurianos pudieron construir las primeras edificaciones a base de una amalgama reinventada a la que definieron como: «nanocorteza metalizada o madera de plata». Hablamos de un material muy peculiar, producto de años de investigación basada en la nano estructuración de partículas.

—Una maravilla de la ciencia... si me lo preguntas —dijo emocionado —, hablamos de tecnología de primera que permitía el desarrollo de membranas porosas de plata con microesferas de aurum adosadas entre sus poros. Una composición, digamos... específica y de fácil producción, que confería a las edificaciones una resistencia muy similar a la del titanio, pero cien veces más liviana que este y mucho más maleable. Esta característica en particular permitía no solo que las edificaciones tuvieran un mejor soporte en la estructura, sino que además facilitaba una mayor adaptación del material a las duras condiciones que se presentaban en Martia Solaris. No eran muy lujosas, claro, pero les sirvieron como una herramienta para garantizar su supervivencia antes de lograr un impacto significativo en el planeta y poder liberar el domo.

Fingió otro bostezo.

—¿Te estoy aburriendo? —preguntó molesto.

—Podrías resumir un poco o, tal vez acelerar tu relato —rezongó Elilah —. Digo, contrario a lo que piensas, no a todos nos gusta este lugar.

—¿Alguna vez cierras el hocico? —exclamó furioso —, eres tan irritante como el sonido del acero que se fricciona contra el cristal. No has dejado de hablar desde que despertaste, y ya me tienes harto —elevaba el tono de su voz con cada palabra —, pronuncias una sola palabra más y te quedarás con el silencio absoluto por los próximos mil años.

Hubo un momentáneo silencio, pero como era de esperarse, Elilah fue incapaz de mantener la boca cerrada.

—Vamos, amigo, eres un somnífero —seguía quejándose —, solo quiero recuperar mi memoria y salir de este maldito lugar tan oscuro. Por favor, no me interesa esa historia tan estúpida, solo déjame ir.

**...Algún tiempo y muchas quejas después...**

—¡Por favor! —gritó agobiado con un tono suplicante —, como sea que te llames. Aprendí la lección... creo que ya pasaron mil años, solo háblame. Prometo quedarme callado.

—Una hora —dijo aburrido —, solo una hora pudiste estar en silencio, después de quejarte como animal herido por casi un día.

—Ya me quedó claro —se disculpó —, no más interrupciones, lo prometo. Te dejaré contar tu historia.

—Por tu naturaleza creo que es imposible que mantengas la boca cerrada —le reprochó la misteriosa voz —, pero al igual que tú, tampoco tengo muchas opciones, ¿estás seguro de que podrás hacer tan siquiera el intento de escucharme?

—Sí, sí... solo continúa —dijo con desánimo —, las casas de plutonio super fuertes y el domo.

—Mira, Elilah —lo reprendió con tono fraternal —, tienes que poner de tu parte si quieres que las cosas se resuelvan en tu cabeza. El tiempo que pases aquí, depende de ti y solo de ti. Tú eres quien decide.

—¡Soy todo oídos! —exclamó Elilah, mostrándose complaciente.

—Ja, claro —dijo con incredulidad —, pero en fin, intentemos una vez más desde el principio —aclaró su garganta —, ¿puedo?

—Adelante.

—Bien, como sea. Solo no me interrumpas, por favor —le advirtió.

—¿En qué íbamos?, ah, sí —murmuró por unos minutos mientras recordaba la cronología de su relato —, y entonces, como te iba diciendo: la devastación en la que se vi...

—No, no, no, no... —lo interrumpió —, espera, espera. Esa parte ya me quedó clara.

—Dijiste: «no más interrupciones» —exclamó irritado.

—Sí, lo sé, lo siento —se disculpó intentando mostrarse conciliador —, pero ibas en el domo. Retrocediste demasiado, casi llegamos al caos, y eso está muy bien, amigo, pero si quieres que te preste atención, hay que seguir adelante.

La misteriosa voz dio un largo suspiro de frustración. —Va a ser más difícil de lo que imaginé.

—Y, ¿bien? —dijo Elilah.

—Bien... —respondió fastidiado —. Pero ya no hables, enserio, solo cállate —intentó conservar su paciencia.

—Entonces... Siguiendo la línea temporal, la colonia martiana fue fundada alrededor del año 2084, apenas unos veinte años después de huir de Auria y otros dieciséis de vivir y ser expulsados de Terra.

—Espera.

—Tiene que ser una broma —gruñó.

—Ya lo has mencionado varias veces, pero no me has dicho la razón por la que huyeron de su planeta natal. Quiero decir, ¿por qué abandonar su hogar y arriesgarse a morir de esa manera?, o los aurianos no eran muy inteligentes o quizá, pienso que esta historia comienza desde mucho tiempo atrás.

«Volvimos a caer —pensó un poco molesto». —Huyeron de la desigualdad; y es todo lo que tienes que saber.

—¿La desigualdad?

—Sí.

—Explícate.

—No creo que sea necesario ahondar en esos temas, no tiene mayor relevancia —dijo con premura y desinterés.

—¿Qué? —preguntó con incredulidad —, ¿¡me haces escuchar está aburrida historia y ahora censuras las mejores partes!?, ¡por favor!

La misteriosa voz dijo algunos insultos inentendibles. —De verdad que eres peor que una llaga zanjando los pies en un día de invierno.

—Si te vas a censurar, no quiero seguir escuchándote.

—Bien —refunfuñó—, solo cállate de una buena vez.

—Te escucho —dijo con obstinada insistencia.

—No sé si debería —se lamentó y guardó silencio por un largo minuto. Luego agregó con resignación —: bien... como sea.

El exilio de su planeta natal fue producto de la tiranía ejercida por los Noul Feigr y el rey Sotnem Ucod, un sinvergüenza bastante codicioso que lideró, desde las sombras del consejo real, el golpe de estado en contra del legítimo heredero al trono, el Rey Aurium Skali.

—No te detengas, sigue.

—... —, tras oponerse a su mandato, Sotnem empezó una guerra que duró décadas, cobró millones de vidas, destruyó gran parte de Auria y sumió al planeta y su población en una gran miseria y desolación casi absoluta.

—Primero la guerra y luego la carente tolerancia de los terranos. Pobres infelices —susurraba.

—Ajá... ¿Puedo seguir?

—Adelante, lo siento.

—La guerra llegó a su fin tras el asesinato del rey a manos de los Feigr, luego de que Adiv, el joven cocinero real, fuese engañado para envenenar el Bícot (uno de los platos favoritos del Rey Aurium) creyendo que, tras la muerte de Skali, la situación para Auria mejoraría y que, con el fin de la guerra, volvería la tranquilidad al planeta y la paz para todos sus pobladores —una dulce mentira que los condenó a todos. La muerte del rey Skali solo facilitó que Sotnem tomara el poder y se autoproclamara Rey de Fraturi y de toda Auria. Sotnem tomó el control sobre el planeta y todas sus riquezas y, a partir de este punto, todo empeoró... —al menos para los pobres y las clases más bajas.

La guerra y sus consecuencias beneficiaron a las facciones más ricas y poderosas. La codicia movía sus vidas, y cuando tuvieron el poder absoluto, sometieron a gran parte de la población a trabajar en las minas de aurum, «un mineral bastante raro y escaso, con propiedades únicas que, por supuesto, se vendía bastante bien en... bueno otras partes». De esta forma les arrebataron la libertad y hasta el último de los centavos.

Era claro, en Auria la riqueza desbordaba a la clase política. Tenían tanto dinero y tanto poder que podían tener cualquier cosa que desearan. Pero, obviamente, por más que tenían, nunca les era suficiente. Siempre querían más y más, sin importar el costo para alcanzar sus caprichos. —¿Y qué le das a alguien que ya lo tiene todo?, al final, enloquecieron y atentaron contra el mismo pueblo.

—Pero, ¿por qué no hicieron nada para impedirlo?

—Podría decirse que lo intentaron. Les llevó algún tiempo juntar el valor, claro, y tal vez no tenían la fuerza suficiente para oponerse con firmeza, pero tras varios años sirviendo al rey y a sus secuaces, siendo víctimas de ese nefasto esclavismo. os fraduares aurianos (clase trabajadora) motivaron el desarrollo de una fuerza de resistencia junto con algunas de las facciones que se oponían a la tiranía de Sotnem. Bajo el fulgor de las antorchas y los trinches, durante meses marcharon contra el oscuro rey, quemando, saqueando y destruyendo. Pero a pesar de la vigorosa rebeldía, no tuvieron tanta suerte como esperaban: los levantamientos desataron una segunda guerra civil que terminó tan rápido como empezó, y que dejó aún más muertos de los que ya se tenían. Perseguidos, encarcelados y ejecutados, los aurianos se quedaron sin opciones.

—Pobres aurianos —divagaba entre difusos recuerdos —, no tuvieron mucha suerte. ¿Es normal que sienta tristeza?, me vienen imágenes muy grotescas a la memoria.

—Tienes todo el derecho de sentirte como quieras, tú más que nadie.

—¿Esta historia... sucedió en verdad?, no puedo entenderlo. De repente siento que me invade una tristeza muy grande, y no encuentro razón alguna para sentirme así.

—No puedes culparte por las cosas que no puedes cambiar. Eso también hace parte del caos.

—El caos, el caos —dijo con hastío —, estoy harto del maldito caos. ¡¿Puedes por favor hablarme claro de una vez por todas?! Basta ya de historias y palabras absurdas.

—No pierdas la calma, no tienes por qué alterarte.

—Siento mucha tristeza y rabia al mismo tiempo. Siento que todo empieza a nublarse en mi cabeza; escucho gritos…

—Despeja tu mente, no dejes que la oscuridad se adueñe de ti.

—Siento que hice algo mal, siento que por mi culpa muchas personas salieron lastimadas.

—Es la coyuntura que correspondía a tu realidad.

—¿La qué? —preguntó exasperado —, ¿pero de qué mierda me hablas?

—Te estás estancando en aquello que debes aceptar para poder mejorar. Ignora tus sentimientos.

—¿Cómo podría ignorar algo que no controlo?

—Ya lo has hecho antes, esta no será la excepción. Piensa que hay cosas más importantes. Los sentimientos solo te nublan la razón, te hacen frágil.

—¡¿Es una puta broma?! —gritó Elilah con desesperación —, ¿acaso estás jugando conmigo?, ¡¿Eh?!

—No siempre tendrás la oportunidad de volver a empezar —intentaba calmarlo —, tienes que conocer tu historia si no quieres repetir los mismos errores.

—¡No puedo, maldita sea, no puedo!, solo déjame ir…

—Escúchame bien, Elilah, —su voz se sobreponía a sus quejidos —, la vida es como una estructura cónica, y tus decisiones caóticamente definen tus oportunidades. Tú decides en qué dirección transitarla. Si transitas desde el borde más ancho, al final tu camino se habrá hecho más estrecho y tus oportunidades serán pocas; pero si transitas desde lo estrecho y tomas el camino hacia el borde más ancho, tus oportunidades serán infinitas. No te lamentes por lo que pasó, mantente abierto a lo que pasará si no te haces responsable de ti mismo.

—¡No entiendo nada! —Elilah sollozaba, apenas podía hablar —, eres un maldito.

—A veces tu camino puede ser injusto. Y las cosas no siempre salen como quieres, así no funciona el universo. Patalea todo lo que quieras, al final tendrás que seguir adelante.

—¡Ya basta! —le gritó desesperado —, ¡cállate!, no quiero escucharte.

—Tienes que aceptar tus errores y seguir.

—No puedo —dijo entre lágrimas —, ahora quisiera no haber despertado.

—Lo recuerdas, ¿verdad?

—¿Por qué me dejaste hacerlo?

—No estaba en mis planes que lo recordaras de esta forma, pero te lo dije: «no puedes repetir los mismos errores».

—Eso es egoísta, prefiero la muerte antes que vivir con lo que he hecho.

—La muerte siempre es el camino más fácil, pero no el definitivo. Ya pasaste por él más de una vez y aquí estás.

—¡No, no puedo aceptarlo! —se negaba a escuchar sus palabras —, sal de mi cabeza, déjame regresar — rompió en llanto —, nunca quise... Ya basta, déjame.

—Duerme, Elilah. El camino al renacimiento siempre es un camino difícil, pero inevitable. Y aunque me cueste aceptarlo, aún no estás listo.

Entonces Elilah, sucumbió ante la oscuridad y perdió el conocimiento.

# I Parte

## (El principio del fin)

*Y se dijo a sí mismo... —Sabes que todo lo que has
creado tiene que ser destruido, ¿verdad?*

*—¿Destruido?, ¡no!, yo diría más bien transformado...
Todo lo que creas proviene de algo previamente establecido y se transforma en algo mucho más complejo
de lo que puedes comprender. Abre tu mente, expan-
de tus ideas y acepta el cambio. No todo principio tiene un fin, a veces solo es el comienzo de algo nuevo o
diferente. Vive con ello, maldito loco, después de todo,
yo soy el que te deja vivir en mi mente.*

# Capítulo I

## Desgracia



*Auria, vigésimo día del Jaggrad, año 2048*

«**L**o más difícil es dar el primer paso», pensaba Gerd mientras se tocaba el pómulo derecho. Palpaba con cuidado el orbicular de su ojo y desplazaba suavemente la yema de sus dedos hacia la parte superior del tabique, aunque sin hacer mucha presión. Bastante inflamado por la golpiza del día anterior, con un hematoma que le cubría gran parte del rostro, intentaba levantarse y tomar aliento para comenzar otro día más en aquella asquerosa rutina que definía su cotidiana existencia.

Con mucho esfuerzo, dejando de lado la pereza e ignorando el dolor que le causaban los moretones, se sentó sobre el borde metálico de aquella improvisada cama de la que disponían todos los prisioneros. Hacía más frío que de costumbre, y la luz Nirú apenas si podía colarse por las pequeñas rendijas adosadas en el rincón más alto del lateral izquierdo.

Permaneció un momento cabizbajo, observando el suelo de la pequeña habitación. No tenía ánimos para salir de la cama, aunque aún si lo quisiera, tampoco tenía opción alguna.

Miró hacia los rincones de la celda y dio un gran suspiro, sintiendo la frustración que emanaba por cada uno de sus poros. Odiaba posar sus pies descalzos sobre aquella lámina de cuarzo que cubría toda la superficie de la prisión, pero sus gastados zapatos, al otro extremo del laminado, no solo dejaban en evidencia que aquel altercado había acontecido apenas unas pocas horas antes, sino que además demarcaban la obstinada insistencia con que los guardias decidían fastidiarlo.

No tenía de otra si quería salir de ahí y buscar algo de comer. Llevaba días sin probar bocado y sentía, por necesidad, más que por gusto, que ya era hora de acabar con el ayuno impuesto por sus vigías.

Pasó la mano por su cabello y se sintió un poco asqueado. Pensó en lo mucho que extrañaba darse una ducha; en verdad, añoraba con todas sus fuerzas sentir el frío reconfortante del agua recorriendo su cuerpo. Sentir las gotas reactivando cada fibra celular mientras se deslizaban por su piel y lo hacían sentirse vivo, empezar el día como se debe.

No lograba recordar cuándo había sido la última vez que había disfrutado de ese frívolo ritual privado. Su cuerpo empezaba a apestar y su cabello estaba graso en exceso. Eran esas pequeñas acciones de la efímera cotidianidad las que, con melancolía, le recordaban la fortuna que tienen los hombres libres. Sutilezas, ahora restringidas, de las cuales probablemente no volvería a gozar en mucho tiempo.

Una vez más, dio un suspiro profundo y ladeó su cabeza con un abrupto jalón para hacerla tronar y, dándose ánimos por unos cuantos segundos, luego de estirar sus músculos, logró ponerse en pie y caminó con torpeza hacia la pequeña palangana que se encontraba en el recoveco más incrustado de la oscura celda. Un escalofrío le recorrió todo el cuerpo al sentir tan fría, tersa y carente de alma la lámina pétrea bajo sus pies. Qué horrible sensación para los primeros pasos que daban lugar a su mañana. Caminaba lento, como si cargara un rimero de cadenas tras de sí, y con cada paso sentía que las plantas de sus pies estaban prendidas en llamas. Cuánto detestaba que el gélido cuarzo hiciera contacto directo con su piel, pero ya había tomado rumbo en dirección contraria a sus zapatos, volver por ellos representaba demasiado trabajo para un solo impulso energético matutino y, bajo su estado actual, lo mejor era conservar la poca energía que le quedaba en su cuerpo.

Ignorando la incomodidad causada por sus pies descalzos, introdujo sus manos en el agua y las humedeció por completo. Era más tibia de lo que hubiera querido, pero reconfortante al fin y al cabo. Empozando sus manos tomó un poco y limpió de manera tosca su rostro, soltando un pequeño gruñido con el dolor como recordatorio de su golpiza. Luego, permaneció inmóvil, con la cabeza baja mientras las gotas terminaban de escurrir por sus mejillas. Quería evitar a cualquier costo ver el reflejo de su rostro en el pequeño espejo que colgaba delante de él. Tenía miedo, no quería enfrentarse a su realidad.

Al caer la última gota, la curiosidad le ganó la batalla. Con sutileza levantó la mirada y la fijó con amargura sobre aquel rectángulo de plata que parecía incrustado dentro del muro. Su corazón se desbocó con varios latidos graves y arrítmicos, sudaba frío y sentía un fuerte impulso por liberar aquel jugo amargo que contenía en su estómago. No podía creerlo, estaba conmocionado con aquellas imágenes que escudriñaban sus ojos. Sin poder moverse durante varios segundos, las lágrimas empezaron a brotar de los mismos. No lograba reconocer a aquel sujeto que daba su reflejo: un rostro demacrado, viejo, golpeado, un maldito enfermo derrotado. No era él, no era lo que había sido. «¿Quién era aquel anciano decadente que le devolvía la mirada?». Ya no podía encontrarse en aquella endemoniada reverberación, veía a otra persona; tenía que ser otra persona. O tal vez era la sombra de su derrota.

Lleno de ira, empuñó su mano y golpeó el espejo hasta que este quedó hecho trizas. Sus dientes rechinaban casi a punto de romperse, y sus manos sangraban profusamente por los pequeños cristales incrustados en sus nudillos.

Resoplaba por la nariz como animal furioso, y recargando su ira con cada respiración, finalmente soltó un grito desgarrador y cayó de rodillas mientras el peso de su cuerpo lo aplastaba con vigor contra el suelo.

Poco a poco, sucumbió ante la tristeza y con la mirada sujeta al cielo de cuarzo: entre sollozantes quejidos y fragmentados cristales, se derrumbó.

—Vamos, capitán, levántese —dijo Niuth, el compañero de celda de Gerd. Quien lo tomó por los brazos y lo condujo de vuelta a la cama, con sumo cuidado. Luego mojó una de sus camisas con los residuos de agua que quedaban en la palangana y con gentil cuidado limpió las heridas de Gerd mientras intentaba detener la hemorragia —. No pierda la esperanza, señor, ya verá que saldremos de esta.

Gerd suspiró, cerró sus ojos y reposó su cabeza contra el muro sin pronunciar palabra alguna, pero sus lágrimas, danzando como pequeñas intrusas al son irregular de su rostro hablaban por él. Ya no le quedaba nada.

La sangre terminó de brotar y Niuth improvisó un vendaje rasgando la camisa ensangrentada que sostenía entre sus manos, para posteriormente entrelazarla alrededor de la huesuda mano del capitán. Le dio una pequeña palmada en el hombro y se alejó un poco inquieto en dirección a la puerta, para intentar conciliar con el guardia que se acercaba furioso hacia ellos.

—¡¿Qué mierda pasa aquí?! —el guardia golpeaba el cristal con gran frenesí, mientras gritaba encolerizado por lo sucedido —, ¿por qué tanto alboroto?

—No... pasó nada, señor Fragguot —titubeó Niuth sonriente —, un pequeño accidente de lo más tonto, como puedes ver. El capitán tropezó y... golpeó el espejo con su mano —sus piernas temblaban —, un rasguño nada más. Además, ya le vendé la herida. Solo necesita comer algo y estará bien; está muy débil.

—Maldito imbécil —exclamó el guardia fijando su mirada sobre Gerd —, ¿acaso me crees tonto? —lo miraba furioso —, pensabas guardar los trozos de espejo y luego atacar a alguien con ellos, ¿no es así anciano?, estoy harto de los imbéciles que, como tú, Gerd, creen que pueden tener el control sobre todo.

—¿Cuántas veces tendré que golpearte hasta que aprendas de una vez por todas cuál es tu maldita posición? —agregó el guardia.

—Deberías tan siquiera intentarlo —murmuró Gerd. Con una metamorfosis instantánea, su tristeza se había transformado en ira. Sus ojos irradiaban odio, y sus lágrimas se habían esfumado por completo. Solo quería una oportunidad para golpear al guardia y desatar toda la furia reprimida en su interior. Enseguida se limpió las mejillas para ocultar su debilidad.

—¿Te crees intocable, eh? —se acercó desafiante para propinarle un golpe con su rifle. Pero Niuth, atento a lo que estaba por suceder, se interpuso en su camino poniendo sus manos sobre el pecho del guardia y frenó en seco sus intenciones con un pequeño empujón.

—No es necesario, ya lo dijiste: «es viejo y es estúpido» —dijo Niuth intentando calmar al guardia —, ya recibió demasiados golpes y sabes que tienes órdenes de mantenerlo con vida.

—Quítame las manos de encima... maldita basura —susurró el guardia apretando la mandíbula —, tienes suerte de que los sistemas de seguridad están apagados o ya no las tendrías contigo.

—Lo... lo siento —tartajeó Niuth y se alejó lentamente del guardia con las manos en alto.

—Recojan este maldito desastre —les dirigió una mirada a ambos —, y por favor, no más estupideces. Si descubro que falta tan siquiera la más mínima parte de ese espejo, les haré tragar todos los demás fragmentos como cena —hizo un gesto amenazante con su puño —, ¿entendido?

—Por supuesto que sí —respondió Niuth con suma premura, empleando un tono complaciente —, nos ha quedado muuuuy claro. No más problemas.

El guardia bajó su arma y escupió a Niuth a la cara, soltando una pequeña carcajada; luego se dio media vuelta y se dispuso a retirarse mientras miraba desafiante al capitán.

—Valiente amante el que te conseguiste, anciano miserable. Una estupidez más —demarcó el número uno con su dedo índice —, solo una, y haré que parezca un accidente.

—Vete a la mierda, cabo —respondió Gerd —, si quieres matarme, hazlo de una maldita vez —su mandíbula temblaba de ira —, solo sirves para hablar, pero no tienes el valor para hacerlo. Siempre has sido un puto cobarde, y siempre lo serás —se sujetó con gran fuerza de las sábanas y escupió en dirección hacia al guardia con la poca saliva que le quedaba en la boca.

Al llegar a la puerta, el guardia se detuvo y dio media vuelta mientras sonreía con gran malicia. —¿Sabes algo, «capitán»? —tomó una gran bocanada de aire y lo soltó de golpe, como sientiéndose aliviado —, tu novia aquí presente tiene toda la razón —dijo señalando a Niuth —, no puedo matarte. Al menos, no por ahora. Pero... —hizo una pequeña pausa —, nada me impide matar a otros prisioneros —esbozó una gran sonrisa.

—¡No! —gritó Gerd intentando ponerse de pie.

El tiempo se detuvo por un instante, como si las leyes de la física hubieran dejado de existir; fueron los segundos más largos de toda su mísera existencia. Y, aunque Gerd había presenciado muchas muertes durante toda su vida, estaba absorto ante aquella escena grotesca que se proyectaba frente a sus ojos.

Gerd pudo ver la trayectoria del proyectil sin poder hacer nada para detenerlo. Aquella esfera brillante viajando a velocidades imperceptibles para el ojo común se había dirigido imparable hacia su destino, abriéndose paso a través del festival anatómico de aquel pobre enclenque que se había interpuesto con ingenuidad en su trayectoria.

El sonido ensordecedor de las detonaciones retumbaba por toda la habitación, e incrustándose en sus tímpanos, desató el tinnitus que aturdió a Gerd por varios segundos antes de que el silencio imperara una vez más en toda la prisión. Un suceso nefasto e inesperado, en cuestión de segundos, había transformado una rutinaria mañana en un día de mierda.

Los impactos habían alcanzado al pobre Niuth, profanando el templo de su cuerpo sin dejar integridad alguna en las fibras celulares que habían mitigado el irrefrenable avance de la bala. Irreconocible, petrificado, con la frente y el pecho hecho añicos, Niuth quedó tendido en el suelo mientras la sangre brotaba a borbotones de sus heridas y su vida escapaba rápidamente por sus ojos. Aquel líquido carmesí que antes fluía por sus venas transportando los elementos necesarios para la vida, ahora fuera de su cauce, teñía todo el lugar. Incluso algunas de las gotas, aún tibias, se habían impregnado sobre el demacrado rostro de Gerd que, impávido, permanecía con los ojos tan abiertos como dos grandes fanales que alumbraban en la penumbra.

—Ni...uth —balbuceó Gerd. Sin terminar de digerir lo que acaba de pasar quedó completamente pasmado sin poder mover ni un solo músculo. Se sentía culpable e impotente, por la muerte de aquel inocente que solo quería mantenerlo con vida. Una injusticia de la cual había sido participe su orgullo, sin prever las consecuencias y el alcance que tendrían sus palabras.

—A veces el respeto se gana con el miedo —siseó Fragguot —, ya no eres capitán, anciano. De ahora en más eres mi perra, y que te quede muy claro —proyectaba una enferma sonrisa sobre el rostro.

—Maldito hijo de pu... —susurró Gerd, reforzando su voz con cada palabra —, ¡te voy a matar! —sus manos temblaban —, ¡saldré de aquí y te mataré, lo juro!, ¡te mataré aunque me cueste la vida!

Entonces, con gran ira y sin pensarlo dos veces, el viejo capitán se abalanzó contra el vil ejecutor, pero el guardia fue más ágil y tomando ventaja de la debilidad de su cuerpo y lo predecibles que eran sus movimientos, se hizo a un lado esquivando su ataque y con gran presteza le asestó con su rifle un golpe que le quebró la nariz por completo; Gerd cayó de espaldas y golpeó sus hombros contra el borde metálico de la cama. La sangre se escurrió por su rostro, y en un intento por contener la hemorragia, Gerd se sostuvo su nariz haciendo una leve presión sobre sus fosas nasales. Su tabique se desvió ligeramente hacia la izquierda y dos pequeñas bolsas se inflaron sobre sus pómulos. Gerd cerraba sus ojos y los abría repetidamente esforzándose por recobrar la orientación, respiraba con dificultad por la boca y sentía que, además del dolor que se extendía por todo su rostro, su boca inundada en sanguaza retenía el aire dentro de sus pulmones y lo hacía atragantarse cada vez que intentaba engullir su saliva para poder respirar. Finalmente, distendió su cabeza hacia atrás, y sintió que las pocas energías que le quedaban abandonaban su cuerpo con frívola rapidez. Apenas si podía mantenerse consciente.

—No hagas juramentos que no puedes cumplir —dijo Fragguot —. ¿Empezamos de nuevo?, puedo matar a todos tus amigos aquí: uno por uno; celda por celda. Tú decides, «capitán». Mejor empieza a respetarme de una vez por todas. Piensa que el suelo es tu nuevo compañero.

—... — Gerd respiraba con gran fuerza y empuñaba sus manos con tal furia que sus nudillos empezaron a sangrar de nuevo.

—Eso pensé —el guardia proyectó una gran sonrisa —, que tenga un buen día, «capitán» —dijo Fragguot limpiando una pequeña gota de sangre que se escurría por su mejilla —. ¡Central!, ¡central!, necesito apoyo médico —fingió estar asustado y respiraba con agitación —, tengo un herido en la celda dos. Los encontré discutiendo y uno de ellos intentó agredirme. Tuve, tuve que disparrale, creo, cr... creo que está muerto.

—*Mantenga la calma, cabo. El apoyo va en camino.*

—¡Ha! Y otra cosa más, Jahco —dijo serenando su voz —, por favor, enciendan los sistemas, el Draked ya terminó.

—*Entendido.*

—Ya nos veremos, «capitán» —exageró su sonrisa mientras le guiñaba un ojo. Luego cerró la puerta de la celda y se alejó tarareando una espantosa balada al son de su distorsionada silueta que se perdía en el oscuro pasillo. Mientras tanto, Gerd, aún aplastado en el suelo y aturdido por el golpe. Se arrastró con lentitud, serpenteando por la lámina ensangrentada, en un intento por llegar al cuerpo sin vida de su compañero. Pero cada vez le fue más difícil, la distancia que había entre ambos cuerpos parecía más larga con cada centímetro que avanzaba. Su cuerpo se fue haciendo más pesado y sus ojos se sentían cada vez más cansados. Al final, las lágrimas se fundieron con la sangre y sin poder completar su camino, las fuerzas abandonaron su cuerpo.

—Per... dón —dijo tembloroso antes de desmayarse.

# Capítulo II

## Prisión de máxima seguridad «Draugr»

Draugr, la prisión mas grande y custodiada de todo Fraturi, y quizá de todo el planeta, creada durante los años prósperos del mandato del rey Aurium Skali. Se había instaurado como uno de los complejos carcelarios más grandes y que, desde su planificación, prometía ser el más seguro de todo el planeta y el de mayor costo de inversión sobre su infraestructura. Además, como había prometido el gran ministro justicia: el honorable Dr. Guillet, era la solución al problema de hacinamiento carcelario que se vivía en todo el planeta.

Construida sobre el pico más alto de la montaña Loplik Sithkoht, a unos treinta kilómetros del caserío más cercano, Draugr era un gran castillo de cuarzo, que se perdía sobre las densas nubes, dando la idea de ser un monumento flotante sin camino alguno para ser alcanzado.

Una vista sublime que se apreciaba incluso desde la lejanía: con su gran estructura formada en roca, titanio y cuarzo. Toda una maravilla de la arquitectura auriana, majestuosa, sí, pero en extremo peligrosa. La densidad de las nubes que rodeaban su perímetro dificultaba sobremanera el tránsito vehicular por sus angostos caminos, al punto que limitaba la entrada y salida de Draugr casi que únicamente a un viejo y desgastado dron con capacidad para apenas ocho individuos por viaje.

Draugr era un castillo flotante con una belleza mortífera, que mostraba cualquier intento de escape como una idea irrisoriamente absurda. No solo los sistemas de seguridad eran casi «imposibles» de burlar, sino que además, las condiciones ambientales por sí solas se exhibían estrepitosamente adversas, reacias a ser domadas.

De tomar el camino equivocado, sería una horrorosa caída de al menos doce kilómetros antes de ser estampado contra los bordes afilados de la piedra caliza. Un suicidio casi poético: volar a ciegas hacia la libertad antes de encontrarse de frente con la abominable realidad.

Su estructura, aunque rudimentaria, había sido diseñada a base de grandes columnas de concreto reforzadas, con una altura de al menos doce metros que se entrelazaban con muros de titanio de un grosor aproximado de dos metros. Su cubierta estaba revestida por una densa capa de láminas de cuarzo que, distribuidas por cada una de las superficies de la prisión, prevenía cualquier tipo de intervención derivada de las proyecciones. Y las celdas, pequeños cubículos de dos y medio por cuatro, lúgubres y fríos, servían como recinto de al menos dos prisioneros por cada una, para un total de setenta y cuatro celdas por cada sección equipadas con apenas dos camas de hierro, una letrina, una palangana y un viejo baúl de madera.

Dividida en cuatro secciones, con un perímetro de dos hectáreas y media por sección, en sus inicios la prisión había sido distribuida de acuerdo con el grado de peligrosidad de cada uno de los prisioneros, definido o categorizado por el director carcelario de turno, según el crimen que él considerara más reprochable.

Este sistema de clasificación ofrecía, según la ley auriana, garantías en la seguridad de todos los prisioneros, «evitando» las posibles ejecuciones extrajudiciales y los conflictos internos que se presentaran entre unos y otros por los crímenes cometidos. Aunque, con toda sinceridad, esta realidad solo se hacía verídica de puertas para afuera. Una vez dentro de Draugr, todo acto ilegítimo era validado. En Draugr las leyes no existían, y preservar la vida de los prisioneros era algo poco importante para los guardias. Con la instauración de Sotnem en el poder y los estragos que dejaba la guerra, podría decirse que las muertes eran legalmente justificadas. De igual forma, a nadie la importaban los muertos, no había quién los reclamara.

Teniendo en cuenta la clasificación, las secciones se dividían de la siguiente manera:

Asesinos de alto grado (calabozos subterráneos y pabellón de condenados a muerte).

Ladrones y prisioneros de guerra (celdas comunes y calabozos subterráneos).

Violadores (calabozos superiores y pabellón de condenados a muerte).

Y, por último, pero no menos importante, los crímenes menores (la sección más tranquila, con celdas comunes y mejor adaptadas en el pabellón superior).

Después de la guerra, el número de prisioneros en Draugr había disminuido, y la mayoría de los residentes actuales no era más que simples prisioneros de guerra que habían eludido la ejecución. Una escasez que dejaba a la prisión a la mitad de su capacidad, con apenas dos secciones habilitadas como calabozos, una sección adecuada como hogar de paso para los guardias y la última trivialmente utilizada como campo deportivo para el Draked.

Cada sección era vigilada y protegida por apenas dos guardias por turno (mañana, tarde y noche), pero con un resguardo total a cargo de otros sesenta y cinco activos que permanecían al cuidado de los sistemas de seguridad; haciendo rondas cada treinta o treinta tres minutos para evitar posibles fugas.

Los sistemas de seguridad habían sido desarrollados con «tecnología de punta», y estaban conformados por una compleja red de sensores que analizando constantemente cualquier tipo de movimiento hecho por los presidiarios llegaban a identificar el estado de ánimo de cada uno de ellos e incluso sus posibles intenciones. Ante cualquier alteración del orden, no solo se tenían cerca de setenta y siete activos en total, fuertemente armados, sino que además Draugr contaba con una serie de nano-láser clase ocho que, conectados a los sensores, se activaban ante el mínimo intento de agredir a otro individuo. Preservando así, de antemano, la seguridad de los guardias. Con miedo, más que con respeto, todos se lo pensaban dos veces antes de tan siquiera levantar las manos en contra de sus vigías, pues sometidos por la amenaza invisible de una inminente mutilación, mejor les era conservar los miembros pegados al cuerpo.

Con capacidad para quinientos noventa y dos reclusos, Draugr contenía los criminales más «peligrosos» en Auria y había sido el hogar de Gerd por al menos tres años, luego de ser capturado en Bedúl. Ya que poco tiempo después de la muerte del rey Skali, todo aquel que había sido su simpatizante se encontraba muerto o pudriéndose en un oscuro calabozo. Y para mala suerte de Gerd, quién hasta entonces había sido la mano derecha de Skali, el rey Sotnem había considerado más conveniente verlo sufrir mientras envejecía en una celda, y le había negado la tan ansiada pena de muerte. Un infierno total para Gerd, o por lo menos era lo que él creía para su herido orgullo auriano.

Los peores años en la vida de este viejo capitán habían sido como prisionero de guerra. Gerd sentía que nada iba bien en su vida y que nada acontecía de manera favorable. Estaba resignado, sucumbiendo ante la tristeza, lamentando la muerte de gran parte de su familia y amigos, sin tener una luz de esperanza encerrado en aquel oscuro lugar ni mucho menos motivos para querer escapar y rehacer su vida.

Pasaba sus días creyendo que todo a lo que él había servido y todo lo que había logrado durante su vida se había esfumado. Los rastros de aquel poderoso auriano, que antaño habían sido bañados con victorias y grandes hazañas, ahora solo eran un reflejo de glorias  pasadas y triunfos efímeros que con cada día transcurrido se hacían más difusos. No había día en que no se lamentara de estar vivo, castigándose a sí mismo y creyéndose un inútil por no haber podido defender a los suyos.

«El gran capitán resultó ser un fiasco». Era el pensamiento constante que acudía a sus silencios y que, con una tormentosa y mordaz reverberación, hurtaba su serenidad de día y de noche.

Pasaba largas horas imaginando escenarios en los que las cosas tal vez hubieran podido ser diferentes, recreaba situaciones en las que el desenlace habría sido más favorable si hubiese tomado las decisiones correctas, o si tan solo hubiera estado en el lugar indicado.

Una agónica aflicción echaba raíces en su cabeza y fortalecía su repudio por la vida. Pero qué importaba, ya sus lamentos no servían. Solo le quedaba vivir con su pena y aceptar la condena como castigo por su fracaso.

Pasaba sus días comiendo muy poco y dejando que los guardias lo golpearan y mancillaran a su antojo. Veía en esta humillante tortura la forma de reivindicarse ante aquellos que habían perecido por lo que él creía era su culpa; grandes guerreros habían dado su vida en lugar de él, bajo un valiente sacrificio del cual no se creía merecedor.

Cada día era más difícil para Gerd y se avivaba con más fuerza la idea de quitarse la vida. Quería acabar con su miseria de una vez por todas y no encontraba razones suficientes que lo mantuvieran atado a la tortuosa derrota que ahora lo acompañaba. Sentía que no resistiría mucho más de esta forma, el retrato de la locura presidía su sensatez. Pero, ¿por qué no era capaz de dar el siguiente paso?, era la pregunta que se hacía todos los días al despertar. A pesar de toda su desdicha, no encontraba el valor necesario para apagar la llama; algo extraño lo detenía, una fuerza sobrenatural lo ataba, lo mantenía con vida, le hacía sentir que aún no era su hora.

Por eso cuando llegaba el momento crepuscular de opacar su existencia, el capitán simplemente respiraba profundo y seguía su camino sometido bajo el yugo rutinario de un círculo infernal de asquerosas acciones repetitivas. Con su día a día transcurriendo sin acontecimientos nuevos o tan siquiera interesantes; prolongando el lacerante padecimiento mientras intentaba convencerse de que tal vez algún día, por fin tendría el valor para lanzarse al oscuro abismo que ofrecía su destino.

Se levantaba, lavaba su rostro, salía de la celda, cumplía con sus obligaciones, comía un poco y se sentaba con los demás prisioneros durante toda la tarde sin decir una sola palabra. Luego, llegaba la repugnante noche; los guardias lo golpeaban casi hasta matarlo, volvía arrastrándose hasta su celda sin probar bocado alguno y, si tenía algo de suerte, se desmayaba al llegar a la cama.

Al día siguiente comenzaba de nuevo con la misma lista de agobiantes quehaceres, rogando que el paso del tiempo se apiadara de su existencia, acelerando su marcha para alcanzar la muerte y por fin tener paz de una vez por todas.

# Capítulo III

## Hábitos insufribles

*Draugr, vigesimotercer día del Jaggrad, año 2048*

«**O**tro día más», pensaba Gerd. Sin abrir sus ojos, salía del sueño profundo gracias al insufrible chillido que semanas atrás habían dispuesto como despertador en la prisión. Apenas si había dormido unas pocas horas y sentía sus párpados tan pesados que se cerraban ante el mínimo intento de abrirlos.

Dormir era un privilegio, ahora negado, del que gozaban únicamente aquellos que daban su vida como pago, o bueno, también aquellos que lamían la suela de los guardias cual sanguijuelas que se adhieren a la piel de sus comensales para sobrevivir.

Gerd, por su parte, con suerte lograba desmayarse después de cada golpiza o quizá, ni siquiera podía conciliar el sueño. Cuánto extrañaba su ahora inexistente hogar: con aquella tibia, suave y reconfortante cama; con la dicha de ver la luz de Nirú asomándose por su ventana cada mañana y, lo más importante, la autonomía para despertarse a la hora que considerara conveniente. Evocaciones de su pasado que se desvanecían ante la cruda realidad que ahora exhibía su entorno al abrir los ojos. El capitán ya no era un auriano libre, y tenía que vivir con eso.

Saliendo del letargo matutino, palpaba el costado izquierdo de su tórax y recorría cada una de sus costillas con la yema de sus dedos hasta el esternón, definiendo los límites del dolor y pensando que tal vez podría tener alguna fractura. Sentía que su cuerpo se había debilitado en exceso, y al paso que iba, estaba seguro de que ninguno de sus huesos conservaría la integridad necesaria para tan siquiera volverse a levantar de la cama.

—Lo más difícil es dar el primer paso —susurró Gerd para sí mismo, dándose ánimos con aquellas palabras parcas y vacías que se repetía a diario sin tan siquiera creer en ellas.

El día era más gris que de costumbre y la luz de Nirú no daba rastro de su existencia a través de las rendijas; hacía demasiado frío, y bajo su aspecto cadavérico, con la carne cada vez más pegada al hueso, su cuerpo temblaba y sus labios empezaban a perder color.

Esforzándose al máximo y con mucho dolor en casi la totalidad de su cuerpo, Gerd logró sentarse sobre el borde metálico de la cama mientras tanteaba el piso con sus pies en búsqueda de aquellos trozados zapatos que tenía como dotación. Tan solo con rozar el suelo podía sentir el frío repulsivo que emanaba del cuarzo, eso lo hacía sentir irritado. Levantarse y solo imaginar que tendría entrar en contacto desnudo con ese piso helado era más de lo que podía soportar, le parecía un acto grotesco y despiadado para lo poco que le quedaba de dignidad.

Al cabo de unos segundos, sin mucho éxito en su sondeo, respiró con pesadez y clavó su mirada en el suelo para hacer una inspección más detallada de su entorno. Una búsqueda rigurosa de aquellos escarpines que escurridizamente cambiaban de posición cada mañana, y sin los cuales, no estaba dispuesto a poner un pie fuera de la celda, o incluso de aquella lámina fría e inflexible que tenía por cama.

Revisando con atención cada rincón del pequeño cubículo, pudo percatarse de que no había rastro alguno de sus zapatos en toda la habitación. Los habría perdido durante alguna de las golpizas habituales, o quizás los guardias se los habrían arrebatado como forma de torturarlo, a sabiendas de su desagrado por el íntimo acercamiento con el frío cuarzo. Cualquiera que fuera la respuesta, no podía eludir el abatimiento.

Gerd se sintió frustrado, y con el mismo impulso que había tomado para levantarse de la cama, se dejó caer de espaldas y cerró sus ojos para darle un tibio abrazo a la depresión.

—¿A quién engaño? —se lamentó —, qué sentido tiene ponerme en pie una vez más... Si voy a morir hoy o voy a morir mañana, el resultado sigue siendo el mismo —permaneció pensativo por unos minutos —, ya no me queda nada —reflexionó al fin con abatimiento —, ¿para qué he de prolongar lo inevitable?

Tumbado sobre la cama deslizó su mano lentamente por el borde de la almohada hasta descubrir un pequeño fragmento de espejo, que con audacia había escondido entre las fibras de la funda luego de aquel nefasto incidente en el que Niuth había perdido la vida.

—Lo lamento mucho, amigo... —susurró Gerd con su voz temblorosa, mientras observaba su lánguido reflejo en el pequeño trozo de espejo que sostenía con su mano.

Lo tomó con la yema de sus dedos y con delicadeza rozaba los bordes afilados, con la idea de cortarse con ellos. Acostumbrado al dolor, sería un simple piquete que traería consigo el sueño eterno. Un sueño que lo haría olvidar toda su tristeza. Entonces, ¿por qué dudaba?

Afirmó su cabeza sobre la almohada y, tras un largo suspiro, cerró sus ojos por unos minutos, intentando recorrer los rincones más felices de su memoria. Pero... ¿qué esperaba encontrar allí?, tal vez una razón más para no hacerlo, tal vez solo necesitaba un motivo, uno, el más mínimo pretexto para rechazar la muerte. Sin embargo entre más se adentraba, más se convencía de su decisión. Su búsqueda lo conducía a ciegas directo al abismo. Recordar lo feliz que había sido con cada uno de sus logros era clavar más profundo la estaca que reposaba incrustada sobre su pecho. Recordar a su familia, a sus amigos y a aquellos a los que no había podido salvar solo ponía el arma sobre sus manos y le daba el impulso necesario para dar un final «feliz» a su pesadilla.

Sus ojos se inundaron por completo y las prófugas danzantes no se hicieron esperar para recorrer sus mejillas. Sollozaba como un niño pequeño, mientras toda su vida pasaba frente a sus ojos, sin poder anclarse a sus memorias ni detener el tiempo para burlar al destino.

«¿Acaso era este el final? —se preguntaba —, ¿acaso por fin aquella fuerza sobrenatural que impedía la tragedia lo había abandonado?».

La verdad es que no estaba seguro de nada, pero sentía muy dentro de su ser que ya no tenía más opción. Su tiempo había terminado.

—¿Para qué tanto poder, si al final... al final solo fui un fracaso? —balbuceó el pobre capitán con un tono agreste y compungido, luego tragó saliva con dificultad, como si su tráquea se hubiese quedado pegada a su paladar, y se vio enfrentado a un acceso de tos que, después de repetidas contracciones, lo hizo vomitar.

—Toda una vida de lucha y terminé en esta maldita pocilga como el peor de los criminales —se limpió el vómito de la boca con el dorso de su mano

—Que me perdone la vida —agregó, carraspeando un par de veces para despejar su garganta —, que me perdone por rechazar este regalo que me ha dado, pero esto no es vida. Estoy viejo y me siento cansado, y no creo haber sido tan malo como para terminar de esta manera. Me rindo. Hoy sucumbo ante el cálido abrazo del deceso, derrotado y con mi orgullo hecho trizas. Me entrego a la muerte siendo un fracaso —un pequeño sollozo escapó de su pecho y su voz se hizo cada vez más temblorosa.

—Sin honor y sin gloria, pido perdón a la memoria de mis padres y le otorgo la entera satisfacción para aquellos que quisieron verme acabado. Hoy ha muerto la esperanza, y con ella, mis ganas de seguir adelante.

Inhaló una gran cantidad de aire por la nariz y la fue soltando con dilación, a la par que se deshacía del miedo. Sabía lo que tenía que hacer, y no podía dejar que la duda le arrebatara la oportunidad de alejarse de aquello que limitaba su propia experiencia. Seguir respirando y aun así ser acotado por una celda era absurdo; sus aportes a la vida habían quedado reducidos a una estructura húmeda, escabrosa y fría de cuatro caras, que apenas si le brindaba una pequeña rendija para comunicar su vida con el mundo exterior. Ya no podía soportarlo. Si alguien o algo iba a limitar su vida, sería la muerte, y no la voluntad de un tercero.

En seguida, tomó el pequeño fragmento de espejo y lo posó con firmeza sobre su muñeca izquierda. Dispuesto, a cortar de un tajo el cúmulo de venas que sobresalía por encima de sus flexores. Sería una muerte lenta y dolorosa, pero era el precio que estaba dispuesto a pagar para obtener la tan ansiada paz de la que había sido privado.

Haciendo un poco más de presión sobre su muñeca, el cristal perforó la piel y se asomaron las primeras gotas de sangre que, con un olor herrumbroso y un color carmesí, se deslizaron con delicadeza por su antebrazo hasta caer con apacible armonía sobre su pecho.

Daba pequeños gruñidos y presionaba sus ojos con gran fuerza, en un intento por soportar el dolor causado por la herida. Sin embargo, no era tan fácil como había pensado. El espejo no era tan afilado como se veía, y aquel «piquete» estaba causando un dolor mucho más grande del que podía soportar.

Con gran dificultad rasgaba la piel y con premura retiraba el fragmento al no soportar el dolor. Pero al borde de la desesperación y con la depresión sobre sus hombros actuando como una mala consejera. Ya no había vuelta atrás; tenía que aplicar más fuerza.

Tomó una gran bocanada de aire y juntando el valor necesario para terminar el corte, se dispuso a concluir su tarea. Pero, antes de clavar una vez más el vértice especular sobre la ya ensangrentada incisión de su muñeca, una voz ronca y amarga se abrió paso a través de la oscuridad y lo arrastró de vuelta hacia el último rayo de luz, del cual intentaba alejarse.

—Sé que no soy quién para aconsejarte —lo interrumpió el comandante Octe mientras abría la puerta de la celda —, pero estás tomando el camino equivocado, Gerd.

—Lo dijiste bien —respondió con amargura, levantando su mirada hacia la puerta y dejando el corte a medio terminar. Un pequeño trazo irregular de unos tres centímetros, de bordes rasgados, y una profundidad no superior a media pulgada, emitía un pequeño afluente escarlata desde la muñeca del capitán y su pecho estaba empapado con manchón granate —tus consejos no son bien recibidos —Gerd se cubrió la herida con su mano. Se sentía avergonzado y a la vez juzgado por aquel al que creía culpable de su miseria.

—Adelante, hazlo —respondió Octe alentándolo con desidia —, no me interpondré en tus decisiones, si es lo que quieres. En realidad, no me importa. No soy tu niñera —sonrió con ironía.

Gerd lo miró con odio. De haber tenido la oportunidad y bajo otras condiciones, le habría roto el cuello sin dudarlo.

—Pero tengo una noticia que seguro podría interesarte —agregó Octe —, y tal vez, solo tal vez, incluso puede hacerte cambiar de parecer.

—Nada de lo que digas ahora puede cambiar...

—Katheryn está viva, Gerd —anteponiendo su voz sobre la del capitán, lo interrumpió con su exabrupta revelación.

—¡No te atrevas a jugar conmigo, maldita escoria! —gritó furioso y se apresuró a levantarse para enfrentarlo, ignorando cualquier dolencia de la que padeciera.

—Tranquilo, no es un juego —dijo Octe refrenándolo con sus manos —. Recibí noticias de Skrtost y, según logré entender, está más viva que nunca.

—¡Mientes! —le gritó Gerd, señalándolo con su dedo —, la vi morir con mis propios ojos.

—¿Estás seguro de lo que viste? —lo contrarió Octe —, a veces, la realidad simplemente no es lo que parece.

—El veneno la mató tan rápido como al Rey —dijo dubitativo, dirigiendo su mirada hacia el suelo en un intento por recordar aquella situación, aunque, en el fondo, no estaba por completo seguro —, estoy seguro de eso.

—¿Viste el cuerpo después de su muerte?

—No, pero... —titubeó —, yo, yo... —guardó silencio un momento, pensando en Katheryn tendida sobre su plato, escupiendo sangre por la boca, luego sus recuerdos se hicieron difusos —, yo sé lo que vi y la vi morir —su voz hacía visible la duda, pues había perdido la confianza en sus palabras, pero, aun así, su orgullo seguía siendo más grande —, deja de jugar conmigo o juro que te arrancaré el corazón con mis propias manos.

—Cree lo que quieras, Gerd —dijo Octe encogiéndose de hombros —, solo pensé que querrías saberlo. Bien puedes continuar en lo que estabas, así nunca confirmarás mis palabras.

—¿Cómo podría confiar en ti?, tan solo eres un maldito traidor —murmuró entre dientes —. ¡Lárgate de mi vista! —le gritó —, ya sé que sólo quieres jugar con mi cabeza.

—Si no quieres creerme, es tu problema —hizo un gesto de desinterés arqueando su boca hacia abajo —, de igual forma, tienes que saber que es una noticia agridulce, claro —hizo una pequeña pausa, examinando el rostro de Gerd mientras hablaba.

Gerd no dijo nada.

—Katheryn está viva, sí —aclaró Octe —, pero no lo estará por mucho.

—¡¿Qué?! —Gerd abrió sus ojos de golpe —, ¿a qué te refieres?

—Pensé que no creías en mis palabras —dijo sonriente.

—Suéltalo de una maldita vez, ya sé que lo disfrutas.

—Sotnem ordenó que la ejecutaran —respondió Octe con un tono entristecido, aunque Gerd pensó que estaba fingiendo —, está intentando aterrorizar aún más al insurrecto fraduar, y si lo logra, les robará hasta la última gota de esperanza. Ya sabes cómo es esto.

—¿Por qué me dices todas estas cosas? —inquirió Gerd fastidiado, y se sentó sobre la cama, presionando sus ojos con la yema de sus dedos.

—Creí que te alegraría saber que no murió ese día.

—¿De qué me sirve saberlo si no puedo hacer nada para cambiarlo?

—Pensé que te quitaría un peso de encima, solo intento hacer más amena tu estadía en este lugar.

—Vete.

—Pero...

—¡Que te largues, traidor!

—Bien —respondió un poco molesto y se alejó cojeando hacia la puerta —. Creo que necesitarás estos, si quieres salir de la cama —le arrojó los zapatos y luego cerró la puerta de la celda.

—Buen día, capitán; enviaré a alguien para que revise esa herida —señaló la herida que Gerd intentaba ocultar —, y un poco de comida, claro —lo miró de pies a cabeza —mírate, tan escuálido. Me das lástima.

Le dio la espalda, pero no se alejó. —Ah, por cierto... —giró su cabeza y se tocó la nariz —, linda nariz, me trae muchos recuerdos —finalmente, se alejó por el pasillo con una victoriosa sonrisa sobre su rostro.

Gerd temblaba de ira, pero más que por las palabras del comandante, estaba furioso por dudar. Su vida, o más bien lo que quedaba de ella, había vuelto a dar un giro imprevisto, y se sentía confundido por el repentino golpe que habían dado a su memoria. Una intrusión a ese pequeño bloque de recuerdos desdeñados que volvían desde su remoto pasado para turbar su tranquilidad. Tal vez Octe solo estaba jugando con él; tal vez solo quería fastidiarlo y recordarle aquel fatídico día en que todo se fue por el caño, ¿o tal vez no? Cualquiera que fuese el caso, había logrado sembrar la duda en su cabeza, y ahora la idea de quitarse la vida parecía una fantasía descabellada.

Una noticia oportuna, en el momento más inoportuno, reavivaba la esperanza en Gerd. Aquel sentimiento ambiguo que yacía enterrado en los rincones más recónditos de su memoria, ahora descubierto, hacía mella en su depresión. La llama se había encendido una vez más y le daba la fuerza y los motivos suficientes para querer salir de Draugr. Podría llamarlo suerte, o quizá aquella fuerza sobrenatural lo había acompañado una vez más. Fuera lo que fuese, estaba atado a la vida, y su coraje y su valor crecían con fulgor, bajo la idea de que la reina Katheryn se encontraba aún con vida.

Katheryn no solo había sido un amorío clandestino y prohibido; era el símbolo de la causa que había defendido durante tanto tiempo y por la cual había perdido prácticamente toda su vida.

Quizá fue una traición al difunto rey acostarse con su esposa un par de veces, pero se daba consuelo al pensar que el rey también había disfrutado a sus anchas de cuanta sirviente había pasado por el palacio.

Una mezcla de sentimientos que se entrelazaban en su sistema límbico carcomía su cabeza, y lo más importante, pensaba que con Katheryn tendría una oportunidad para levantar al adormecido pueblo y hacerle frente a Sotnem, hacía que cada fibra de su cuerpo se estremeciera. Ahora solo había un problema: con el yugo y sus cadenas, probablemente ni siquiera llegaría a tiempo para detener su ejecución.

«¿Qué hacer?». Pensaba Gerd.

Por descontado, no estaba en posición para pensar en un levantamiento, al menos no ahora. Primero tendría que salir de Draugr y luego rescatar a Katheryn de las garras de la muerte, y si quería llevar a cabo un plan, tendría que hacerlo pronto. Gerd no lo sabía, pero le quedaban solo unos días antes de que Katheryn fuera trasladada a la ciudad costera de Bethúa, donde sería ejecutada frente a los ojos de miles de aurianos. Era la jugada maestra en el tablero del consejo para dejar sin movimientos a la oposición. Con la ominosa muerte de Katheryn, Sotnem mostraría todo su poderío, incluso sobre la realeza, y enterraría junto a la reina los rezagos de esperanza que quedaran resguardados en el fraduar.

Un pueblo aterrorizado y humillado al final se arrodillaría ante los pies del oscuro rey y dejaría a un lado cualquier intento de sublevarse. Era un ennegrecido plan, capaz de fijar el destino de todos los aurianos. Era un sacrificio que en definitiva sepultaría a todo un pueblo y reduciría la probabilidad que tenía Gerd para reunificarlos y reinstaurarse como el gran capitán que siempre había sido, aunque, claro, todo dependía de su capacidad para escapar.

«¿Qué hacer?».

Sólo tenía que pensar en un buen plan. No sería un escape tan simple, y Gerd lo sabía, pero mientras tuviera la más mínima oportunidad, debía evitar que Sotnem se saliera con la suya, si no lo lograba, al menos moriría intentándolo.

Pero, ¿cómo iba a escapar? En desventaja, ni su fuerza bruta ni sus dones especiales lo acompañaban en la posición actual: débil, famélico, enfermo y golpeado. No saldría tan fácil de la guarida de leones en la que se encontraba, y claro, antes de tan siquiera pensar en desatar toda la furia de sus emociones, tendría que ser demasiado ingenioso para poner un pie fuera de la prisión sin ser neutralizado, y en extremo meticuloso para salir de Loplik sin estampillarse contra el abismo.

«¿Qué hacer entonces?». Era la estúpida pregunta que daba vueltas en su cabeza una y otra vez mientras paseaba impaciente por toda la celda. Apenas si lograba percibir el frío bajo la planta de sus pies, cuyo contacto con el cuarzo ahora ignoraba. Bastante azorado y narcotizado por la adrenalina, ni siquiera el dolor era capaz de sacarlo del trance autoinducido por las fantasías. Ya no tenía nada que perder, y el tiempo era corto. Tendría que hacer todo lo que estuviera a su alcance para rescatar a Katheryn, sin importar lo descabelladas que se mostraran sus ideas, pero, ¿qué hacer?

—¡Concéntrate, tú puedes!

La sangre se deslizaba por su brazo y las gotas bañaban el suelo marcando el camino de su desesperación. No dejaba de moverse con gran impaciencia de un lado a otro, respirando agitado y casi a punto de caer bajo el peso de su pesimismo.

Su cuerpo empezó a perder fuerzas con cada gota de sangre que se fugaba por su muñeca. Paso a paso, gota a gota, sin encontrar una respuesta, su mente se nublaba y se dejaba arrastrar patéticamente hacia la oscuridad.

—¡Maldición! —gritó enfurecido —, ¿en qué demonios
estoy pensando? No tiene sentido, ¿qué mierda voy a
hacer? —apenas si bastaron unos segundos de su aza-
roso recorrido por la celda para que perdiera la calma
ante la adversidad de sus pensamientos y se convir-
tiera en una afligida víctima de la infame ansiedad.

—¿Qué hacer?, ¿qué hacer?, ¡¿qué hacer?! —la impaciencia y desesperación tomaron control sobre su
juicio y nublaron su razón. No lograba encontrar una
respuesta congruente para la fina problemática que se
anudaba en su cabeza. Con su mente cargada de pesimismo, cada idea parecía más irreal e insensata que la
anterior. Se encontraba sepultado bajo una avalancha
de pensamientos e ideas negativas que arrebatan su
discernimiento y se adueñaban de sus sentidos sin per-
mitirle encontrar una respuesta lógica a su problema.

—¿Y si tal vez...? no, ¡maldición!, ¿quizá debería...?,
Ahhh... Concéntrate, Gerd, maldita sea —gruñía y pataleaba por toda la celda, divagando entre un pensamiento y otro, sin dar conclusión alguna a sus ideas.
No lograba organizar su cabeza. Barrera tras barrera,
se iba cerrando el camino a la libertad y poco a poco la
depresión se adueñaba una vez más de su vida.

Presa del pánico, su respiración se fue intensificando a la par del agudo dolor en su pecho, que crecía de
manera progresiva con cada inspiración. Sus pies, sudando frío, acortaron el paso, cubriendo una porción
más pequeña de la superficie del cubículo. Poco a poco
empezó a sentirse mareado y su cuerpo se tornó cada
vez más pesado. Las puertas se cerraron de golpe y la
celda cada vez le pareció más pequeña. Las luces se
extinguieron a su alrededor y poco a poco su mundo se
tornó en un abismo completamente oscuro.

Su respiración, cada vez más rauda, fue des-
aturando sus niveles de dióxido de carbono, de-
jándolo atrapado bajo los efectos de la hipocapnia.
Ninguno de sus sentidos mostraba una respuesta efi-
caz a su entorno. Susurros infernales que, como una
holofonía, paseaban por sus oídos cual demonios a sus
espaldas, trajeron consigo la locura y lo despojaron de
la percepción de su realidad.

«*Mátate...* —susurraban, haciendo eco en las pequeñas paredes de lo que ahora percibía su delirio —, *ya no te queda nada... No hay salida... Déjate llevar... Ven con nosotros... Termina lo que iniciaste*».

Gerd tomaba con fuerza de su cabeza y jalaba su cabello con desesperación, pero no encontraba la salida. Sus manos empezaron a hormiguearle y su corazón latía tan fuerte que parecía brotar de su pecho; sus labios se tornaron cada vez más pálidos, y sus piernas, sin la fuerza necesaria para sostener su pesado cuerpo, se doblaron sobre sus rodillas. Al final, el pobre capitán, fue seducido bajo los encantos de la gravedad y se deslizó de panza por la locura mientras con gran estruendo besaba el suelo.

Los demonios desaparecieron, los susurros cesaron, no daba reparo en sus sentidos; de repente, todo fue oscuridad y silencio.

# Capítulo IV

## Sosiego

*Draugr, vigesimoquinto día del Jaggrad, año 2048*

Con lentitud abrió sus ojos, mientras sus pupilas hacían un intento por enfocar su entorno; bastante desorientado, apenas si lograba percibir algunas imágenes distorsionadas y una luz blanca que se posaba de imprevisto sobre sus retinas. Enseguida, se sintió encandilado por aquel pertinaz destello que con insistencia se desplazaba a lo largo de sus ojos: de lado a lado, arriba y abajo y finalmente atrás y adelante. El brillo era insoportable, sentía que sus ojos se quemaban y que aquella luz incandescente emborronaba su visión. Parpadeó un par de veces intentando apartarla de sus pupilas, y quiso mover sus manos para cubrirse el rostro, pero su cuerpo parecía no responder a sus intenciones. En respuesta, Gerd entrecerró sus párpados de nuevo o, por lo menos creyó hacerlo, y se esforzó por ver más allá de lo que le permitía aquella luz que tenía sobre el rostro, pero era inútil, el destello era imponente y su blancura parecía abarcar todo el ancho de sus órganos visuales.

Al cabo de unos segundos, la luz se apagó y sobrevino una luz un poco más tenue y lejana. Después de unos segundos más, vio algunas sombras y a través de ellas divisó frágiles destellos que se proyectaban frente a él, como un velo de titilantes y minúsculas estrellas. Luego, a medida que sus ojos se acostumbraban a la luz, frente a él aparecieron diferentes estructuras que, a pesar de no ser por completo claras, las reconoció ajenas al habitual granítico y húmido agujero que tenía por celda. Todo le pareció muy diferente, quizá un poco más limpio, tal vez un poco menos frío.

«¿Seguía alucinando?» —reflexionó el capitán muy aturdido.

De repente, le sobrevino una ola de dolor que, sin pena alguna, le arropó todo el cuerpo. Un ferviente quemón se desplazó desde sus extremidades hasta concentrarse como una punzada inflexible sobre la parte frontal de su cráneo. Oh, aquel dolor le era insoportable, y sobrevenía acompañado de un zumbido irritante que le pareció taladraba sus oídos, poco después sintió muchas náuseas y su cuerpo comenzó a temblar.

«¿Acaso era esta la muerte? —se preguntaba —, ¿un doloroso deceso como castigo por sus malas acciones?». Bien o mal merecido, era mejor no oponer resistencia y fluir con las tormentosas aguas que lo conducían directo al infierno.

—¿Puedes oírme, Gerd? —una dulce voz se abría paso a través del zumbido, acompañada del chasquido de dos finos dedos que hacían eco en sus tímpanos.

—¿Ka...theryn? —balbuceó Gerd con gran dificultad.

—Ahí estás, bienvenido —exclamó Cimsi mientras sonreía con dulzura —, te diste un buen golpe —apagó la lamparilla que sostenía en las manos —, bueno... eres más golpes que auriano. La verdad es que no logro distinguir dónde terminan tus moretones y dónde empiezas tú —soltó una pequeña carcajada.

—¿Qué pasó? —preguntó Gerd, intentando levantarse.

—Tranquilo, no te esfuerces —lo retuvo con su mano.

Gerd la miró con más detalle luego de omitir la luz que lo encandilaba, y se sobrecogió al descubrir lo hermosa que era aquella auriana con la que estaba hablando. Su cabello, largo y frondoso y de un color negro profundo, se enrollaba sobre su cabeza como un torbellino algodonado que bien podría confundirse con el nido de algún ave majestuosa.

Sus ojos, tenían la profundidad de un gran lago de aguas cristalinas, y sus finos labios se remarcaban bajo sus simétricos y prominentes pómulos, otorgándole un aire juvenil e inocente. Era alta, curvilínea y... demasiado joven para un auriano de su edad.

—El comandante me envió a tu celda —musitó Cimsi, descubriendo la intensa mirada del capitán —, dijo que estabas muy débil y que tenías una herida en tu muñeca que necesitaba atención.

Gerd desvió la mirada sintiéndose avergonzado.

—Y bueno —agregó la joven enfermera —, cuando llegué, te encontré tendido en el suelo y había sangre por todos lados —hizo un gesto simulado de horror —; pero no te preocupes, tu cabeza amortiguó todo el golpe —soltó una risotada y con su mano golpeó el hombro del capitán.

—Auch...—exclamó adolorido.

—Lo siento —dijo Cimsi en un tono burlón —, por un momento olvidé que eras de cristal.

—Jum... —gruñó Gerd mientras intentaba estirar los músculos de su espalda.

—Te pondrás bien —convino Cimsi —, te hice un par de exámenes y salieron mejor de lo que esperaba; solo necesitas comer un poco más y descansar el tiempo suficiente. En un par de días estarás como nuevo.

—¿Un par de días? —recalcó sus palabras sorprendido —, no tengo tanto tiempo.

La enfermera soltó una pequeña risilla.

—Como si tuvieras adónde ir.

—Bueno, aunque no lo creas —se removió sobre la almohada —, no tengo planes de quedarme mucho tiempo.

—Ah… sí —respondió afligida —, pude ver lo que intentaste hacer —miró las muñecas de Gerd —, sé que es horrible lo que tienes que vivir ahí afuera en esas celdas, pero no creo que esa sea la solución. Piensa que algún día podrías salir de aquí.

—¿Bromeas? —preguntó el capitán con ironía —, estoy viejo, acabado y enfermo, no creo que me quede mucho tiempo en esta vida como para pensar en que me darán la libertad. Además, no me refería a eso. Aunque bueno, no es de tu importancia.

—Qué cosas dices, capitán —le refutó Cimsi —. Ignorando los moretones en todo tu cuerpo y que apestas a mil demonios, aún conservas tu atractivo. Y, tal vez, bajo otras circunstancias… estaría encantada de salir contigo.

—¡Ja!, claro —dijo con fingida humildad, aunque en el fondo se sintió un tanto apenado.

—Primera vez que te veo sonreír —lo miró y le sonrió con un gesto de cercana coquetería.

—Me estás poniendo nervioso —dijo Gerd, mientras las partes de su rostro que aún se conservaban intactas se tornaban un poco rojizas.

—¿Te estoy avergonzando?, ¿eh? —bromeó Cimsi con picardía y se acercó al capitán para hacerlo sentir más incómodo.

—Estás muy cerca. Me, me… estas poniendo nervioso, en serio —dijo Gerd, sintiendo que algo crecía progresivamente en su entrepierna.

—Sí, ya pude notarlo —respondió Cimsi riendo con sutileza —. Todo un capitán y se pone nervioso frente a una simple auriana.

«Al menos sigue funcionando». Pensó Gerd.

—Lo siento, es inevitable —desvió la mirada hacia el costado opuesto —, es solo que, bueno… Tu, sabes, estabas muy cerca y…

—No te preocupes, creo que fue mi culpa —se alejó apenada.

Un silencio incómodo se adueñó del lugar por un instante. Gerd miró hacia la puerta fingiendo que algo había llamado su atención, y Cimsi se movió por toda la habitación fingiendo limpiar a su alrededor; luego, descartó algunos vendajes que había cambiado de las heridas de Gerd apenas unos minutos atrás, y posteriormente se sentó de espaldas al capitán sin decir una palabra.

El capitán aclaró su garganta. —Y, ¿llevas mucho tiempo trabajando en está pocilga? —le preguntó con interés, intentando cambiar de tema. Quería dar por terminado el momento incomodo y pretendía no perder la oportunidad para sonsacarle un poco de información a la joven enfermera.

—Desde sus inicios —suspiró la enfermera removiéndose con inquietud sobre su asiento —, es mi hogar, literalmente —permaneció en silencio por un momento, observando el temblor en sus manos —. Estar aquí me salvó de la muerte, pero ahora no tengo adónde ir.

—¿Y tu hogar?

—No tengo.

Gerd negó con la cabeza. —No entiendo, ¿y tu familia?

—La guerra, capitán, la guerra me lo arrebató todo —se lamentó un poco más seria —, mi familia, mis amigos, mi ciudad, todo —sus ojos se llenaron de lágrimas.

—En verdad, lo siento mucho —dijo Gerd intentando mostrarse empático, pero su tono de voz era por menos: altivo y poco sincero.

Cimsi permaneció de espaldas a él.

—Sé lo que sientes —interpuso el capitán recordando su antigua vida —, antes de Draugr, yo era un gran capitán, ¿sabes?, trabajando de la mano del rey y...

—Lo sé —respondió molesta —, todo el mundo sabe quién eres.

—Lo lamento —se disculpó con falsa modestia —, no quería sonar como alguien pretencioso, no. No me malinterpretes. Lo que en realidad quería decir es que también soy alguien que lo ha perdido todo.

—Sí, supongo que es difícil para un capitán no poder comer más de dos veces en el día —exclamó con resentimiento —, y no poder dormir en un cómodo colchón con fibras hipoalergénicas, debe ser toda una tortura.

Gerd se sintió ofendido. —No sabes de lo que estás hablando, tú, niña idiota, ¿qué sabes de la guerra si no has tenido que lucharla?

—Más de lo que crees —murmuró para sí misma.

—Toma el mando de todo un planeta, si lo crees tan fácil, y muéstrame como lo harías mejor que yo.

—Mira, lo lamento —se disculpó evitando entrar en conflicto con el viejo capitán —, es solo que, todo esto es absurdo y me pone de mal humor.

—Tal vez... —respondió más calmado —, pero no deja de ser un evento inevitable.

—Claro, pero —se limpió las mejillas y se dio la vuelta mirando al capitán a los ojos —, inevitable o no, al final siempre pagamos nosotros, los de abajo.

Gerd apartó su mirada. —No entenderías.

—No tengo porque hacerlo, capitán —inquirió Cimsi —, cuando has vivido como yo, no tienes por qué entender razones, solo te acostumbras a sobrevivir.

El capitán no respondió.

Cimsi se dio la vuelta de nuevo. —En todo caso, no importa, lamento haberte ofendido.

El capitán dudó por un momento antes de hablar.
—Sí, bueno —añadió después de un tiempo prudente
—, si de algo te sirve, yo lamento que hubieras perdido
a tu familia y tu hogar —esta vez sus palabras sonaron
un poco más sinceras.

Cimsi asintió con un gesto de melancolía en su rostro. Podía verse el dolor a través de sus hermosos ojos,
y por un momento el capitán se sintió culpable.

—Por otra parte —agregó Gerd —, quería preguntar-
te algo importante.

—claro, claro... —correspondió la enfermera, cambiando su semblante —, pregunta.

—¿Sabes algo sobre Katheryn?

—¿Katheryn?, ¿qué Katheryn?

—Ya sabes...

—¿La reina Katheryn? —preguntó Cimsi comple-
tando sus palabras

—Sí.

Cimsi, suspiró con tristeza. —Por supuesto, todo el
mundo sabe sobre la reina Katheryn.

—Y, ¿bien? —insistió Gerd.

Cimsi dio una gran inhalación y exhaló con un lamento. —Es algo triste, ¿sabes?, teníamos la esperanza de que ella retomaría el control, pero... bueno, yo
lo llamo: «la estocada final que dará la corrupción en
contra del pueblo».

—Así que Octe decía la verdad —susurró Gerd.

—Pero, no entiendo, ¿cómo es sigue con vida?

—Bueno —dijo Cimsi —, tú más que nadie deberías
saberlo. Estuviste presente el día que murió el
rey Aurium.

—La vi morir —se cuestionó Gerd —, eso fue lo que vi.

—Tal vez estabas un poco confundido por la situación.

—No. Yo sé lo que vi. Lo recuerdo bien. Era un día normal, como cualquier otro. Todos disfrutábamos de la cena. Aurium hacía bromas acerca del accidente embarazoso de una joven que conoció cuando era un niño y, de repente comenzó a toser, una y otra vez. Pensé que tal vez se había atragantado con el filete y me puse en pie, quería ayudarlo; pero... luego de la tos, rápidamente vino el vómito, y con el vómito, la sangre, mucha sangre. En cuestión de segundos quedó tendido en el plato con los ojos bien abiertos, ni siquiera pude llegar a él. Seguido de eso pude ver a Katheryn actuando de la misma forma... Sentí pánico, pensé que tal vez yo sería el siguiente, luego hubo varias explosiones y me desmayé. No recuerdo nada más. Para cuando desperté, estaba en este maldito lugar y todo se había ido a la mierda.

—Lo lamento —dijo Cimsi —, debió ser horrible.

—Sí, lo fue —afirmó Gerd —, es un recuerdo que me atormentará por el resto de mis días.

—Pero..., pues —titubeó Cimsi —, no murió —se encogió de hombros —puedo asegurártelo. La he visto en un par de transmisiones en vivo —disminuyó el tono de voz, casi susurrando —, el rey Sotnem la mantuvo como prisionera después de la guerra, o bueno, más bien como su esclava. Podría decir que hizo con ella todo cuanto estuvo a su antojo.

—¡Maldito! —exclamó Gerd intentando ponerse de pie.

—Tranquilo, no puedes hacer mucho esfuerzo.

—No entiendo —dijo Gerd confundido —, hay algo que no termina de encajar, ¿por qué decidió ejecutarla ahora, después de tanto tiempo? Ya pasaron varios años.

—Creo que es culpa de la resistencia —susurró cubriendo sus labios con la mano.

—¿Resistencia? —preguntó Gerd.

—Sí, pero... —apartó su mirada nerviosa —, no puedo hablar de eso.

—Vamos, por favor —insistió Gerd —necesito respuestas.

—Lo siento, no pue...

—Por favor —la tomó de la mano y le clavó una mirada suplicante.

—Podrían ejecutarme —se mordió el labio.

—Por favor... —insistió Gerd sin despegar su mirada.

Cimsi se lamentó al ceder ante las suplicas del capitán, pero de igual forma no pudo negarse. —Bien, pero si le dices a alguien que...

—No diré nada —la interrumpió entusiasmado.

Entonces Cimsi se acercó hasta su oído y le susurró —: verás... En los últimos meses se han creado muchos grupos rebeldes que se oponen a las fuerzas del rey. Ciudadanos comunes que reconocen y proclaman a la reina Katheryn como la única y legítima gobernante de Auria; Sotnem los ha descrito como: «terroristas que se oponen a la verdadera paz» y ya podrás imaginarte, todo el que es descubierto hablando sobre la resistencia es acusado de conspirar, y por tal, ejecutado. Y bueno, para acabar con el problema de raíz, el consejo decidió que era hora de acallar las voces dejándolos sin el símbolo de su lucha.

—Katheryn...

Cimsi asintió. —Están seguros de que si los dejan sin un representante legítimo, nadie intentará hacer nada — hablaba en un tono casi imperceptible.

—Y no lo harán. Tiene sentido lo que dijiste de la estocada. ¿Resistencia? ¿Eh?, estoy seguro de que Kala está detrás de esto.

—¿Kala? —preguntó confundida.

—Sí, es una vieja amiga. Pero, es irrelevante... continúa.

—Lo último que supe, es que Sotnem planea enviarla a Bethúa, la decapitará en el centro de la plaza de Veidi y transmitirá su ejecución por holograma a todo el planeta —retomó el tono normal.

—La verá toda Auria...

—Sí... —dijo afligida —, todos y cada uno. Incluso algunos guardias aquí solicitaron que les dieran el día libre, pretenden celebrar con varias cajas de Pic que incautaron a unos contrabandistas. Son unos desgraciados.

—¿Cuándo será la ejecución? —preguntó Gerd.

—En el mismo día en que inició todo este desastre —respondió Cimsi —, quieren conmemorar la toma de poder con la ejecución de la reina.

—¿Cuánto queda para eso?

—Como diez o quince días... tal vez menos, tal vez más, no estoy muy segura.

—No me queda mucho tiempo.

—¿A qué te refieres? —preguntó Cimsi con suspicacia —. ¿Acaso planeas escapar?

—Sí.

Cimsi rio con incredulidad, pero Gerd permaneció muy serio.

—Espera, ¿lo dices en serio?

—Sí —respondió con rigor.

—¿Estás demente? —dijo Cimsi asombrada —, no hay forma de salir de aquí.

—Encontraré la forma —la increpó —, tengo que intentarlo, aunque me cueste la vida. No puedo pasar el resto de mis días pensando en que pude hacer algo para cambiar esta situación y me quedé aquí postrado sin hacer nada.

—¡Perdiste la cabeza! —respondió Cimsi tocándole la frente con el reverso de su mano, para verificar si tenía fiebre —, creo que el golpe en verdad te afectó.

Gerd apartó la mano de Cimsi con un manotazo.

—Haré de cuenta que no dijiste eso —respondió Cimsi y se puso de pie —, las paredes tienen oídos, capitán, y podrían ejecutarme por tan siquiera hablar contigo de esto —se mostró nerviosa.

—¿Y tú de qué lado estás? —preguntó Gerd con un tono de reprobación.

—De ninguno —respondió con firmeza —, lo siento, debo irme.

—Claro —dijo molesto.

—Tengo que... —titubeó —, tengo muchas cosas que hacer —se alejó con premura hacia la puerta —. Por cierto, me llamo Cimsi, si necesitas algo, no dudes en llamarme. Al lado de tu cama tienes un interruptor que está conectado a mi pulsera. Intentaré venir lo más rápido que pueda y...

—¡Ajá, ya entendí! —la interrumpió molesto.

—Que te recuperes pronto, capitán.

Gerd asintió con la cabeza sin decir nada más. Se sentía un poco molesto por la evasiva respuesta de Cimsi ante su plan de ayudar a la reina. Pensó que Cimsi tan solo era una cobarde y que, por huir todo el tiempo de sus problemas, sería sometida a una vida de represión y sumisa obediencia. Sin embargo, tampoco podía juzgarla. Al igual que todos los demás, ella también temía por su vida.

«Una víctima más del oscuro rey». Dio un respiro ligero y sonoro, e intentó sofocar su molestia justificando a Cimsi por juzgar su plan. Después de todo, había sido de mucha ayuda al brindarle información que para él resultaba muy importante.

En todo caso, el capitán tenía menos de quince días para escapar de Draugr antes de la ejecución de Katheryn, lo que lo dejaba con poco tiempo para planear un escape y una sola oportunidad para para lograrlo con éxito (cabe resaltar que en la época del año en que se encontraban, un día en Auria duraba treintaicinco horas aproximadamente, gracias a sus dos soles, Noc y Nirú. En total, eso le daría un aproximado de veintiún días terrestres y medio antes de la ejecución. Mucho tiempo para los terranos, poco para los aurianos)

«¿Cómo escapar? —pensaba Gerd —, tal vez Cimsi tiene razón, es una locura intentarlo. Moriría antes de tan siquiera poner un pie fuera de la prisión...». Abstraído una vez más en sus pensamientos, intentaba encontrar solución a su escape, pero al igual que antes, su pesimismo predominante intentaba ganarle la partida a su esperanza.

—¡No!, no puedo rendirme tan fácil —exclamó haciendo un intento por levantarse de la cama —, Aaarghh —se quejó de dolor y cayó tendido de vuelta sobre la plancha —, estoy desecho, ¡maldición! Tengo que recuperar fuerzas si quiero hacerlo bien... Descansar unas horas no me vendrá mal, y mejor hacerlo aquí que en esa maldita celda.

Sumió su cabeza en la almohada y dejó que su cuerpo se distendiera sobre la cama. Cerró sus ojos, dio un suspiró profundo y se dispuso a descansar, aclarando su mente y disfrutando de la momentánea comodidad de la que disponía, pues no le duraría mucho.

El viejo capitán necesitaba reponerse de sus heridas, golpes y fracturas antes de tan siquiera pensar en un plan de escape. Sometido a la debilidad de su cuerpo, su mente quedaba limitada a sus sentidos y con ello propiciaba el libre desarrollo de su locura y dejaba su conciencia a merced de sus demonios. El cuerpo es el templo de las ideas, y un cuerpo saludable haría a su mente saludable. El descanso era la solución. Mejor perder unas cuantas horas, o incluso días recuperando sus fuerzas, a perder todo su tiempo divagando en los oscuros pasillos de sus pensamientos.

# Capítulo V

## Solo un día más

*Draugr, vigesimoctavo día del Jaggrad, año 2048*

Caminando por los largos pasillos que conducen a los calabozos subterráneos, Gerd miraba detenidamente cada detalle de la rústica fachada, que parecía caerse a pedazos. Se asemejaba más a una pútrida caverna mohosa que al lugar donde se suponía debían residir los prisioneros de la más prestigiosa institución carcelaria, y digo prestigiosa porque ostentaba ser el monumento con mayor inversión durante el mandato de Skali, y por el cual el consejo con orgullo sacaba pecho al vislumbrar su grandeza en las lejanías de la montaña Loplik. Tal vez la cavernosa estructura era parte del encanto que el rey había querido plasmar en Draugr o tal vez alguien había sido lo suficientemente astuto para apropiarse de los recursos destinados a su construcción y los había desviado con sagacidad a beneficio propio o de terceros. Al final, este era el resultado del trabajo de desdichados esclavos que quizá habían sido silenciados luego de su levantamiento. Y cualquiera que fuese el caso, ya no tenía mayor relevancia, Skali estaba muerto y Draugr era una inmundicia.

Todo parecía muy diferente cuando lo observaba en su sano juicio. Sin la hinchazón en sus ojos y conservando completa lucidez en sus sentidos, podía ver las pequeñas aberturas de vidrio reforzado que delimitaban la entrada hacia cada uno de los horrendos cubículos que tenían como morada, lúgubres, fríos, escarpados y con un nauseabundo hedor a heces que se adentraba en sus fosas e instigaba sus insufribles ganas de regurgitar. En definitiva, no quería terminar sus días en ese asqueroso lugar.

Daba pasos firmes y se alzaba con su espalda bien erguida avanzando a través del pasillo; mostrando con orgullo el porte de un capitán que, a pesar de los desventurados sucesos que se posaban frente a él cada día, seguía en pie librando una fiera batalla con sus demonios y no se rendía ante la arbitrariedad de sus captores.

—Bienvenido, capitán —retumbaban las desgastadas voces de aquellas sombras mal definidas que, con firmeza, se estancaban de frente a la puerta para dar la bienvenida a tan respetado dirigente.

—Bienvenido, capitán.

—Bienvenido, capitán.

—Bienvenido, capitán.

Uno tras otro, todos vociferaban con discordancia, en señal de respeto por el que algún tiempo atrás fue reconocido como su superior. Las voces se fueron apagando a medida que se acercaba a su repulsivo destino.

—Es el fin del camino, «capitán» —exclamó Fragguot, recalcando sus últimas palabras con ironía.

De vuelta al calabozo número veintidós pudo percibir el frío que se incrustaba en sus huesos, sobrepasando las delgadas fibras del ropaje que tenía como dotación. Apenas si llevaba unos segundos de pie en aquel recoveco junto a la puerta y su cuerpo temblaba con una sinfonía disonante al compás de un rostro adormecido y unos labios ya bastante resecos, que se cristalizaban y cuarteaban con gran facilidad.

—La perfecta pocilga para el respetadísimo: «capitán» de los muertos —valoró Fragguot viendo la celda de arriba abajo y hablando con un tono por demás burlón y sarcástico; Enseguida, Gerd intentó ingresar por la puerta, pero apenas se hubo puesto frente al abusivo guardia, este le dio un empujón, apoyando su bota sobre su espalda.

Gerd tropezó con el marco de la puerta y cayó de bruces dentro de la celda, golpeando su rostro contra el gélido cuarzo. Qué dolor y qué tortura recordar su odio por ese maldito mineral con su endeble cara adosada al suelo, un desdichado costalazo que le daba una cariñosa bienvenida, de vuelta una vez más a su asquerosa rutina.

Lleno de ira, resoplaba con gran fuerza por la nariz, recibiendo con enfado el doloroso regalo que le ofrecía su realidad; su cerebro, también un poco magullado después de varios zarandeos, se había posicionado de nuevo en el lugar que correspondía, y su labio inferior sangraba con injuriosa teatralidad a raíz del improcedente choque entre la carne y el rígido receptor. Apenas si se había repuesto de los golpes pasados y ya estaba devuelta al ruedo con su labio rajado en almenos dos partes y un posible moretón en la frente.

—¡Ja, ja, ja! ¡Pero qué imbécil! —soltó una risa forzada.

—Lo siento, pensé que a tu edad ya sabrías caminar —reía a carcajadas el joven guardia —, tal vez debí quitarte las cadenas. Aunque, bueno... creo que tu rostro recibe mejor los golpes.

—Te mataré —susurró Gerd, apretando con gran fuerza sus dientes.

—No, no, no, capitán. Recuerda esa pequeña conversación que tuvimos hace unas semanas cuando tu delgado amigo se tropezó con mi rifle —se acercó desafiante al oído de Gerd —: tengo órdenes de no golpearte, pero encantado buscaré razones para hacerlo; además, recuerda que siempre puedo matar a tus amigos —susurró.

—... —Gerd, aceptando humillado su desventajosa posición se tragó su ira, respirando con gran fuerza y empuñando con rabia sus manos mientras Fragguot presionaba su rostro contra el suelo.

—Me gusta cuando callas, eres todo un romántico; no dices nada, pero a la vez lo dices todo —con ironía se burlaba del indefenso capitán —. Bien mi querido anciano, creo que eso es todo por hoy, ya estás de vuelta en tu «hogar», ponte cómodo —le dio una palmada en la cabeza y se dispuso a marcharse —, ¡oh! Pero qué tonto soy, casi olvido quitarte las cadenas; hubiera sido divertido, para mí, claro. Pero bueno, órdenes son órdenes —desactivó el bloqueo digital con su huella y las cadenas se soltaron haciendo un pequeño clic.

Destensando sus brazos, que con crueldad habían sido entrelazados sobre su espalda, Gerd se movió con rapidez al sentir la libertad en sus muñecas, que, exentas de toda atadura, le servían como herramientas para defenderse de cualquier agresión.

—¡Maldito cerdo! —exclamó el capitán, y en un intento ingenuo por resarcir toda ofensa echa por su transgresor, con gran agilidad deslizó su mano por delante de su muslo y trató de alcanzar a Fragguot por la pierna para traerlo consigo hacia al suelo. Pero su impulsivo desborde de furor fue refrenado una vez más gracias a los ágiles reflejos de los que disponía el joven guardia.

Fragguot anticipó las intenciones del viejo capitán y, con gran energía, posó su bota sobre la mano de este; luego, mirándolo a los ojos y con la maldad emergiendo por cada uno de sus poros, presionó su mano con un sadismo poco natural, hasta oír el crujir de los huesos que se resquebrajaban bajo la planta de su pie.

Gerd soltó un grito desgarrador que pudo escucharse hasta las plantas superiores, y así mismo, sintió el intenso dolor que se extendía por todo su brazo.

Una, dos, tres... Fragguot repitió el procedimiento en varias ocasiones, sin mostrar señal alguna de querer detenerse; en realidad, lo estaba disfrutando. Movía su pie de lado a lado, haciendo toda la presión que podía, y con el refuerzo metálico bajo sus botas el daño que le estaba causando al capitán era horripilante.

Con cada pisoteada los huesos de su mano se hacían polvo; su carne se desparramaba, desprendiendo algunos fragmentos que se quedaron pegados a la suela de la bota del guardia. Con el dolor, al fin mermó el impulsivo deseo de venganza, y el capitán se sintió suspendido en un trance donde el dolor parecía una proyección ajena a su cuerpo.

Fragguot apartó su pie de encima.

—Me encanta cuando juegas al héroe, capitán, siempre terminas perdiendo —se reía como el sádico enfermo que era —. ¡Ja!, pero qué asco, deberías ver tu mano —tomó la mano del capitán y se la enseñó —, parece una flor de carne, ¿no crees?, soy todo un artista —dejó caer la mano del capitán y este soltó un débil quejido.

—Oh, mi querido capitán, ¿cuándo aprenderás? —, cesó su enfermiza risotada y abrió el canal de comunicación —. Cimsi, cariño, te necesito en la celda veintidós. Trae con qué remendar o en su defecto una mano de repuesto; alguien estuvo jugando con la trituradora.

—*Recibido.*

—Ah y, por cierto, creo que está de más decirte que no debes abrir la boca, tampoco se te ocurra trasladarlo a la enfermería.

—*Voy en camino* —respondió Cimsi emprendiendo carrera desde la celda dieciocho. «Maldito animal —completó la oración en su mente».

—Nos veremos pronto, anciano tonto; siempre es interesante visitarte —Fragguot se mostraba muy feliz, fingiendo que tomaba algunas fotografías con sus manos.

—Oh, Cimsi —se sobresaltó al ver a la joven enfermera tras de él —, que rápida, ¿tan eficiente eres para todo?

—... —Cimsi lo ignoró como siempre lo hacía, y siguió de largo, entrando en la habitación con apuro para dar auxilio a Gerd.

—Veo que tienes prisa, ya hablaremos esta noche —le guiñó un ojo.

Cimsi se sintió nerviosa, pero evitó la mirada con aquel demente.

—Bien, los dejaré a solas —sonrió mientras cerraba la puerta —, que se diviertan.

—Lo siento mucho, capitán —exclamó Cimsi acongojada mientras recuperaba el aliento —, es un maldito animal, vine corriendo tan rápido como pude. Con suerte venía tras de ustedes.

—No te preocupes —tartajeó Gerd —, no es tu culpa.

—No quiero preguntar cómo pasó, pero esto... —inquirió la joven —, no puedes seguir así, Gerd; hablaré con el comandante Octe.

—¡No! —gruñó Gerd.

—Pero...

—Pero nada, Cimsi —la interrumpió el capitán —, te meterás en problemas, solo déjalo.

—Yo...

—Dije que no —exclamó Gerd, fulminándola con la mirada.

—Bien, como quieras —se puso de rodillas junto al capitán —. Déjame ver tu mano.

Gerd extendió su brazo con mucho dolor.

—¡Por Anarac!, está peor de lo que imaginé... —Sacudió su cabeza —, esto te va a doler. Toma, —extendió su mano frente al capitán —, si quieres puedes morder esta venda; ya me quedé sin anestésicos.

—Solo hazlo —ordenó el capitán. Luego, dio una respiración profunda y posicionando la venda en su boca, soltó un grito ahogado, mientras mordía con fiereza el rollo de tela.

—Perdón —se exculpó Cimsi.

—¡Termina ya! —gritó Gerd.

—¡No tienes por qué gritarme! —respondió nerviosa —, hago lo que puedo.

—Solo apresúrate... —farfulló con la mordaza aprisionada entre sus dientes.

—Tienes que tranquilizarte —exclamó Cimsi regañando a Gerd —no es tan sencillo como crees. Tengo que soldar los huesos de tu mano, y la verdad no me lo dejaron muy fácil. Solo déjame hacer mi trabajo.

Gerd gritaba y presionaba la venda con sus dientes casi a punto de trozarla; Podía sentir su carne viva mientras Cimsi hurgaba en sus tejidos, buscando los fragmentos de hueso para ajustarlos de vuelta en su lugar; hubiera preferido mil veces la muerte o mil palizas más antes que tener que soportar esa tortura que estaba viviendo, pero no tenía más remedio que afrontarla.

«Maldito seas una y mil veces, engendro del infierno; por la memoria de mis padres juro que te mataré. Pagarás con tu sangre hasta la más mínima afrenta, hijo de...».

—¡Arghhh! —exclamó de dolor.

—Quédate quieto —dijo Cimsi bastante irritada.

—¡Efo infenfo! —se escuchó decir al capitán, en un intento por hablar con la venda en su boca.

—Pues no lo intentes —le refutó la enfermera —, ¡hazlo!, o será más fácil cortarte la mano.

Gerd respiró con calma una vez más, intentando hacer caso omiso del dolor, y cerró sus ojos apretándolos con toda la fuerza de la que disponía.

—Aprieta fuerte, esto te va a doler muchísimo.

Tomando el rimero de huesos entre sus dedos, Cimsi haló con firmeza las fracciones sobrepuestas que, al ser liberadas, dejaron escapar un crujido que apenas si pudo ser acallado por el «enmudecido» grito que soltó el capitán. Gerd sentía un dolor tan abominable que solo podía ser comparado con la mordida de un carroñero salvaje troceando bestialmente la carne con sus fieros colmillos y rebuscando entre las llagas por los roñosos huesos para darse un banquete.

Sin aguantar un segundo más de aquella funesta tortura, Gerd se rindió ante su endeble biología y, antes de perder el conocimiento, el cálido y residual fluido resguardado en su vejiga se infiltró deliberadamente y empapó por completo su entrepierna.

Poco a poco, Cimsi logró destrabar esa hórrida maraña, y fue dando por fin una forma concisa a lo que suponía era una mano. En una metódica coreografía que tomaba un ritmo más dinámico con cada repetición, soldaba, quemaba, unía y cerraba. Una y otra vez, y así, pasaron varias horas y al menos tres desmayos, forcejeando con el dolor: entre lágrimas, gritos y quejidos, para que al final Cimsi terminara su tortuoso trabajo y Gerd sucumbiera ante la extenuante contienda que había librado con su sufrimiento.

Bastante agotados, no mencionaron palabra alguna y disfrutaron del solitario y momentáneo silencio residual de una burda operación improvisada.

Cimsi acompañó al capitán durante algunas horas más mientras le acariciaba con ternura su cabello cano. Y al final el capitán se quedó profundamente dormido sobre sus piernas.

—Ojalá lo logres, Gerd —susurró —te necesitamos.

# Capítulo VI

## Metamorfosis

*Draugr, trigésimo primer día del Jaggrad, año 2048*

«**H**oy es el día». Pensaba Gerd mientras abría sus ojos. Moviendo lentamente el cuello, los músculos de su rostro se elongaban dando paso a un pequeño bostezo que abordaba el comienzo de un día bastante prometedor. La luz de Nirú se asomaba con furor por las rendijas e iluminaba por completo la habitación, proporcionándole a Gerd un entorno más cálido que aquel al que estaba acostumbrado cada mañana, y del cual no había disfrutado en mucho tiempo.

«Una buena señal, quizá».

Su mano izquierda, aunque temblorosa y desfigurada, de a poco empezaba recuperar la fuerza, sobreponiéndose al agudo dolor que le recordaba la suerte de conservarla unida a su brazo. Tal vez en unos meses recuperaría la movilidad por completo, pero por ahora era mejor dar paso al tiempo y no forzar las acciones que podrían empeorar su ya intricada situación.

—Si no fuera por... —se detuvo un instante sin terminar la oración.

—... Gracias, Cimsi —dijo con un susurro.

Se sentó sobre el borde de la cama y estiró sus brazos con gran fuerza elevándolos por encima de su cabeza. Después de tanto tiempo, era la primera vez que despertaba sin el incapacitante dolor en su cuerpo que dificultaba sobre manera sus movimientos. Un motivo más para salir de la cama.

—Hoy es el día —se dijo ánimado—, lo sé, lo presiento.

Después de ubicar rápidamente sus zapatos, que por primera vez en meses se encontraban en el lugar que les correspondía, se puso en pie y permaneció inmóvil por unos minutos contemplando los rayos de luz que se infiltraban y con calidez acariciaban su rostro. Era una prodigiosa ofrenda del universo que ameritaba unos segundos de grata contemplación, así que se dejó sobrellevar por la acogedora serenidad que ofrecía Nirú: cálida, confortable y pura. Un sentimiento placentero que invadía su esencia a medida que cada fotón rosaba su desgastada piel y le recordaba lo amena que era esa percepción de su tacto.

Se sentía embelesado por el momentáneo sentimiento de paz que esa mañana ocupaba su trastornada cabeza. Necesitaba más de eso, lo anhelaba, se sentía demasiado viejo y gastado para seguir luchando. Quería ser libre o, en su defecto, estar muerto. No había lugar para puntos intermedios ni tibias opciones alternas. Echó su cabeza hacia atrás fijando su mirada en la aperlada cobertura de cuarzo que cubría el techo, cerró sus ojos y dio una larga y profunda inspiración, como captando con cada partícula de aire la vitalidad necesaria para abordar el arduo trayecto que le auguraba su destino. Contuvo el aire dentro de sus pulmones por unos segundos, canalizando toda fibra de positividad que le permitiera conservar el sentimiento de paz, y exhaló con un simbolismo innato todo aquello que pudiera empañar su conciliación con la vida. Se sentía de buen humor.

Una vez terminada su improvisada meditación, se dirigió directo hacia la palangana y sumergió de lleno sus manos, empozando una considerable cantidad de agua que arrojó con tosquedad sobre su rostro. El agua bañó por completo su semblante, empapó sus cejas y su espesa barba, que semipermeable por la grasa, dejaba escurrir algunas gotas que se deslizaron sutilmente hasta su pecho. Repitió el mismo proceso un par de veces hasta sentirse despierto, y una vez vivo y revitalizado, estuvo listo para hacer frente de manera contundente a su asquerosa rutina. Nada opacaría su luz ese día.

Muy sosegado secó su rostro con su antebrazo, y se posó de frente junto a la puerta observando en detalle todo su entorno, mientras esperaba que los cierres herméticos se abrieran y le dieran el consentimiento para comenzar con sus obligaciones. Aunque el tiempo era apremiante, después de al menos tres días más recuperándose de su mano; Gerd por fin se mostraba tranquilo y motivado para dar orden a sus ideas de una vez por todas y encontrar el camino que lo llevaría exultante hacia la libertad.

Entonces, la gran duda se posaba una vez más sobre su cabeza: «¿qué debía hacer?».

Era consciente de que no contaba con sus poderes para destrozar la celda y salir fácilmente; mucho menos podía hacer uso de su fuerza bruta. Los guardias, armados hasta los dientes con rifles de alta precisión, y la prisión, con su sistema de sensores analizando cada uno de sus movimientos, lo partirían en dos antes de tan siquiera mover un dedo. Estaba sujeto a lo que su ingenio pudiera maquinar para escapar de aquel nefasto muladar. Pero ¿por dónde debía comenzar? No era una pregunta tan fácil y, en definitiva, no estaba muy seguro de su respuesta. Sin embargo, después de más de tres años de tener a la depresión como su mejor amiga y soportando las dolorosas golpizas que le propinaban casi a diario, era el momento de levantarse y luchar con su vida por su maltratado honor. Por lo pronto, sería solo un observador; cosa que había ignorado en el tiempo que llevaba recluido. Necesitaba estudiar en detalle la rutina que se vivía diariamente en Draugr; analizando a fondo los hábitos de sus guardias, y así encontrar cualquier oportunidad o punto débil que pudiera utilizar a su favor. Y aunque le costara aceptarlo, también necesitaba un poco de ayuda. Un cómplice sería la solución a muchas de sus dudas, y un gran apoyo en caso de que las cosas se salieran de control. Aunque, bueno, no sería tan sencillo de encontrar. No confiaba en nadie y sus opciones eran limitadas... una vez más, las dudas se implantaban en su cabeza: «¿quién podría ayudarlo?».

Cimsi estaba demasiado asustada como para arriesgar su vida, y buscar ayuda en otros prisioneros era un arma de doble filo; lo respetaban, claro, pero al igual Cimsi, temían por su vida y harían todo lo posible por ganar beneficios en Draugr. Además, se encontraban en la misma posición que él, no había mucho que pudieran ofrecerle, al menos no por ahora.

—Mantén la calma, Gerd, ya pensarás en algo —se dijo a sí mismo.

Esfumarse de Draugr era un dilema complejo, y todas las variables se mostraban en su contra; estaba solo, indefenso y aún no se recuperaba del todo. Pero algo que Gerd tenía claro era que ya no daría marcha atrás. Su pesimismo estaba de paseo, y su esperanza había tomado con firmeza las riendas de su vida; su objetividad estaba cegada por la subjetiva belleza que ahora percibía en su entorno y, en definitiva, su odio por Fragguot era inconmensurable; tendría que hallar al menos la forma de matarlo, sus actos no merecían perdón alguno. Si no conseguía salir de Draugr, se daría consuelo saciando su sed de venganza. Sí, era un deseo un poco psicótico y ególatra, pero al final, un placentero alimento para su orgullo de capitán que lo dejaría morir en paz.

«Mejor un héroe homicida que un frustrado y malogrado cobarde, suicida; Le resto valor a la vida de ese imbécil librando de la muerte a otros tantos inocentes. Me alzaré como capitán en mi muerte y, entre vítores y cánticos, moriré, o al menos lo habré intentado», pensaba Gerd en lo poética que sería la muerte de Fragguot y su extravagante obituario.

Se mantenía meditabundo observando con atención el cambio de guardia. Al alba, siempre estaban presentes al menos dos de ellos en el área en la que él se encontraba recluido, y otros tres se encargaban de rondar por la zona, vigilando que todo se mantuviera en orden. No eran una amenaza tan grande, si lo pensaba, teniendo en cuenta su reducido número; pero dejándolos a un lado, su mayor problema seguía siendo los sensores. Si tan solo pudiera desactivarlos, su dilema sería menos complejo, y su escape, mucho más fácil. «No, de momento no es una buena opción».

—¡Buenos días, malditos desgraciados! —el silencio matinal se vio empañado por la seseante voz de Fragguot —, ¡ya es hora de despertar! —gritó Fragguot avanzando a lo largo del oscuro pasillo mientras golpeaba con su rifle los cristales de cada una de las celdas.

«Fragguot es el guardia más joven, un maldito sociópata; tiene ínfulas de superioridad y se aprovecha de su posición... tal vez su padre abusaba de él, eso explicaría muchas cosas... es un completo imbécil, pero, una gran amenaza: violento, impulsivo, sádico y muy fuerte. Un coctel muy peligroso. ¡Ja! ... Su rifle no tiene seguro. Tal vez podría provocarlo. El exceso de confianza inválida cualquier defensa; una vez distraído, podría tomar el rifle, usarlo como escudo auriano y salir de aquí; luego podría hundir sus ojos dentro de sus cuencas y dispararle sobre el rostro hasta quede irreconocible —dejó escapar una pequeña sonrisa —. Bastante irreal, pero me hace feliz tan siquiera imaginarlo. Tendría que ser demasiado rápido y estar lo suficientemente cerca para poder tomar el maldito rifle; además, los sensores se activarían y... adiós brazos. Una fantasía confortable, pero tengo que pensar en algo mejor». Discutía Gerd consigo mismo mientras observaba la irritable marcha de su némesis.

—Vamos, maldita escoria, danos un respiro. Haces demasiado ruido —le gritó uno de los prisioneros que se encontraba en la celda contigua a la de Gerd.

—¿Acaso dijiste algo? Terrano hijo de tu pu... — arremetió con violencia el joven guardia.

—Cálmate, pedazo de imbécil —lo interrumpió Octe antes que pudiera terminar su insulto —. No estoy de humor para ninguna de tus tonterías; me duele bastante la cabeza, y escuchar tu irritante voz tan temprano me acerca cada vez más al límite de mi tolerancia. No pienso aguantar una más de tus estupideces, así que cállate y haz tu puto trabajo.

«Octe, viejo amigo. El gran excomandante de la división de regeneradores del ejército proyectista. ¡Pff!, una maldita cucaracha es lo que es. Luchamos juntos un par de veces y le salvé la vida en varias ocasiones... aun así, resultó ser un maldito traidor. Entiendo que las acciones de Skali no fueron tan acertadas y que fue impulsado a una situación en la cual no tuvo muchas opciones, pero... por su culpa todo se fue a la mierda. Rebajarse con las escorias Feirgr no tiene perdón, debió entregarse —dio un gran suspiro —, pero, aunque no quiera aceptarlo, hasta el momento Octe es mi mejor opción. No creo que esté de acuerdo con el mandato de Sotnem; de ser así, no habría mencionado a Katheryn. Además, no dispone de las comodidades de las que gozó siendo parte del ejército, lo rebajaron a ser un simple guardia en la prisión más apestosa... sin duda alguna ese maldito alcohólico de mierda se lo merece, pero... bueno, tendré que tragarme mi orgullo. Tal vez pueda convencerlo de que me ayude a escapar, no creo que sea muy difícil. Además, me lo debe... No, más bien se lo debe a Auria», pensaba Gerd mientras analizaba todas las variables que estuvieran a su alcance para llevar a cabo su plan de manera efectiva.

Fragguot se dio la vuelta y con una sonrisa aterradora, fijó su oscura mirada en la vieja silueta que se acercaba renqueante por el pasillo. —Tienes suerte de tener amigos allá arriba, o si no... —empuñó su rifle.

—¿O si no qué? —, Octe se detuvo de golpe frente a Fragguot, clavando su mirada de manera incisiva sobre sus ojos; las llamas del mismísimo infierno se reflejaban sobre sus pupilas y consumían con un fulgor abrasador todo aquello que se posara ingenuo delante de él.

Por suparte, sin sentirse tan siquiera intimidado. Fragguot sostuvo la mirada del comandante mientras la comisura derecha de su boca se erguía, dejando ver una sonrisa extravagante y perturbadora.

En seguida, inclinó su cabeza un poco hacia a la izquierda y saco su lengua ponzoñosa, mojando de modo insolente su labio inferior. Seguido de tan repugnante gesto, dejó entrever su dentadura amarillenta, y fingió una vez más su excéntrica y tétrica sonrisa.

—O si no... te ma-ta-ría —exclamó Fragguot exagerando sus gestos y pronunciando sílaba por sílaba con una enfermiza lentitud.

Vehemente, con su paciencia al límite; Octe tomó con violencia a Fragguot por el cuello y lo levantó contra uno de los cristales cual endeble muñeco de trapo.

—Te crees muy valiente porque tienes un arma, ¿verdad, muchacho? —. Replicó Octe —, no eres más que un maldito maniático. No tienes idea de lo que es el verdadero terror, pero con gusto puedo enseñártelo. He vivido más tiempo que tú, he matado más y he perdido muchas más cosas que tú. No te tengo miedo, si es lo que crees, y no dudaré ni un segundo en estallarte la maldita cabeza, si es necesario. Ahora, cállate y de una vez por todas haz tu maldito trabajo —Octe presionaba con gran fuerza el cuello de Fragguot casi hasta quebrarlo.

Fragguot lo miraba fijamente con odio mientras resoplaba con gran fuerza por la nariz, y aunque se sentía subyugado por las dos grandes manos que se enroscaban en su cuello como una serpiente constrictora, intentaba mantener el temple para confrontarlo, sin mostrar una pizca de debilidad o incluso de miedo. Al cabo de unos segundos, su osadía fue menguando con cada libra de presión que se cernía sobre su tráquea; apenas si podía respirar, y su perspectiva se tornaba bastante difusa, casi al punto de oscurecerse por completo. Toda su coraza se fue al suelo y, coqueteando con la muerte, pudo sentir el verdadero terror bajo la idea de que Octe tal vez no se detendría.

Fragguot hacía un intento por tomar grandes bocanadas de aire por su boca como si fuera un pez, pero el aire que escapaba de sus pulmones superaba por el doble al que podía ingresar de vuelta por aquel constreñido conducto. Sus labios empezaron a perder color y sus ojos se eyectaron en sangre. Con su rostro enrojecido, jadeaba y pataleaba haciendo un intento por sobrevivir, mientras poco a poco sus tejidos quedaban sujetos a una hipoxia inducida y su cuerpo sucumbía ante el espantoso efecto de la asfixia.

No obstante, cuando estaba punto de perder el conocimiento, con su última fuerza sujetó a Octe por el brazo en señal de súplica para que este lo soltara.

—Per...dón —musitó Fragguot con un tonó casi imperceptible.

—¿Dijiste algo? —preguntó con sarcástico regocijo.

—Per...

—Vamos, intenta hablar.

—... —Fragguot abría su boca intentando darle un significado a sus gesticulaciones, mientras las últimas sobras de oxígeno abandonaban su miserable cuerpo.

Entonces, apiadándose de aquel impetuoso auriano, Octe liberó las robustas tenazas de su cuello y lo dejó caer sobre el suelo como un pesado costal de papas. Pudo sentir un leve regocijo por su soberbia victoria sobre aquel roñoso adefesio, que se revolcaba en el suelo y luchaba por recuperar el oxígeno necesario para vivir. Sintió lástima por su miserable existencia mientras lo miraba con tenacidad, incluso por un momento sintió culpa de sus violentas acciones contra alguien que consideraba mucho más débil que él. Sin embargo no le importó. Se lo merecía. Era un escarmiento necesario, pues hay quienes necesitan de la rudeza para mostrar respeto y necesitan encontrar un límite ineludible a sus perniciosas acciones, o eso pensaba.

Fragguot quedó postrado en el suelo, sin mayor fuerza para levantarse, mientras poco a poco el color volvía de regreso a su desvaído rostro. Daba grandes bocanadas de aire y rebuznaba como una bestia vivificando de nuevo sus pulmones y encontrando embebido en el aire una segunda oportunidad para existir.

—Creo que ya aprendiste —dijo Octe. Luego se acercó desafiante y lo tomó del uniforme —, la próxima vez no me detendré hasta que tus ojos se salgan de sus órbitas. Hay límites que no debes cruzar, muchacho; no tengo tanta paciencia como crees. Ahora te lo repetiré una última vez, y espero te quede muy claro: ¡haz tu maldito trabajo! —lo soltó de golpe con un pequeño empujón y se alejó despacio hacia su oficina mientras frotaba sus sienes con la yema de sus dedos.

—Miserable anciano, me las pagará —tosía Fragguot aún postrado en el suelo, mientras intentaba retomar el aliento respirando con ahínco.

Un poco mareado, se masajeaba la garganta, sin dar mayor reparo en la funesta opresión que se hincaba en su pecho con cada una de sus inspiraciones. Con gran dificultad logró sentarse en el suelo, y reposó su cuerpo contra uno de los muros de aquel pulido presidio a la espera de una restauración eficiente en su orientación. Inhalaba y expiraba con torpeza entre tosidos, dando por culminado aquel penoso incidente que, cercano a la muerte, lo había expuesto como un pusilánime endeble.

Poco a poco fue controlando su respiración y logró recobrar la compostura. Tomó su arma y con rapidez se puso en pie, en un intento por apuntar al viejo comandante. No permitiría tal humillación delante de los prisioneros, no había llegado tan lejos para ser transgredido por un simple viejo alcohólico con delirios de grandeza, sin importar que fuera el comandante. Pero apenas pudo levantarse sintió que su cuerpo era atraído hacia el suelo, ofuscando cualquier pérfido intento de acabar con la vida de su presuntuoso superior.

Hincado sobre su rodilla, su visión se nubló por un momento y se sintió vagamente trastornado, y desistió, por primera vez en su vida, de aquel impulsivo deseo de arrebatarle la existencia a aquellos que osarán por refutar sus ideas. Cerró sus ojos unos segundos mientras sus sentidos retornaban íntegros a su desconcertado universo, e inclinó la cabeza dando un leve descanso a su cansada y maltratada garganta. Después de todo, aquel sobrecogedor acercamiento con la muerte lo había despojado de su energía vital, y lo había expuesto como una presa al poco oxígeno que pudo recibir su cerebro durante algunos minutos.

Las comisuras de su boca, temblorosas, lentamente tomaron camino una vez más hacia sus mejillas, irguiéndose al máximo anatómico posible, y dejando ver aquella enfermiza sonrisa que caracterizaba a tan excéntrico personaje. Abrió sus ojos y, sin levantar la cabeza, clavó su sombría mirada sobre el viejo comandante que se alejaba rengueando por el gran pasillo.

—Bang, bang —susurró Fragguot, y levantando su brazo derecho simuló el accionar de un arma con su mano, que con intrepidez detonaba sobre su ingenua víctima. —¡Lamento mucho lo que pasó comandante, tiene toda la razón... ¡Es mi culpa!, ¡Ya mismo haré mi trabajo! —gritó forzando falazmente su sonrisa mientras rechinaba sus incisivos. Era una colérica rata traicionera, a la espera de una oportunidad para desaforar sus enfermizos deseos de matar. Respetaba con inteligencia la ventajosa posición de Octe como comandante, pero encontraría cualquier coyuntura para dar rienda suelta a su violenta venganza. Cuando llegara el momento oportuno ni la autoridad divina podría interceder por su mísera víctima. Su odio profundo por toda ley había crecido, y un oscuro deseo se arraigaba con gran fuerza en su interior. Cortaría la cabeza de Octe y la estamparía contra los muros cual trofeo de cacería. Nadie estaría por encima de él, nunca más; se declaraba la autoridad suprema sobre todo y sobre todos. Estaba demente.

—Claro, como digas... —respondió Octe mientras entraba a su oficina —, solo deja de estar causando problemas y hazlo de una maldita vez.

—Nunca más —susurró Fragguot, dejando escapar una horrenda carcajada, y de inmediato dirigió su atención hacia uno de los prisioneros que observando con gracia su humillante derrota, se burlaba de él. Pobre ingenuo.

—Y tú, ¿de qué te estás riendo? —le preguntó furioso, y sin darle tiempo a una respuesta, ingresó dentro de la celda y lo molió golpes con su rifle.

«Maldito loco». Concluyó Gerd controlando las ganas de vomitar.

# II Parte

## (Los placeres de la vida)

*—Todo mal es necesario por donde quiera que midas las variables, mi querido Elilah. Aprendes de los errores o ellos aprenden de ti. Sea cual sea el resultado y tu decisión, estarás muerto para cuando te des cuenta. Así que vive y deja vivir; Pero... no te olvides de lo importante...*

# Capítulo I

## Ironías

*Draugr, trigésimo primer día del Jaggrad, año 2048*

**E**l aparejo irregular de aquel pequeño y oscuro cuarto, diseñado como depósito de enseres e implementos sanitarios, escondía el interruptor que encendía las luces entre sus asimétricas paredes y su muy mal dispuesta estructura. Que sumado, al penetrante olor a desinfectante y un ambiente húmedo y mohoso, era más que suficiente para envenenar su sentido del humor cada mañana e impulsar una repugnante jornada, aunque desconociendo sus sentidos entre las profundas lagunas que le ofrecía el pic. Qué malos recuerdos.

Un mísero e ineficaz uso de la infraestructura carcelaria que hablaba mal del manejo pecuniario de sus patrocinadores, y que dejaba a sus empleados en un atribulado panorama, cuyo efecto despertaba un ímpetu suicida entre ellos y hacía que los cordones de los zapatos se vieran como seductores instrumentos para colgar su aflicción del techo. Con un presupuesto miserable luego de la guerra y el despacho ejecutivo hecho pedazos por el efecto imperdonable del tiempo, su nueva e improvisada oficina había sido adaptada en aquel cochambroso cuartucho que, de no ser por los intrincados sistemas holográficos y la interfaz de realidad mixta (vagamente funcionales, por supuesto) no dejaba de ser más que el estúpido y modesto cuarto de aseo.

«Pagando una condena sin ser el condenado —pensaba Octe—, ¿qué diferencia tiene ser guardián o prisionero? Un mismo castigo, diferentes perspectivas; en las mismas cuatro paredes, cumples con la misma rutina e incluso tus horarios concuerdan; comes lo mismo que ellos y no hay mayor entretenimiento aparte de hablar con tus camaradas, bueno... en realidad los odio a todos, y de seguro ellos me odian a mí, así que básicamente no hablo con nadie y, dejando a un lado la paga, cosa que ni siquiera disfruto, el único beneficio es decidir cuándo vas al baño, un glorioso momento de privacidad para darle un trago a mi botella sin ser juzgado por todos esos puñeteros moralistas, que ven maldad en la ebriedad, pero no en el tiránico genocida que tenemos como líder. Vaya cultura tan repugnante».

Abriendo la puerta rebuscaba a trancazos el estúpido interruptor al fondo de la habitación; tropezándose cada tanto con toda clase de elementos que en la oscuridad se postraban como funestas trampas a la espera de una jocosa caída.

—¡¿Qué clase de imbécil pone un endemoniado interruptor tan lejos de la puerta?! —maldecía irritado golpeándose la rodilla ante su embarazosa búsqueda.

Clic. Encendió el interruptor después de varios golpes más en su pierna y al menos unos minutos sondeando erróneamente en la dirección equivocada.

Dio un suspiro profundo. —Al fin...

Buscó entre los bolsillos de su saco y tomó una pequeña botella tornasolada que contenía un líquido cristalino; la despojó con desánimo de su cubierta y dio un gran trago antes de devolverla con meticuloso cuidado a su posición original.

—Solo un trago —dijo en voz alta mientras miraba la botella deslizándose con gracia por su bolsillo.

Con la mano derecha sobre su cara, posicionó sus dedos pulgar y medio en cada una de sus sienes; haciendo una leve presión y desplazando sus dedos en círculo para apaciguar el detestable dolor afianzado en su cabeza desde hacía ya varios años. Se despojó del abrigo y lo dispuso sobre el respaldo de su asiento; enrolló las mangas de su raída camisa y se sentó sobre el borde de su escritorio, mientras tanteaba una vez más en los bolsillos de su saco en la búsqueda de aquella botella tornasolada y un pequeño recipiente con doble fondo que contenía comprimidos antiácidos y algunas aspirinas. Tomó dos de cada una.

—Tal vez uno más. Sí, solo uno más —dio un pequeño trago y la dejó sobre su escritorio mirando fijamente el nivel del líquido que ya empezaba a escasear. Pronto tendría que volver a ese horrible pueblucho y, con algo de suerte tal vez encontraría algún contrabandista dispuesto a venderle más pic.

Entonces, levantó su mirada y pudo percatarse de cómo el viejo y ajado foco luchaba de forma intermitente por no apagarse; tanta inversión y ni un buen sistema de iluminación habían podido instalar en aquella inmunda pocilga. Que más se podría esperar de esos negligentes corruptos que, con sus grandes fortunas y sus vastas tierras, vulneraban el erario a su antojo y se enriquecían a costa de los ingenuos fraduares.

—Tiene que ser una broma... —exclamó Octe sintiendose afligido ante el mermado brillo del faro, que con cada segundo se hacía más tenue y amenazaba con dejarlo una vez más en la penumbra.

Echó su cabeza hacia atrás, cerró sus ojos y apretó con gran fuerza su mandíbula. Tragándose iracundamente su fastidio y haciéndose a la estúpida idea que tal vez el foco necesitaba de un pequeño ajuste para evitar el agónico declive de su destello. Dio una gran inhalación y expiró ruidosamente el aire, bufando como un toro; tronó los dedos de sus manos, dio un trago más y tomó impulso para alcanzar el foco trepando con desmaño sobre la silla.

Sin un soporte sobre el cual sostenerse y luchando contra su exiguo, o más bien carente equilibrio, tomó el pañuelo que se encontraba en su bolsillo trasero e intentó alcanzar el agonizante foco con su mano. Sin embargo a pesar de su considerable altura, afirmado sobre la silla apenas si podía rozarlo. «Solo unos centímetros más y ya está». Pensaba mientras se empinaba tambaleante sobre la misma.

—Maldición, no es suficiente —exclamó haciendo un último intento por alcanzarlo.

Ofuscado por su fallida reparación, pero sin dimitir ante la amenazante oscuridad que se avecinaba, miró a su alrededor, consideró todas las posibilidades y prescindió de aquellas que pudieran representar un riesgo para su propósito tan trivial. Afirmando su pierna izquierda sobre el escritorio tal vez ganaría los centímetros restantes para cumplir con su cometido, y en primera instancia, parecía una idea inofensivamente racional, así que... ¿qué podría salir mal?

Posó su pierna con firmeza sobre el escritorio y de un solo impulso pudo alcanzar el foco con mayor consistencia. Lo presionó con sutileza haciendo veraz su teoría del desajuste, y se regodeó al ver cómo el foco retomaba su luminosidad al ejercer un poco de presión sobre su superficie. Con delicadeza, y evitando quemarse los dedos, ajustó el foco de vuelta en su lugar y se jactó de su apabullante victoria ante la derrotada oscuridad.

—¡Ja! No puedes contra mí —exclamó el comandante soltando una pequeña risilla por tan intrascendente conquista.

Sonrió como un tonto por unos segundos más, mientras observaba el foco brillando de vuelta con gran intensidad; luego dio un reconfortante suspiró de satisfacción y miró su silencioso entorno antes de caer una vez mas en la solitaria y luctuosa realidad.

«Una victoria muy deprimente si no se tiene con quién compartirla», pensó el comandante, y dio un nuevo suspiro, aunque no un grato suspiro de satisfacción que traía consigo el confort de un ganador, sino más bien un apesadumbrado sentimiento que se instauraba sobre su pecho incitando sus incipientes ganas de llorar; sentía un nudo en la garganta y sus ojos se nublaron por un instante. Con la pena aflojó su carácter y la tristeza le dio palmaditas en el hombro.

—¿Cómo terminé aquí? —dijo con voz temblorosa—, maldita mierda —. Apretó sus ojos con gran fuerza dándole una férrea reprimenda a sus lágrimas, dio una inspiración profunda tragándose una vez más sus sentimientos y agachó su mirada hacia el escritorio en busca de su amada y fiel compañera, mientras exhalaba todo el aire resguardado de sus pulmones. —Solo un trago más, lo necesito —se daba consuelo.

Dispuesto a abandonar la cúspide de su pequeño triunfo y desbordar sus sentidos en alcohol; retrocedió un poco con su pierna para dar paso a su apenado descenso y volver a la grata seguridad suplida en tierra firme. Después de su simpático acto circense como equilibrista, mejor no tentar a la suerte y dar de que hablar a los pícaros espectros que querían verlo haciendo el ridículo. Dio marcha atrás tal y como había subido, pero antes de tan siquiera completar su descenso, con torpeza golpeó la botella con su talón, y esta, tambaleante, amenazó con dar un vuelco al preciado líquido que contenía en su interior. Aterrorizado, dio un salto y se abalanzó veloz, como un ave rapaz sobre su presa, intentando salvar aquel amargo fluido que, aunque escaso, ahogaría sus penas y lo mantendría a salvo de la realidad proyectada por sus desgracias.

Su impulso fue tal que la silla dio un feroz retroceso y lo despojó de su centro gravitatorio, dando paso a una irrefrenable contienda con la levedad y mostrando las alevosas intenciones del destino por juntarlo súbitamente con el suelo.

Sin su pierna de apoyo, voló por los aires en el cómico declive de su estabilidad, y con los ojos bien abiertos a una escena grotesca que transcurría con insoportable lentitud, vio cómo su fiel amiga daba un vuelco sobre el escritorio y con aflicción desparramaba el preciado veneno que daba impulso a su cotidianidad.

Cuadro por cuadro, en cámara lenta, muy pesaroso el pobre comandante golpeó el suelo con estruendo. No hubo tiempo para salvar ni una sola gota. Tocó el suelo antes de tan siquiera lamentarse por su pérdida. Bocarriba quedó tendido mientras las gotas de alcohol se deslizaban con gracia por el borde de su escritorio y salpicaban sobre su rostro, como si se mofaran de su torpeza. Riendo a carcajadas y evitando perder lo que le quedaba de racionalidad, sacó su lengua con gracia atrapando los remanentes de este y le dio una bofetada al universo sin darle gusto por sus desgraciadas pilatunas.

—Podría estar peor —exclamó con fingida alegría ignorando el dolor que se extendía por toda su espalda.

Sin terminar de asociar el infortunio con su vida, permaneció plácidamente inmóvil sobre el suelo, observando desde su desventajosa perspectiva la asimétrica composición del cuartucho que, visto con otros ojos, ahora hasta podría considerarse una burda obra artística del modernismo auriano. El arte que surge de la corrupción, toda una ironía. Tal vez por el pequeño golpe en la cabeza o por simple resignación ante los malos tratos del universo, Octe aceptaba su caída con irónica gracia, y daba por sentada su muy mala suerte.

—No sé qué hice para que me odies tanto. Tal vez mi peor pecado fue venir a este mundo, aunque tampoco ha sido mi culpa... deberías culpar a mis padres y a su calenturiento desborde de pasión. Después de todo, yo no lo pedí... nunca te pido nada. ¿Por qué me odias entonces, querido universo? —exclamó manoteando con vehemencia y señalando firmemente hacia arriba.

—¿No te bastó con arrebatarme lo que más amaba, eh?, ¡y ahora quieres despojarme de las sobras de dignidad que me quedan! ¿Qué tan miserable quieres que sea? —permaneció unos segundos en silencio, y antes de poder terminar su reclamo, la luz del foco con intermitentes destellos menguó su brillo hasta colmar de penumbra la habitación.

Octe soltó una funesta risotada que retumbó con gran estruendo por todo el oscuro recinto.

—¿Te mofas de mi existencia? Maldito engendro super poderoso, déjame tranquilo de una buena vez —. Dijo entre carcajadas, aunque las lágrimas escurrían de sus ojos —, en situaciones como estas solo se puede reír; después de todo, no puedo ser más infortunado. Poco a poco cesó su risa y sucumbió ante el doliente llanto que, muy inoportuno, se apropiaba de su sentir.

Todo su esfuerzo quedo reducido a un oscuro aposento, un charco de alcohol, una dolorosa caída y una penosa derrota que podría sumarse a todas las anteriores. Sin ánimos para levantarse, cayó una vez más al oscuro abismo y se dejó llevar por las lágrimas, buscando sentido alguno a su desventurada existencia. Pobre desgraciado.

# Capítulo II

## Descenso a la locura

**O**cte tenía alrededor de cuarenta y cinco renacimientos (cerca de sesenta y cuatro años terrestres aproximadamente), un punto medio en el marco de la vida de un terrano con tendencias a un declive en su anatomía, pero la segunda «juventud» para los aurianos cuya longevidad rondaba alrededor de los doscientos años en promedio. Una regla que, claro, solo se cumplía, siempre y cuando el hambre y las enfermedades no tocaran a su puerta. O si lo entendemos de forma más apropiada, se podría hablar de un privilegio de las adineradas clases que gobernaban el planeta, y el sesgo informativo que aplicaban a los datos demográficos, «recopilados», por las entidades gubernamentales, que omitían las muertes prematuras por desnutrición y otras «enfermedades» propias de la pobreza; falsa igualdad y equidad vendida a un pueblo sodomizado por la ignorancia.

Su cabello, aunque de un tono oscuro, esbozaba algunos trazos grisáceos que le daban un aspecto mucho más maduro del que en realidad tenía; su rostro, con facciones demarcadas y finos cortes simétricos, que años atrás le había ayudado a conquistar a cualquier joven auriana que se cruzara en su camino, ahora lucía bastante demacrado por las pocas horas destinadas a su descanso y las largas jornadas cuidando alcoholizado de los engorrosos prisioneros en Draugr. Una pequeña cicatriz adornaba su ojo derecho como remanente de los golpes y trastazos recibidos algún tiempo atrás, durante su paso por las calles, y cojeaba de su pierna izquierda desde que, por un impacto recibido en la parte posterior del muslo poco antes de la guerra, su rodilla había quedado destrozada y apenas si había sido recompuesta con algunas piezas metálicas ancladas mediante una burda ingeniería biónica.

Por terquedad, más que por negligencia médica, Octe nunca quiso una regeneración completa de su entumecida extremidad. El dolor incesante sobre su rodilla era el vil recordatorio de todo aquello que había perdido durante la guerra. Un inacabable martirio consentido que esporádicamente lo embestía durante los días más fríos y lo limitaba al yugo de una silla metálica con una pequeña posadera improvisada y de cortas y pausadas caminatas, comprendidas únicamente entre su oficina y su cama. El dolor era el inseparable tormento, adoptado como forma de castigo por lo que él consideraba sus «limitadas» capacidades, que en el pasado, asociadas a una conducta irracional e irascible, lo habían condenado a un sinfín de decisiones desviadas por la venganza y lo habían llevado a un enceguecido desborde de violencia que al final le había arrebatado todo lo que más quería. Impulsivo, terco y desequilibrado, Octe había perdido el rumbo de su vida y había disociado sus emociones de su razón, hasta convertirse con el tiempo en un fiel lacayo de sus adicciones y un olvidadizo enfermo con muchos problemas sociales.

Octe también era un auriano bastante prominente. Medía cerca de dos metros con veinticuatro, (apenas unos centímetros por encima de la media para un auriano), ligeramente delgado por su descuidada dieta actual, pero sin rayar en la esquelética escualidez que caracterizaba a los moradores en Draugr; incluso conservaba una fina panza que se alzaba con sutileza sobre su ropa, demarcando su insaciable gusto por el pic y su ineludible sedentarismo.

Con una fuerza considerable y conservando una pequeña parte de su maciza juventud, todos se lo pensaban dos veces antes de tan siquiera cruzar palabra con aquel testarudo misántropo, quien a pesar de su estorbosa discapacidad podía derribar sin esfuerzo alguno a otros tantos más jóvenes que él; y se imponía fieramente, aunque odiado, como el gran comandante que alguna vez había sido.

Como resultado de aquella mezcla entre su carácter y una fuerza descomunal, todos a su alrededor le temían, lo evitaban o incluso con crueldad lo segregaban, como si fuera un monstruo violento quien, con pesarosa resignación, pasaba sus días en solitario, buscando refugio en su fiel compañero el alcohol y respondiendo mezquinamente ante la más mínima instigación de aquel que osara dirigirle la palabra.

Octe era un completo extraño incluso para aquellos que alguna vez habían dicho ser sus amigos, quienes más que sentirse absortos por su miseria, lo juzgaban arbitrariamente lanzando especulaciones sin sentido y lo tildaban de loco o incluso de traidor, sin tan siquiera dar reparo en las verdaderas razones que habían definido su conducta.

«Tal vez fue su verdadera esencia pidiendo a gritos una oportunidad para tomar control sobre su vida», era lo que musitaban algunos sobre él, «tal vez fue traicionado por el subconsciente y actuó paradójicamente sin tener control facultativo sobre sus acciones», murmuraban otros tantos más osados, «o, quizá simplemente la suerte no estuvo de su lado», era la conclusión a la que llegaban los más empáticos. Cualquiera que fuese la razón, las incógnitas se apeñuscaban sobre el sentido de sus acciones, pero al comandante ya nada le importaba. Nada de lo que pensaran, dijeran o hicieran cambiaría su catastrófico pasado y las repercusiones de este en su presente.

## ...Un retozo rápido en la vida del comandante...

Octe fue reconocido en su tiempo como uno de los proyectistas más prominentes en la historia auriana. Impulsado por su padre desde muy joven, mostró un talento excepcional para el control energético de la materia orgánica. Se graduó de la magistral academia para proyectistas con tan solo ocho renacimientos y realizó su primer trabajo de campo en los brotes oricos durante el intento de invasión de los Alatur. A los diez renacimientos, se especializó en la medicina proyectista, siendo el médico investigador más destacado de su generación (además del más joven) y el pionero en la reconstrucción de tejidos, a partir de lo que él llamó un: «flujo inverso con moldeado estable». Fue reclutado con apenas once renacimientos para formar parte del ejército proyectista, y promovido apenas unos meses después como director de las fuerzas médicas de élite, debido a su gran habilidad para la reconstrucción de miembros destrozados y el control de heridas con sangrado profuso, destrezas nunca vistas en otros reclutas.

A tan corta edad había hecho de sus logros un legado que con prestigio era reconocido en todo el planeta, y con ello había trazado el rumbo de una carrera militar bastante envidiable, recibiendo, con el paso de los años, un sinfín de condecoraciones por su servicio y la gracia y gratitud de todo un pueblo. Sus habilidades y su ingenio le permitieron escalar con rapidez en la jerarquía burocrática, y se había posicionado como una figura pública importante, que no solo se codeaba con la élite administrativa, sino que además tomaba parte de las decisiones militares en Auria. Octe se movía entre los círculos más influyentes del poder político auriano, «la crema y nata» de la burocracia, y después de casi dieciséis renacimientos al servicio del rey y unas cuantas batallas defendiendo el honor de los Skali, había ascendido como comandante en jefe de la división de regeneradores del ejército proyectista y había sido elegido como uno de los consejeros del ministerio para la defensa de Auria, algo totalmente alejado de sus inclinaciones científicas y poco grato para su gusto, pero, en últimas, satisfactorio para sus bolsillos.

Tiempo más tarde, unos diez renacimientos antes de que estallara la gran guerra, y gracias a la disparidad con los ideales del consejo. En un intento por tomar distancia de sus obligaciones burocráticas, Octe se había dedicado a entrenar a los nuevos reclutas de la academia médica en Fraturi. En ello empleó todos sus conocimientos para el desarrollo de proyectistas con la capacidad de aplicar sus habilidades en beneficio del progreso social auriano, y no con el carácter bélico que se venía aplicando a las proyecciones desde varios siglos atrás.

Su trabajo como docente era algo que lo apasionaba sobremanera, y había disfrutado compartir sus conocimientos con toda clase de curiosos sujetos, hambrientos de sabiduría. No obstante, luego de una larga y tediosa carrera militar y de la constante censura que imponían a sus ideales, Octe empezó a sentirse desgastado y jodidamente hastiado del fulgor belicoso que emanaban sus congéneres. Se sentía atrapado dentro de una burbuja de imposiciones y saturado por el sesgado oportunismo que emitían sus superiores. Con el tiempo, enseñar ya no fue tan placentero como antes, y la idea de un retiro anticipado se proyectaba en su vida como un glorioso salvavidas dentro de aquel tormentoso mar de agobiantes preocupaciones. Además, otras prioridades habían emergido con el paso de los años y había logrado juntar algún dinero que, a futuro, le permitiría tomar total independencia de sus obligaciones con el ejército. Después de todo, tener demasiadas responsabilidades desde tan corta edad lo había despojado del tiempo necesario para su desarrollo personal, y su vida había escapado frente a sus ojos sin poder disfrutar de todo aquello que verdaderamente tenía importancia, como el amor. — Pensar en una vida sin amor, le resultaba inquietante pues es como dicen algunos: «no es lo mismo escoger la soledad a padecerla».

Una de las razones que había impulsado con mayor fuerza la idea de un retiro había sido el escaso tiempo que pasaba con Ivála. Ivála Haraldr era una joven doctora de la que se había enamorado algún unos años antes, a su paso por Proodo, (Convención anual de actualización científica auspiciada por la universidad de Eneres para los jóvenes reclutas de la academia médica en Fraturi) y con la cual se había planteado establecer un futuro, a partir de la relación a distancia que habían entablado apenas unos años atrás, cuando ella era solo una aprendiz. Y a pesar del inconformismo de los padres de Ivála por la notable disparidad entre las edades de ambos, Ivála compartía una conexión fuertemente estable con Octe, al punto de que llegó a convertirse unos meses más tarde no solo en su esposa, sino también en su compañera de vida, confidente, amante y la madre de su único hijo, Satúl.

Puede decirse que Octe atravesó por una época bastante confortable y durante gran parte de su vida tuvo todo lo necesario para ser feliz. No obstante, cuando creyó tener el control sobre su destino, aquel glorioso ideal que trazaba el camino hacia la total tranquilidad fue puesto en pausa, ajeno a su voluntad, por las funestas alteraciones que el caos tenía preparado para su vida.

Por limitaciones administrativas y la complejidad en las funciones ejecutadas por Octe como comandante, su desvinculación inmediata con el ejército proyectista fue denegada. Y unas semanas más tarde fue trasladado hacia la base secreta de Gifi en Rohiap, una zona gélida y desértica a unos trescientos kilómetros del caserío más cercano, donde despiadadamente, y en contra de toda voluntad, se hacían pruebas con armas biológicas sobre algunos prisioneros acusados de traición y otros tantos ingenuos voluntarios atraídos con la falsa idea de un inofensivo programa de vacunaciones. Una deplorable tarea que sin duda alguna le sentaba como un balde de agua fría y que fue sentando las bases para el desarrollo de una conducta irascible.

Contra todo principio moral, Octe se limitó a cumplir únicamente con las funciones administrativas en Gifi, aunque de mala gana y evitando con repugnancia cualquier tipo de vinculación directa con aquel nefasto proyecto. Estar en Gifi atentaba contra todos sus ideales y necróticamente consumía los remanentes de empatía que podía tener hacia sus compañeros. Después de todo, tales acciones solo podían ser propias de una raza demencialmente enferma por su racionalidad. Sentía asco de sí mismo y no quería formar parte de aquel mundano proceder de aquellos que se proclamaban amos y señores del universo.

Con el paso de los meses, Octe fue enfermando, y paulatinamente la enajenación mental lo fue haciendo presa fácil de la paranoia, el insomnio y la hipocondriaca sensación de haber adquirido algún tipo de mal que lo mataría antes de ver nuevamente a su familia. Cayó en cama por varias semanas, sucumbió ante los padecimientos de su imaginaria enfermedad; devolvió cada trozo de comida que pasaba por su boca y de forma espontánea fue afligido por desmesuradas fiebres y una serie de erupciones en todo su cuerpo que carecían de explicación médica alguna.

Entre rehabilitaciones y recaídas constantes sin una valoración precisa de su condición, y después de varias pruebas y exámenes clínicos, Octe fue diagnosticado con el síndrome de Mun, un trastorno somático derivado de su insatisfacción laboral y la paupérrima incapacidad para adaptarse a su entorno, que, junto a sus desórdenes mentales y el estrés, inducían al desarrollo de síntomas meramente creados por su subconsciente.

Negándose a recibir ayuda alguna, el tiempo siguió su imperdonable rumbo atrapado en Gifi, y con el paso de los días, las discusiones con Ivála se tornaron cada vez más frecuentes, casi al punto de convertirse en un hábito; para ese entonces, los separaba una distancia mucho más grande que la misma lejanía, y sumando todos sus conflictos, su hijo crecía resentido sin un padre en el cual buscar consejo alguno.

Octe se sentía vacío, sentía que estaba perdiendo lo único que tenía importancia en su vida, ¿y todo para qué? Para luchar por una causa que no lo representaba y defender a un montón de vividores a los cuales no toleraba; estaba harto, pero era incapaz de hacer algo al respecto. Octe solo sabía seguir órdenes y era lo suficiente introvertido para aceptarlas, aunque no estuviera de acuerdo.

Tomando píldoras para contrarrestar la depresión y otros tantos medicamentos autorrecetados, Octe empezó a hacerse adicto a ciertas sustancias que usualmente combinaba con algunos licores que robaba de la despensa, y poco a poco se fue alejando del mundo para convertirse en un hermético individuo con total aversión hacia su entorno. Sus trastornos mentales se hicieron cada vez más notables, y fue perdiendo poco a poco la noción del ser, hasta el punto de desconocerse a sí mismo. Año a año su retiro fue aplazado a la espera de alguien que pudiera suplir de manera eficiente su lugar en el alto mando, y la muerte empezó a hacerse tentadoramente atractiva como el camino más corto para aplacar sus aflicciones. Desertar ya no le parecía tan malo después de todo, pero sin duda alguna, su familia era más importante. (La ley auriana castigaba la deserción con la pena de muerte y condenaba a la familia del desertor al desprestigio; sometida a un periodo de prueba en el cual debían demostrar su desarraigo por el desterrado y total desconocimiento de su paradero. Si este no era capturado, y en caso de ser sus familiares hallados culpables de ocultar información, les eran despojados sus bienes materiales y eran exiliados a vivir en las zonas más remotas del planeta, sin beneficio alguno dentro de la sociedad auriana).

Bajo la inclemencia legislativa y temiendo por las represalias contra su familia, asociadas a una posible deserción, sus planes para un retiro anticipado fueron postergados y tuvo que lamer una considerable cantidad de botas para que, luego de nueve renacimientos más a la espera de una respuesta, lo despojaran sin más de su cargo como consejero en el ministerio de defensa y uno a uno le fueran retirados los beneficios diplomáticos a los que accedía con en el Estado.

Así mismo, tras una batalla perdida con el farmaceuta y con los entes de control que atendían a las irregularidades en los inventarios, Octe fue sometido a pruebas toxicológicas que demostraron su deplorable condición y su hasta entonces ignorada adicción hacia el Nemuri. Por órdenes de la corte marcial, le fueron despojados todos los medicamentos hacia los cuales presentaba dependencia, se le prohibió incluso el acceso a las despensas del despacho. Le arrebataron hasta la más mínima posibilidad de perturbar su conciencia, pero, claro, no le concedieron la tan ansiada libertad. Octe cayó una vez más en las garras de la paranoia, y encerrado en su cuarto por al menos siete días, luchó incansablemente contra sus demonios, entre temblores, sudoraciones, insomnio y delirantes alucinaciones que amenazaban con robarle el alma. Fueron días oscuros para el comandante. Su cuerpo se convirtió en una prisión y su sobriedad en la peor de las torturas.

Durante aquellos días, estuvo perdido en la lobreguez de su alma. Y Atendiendo a su soledad, Octe se retorció una y otra vez tendido en el suelo, convulsionando del dolor causado por la contracción muscular involuntaria de un cuerpo sometido a la abstinencia. Los gruñidos y gemidos infernales que se infiltraron al exterior, desde lo más profundo de sus vísceras, se asemejaban a los gritos de una bestia posesa que, salida de las mismísimas entrañas del infierno, luchaba por liberarse de aquel fétido abismo que lo arrastraba devuelta a la oscuridad. Luego de ocho días y ante la preocupación de los allí presentes, las puertas de su habitación fueron derribadas, y el pobre comandante fue encontrado envuelto en un rimero de sábanas sudorosas, rodeado de vómitos y excremento que adornaba las paredes, lejos de la decencia y prendiendo de un hilo su decoro.

Todo allí era un desastre: podían verse trozos de cristal dispersos por todo el suelo de la habitación, libros desgarrados, empapados en fluidos y mancillados con sadismo por aquel adicto enfermo al creer que eran trozos de comida, paredes roídas perturbadamente con fracciones destrozadas de lo que alguna vez fue una silla. Los restos quemados y rasgados de su colchón, servían como barrera que, adosada a los ventanales, impedía que la luz de Nirú tan siquiera diera rastro de su existencia. Siete días de oscuridad bastaron para consumir su carne que, pegada a los huesos, daba la lúgubre sensación de estar tratando con un pútrido cadáver andante. Siete días en soledad, luchando con su mente en busca de una oportunidad para recobrar la motricidad y el control total de sus funciones, siete días de amarga sumisión, en los que perdió su dignidad y cayó en el más profundo abismo de la condición auriana, siete días en vela, siendo presa de los espectros que acusantes robaron su cordura.

Deshidratado, desnutrido y con los signos vitales apenas perceptibles, pasó varias semanas en manos de especialistas, aprendiendo a comer, a hablar y a superar el ansioso vacío que dejaba en él la ausencia de los antidepresivos y otras sustancias de las cuales había abusado indiscriminadamente. Fue una recuperación lenta y dolorosa; Podría decirse que Octe caminó descalzo sobre las flameantes brasas del purgatorio, cayendo al suelo una y otra vez sin soportar el dolor, y entre caídas, el irritante ardor de las quemaduras dejó un rastro de cicatrices en su memoria, cicatrices que se hacían visibles en los constantes ataques de pánico que acudían a su soledad. Le tomó tiempo ajustar su realidad y traer de vuelta al intrépido auriano con él vigor para afrontar la vida. Superar el mórbido sentimiento de no pertenecer a ese mundo y creer que tarde o temprano Dehya (diosa de la muerte en la mitología auriana) conduciría su alma a través de las aguas del Mahyaf lo despojaba de la tranquilidad y sometía su reposo al sugestivo capricho de no cerrar los ojos por miedo a dormir eternamente.

Considerado una posible amenaza para el proyecto que se desarrollaba en Gifi, fue trasladado una vez más de vuelta a Fraturi para comparecer ante la corte marcial auriana, donde fue acusado de negligencia, insubordinación y abandono temporal de sus funciones sin justificación razonable. Fue hallado culpable en primera instancia por cada uno de los cargos imputados en su contra y condenado a pasar el resto de sus días recluido en un centro especializado y con acompañamiento psiquiátrico permanente. Su castigo habría sido efectuado de manera ineludible, de no ser por la amañada influencia de su gran amigo el capitán Gerd O'dir que, abogando por él ante el rey, pudo aminorar la condena del demacrado comandante. A cambio, se le fijó una pequeña fianza que él pagó de su propio salario, y concertó la reinserción de Octe como elemento útil para la sociedad bajo el cumplimiento de unas cuantas horas en docencia al servicio de las comunidades más vulnerables. Para su buena suerte, si es que alguna vez la tuvo, finalmente los cargos fueron retirados y sus antecedentes archivados sin más que una simple anotación disciplinaria. El proyecto Gifi fue cancelado unos meses más tarde por un accidente biológico en la ciudad de Frantasitp y la investigación fue sepultada bajo pilas de documentos censurados de los cuales nadie habló nunca más.

Después tanto, su retiro fue aceptado, aunque con una prórroga de un año para la transición adecuada de su remplazo, y volvió a casa junto a su familia, que, a pesar de estar fragmentada, lo recibió con los brazos abiertos y lo acunó una vez más en su seno, mientras lo ayudaban en el proceso de reintegración y restablecimiento de los parámetros conductuales que podrían considerarse «naturales». Poco a poco fue recobrando la compostura hasta que logró integrarse una vez más en su trabajo, y tras unos días de sosegado reposo, retomó sus funciones en la academia médica en Fraturi y entró al programa de rehabilitación para veteranos con problemas de adaptación y/o adicciones.

Con los días, fue retomando las riendas de su vida y recuperando la moderada sensatez que aludía a su difusa y olvidada juventud. Era tiempo que tal vez no recuperaría, pero se sentía feliz de tan siquiera estar en casa con aquellos a quienes amaba, pequeños placeres de la vida que a veces son olvidados por el cotidiano dominio que creemos tener sobre nuestro entorno, y una eludida realidad negándonos lo efímero de la existencia material.

Habiendo delegado funciones y emancipándose poco a poco de su cargo como comandante, estaba listo para un merecido descanso. Fueron tiempos buenos una vez más, tiempos que le permitieron reencontrarse a sí mismo. Después de aquel infierno, la felicidad había retornado a su rostro y sus demonios habían sido lapidados y enterrados en lo más profundo de su corteza prefrontal. No había sentido tanta paz desde tiempo atrás, y su paso por Gifi parecía ahora una difusa y olvidada pesadilla de la cual poco podía o quería recordar. Solo le restaban unos meses más al servicio del rey y tal vez abriría una tienda comercial junto con Ivála; dedicandose a comerciar con Aratatias (animal Acuático característico de la zona costera de Bethúa) y viviendo sin preocupaciones a la orilla del lago Otun. Solo sería un auriano común, contando historias a sus nietos y bebiendo pic a sorbos mientras la luz del ocaso se ocultaría sutilmente tras el horizonte. Sería el retiro ideal junto a todo aquello con lo que, que varios renacimientos atrás, había concertado sus razones para vivir. Octe sentía que tenía una nueva oportunidad para enmendar sus errores, y no pensaba dejarla escapar sin dar plante a los caprichosos deseos de aquella malintencionada gestión del universo sobre su vida.

Sin embargo, por más control que creía tener sobre sus decisiones, el destino le contestó una vez más pateándolo con violencia en la entrepierna. El trágico horizonte que se abrió hacia su futuro solo reafirmó el infortunio del que pueden ser víctimas, de una manera imprevista, los seres vivos en un sistema caótico.

Algunos toman malas decisiones y otros simplemente son víctimas que derivan del resultado de estas. Víctimas que pueden ser mejor definidas como «comodines» en juego de cartas; aquellas que, o son desechadas sin tener un propósito específico dentro del juego, o aportan un valor agregado y dan la vuelta a la partida, siendo un factor crucial para cambiar el resultado final; También se les puede llamar: «males necesarios» dependiendo de la perspectiva que se tome, pero en resultado, son estos infortunados seres quienes padecen toda clase de desgracias que los llevan al límite. Desgracias que pueden sepultarlos bajo una reacción en cadena de calamidades potenciada por sus instintos más primitivos o que sirven como detonante para el desarrollo de seres afligidamente poderosos, un resultado que, en últimas, dependerá de la voluntad de cada individuo. Cada uno se hace su mundo con lo que tiene a su alcance. De igual manera, aunque a veces el universo puede ser cruel y despiadado con algunos, al final, todos somos iguales. Es la irónica ilusión de las «ventajas».

Octe fue, por supuesto, un comodín más en el juego de la vida, y el universo jocosamente le regaló más desgracias como retribución por las desgracias que ya poseía.

# Capítulo III

## Regresión deconstructiva (varios años antes de la tragedia)

## El comienzo de la guerra.

*Fraturi, vigesimoctavo día del Jaggrad, año 2045 antes del éxodo.*

En las noches de Engele la ciudad de Fraturi se vestía con los colores representativos de la tierra de los tres astros. Entre tonalidades purpúreas, celestes y rojizas, se conmemoraba la llegada de los días más largos del año, gracias a la translación de Auria entre sus dos soles, Noc y Nirú, y la transición aleatoria de su órbita, que según la fuerza de atracción gravitatoria que emitiera cada uno de los astros, definiría cuál de los dos soles iluminaría Auria por el resto del año.

Se celebraba con un folclórico jolgorio, cuya duración se extendía por al menos treinta días aurianos, en los cuales se aminoraban las actividades laborales y se procedía a celebrar con desenfreno. Muchos se atiborraban con licor hasta perder por completo la conciencia y danzaban descalzos al son de los tambores hasta que sus amoratados pies perdían fuerza. Una libertina celebración en la que los más jóvenes mostraban sus atributos más grandes, en el afán por encontrar aquella libidinosa pareja con quién desbordar ardientemente sus más depravados impulsos carnales. Una celebración ancestral, manchada por el desorden, la lujuria y los vicios, que terminaba con grandes y bochornosas orgías al aire libre y con un centenar de muertos encontrados esporádicamente tendidos en las calles. Mugrientos desgraciados violentamente apaleados por multitudes intoxicadas o ahogados en sus propios fluidos, que, en cualquier caso, no veían la llegada del nuevo amanecer.

Sus cuerpos se pudrían en las aceras y con facilidad podían ser confundidos con simples borrachos perdidos entre vómitos y alcohol y, como las lagunas de la embriaguez embargaban el juicio de todos los demás juerguistas, nadie mostraba interés en considerar su verdadero estado conciencia, y a nadie le importaba. Al final, los muertos yacían tendidos en el suelo con la mirada perdida hacia el vacío, hasta que aquel desmesurado alboroto encontraba su fin bajo la funesta marcha del colectivo sanitario.

Las noches de Engele convertían a Fraturi en el nido de la perdición y la depravación, y durante sus treinta días de fiesta, los aurianos sacaban a relucir el impulso más primitivo, ese que, reprimido, permanecía oculto en lo más oscuro de sus deseos. Aunque, bueno... aguzando la vista y siendo moralmente permisivos, en ocasiones se podría pensar que no todo era tan malo.

La celebración de Engele en sus inicios presentaba un espléndido desfile, digno de ser admirado por todos los visitantes que llegaban desde cada uno de los rincones de Auria. Las calles se adornaban con flores alusivas a los tres astros (agalias rojas, orusas celestes y frechelas púrpuras) dispuestas como símbolo de la «abundancia» en cada uno de los hogares desde el marco inferior de la puerta hasta el borde más alto de la cornisa. En realidad nadie tenía dinero, pero tampoco querían pasar la vergüenza de ser señalados como aquellos a quienes la estrechez no les permitía divertirse. Los aurianos vivían de apariencias y preferían morir de hambre antes que ver pisoteado su orgullo, un pecado que servía como su propia tumba y una oportunidad que, por supuesto, aprovechaban la banca y las grandes corporaciones. Eran las fechas más importantes para las entidades bancarias, con sus préstamos sobre hipoteca y créditos a corto plazo, que durante los meses posteriores a la fiesta se convertían en su gallinita de los huevos de oro, y en el luctuoso calvario para los ingenuos deudores cuya solvencia era insuficiente.

¿¡Que más podría esperarse de un pueblo viciado por la inconciencia!? Todo es fiesta, diversión, consumo, derroche y desenfreno, pero cuando el Estado les mete las manos a sus bolsillos, todos se hacen de la vista gorda y buscan un culpable por aquello de lo cual fueron partícipes y responsables. Pero claro, al fin y al cabo, lo importante era celebrar.

Otro de los pilares decorativos durante la celebración eran las largas filas de coloridos listones colgando de extremo a extremo en cada una de las avenidas y que, entrelazados con múltiples faroles, formaban luminosos túneles que se extendían a lo largo de los pasillos, y proveían de una belleza sin igual incluso hasta a los barrios más miserables de aquella menesterosa urbanización. También se hacían carrozas alusivas con monumentales figuras hechas con barro y una especie de mezcla pastosa que las proveía de una apariencia brillante y homogénea, y les daba una rigidez considerable para soportar los monstruosos tratos de la carnavalesca marcha de sus alcoholizados guías. Las había de todas las formas, tamaños y colores. Eran majestuosas obras de arte que dejaban ver el ingenio que tenían los aurianos y su desmedida capacidad para derrochar su patrimonio en cosas estúpidamente triviales. Figuras animales, deidades divinas y todo tipo de alocadas caravanas que avanzaban a lo largo de las avenidas principales, seguidas de una basta muchedumbre atiborrada con alcohol, que, danzando, gritando, cantando y saltando, bebían todo aquello que de frente a sus narices irradiaba la toxicidad necesaria para expeler su pudor, en especial un brebaje milagroso con la capacidad de liberar sus tentaciones y dejar a un lado cualquier prejuicio que la moral pudiera imponer sobre sus decisiones, el pic. Se trataba de un ardiente elixir con la ambigua propiedad de permear sus cuerpos hasta ser rebosados en placer y divina complacencia; un pérfido veneno que corría por sus venas e irrumpía cada rincón de su materia hasta ser secretado de manera natural por sus poros; un potente depresor que raptaba su raciocinio y los convertía en simples y mundanas bestias víctimas de su obscena carnalidad.

La mesura no tenía lugar en aquel extravagante festejo, y el decoro quedaba relegado a ser un mero formalismo de la mojigatería. Y ni hablar de los participantes del evento, la excentricidad en su exhibición no se quedaba atrás. En las noches de Engele, y aunque tal vez las brisas gélidas del verano poco cálido de ese año cubrirían las ligerezas, los aurianos tenían la costumbre de salir a las calles completamente desnudos, sin más que pintura corporal esparcida por cada rincón de su anatomía y una serie de pequeñas máscaras torpemente elaboradas que cubrían la mitad de sus rostros y preservaban su «estimable» identidad. De ahí la facilidad para tener sexo con cualquiera que se cruzara en su camino, sin tener tan siquiera que preocuparse por su reputación. Era la fiesta de la locura, y todos sacaban provecho de su anonimato. Durante días podían sucumbir ante sus impulsos más profanos y luego retornaban a su vida normal, mientras fingían que nada había pasado. Un autoengaño que, con gran cinismo, mantenía indemne su moralidad, bajo difusos recuerdos guardados con celo para su intimidad. Lo que pasaba en las fiestas de Engele se quedaba en las fiestas de Engele. Nadie sabía nada y nadie había hecho nada. Al final, nadie aceptaba la culpa y los únicos pecadores serían siempre los vecinos.

—Míralos —exclamó Octe mientras observaba al alborozado pueblo a través de las cortinas —, todos corren como eufóricos niños estrenando sus juguetes nuevos —prosiguió con un dejo de obstinación. —¿Puedes creerlo? —miró a su esposa, y cerró las cortinas de golpe.

—Al oeste hay rumores de guerra y el poder político del rey se desmorona lentamente, atosigado por injerencia del consejo. Muchos de ellos morirán pronto, y míralos tan sonrientes, tan tranquilos, tan, tan ignorantes —negaba con su cabeza.

—A nadie parece importarle. Creen que la guerra nunca los alcanzará, creen, desde la comodidad de las grandes ciudades, que la muerte nunca tocará a su puerta. Se creen intocables, pero... la cruda realidad es que la guerra está a la vuelta de la esquina y sus impuestos financian las armas que los ejecutaran algún día —. Emitió una risa irónica —, ingenuamente son sus propios verdugos, ¡malditos indolentes asalariados!

—Creo que alguien se levantó con el pie equivocado... —dijo Ivála —, no sabía que unos cuantos borrachos podían enervar tus sentidos, ¿qué te tiene tan molesto? —preguntó sonriente mientras le brindaba una taza de casu (Bebida matutina auriana típica de la ciudad de Fraturi, similar al café terrano).

—No es nada, es solo que... —respondió con molestia —. Bah, olvídalo, gracias —. Octe tomó la taza entre sus manos y, llevándola a sus labios, sopló por unos segundos antes de dar un gran sorbo. Luego, posó la taza sobre la repisa que se encontraba al borde de la ventana y se dirigió hacia Ivála, al tiempo que le rodeaba la cintura con sus manos.

—Te conozco —exclamó Ivála tomando con dulzura el rostro de Octe —, sé que algo te atormenta —Octe apartó su mirada.

—Soy tu esposa, puedes confiar en mí —insistió Ivála.

Octe suspiró y después de unos segundos mirándola fijamente a los ojos, exclamó —: sé que vas a molestarte con lo que te tengo que decir, pero igual te enterarás tarde o temprano, así que lo diré de todos modos —. Tomó una gran bocanada de aire y con ruidosa resignación lo dejó escapar de un solo golpe por su boca —. Mañana temprano me enviarán a Freghil —proyectando la tristeza sobre sus ojos, con ternura tomó un mechón de pelo que cubría el rostro de Ivála y lo acomodó detrás de su oreja.

—Es una broma, ¿verdad? —dijo Ivála mientras la sonrisa escapaba rápidamente de su rostro. Posando sus manos sobre el pecho de Octe lo apartó dándole un pequeño empujón.

—Cariño, yo... —exclamó Octe intentando tomarla de nuevo por la cintura.

—Dime que es una maldita broma, Octe —lo interrumpió furiosa apartándolo con más fuerza que antes.

—Lo lamento... —se disculpó pesaroso —, en serio lo... —Ivála le dio una bofetada antes de que tan siquiera pudiera pronunciar una palabra más.

—Dijiste que todo había terminado —le recriminó furiosa —, dijiste que estarías en casa y que jamás estaría sola otra vez... —gimoteó con los ojos inundados en lágrimas mientras golpeaba con su puño en repetidas ocasiones contra el pecho de Octe —, ¡eres un maldito mentiroso!

—Por favor, no seas tan severa conmigo —se lamentó siendo cruelmente subyugado por las quejas de su esposa.

—Lárgate de mi casa y no vuelvas nunca más.

—Cariño... —dijo Octe en tono suplicante —, por favor, entiéndeme, lo hago por nosotros...

Ivála no le respondió.

—Gerd me prometió que acortaría mis días de servicio si me hago cargo de esta última misión. Entiende que esto no me gusta más de lo que te gusta a ti.

—¿Pudiste rechazarlo y lo aceptaste? —exclamó furiosa señalando acusante a Octe con su dedo índice, y enseguida, tomando la taza de casu de entre sus manos, la arrojó colérica contra el suelo.

—¿Y qué se suponía que debía hacer?, ¡estoy harto de todo esto! —gritó golpeando con fuerza el borde de la mesa —, cualquier oportunidad para dejarlo lo antes posible es mejor que soportar un maldito minuto más en ese repulsivo lugar.

—¡Pudiste rechazarlo, Octe! —le increpó —, ¿de qué me sirve una promesa con un esposo muerto? — Ivála rompió en llanto.

Octe la tomó entre sus brazos con gran fuerza y la apretó contra su pecho mientras le daba un pequeño beso en la frente. —Sé que te prometí que no me iría de tu lado, pero, cariño, serán solo unos días. Volveré antes que puedas notarlo, y esta vez... será para siempre.

—¿Y qué si no vuelves? —le recriminó —, no quiero una maldita medalla conmemorativa por tu servicio, ¡te quiero a aquí, a mi lado!

—Volveré, lo prometo... —dijo Octe intentando calmarla —, entiendo que estés preocupada, pero estaré bien. Solo iremos a investigar unos rumores y volveremos casa. No es nada que no hayamos hecho antes.

—¿Cómo puedo creerte? —preguntó con incredulidad.

—Te doy mi palabra —respondió Octe con firmeza.

—Me das algo que carece de valor.

—Auch, eso dolió —Octe quedó atónito por la respuesta de su esposa.

—Lo lamento... —se disculpó Ivála —, es solo que... —se detuvo antes de terminar la frase.

—¿Es solo que qué? —preguntó reafirmando sus palabras.

—Es solo que... todo el tiempo me prometes cosas que nunca puedes cumplir.

—Esta vez será diferente —le suplicó tomando su mano con delicadeza —, confía en mí, por favor...

Ivála apartó su mano con brusquedad.

—Por favor —insistió Octe tomando su mano una vez más.

Ivála suspiró y con melancolía desvió su mirada hacia el suelo. —Sé que no puedo esperar mucho de tus promesas.

—Por favor, no digas eso.

—Pero... —negó con su cabeza —, por el amor que siento por ti, siento que tampoco puedo negarte la oportunidad —guardó silencio unos segundos y luego lo miró a los ojos —. Solo prométeme que volverás a casa. Porque esta vez será la última.

—Te lo juro —dijo con firmeza, y tomándola suavemente del rostro, limpió las lágrimas de sus mejillas con sus pulgares.

—Si no vuelves pronto, yo misma iré y te sacaré a golpes de donde quiera que te escondas, ¿entendiste?

—Por supuesto que sí —dijo sonriente mientras apretaba su cuerpo con gran fuerza —, ven, dame un abrazo.

—Espera, debo limpiar este desastre —lo interrumpió Ivála —, no quiero que Satúl...

—Déjalo —la detuvo —, ya lo limpiaremos más tarde —la tomó con firmeza entre sus brazos y susurrándole al oído le dijo —: sabes que te amo, y no pienso perderte —acarició su cabello con ternura —, no de nuevo —entonces, la tomó del rostro y con un impulso apasionado entretejió su lengua entre sus labios.

—¡Ejem! —interrumpió Ari un poco apenada y mirándolos desde la puerta principal, que permanecía entreabierta.

—Lamento interrumpir, señor y señora Zivot, pero llevo un buen rato esperando a que dejen de intercambiar saliva, y ya me están saliendo algunas raíces. Bromeó un poco para sentirse menos incómoda por su inoportuna intromisión.

—Lo sentimos, Ari —se disculpó Ivála —, adelante, adelante. No te quedes ahí parada... —hizo un efusivo gesto con su mano invitándola a entrar.

—Muchas gracias, señora Zivot —dijo Ari. Sus mejillas se ruborizaron —, en serio, lo siento mucho, me siento avergonzada. No quería interrumpir.

—No te preocupes, pequeña —dijo Octe soltando una risotada —, pudo ser peor —le guiñó un ojo a Ivála.

—¿Está Satúl en casa? —preguntó Ari sonriente.

—Por supuesto —dijo Ivála reprendiendo a Octe con su mirada —, está en su habitación. Adelante, siéntete como en tu casa.

—Gracias... —dijo Ari muy apenada —, y una vez más, espero me disculpen.

—Ya, no te preocupes —dijo Ivála con amabilidad —, no fue nada.

—Con permiso —se excusó Ari subiendo apresurada por las escaleras.

—¡Toca antes de entrar en la habitación —gritó cómicamente Octe —, me he llevado varias sorpresas está semana con ese muchacho!

Ari asintió entre carcajadas.

—¡Octe! —dijo Ivála con un tono represivo.

—Lo siento, alguien tenía que decirlo —respondió con ironía mientras se encogía de hombros.

—No tienes remedio —le recriminó Ivála con incredulidad.

—¿En qué nos quedamos? —dijo con un susurro mientras la miraba con picardía, y sin pensarlo más, se abalanzó sobre ella llenando su rostro con besos.

Ivála reía entusiasmada.

Ari los observó por unos cuantos segundos y se sintió enternecida pensando en el amor que se profesaban, se sentía hechizada por aquello que creía como un verdadero acto de amor y pensó en ellos como el futuro que algún día esperaba tener, finalmente, se dio media vuelta y se adentró en la casa de los Zivot en busca de su amigo.

# Capítulo IV

## Actos inconclusos

**A**ri subió las escaleras que daban de lleno al largo pasillo del piso superior, donde se extendían al menos unos ocho metros de alfombra gris que de extremo a extremo contrastaba ligeramente con el color verde azulado de las paredes y, a excepción de las múltiples medallas y fotografías que colgaban a lo largo de las mismas, la estructura adquiría una tétrica apariencia hospitalaria que hacía que la piel de Ari se erizara tan siquiera de pensar en atravesarla. La habitación de Satúl se encontraba al final del pasillo, justo al frente de un gran ventanal, que, de cara al jardín trasero, permitía ver el sembradío de frechelas púrpuras a las cuales Ivála dedicaba la mayor parte de su tiempo. Y más que ser un simple pasatiempo de una mujer solitaria, el jardín servía como una alternativa para ganar unos cuantos ingresos extra durante el festival después de que su esposo le pidiera abandonar su trabajo y la transformara en una dependiente ama de casa.

—¡Qué lindo jardín tiene tu madre! —exclamó Ari con efusividad entrando en la habitación de Satúl sin tan siquiera tocar.

—Oh, hola Ari —dijo Satúl sobresaltado —, ¿jamás tocas, verdad?

—¿Por qué habría de hacerlo? —respondió Ari sonriendo —, tus padres me dijeron que me sintiera como en casa... —se encogió de hombros —, y en mi casa jamás cerramos las puertas. Deberías estar feliz de verme.

—Claro —exclamó Satúl con ironía, levantando las manos y agitándolas en el aire —, ¡yupi!

—Por cierto —respondió Ari con gran ocurrencia —, creo que acabo de quitarte la oportunidad de tener un hermano.

—¡Iugh! —exclamó Satúl mirándola de reojo por encima de su hombro con un gesto de desagrado —, ¿por qué me dices esas cosas? Ahora no podré sacar esa imagen de mi cabeza —dejó a un lado el libro que sostenía sobre su regazo.

—A mí me parece tierno —prosiguió Ari dejándose caer de espaldas sobre la cama y suspirando como quien está enamorado —. Ojalá mis padres se llevaran de esa manera. O si tan solo se dirigieran la palabra, sería un buen comienzo.

—Si hubieras llegado unos minutos antes... —murmuró entre dientes con un tono sarcástico —, ya no te parecerían tan tiernos.

—Bueno, como sea —. Le reprochó Ari —, ojalá algún día pueda encontrar a alguien con quién disfrutar de esos momentos —emitía su voz con un tono romántico y un poco melancólico.

—Meh... —dijo Satúl irritado —, el amor es para los tontos.

—Que tú no tengas suerte, no significa que sea algo tonto —respondió molesta, cruzándose de brazos.

—El amor es algo químico, Ari... —sentenció Satúl —, un coctel de hormonas y neurotransmisores que te embarcan en un apasionado romance que se esfuma con el tiempo y te deja atrapado en un camino sin salida. En el mejor de los casos, conservas todos tus bienes.

—Hum... —gruñó Ari —, no te cansas de quitarle la diversión a la vida. No todo es ciencia y trabajo. Hay cosas que trascienden más allá de lo explicable —movía sus manos enérgicamente al hablar —. Sí, podemos ser máquinas animadas, como tú dices, pero también tenemos la oportunidad de sentir, y ese creo que es el verdadero propósito de estar vivos.

—Tonterías... —le reprochó Satúl —, la vida carece de sentido alguno y estar vivos es tan solo un suplicio, ¿no te das cuenta?

—¿Por qué eres tan gruñón? —lo refutó enojada —, piensa lo que quieras, igual viviré a mi modo —se cruzó de brazos otra vez e infló sus mejillas —. Prefiero ser feliz con lo absurdo que razonar toda una vida sobre algo que no puedo cambiar o tan siquiera comprender.

—Felizmente ignorante —le reprochó Satúl.

—Tú lo has dicho... —dijo con orgullo —, al menos no habré muerto antes de morir realmente.

—Te diré que sí, si con eso terminamos está absurda conversación.

—Sabes que siempre tengo la razón, y por eso eres incapaz de confrontarme con argumentos.

—Claro... —dijo Satúl —, lo que tú digas.

—En fin —se quejó Ari —. ¿Qué estabas leyendo, tonto?

—No es nada, solo un libro polvoriento que encontré en el armario mientras preparaba el equipaje —se dejó caer sobre la cama justo al lado de Ari.

—Así que te vas... —dijo Ari pensativa.

—Sí... —suspiró Satúl, pesaroso —, mi padre consiguió un contacto en Frantasipt y tendré la oportunidad de dirigir mi primer trabajo de investigación como médico.

—Vaya... —dijo Ari sorprendida con un dejo de ironía en su voz.

Satúl asintió.

—Se siente orgulloso de que su hijo siga sus pasos... Además, dice que cualquier cosa que haga es mejor que ser un artista.

—¿Y tú qué opinas al respecto? —le preguntó Ari con interés.

—Opino que puede ser una gran oportunidad, pero... —titubeó —, si tuviera que elegir, me quedaría con el arte.

—Sabes —respondió Ari —, algún día tendrás que tomar decisiones por tu propia cuenta. No puedes cambiar felicidad por estabilidad. Tu padre es el mayor ejemplo de eso, ni todo el prestigio del mundo le sirvió para ser feliz —hizo una pausa esperando una respuesta de Satúl —, no cometas los mismos errores que él, no te olvides que hay cosas más importantes.

—Sí, lo sé —dijo Satúl dubitativo —, creo que tienes razón... pero creo que él también la tiene —añadió con un suspiro de tristeza —. En Frantasipt tendré un trabajo estable y viviré tranquilo mientras tenga con que comer; dedicarme al arte me expone a lo incierto y probablemente fracasaré antes de intentarlo, prefiero no correr el riesgo.

—Es absurdo, Satúl, y lo sabes —le recriminó Ari —, no puedes hacer algo solo porque tu padre cree que es lo correcto —. Satúl no respondió —, de nada te sirve el dinero cuando eres incapaz de ser feliz —miró a Satúl, pero Satúl esquivó su mirada —. Pero... Bueno, yo solo espero que estés haciendo lo mejor para ti.

—Creo que irme será la mejor opción —concluyó, inseguro de lo que estaba diciendo —, no quiero decepcionarlo, y menos ahora que siento que estamos acercándonos de nuevo.

«No te vayas». Pensaba Ari, sintiéndose un poco nostálgica.

—¿No crees? —insistió Satúl.

—Ajá, claro. Si tú crees que es lo mejor... solo hazlo —respondió con indiferencia —, yo solo espero que puedas dormir tranquilo en las noches —limpió una pequeña lágrima que se asomaba por su ojo.

—¿Estás bien? —preguntó Satúl.

—Claro que sí, tonto, ¿por qué no lo estaría? —respondió Ari, golpeando a Satúl por el hombro.

—No lo sé... —vaciló —, tu tono de voz cambió de repente y por un momento pensé que estabas llorando.

«Claro que estoy mal, idiota, ¿no es obvio?, no quiero que te vayas». Pensaba Ari.

—Estoy bien, en serio... —dijo más tranquila —, mejor cuéntame más acerca de ese libro.

—¿Seguro? —insistió Satúl.

—Sí... —respondió irritada.

—Bien, bien... —sacudió su cabeza con incredulidad. —, es un antiguo libro de leyendas. Mi padre solía leerlas cada noche antes de ir a dormir. Bueno, al menos hasta que se tuvo que ir a esa maldita base en Gifi, luego ya nada fue igual.

—Lo lamento —se mostró  mas empática —, supongo que debió ser duro para ti.

—No quiero hablar de eso —gruñó Satúl.

—Claro, te entiendo... —dijo Ari disculpándose —, tal vez podrías leerme un poco, mi padre jamás me leía nada. Siempre estaba demasiado ocupado con su trabajo, y mamá nunca quería pasar tiempo conmigo, la señorita perfecta solo tenía tiempo para reprocharme cada cosa que hacía —se mostró un poco molesta al pensar en su madre.

—Emm... —respondió Satúl sin ánimos.

—¡Por favor!, ¿¡sí!? —dijo Ari en tono suplicante —, jamás he oído alguna de esas historias.

—Está bien, pero solo una —satúl refunfuñó mientras tomaba el libro y limpiaba la tapa con la palma de su mano.

—Veamos... —dijo examinando el índice del libro —. Tenemos: *La leyenda de Anarac y la creación de Auria...*, *Lucile y Elilah y los trazos de la razón...*, *La leyenda de Engele...*

—¡Esa! —gritó emocionada dándole otro puñetazo en el hombro —, *¡la leyenda de Engele!*, estamos en pleno festival, ¿qué mejor que conocer su historia?

—Está bien —respondió Satúl molesto —, pero si sigues golpeándome...

—¡Perdón! —interrumpió Ari entre risas haciendo una pequeña caricia sobre el adolorido brazo de Satúl.

—Mmm... Veamos —musitaba Satúl mientras pasaba las páginas del libro —, página veintidós... aquí está, *La leyenda de Engele.*

—Cuando quieras —lo apresuró Ari extasiada.

—Satúl aclaró su garganta y comenzó a leer.

*Uno de los momentos más esperados por todos los aurianos se presenta durante los días más mágicos del año. Un magnífico festival que conmemora la existencia de aquellos a quienes en vida el amor los despojó de su razón, y siendo ingenuas víctimas de la belleza, lucharon hasta el último instante por algo que nunca les perteneció.*

*El desfile empieza el primer día en que los dos astros hacen su triunfal aparición sobre las colinas rocosas y colman majestuosamente con su luz cada uno de los rincones de Auria. Un esplendoroso fenómeno que desplaza la noche durante un periodo de treinta días a los momentos en que Engele (luna auriana) cada treinta y seis horas se interpone en su camino para eclipsar sus rayos.*

*Cuenta la leyenda que estos eclipses eran los remanentes del momento en el cual la diosa lunar utilizó sus encantos para seducir a los dos astros solares: Noc y Nirú en busca de aquel excelso amante que fuera capaz de conquistar su férreo e «inalcanzable» corazón.*

*Se dice que durante días la diosa expuso sus encantos y «sucumbió» ante el cálido coqueteo de aquellos parlanchines que osaban endulzar sus oídos. Y entre esporádicas visitas entre el uno y el otro, sin mostrar más que un deseo meramente carnal, la diosa había entregado su cuerpo, sin deslindar las emociones que despertaba en los ingenuos enamorados que la recibían siempre con los brazos abiertos.*

*Con el pasar de los días, su engaño se hizo menos llevadero y, mientras sostenía un amorío secreto con cada uno de ellos, la diosa empezó a sentir que el peso que tenían las mentiras se posaba sobre sus hombros cual roca maciza, mientras que la culpa la aplastaba contra el suelo, y le impedía seguir su camino sin acarrear con la angustia que engendraba la idea de ser descubierta. Y aunque quisiera negarlo, había perdido la batalla contra su filofobia. Su duro corazón había sido despojado de su coraza y aflorando sus sentimientos se había rendido ante lo inaceptable, estaba enamorada de los dos dioses.*

*Al llegar el día número veintiocho, incapaz de separar lo que sentía por aquellos ardientes galanes, la diosa decidió confrontarlos reuniéndolos en la vastedad del espacio y con profundo dolor los hizo consientes del engaño que había ofrecido su egoísmo.*

*En un mar de lágrimas, dio sus excusas de rodillas sin tan siquiera oír una respuesta de sus enervados amantes, y sintiéndose avergonzada se alejó con el corazón hecho pedazos condicionando su amor a la incapacidad de elegir entre alguno de los dioses.*

*—Engañados hemos sido, ¡Oh! Mi inoportuno contendiente —. Leía Satúl engrosando el tono de su voz. Ari sonreía, mirando hipnotizada a Satúl. —Y mi corazón es incapaz de aceptar el daño que ha impartido aquella ingrata señorita— exclamó Noc pesaroso por la noticia.*

—Y aunque mi deseo de quitarte la vida arde con furor sobre mi pecho, he de perdonarte la existencia a sabiendas de que ambos hemos sido víctimas.

—Claramente concuerdo con la ingenuidad de nuestras acciones —respondió Nirú —. Pues cual crédulos fanáticos hemos caído hipnotizados en los encantos de aquella diosa seductora. Presos de la carne y una cara bonita perdimos la batalla contra nuestra razón, y desbordando nuestros sentimientos entregamos amor a quien no merece. Y aunque al igual que tú, mi coraje apetece tu sangre, no he de desgastar mi energía banalmente en alguien que, creo, no es culpable.

—Acepta mis condolencias como acto de conciliación y respeto —dijo Noc posando su mano sobre su pecho y haciendo una pequeña reverencia con la cabeza —, pues, como hemos inferido, ambos somos perdedores.

—Lejos de Engele viviremos, y que por el resto de sus días que sea la soledad su única compañera —contestó Nirú asintiendo ligeramente con su cabeza.

Luego de aquel incómodo espectáculo, el acuerdo entre los dioses parecía estar claro. Sus caminos no volverían a cruzarse y todo quedaría en el olvido como una inoportuna confusión. Pero a veces, cuando el instinto apremia, ni teniendo la daga clavada en el corazón se hace visible el daño que puede causar estar enamorado de la persona equivocada. Cual borregos al matadero con ingenuidad visitaron una vez más a Engele, pues a pesar de su engaño no podían sacarla de sus corazones, querían curar el dolor que estaba padeciendo, y por el amor que sentían por ella ni la mayor de las ofensas los despojaría de su deseo.

*El primero en visitarla fue Noc, quien con un ramo de Agalias rojas en sus manos se puso de rodillas ante la afligida diosa y pidió perdón por cualquier acusación indigna que hubiera desgarrado su corazón. Y a pesar de ser él quien hubiese sido víctima de la alevosa traición, se rindió dócilmente ante su victimaria, aceptando toda la culpa por algo de lo cual no era culpable.*

*—¡Oh, reina de la noche! —dijo Noc apasionadamente —, no soy digno de tu perdón, pues con valor me has ofrecido tu amor, y yo, cual cobarde alimaña, he huido al resguardo de mis prejuicios —extendió su brazo en frente de Engele —, acepta estas Agalias como símbolo de mi pasión, pues, aunque pocas e insignificantes, brillan con fulgor hacia ti y son ofrecidas con la más sincera intención de enaltecerte.*

*—¿Cómo puedes amarme después de lo que te he hecho? —preguntó Engele afligida, tomando el ramo entre sus brazos —, jugando con tus instintos me he aprovechado de tu corazón. Levántate del suelo —le ofreció su mano —y no pidas perdón, pues soy yo quien avergonzada debería estar de rodillas.*

*—Ni un lamento más saldrá de tu boca —la interrumpió —, pues la vergüenza no tiene lugar en este sentimiento tan puro que nos hemos profesado —. Se puso de pie —, ahora, ven a mis brazos y acepta mis labios como pacto de nuestra unión —exclamó Noc mientras la tomaba con fuerza entre sus brazos y la besaba con mucha pasión.*

*—¡Maldito seas, inmunda sabandija! —exclamó Nirú iracundo soltando el ramo de Orusas celestes que llevaba como ofrenda para la diosa —, ¿cómo osas profanar los inmaculados labios de aquella inocente criatura? —ofendido, pisoteó el ramo de flores y empuñó sus manos.*

—Con piedad te he perdonado la vida, ¿y así es como me pagas?

—¿Y quién te crees tú para pensar que eres digno de su amor? —Noc cubrió a Engele posándose frente a ella.

—Yo —exclamó Nirú —, soy aquel que se alza sobre las nubes y abastece con su luz cada rincón de tu existencia. Pondremos fin a esta locura de una vez por todas y, con la sangre, solo uno de nosotros saldrá victorioso.

—¡No! —gritó Engele soltando el ramo de Agalias —. ¡Ya basta!

—No debes preocuparte, amada mía —dijo Noc besando las manos de Engele —, seré yo quien salga victorioso, y podremos amarnos por toda la eternidad sin que nada ni nadie se entrometa en el amor que nos profesamos.

—¡No! —dijo Engele entre lágrimas —, si han de hacerse daño por mi culpa, no quiero estar con ninguno de los dos.

—El amor de Engele me pertenece —dijo Nirú sin prestar atención a la diosa —, y si he de perder la vida para demostrarlo, que así sea.

Y antes de que Engele pudiera pronunciar una palabra más, Noc se abalanzó sobre Nirú. Enzarzados airadamente en un fiero combate a mano limpia, los dioses lucharon con todas sus fuerzas entre puñetazos, patadas, rodillazos, mordidas y estrangulaciones; donde aquel que siguiera en pie al final del combate sería el valiente guerrero cuya fuerza incomparable sería digna de proteger a Engele.

Según la leyenda, luego de un día de combate y con el nacimiento de aquel deporte que años más tarde se conocería como Draked, el astro victorioso *fue Nirú, quien le perdonó la vida a su adversario, tomó dominio sobre Engele y se alejó hacia la bóveda celeste cargando en sus brazos aquel preciado trofeo. La diosa ahora lo acompañaría fielmente por el resto del año, hasta que Noc regresara vigoroso en busca de aquella revancha que le permitiría recuperar su honor. Días largos y noches cortas... Que serán rememoradas con algarabía hasta el final de los tiempos por todos y cada uno de los aurianos. Un tormentoso amor que consumió las pasiones de aquellos jóvenes impetuosos y que hasta el día de hoy nos sume en la incertidumbre de saber cada año: ¿quién será el próximo amo de los cielos?...*

—Pobre Engele... —declaró Ari afligida antes de que Satúl terminara el relato —, cometió un error y quedó relegada a ser un simple trofeo que disputaba la virilidad de dos descerebradas bestias.

—Es lo que recibes cuando tomas malas decisiones —contestó Satúl cerrando el libro de golpe.

—¿Qué? —exclamó ella ofendida —, ¡Engele tuvo la madurez suficiente para alejarse de ellos al ver que lo que hacía estaba mal! —de un salto se levantó de la cama.

—Pero no tuvo la madurez para haberse evitado eso desde el principio —dijo Satúl encogiendo sus hombros.

—Lo hizo porque no sabía qué era el amor —lo increpó Ari, molesta.

—Por eso creo que el amor es tonto... —respondió Satúl —. El que se enamora pierde.

—¿Sabes? —dijo Ari consternada —, hay algo cierto en esa historia... y es que a veces hay que dejar de entregar amor a la persona equivocada.

—O simplemente no hay que enamorarse —concluyó Satúl encogiéndose de hombros una vez más.

Ari movió su cabeza con disgusto.

—No discutiré más contigo, Satúl —dijo dándose media vuelta —, a veces puedes ser un imbécil —se marchó furiosa de la habitación golpeando la puerta tras de sí.

—Vamos, Ari... —exclamó Satúl siguiéndola con afán hasta las escaleras —, no tienes por qué enojarte de esa manera. Es solo una estúpida historia.

—¿Te vas tan pronto? —preguntó Octe chocando de frente con Ari.

—Mi ma...dre —titubeó Ari — me... me... necesita en casa.

—Pensé que te quedarías a cenar —exclamó Ivála confundida.

—Lo siento, señora Zivot... —dijo mostrándose molesta —. Tal vez en otra ocasión —caminó apresurada y se detuvo frente a la puerta antes de salir —, feliz noche de Engele, señor y señora Zivot —luego miró a Satúl —, y que tengas buen viaje.

—Feliz noche de Engele —gritó Ivála, antes de que Ari se diera media vuelta y se fuera.

—¿Está todo bien, hijo? —preguntó Octe a Satúl que se acercaba un poco confundido por el pasillo.

—Sí, o eso creo... —respondió Satúl rascando su cabeza —, no lo sé. A veces no entiendo a las aurianas.

—Nadie lo hace, hijo, nadie lo hace... Lo mejor es darles siempre la razón, así no la tengan —bromeó Octe guiñando un ojo a Ivála —, te evitarás un conflicto que no podrás ganar.

—No escuches a tu padre —intervino Ivála —, no sabe lo que dice.

—Tienes razón, cariño —dijo Octe con tono sarcástico, y guiñó dos veces su ojo derecho —, nunca sé lo que estoy diciendo.

—...— Ivála refunfuñó.

—Ves... —susurró Octe cubriendo su boca con la mano —, nunca falla.

Satúl rio sutilmente.

—Pero ya hablando más en serio, hijo —aclaró su garganta —, lo mejor es que hables con ella y escuches con atención sus palabras... A veces no somos capaces decir lo que sentimos, pero la forma en que nos expresamos o, más bien, la forma en que intentamos expresarnos puede hablar por nosotros. Cuando se trata de sentimientos, todo es más difícil. Solo tienes que aprender a escuchar y a estar abierto a las contraposiciones emocionales.

—Nunca pensé darte la razón en nada —dijo Ivála —, pero esta vez tienes toda la razón.

—No, cariño —dijo Octe con un tono sarcástico —, tú tienes toda la razón —le guiñó un ojo.

—Retiro lo dicho —dijo Ivála con tono recriminatorio, frunció las cejas y luego miró a Satúl —. Solo habla con ella y, como dice tu estúpido padre... presta más atención a lo que ella te está diciendo.

—No creo que quiera hablar conmigo ahora —dijo Satúl desanimado —. Tal vez más tarde pueda llamarla, de igual forma, no quisiera irme sin haberme despedido.

—Hablando de eso —lo interrumpió Octe —, ¿tienes todo listo?

Satúl movió su cabeza dubitativo.

—Después de cenar nos encontraremos con Pikart —prosiguió Octe —, fue encargado por el señor Sotnem para que te conduzca hasta Frantasipt; nadie conoce la ciudad mejor que él. Lo mejor es que tengas todo preparado, no queremos llegar tarde.

—Tal vez podríamos... —titubeó Satúl hablando pausadamente —, ¿reconsiderarlo?

—¿Qué debemos reconsiderar? —dijo Octe con seriedad —, ¿a qué te refieres?

—No lo sé, papá, es solo que... —Satúl se sentía nervioso y era incapaz de levantar su mirada —. No me siento preparado.

—¿Preparado?, pero —dijo Octe con incredulidad —, ¡pff! Tonterías. Eres el mejor, de eso no tengo duda —. Posó su mano sobre su hombro —, lo harás bien, hijo, confía en ti mismo. Yo confío en ti.

—No me refiero a eso, papá —respondió Satúl afligido —, la verdad es que... ni siquiera estoy seguro de si estoy haciendo lo correcto.

—Entiendo —dijo Octe un poco más serio —, mira, yo no te obligaré a ir, si tu no quieres hacerlo. Pero... me preocupa tu futuro. Ya sabes que se aproximan tiempos difíciles, y no quiero que la realidad te coma vivo.

Satúl permanecía con su cabeza agachada, mirando sus pies.

—Sé que te gusta el arte, y el arte es algo hermoso, hijo. No dudo de que tienes talento para ello. Pero siendo realistas, no hay lugar para eso en el nuevo mundo —Octe hizo una pausa como esperando una respuesta y luego agregó —: vivimos en un mundo frío e implacable, hijo, y lamentablemente solo sobreviven aquellos que se aferran a lo material, a lo objetivo, a lo tangible, ¿entiendes?

Satúl permaneció en silencio.

—Tengo miedo de verte fracasar. Tengo miedo de verte sufrir. Ser médico es una gran oportunidad para ti, y tú puedes ser uno de los mejores, estoy seguro de eso. Si te mantienes lejos de la beligerante influencia del ejército, estarás bien —agregó Octe con un tono conciliador —, además... no tienes que abandonar el arte por completo, siempre puedes tener pasatiempos —lo miró con insistencia intentando que Satúl respondiera a sus intentos por darle ánimo —. Mira, date una oportunidad en Frantasipt, al menos hasta que puedas defenderte tú solo, luego podrás dedicarte a lo que tú quieras.

Permaneció cabizbajo por unos segundos más y dio un largo suspiro.

—Tienes razón papá, lo siento —dijo Satúl —, no te decepcionaré.

—Sé que no lo harás —dijo Octe con una sonrisa —, ven, dale un abrazo a este viejo —extendió sus brazos —. Tengo una idea que quitará la tristeza de sus rostros —exclamó Octe envolviendo a Ivála y a Satúl con sus brazos.

—¿Qué opinan si vamos por unos cremigs? (Batido cremoso semi congelado similar al helado).

—¡Qué maravillosa idea! —dijo Ivála muy emocionada —hace días que tengo antojos de vanil —concluyó.

—Y para mí que sea uno de Ona —dijo Octe mirando con insistencia a Satúl —. ¿Y el tuyo, hijo?

—La verdad —respondió un poco melancólico —, no tengo ganas.

—Vamos, hijo —dijo Octe sacudiendo su hombro suavemente —, anímate, ya verás que todo saldrán bien. Te lo prometo.

Satúl permaneció en silencio otra vez.

—Hazlo por nosotros, ¿sí? —insistió Octe.

—...—

—Por favor —lo miró suplicante.

Satúl respiró profundamente. —¿Puedo comer de ambos? —dijo con una sonrisa forzada.

—¡Por supuesto que sí! —respondió Octe un poco más animado —, cremigs serán entonces —. Los abrazó con más fuerza —los amo mucho y les prometo que de ahora en adelante todo será mejor para nosotros.

# Capítulo V

## Un retozo rápido en la vida de Satúl y sus repercusiones en el caos

Satúl era un joven bastante solitario y retraído; y que al igual que otros aurianos de su edad, tenía muchos problemas para relacionarse con su entorno. Había crecido con la idea de que la vida era una lucha incansable por encontrar un propósito inexistente, y difícilmente, ya fuera por cuestiones biológicas o quizá simple falta de interés, Satúl era incapaz de desarrollar un matriz empática que le permitiera tener un comportamiento socialmente aceptado por otros. Después de todo, había vivido su niñez sin el contacto de un padre en el cual encontrar una respuesta a sus interrogantes, y su madre, laboriosamente ocupada sosteniendo el hogar, lo había privado del soporte emocional en la etapa más decisiva de su formación. Está amalgama entre su carácter débil y el desconocimiento parcial de las emociones, había convertido las relaciones interpersonales en algo penoso e inalcanzable, y en últimas había transfigurado su escencia como la de un ansioso individuo con fobia social, cuyos miedos, sugestivamente potenciados por la falta de autoestima, lo habían llevado al hermetismo y la introversión casi absolutos.

Durante años, los libros fueron sus únicos amigos, hasta la llegada de Ari a su vida; y en su afán por ganar la aprobación de su ausente padre había ingresado a la academia médica de Fraturi para convertirse en uno de los proyectistas médicos más prometedores de su generación. Al igual que su padre, la energía universal corría por sus neuro receptores y mostraba habilidades que difícilmente podrían ser igualadas por otros proyectistas de su edad.

Pero, claro, estas competencias y destrezas no solo le costaron la envidia de muchos de sus compañeros, sino que además lo condenaron durante gran parte de su adolescencia a ser víctima del acoso permanente y de una serie de bromas que terminaron por afianzar su inseguridad.

Poco tiempo después de graduarse y para su entera satisfacción, Satúl había ingresado en la academia de artes y literatura, siguiendo aquel inherente impulso de retratar todo aquello que sus ojos pudieran vislumbrar, y es que Satúl no solo había mostrado un desempeño excepcional con las proyecciones; el tiempo que había pasado encerrado en su cuarto durante su adolescencia le había permitido además perfeccionar varias técnicas de dibujo que, durante años, habían dado lugar a un centenar de bosquejos y pinturas que dejaban sin aliento a todo aquel que tuviera el placer de contemplarlos. Bueno, excepto a sus padres. Para los Zivot, el arte representaba la exageración de los sentidos de aquellos que eran incapaces de apegarse a la realidad, y aunque no despreciaban la belleza en muchas de las obras de Satúl, se mostraban reacios a verlo convertido en un artista, y prejuiciosamente se negaban a la idea de verlo hundido en el fracaso. Y era un punto de vista bastante respetable, teniendo en cuenta la situación actual para la mayoría de los aurianos, y es que, sumidos en una pobreza exponencial, basaban sus vidas en la superficialidad inmediata de las cosas y eran incapaces de trascender su tediosa realidad. Los aurianos vivían en un mundo donde el arte representaba una banalidad innecesaria; la belleza y los sentimientos no tenían lugar en la atmósfera belicosa que inundaba el planeta.

Por otra parte, en su regresó a Fraturi, Octe, temiendo por lo que él creía una «explosión artística pasajera» en Satúl, por no decir un capricho. Había utilizado las pocas influencias que aún conservaba en el consejo, y a través de Sotnem había logrado «salvar» la descarriada carrera médica de su hijo, consiguiéndole una oportunidad como médico investigador para la LBBMS (Laboratorio Biomédico y Biotecnológico Mun Saint), una de las compañías médicas más grandes e influyentes de todo el planeta. Que además de representar una gran oportunidad en la vida laboral de Satúl, Octe estaba seguro de que trabajando en Mun Saint Satúl se libraría del servicio militar obligatorio y se mantendría lo más lejos posible de un previsible conflicto entre las diferentes facciones aurianas.

Sin embargo, lo que Octe desconocía es que Mun Saint llevaba décadas trabajando en secreto para el Estado y que Gifi había sido su patio de juegos durante los últimos años. De manera inconsciente impulsaba a su hijo hacia aquello de lo cual él mismo quería escapar. Un infierno de apoteósicos accidentes y desalmadas acciones inaurianas que, carentes de empatía, mostraban el talante de aquellos que habían sido cegados por la avaricia y el poder.

Mun Saint era bastante conocida por sus repetitivos escándalos en la producción de agentes químicos con consecuencias nocivas para la población. Eran culpables, por ejemplo, del envenenamiento de centenares de niños durante las jornadas de catarsis agrícola que había prometido un incremento en la productividad de los cultivos de casu. Además, Mun Saint había sido acusada de desarrollar agentes mutagénicos que contribuían con el incremento gradual de enfermedades intratables, enfermedades de las cuales convenientemente ellos eran los únicos que poseían una «cura milagrosa», un engaño más en la larga lista de placebos que, en vez de ayudar en el proceso de recuperación, mantenían en la quiebra a los pobres convalecientes que tenían la mala suerte de padecer aquellas enfermedades.

El último error cometido por Mun Saint había sido concebido desde las oscuras y gélidas montañas en Gifi. Un arma biológica que con torpeza había sido liberada en Frantasipt, por la contaminación «accidental» de un lujurioso científico con afinidad por los mendigos que eran utilizados como conejillos de indias.

Krag Lustern, o mejor conocido como «Krag el sucio» fue el paciente cero, responsable de una de las peores epidemias que azotaría a Auria durante los años siguientes a la guerra y que, con el paso del tiempo, se convertiría en un problema de salud pública hasta el final de sus días. Krag le transmitió el virus a su esposa y su esposa a su vez se lo transmitió al joven mensajero con el que engañaba a su marido siempre que este salía a trabajar. El joven mensajero se lo transmitió a su novia y su novia se lo transmitió a otra chica con la cual tuvo sexo durante una noche de fiesta. Pronto el número de enfermos se disparó por las nubes y la mortalidad asociada a está «extraña» enfermedad alcanzó valores cercanos al sesenta por ciento de los casos reportados. Auria empezó a desbordarse, inundada hasta el tope con enfermedades, guerra, corrupción, contaminación, muerte y destrucción. Poco a poco, se estaba convirtiendo en un infierno, y los únicos responsables eran y siempre habían sido, sus mismos habitantes.

En las semanas siguientes al accidente en Frantasipt, ante la falta de resultados y con un desconocimiento parcial de aquel escurridizo virus. A la par que Satúl se preparaba para viajar hacia su nuevo trabajo, las entidades sanitarias fueron prendiendo las alarmas y pusieron a la ciudad en el ojo del huracán. Bajo un estado de cuarentena casi absoluto, los colegios y universidades cesaron sus labores y toda actividad laboral fue suspendida. Se implantaron medidas de restricción para los sistemas de transporte masivo y represivamente toda la población en Frantasipt fue recluida en sus hogares de manera «voluntaria» gracias a la instauración de un toque de queda que se creía necesario.

Las entidades estatales empezaron a hacer preguntas en busca de un responsable, y antes de que el escándalo mediático pudiera estallar ejecutaron una serie de contramedidas que les permitió salir bien librados ante la enervada muchedumbre que urgía por una respuesta.

Las comunicaciones desde y hacia Frantasipt fueron suspendidas, se prohibió el ingreso de los medios de comunicación y, a excepción de los diferentes investigadores traídos desde otras ciudades, nadie entraba ni salía de la pútrida zona de cuarentena en la que se había convertido la ciudad. Y a aquellos curiosos que osaban preguntar qué había sucedido se les hablaba de un pequeño accidente en una de las centrales eléctricas cuyo núcleo primario había sido disparado por las nubes, o si esta excusa no era suficiente para acallar su intromisión, en el peor de los casos, nadie los volvía a ver.

Mun Saint tampoco se quedó atrás. Con un error que les había costado miles de millones en sobornos, se vieron urgidos a borrar toda huella que los vinculara con el penoso accidente ocurrido en Frantasipt. De ser descubiertos, no solo Mun Saint sería cerrada, sino que literalmente rodarían las cabezas de aquellos que fueran encontrados culpables. Gifi fue clausurada, los sujetos de experimentación sacrificados y enterrados en lo más profundo de las montañas, los testigos fueron silenciados y muchos jueces y «honorables» miembros del consejo habían recibido cuantiosas sumas de dinero para mantener la boca cerrada. Fue el festival de la corrupción en su máxima expresión. Al fin y al cabo, qué importaban unos cuantos muertos más engrosando las cifras demográficas aurianas, lo verdaderamente importante era mantener la favorabilidad del Estado y el control que pudiera ejercer sobre el pueblo. Ya lo decía un dicho popular auriano: «entre bandidos se cuidaban las espaldas ya que todos eran responsables, pero nadie quería hacerse cargo».

De esta forma, todos los involucrados solo necesitaban un chivo expiatorio para librarse de su problema. Alguien con el perfil indicado que pudiera tomar responsabilidad por sus acciones, un ingenuo desdichado que con su inocencia se apropiara de sus errores y que, embarrado hasta el cuello, fuera culpado por aquella nefasta plaga que amenazaba con arrebatarles su estabilidad.

Y bueno, Satúl no solo cumplía con estas especificaciones que estos necesitaban, era además el ángel caído del cielo cuya retraída ingenuidad, puesta al alcance de los lobos, expiaba todo pecado y los redimía en la impoluta honorabilidad de salirse por la tangente sin siquiera ser cuestionados.

Y todo bajo la falsa promesa de Sotnem y la crédula confianza que Octe ponía en él mismo. Satúl no solo había de ser nombrado falsamente como médico investigador para la LBBMS al llegar a Frantasipt, sino que, además, según los documentos que serían entregados por Mun Saint al CEIC (Comité Ético de Investigaciones Clínicas) tiempo más tarde, Satúl llevaba liderando ilegalmente el proyecto «Spör» en Gifi por su propia cuenta, desde varios meses antes del accidente en Frantasipt y poco tiempo después de que Octe fuera declarado incompetente para dirigir aquella nefasta investigación. Era un asqueroso lodazal de mentiras que reunía más de trescientos setenta documentos en los cuales Mun Saint se eximía de toda responsabilidad y hacía visible las múltiples denuncias presentadas por otros investigadores de la LBBMS que catalogaban «Spör» como: «un riesgo biológico de proporciones épicas» y condenaban las «acciones» de Satúl como las de alguien mentalmente inestable con un deseo inmoral de dañar a sus congéneres. Y claro, tal vez estos argumentos en contra de Satúl no trascendían más allá de ser meras especulaciones, y tal vez, aquellos documentos falseados apenas si podrían ser aceptados en un tribunal, pero con más de la mitad de los jueces en su bolsillo y con el rey agobiado por la deslealtad evidenciada en muchas de las facciones, eran pruebas más que suficientes para construir un caso en su contra y sufrir la ira de un rey impulsivo al que el poder se le escapaba de las manos.

# Capítulo VI

## Escisión

*Fraturi, vigesimoctavo día del Jaggrad, año 2045 antes del éxodo.*

**E**sa misma tarde, después de pasar el día con su familia disfrutando alegremente del jocoso desfile de borrachos que avanzaba frente a su morada, Satúl emprendió camino, junto con Octe, hacia un pequeño lote baldío a las afueras de Fraturi, donde se suponía encontrarían a Pikart. Tras caminar durante al menos dos horas, cargados con equipaje a través de la caótica ciudad y entre una multitud embriagada hasta las narices con pic, se detuvieron en una tienda de abarrotes entre la calle Asken y la calle Hoop, donde compraron un par de Gheers (Bebida refrescante a base de la flor de Endras) mientras aguardaban pacientemente por el llamado de aquel misterioso individuo que lo conduciría hasta Frantasipt. El punto de encuentro se encontraba unos metros más adelante, donde terminaba la sofocante iluminación festiva de la ciudad y comenzaba un inhóspito camino a través de la penumbra, rodeado por un follaje ligeramente espeso; y una que otra lampará que apenas iluminaban el camino. La noche auguraba ser bastante fría, y Satúl sentía que sus manos se congelaban bajo los bolsillos de su elegante gabán rojo. Moviéndose de un lado a otro, se mostraba ansioso ante la tardanza de Pikart y, además de los nervios por el nuevo camino que emprendía lejos de sus padres, Satúl miraba impaciente su comunicador, a la expectativa de una respuesta por parte de Ari. Solo un mensaje sería suficiente para hacerlo cambiar de opinión. Necesitaba una excusa que justificara su impulsivo deseo de huir lejos de sus responsabilidades y aunque quisiera mentirse así mismo, tampoco quería separarse de ella.

Frustrado de mirar en repetidas ocasiones el haz holográfico sin recibir una respuesta, deslizó su comunicador por encima de la solapa del gabán creyendo con torpeza que lo estaba introduciendo en sus bolsillos, y sin darse cuenta de que su comunicador había caído al suelo, se dio media vuelta y caminó hacia su padre, quien permanecía de espaldas recostado sobre una de las lamparás al otro lado de la calle.

Con su mirada clavada sobre la vasta inmensidad del espacio. Octe daba pataditas a un pequeño montículo de césped que tenía bajo sus pies y, sin percatarse de la presencia de Satúl, sacó un recipiente tornasolado que guardaba en su bolsillo trasero y lo despojó de su cubierta, antes de dar un gran sorbo.

—Creí que lo habías dejado —interrumpió Satúl un poco molesto.

Octe se dio la vuelta abruptamente regando parte del contenido de la botella sobre su barbilla. —Hola, hijo, me diste un gran susto —exclamó un poco nervioso mientras se limpiaba la boca con las mangas de su saco —, solo es un pequeño trago para contrarrestar este endemoniado frío. Ten, deberías tomar un sorbo —le brindó un poco de Pic estirando su brazo —, te ayudará a calmar los nervios.

—No, gracias —respondió Satúl con severidad, y apartó el brazo de su padre de un manotazo —, tengo el estómago revuelto.

—Es mi primer trago en varios meses —dijo avergonzado —, no quiero que pienses mal.

—Claro —lo miró despectivamente —, como digas.

—Lo acabo de comprar en la tienda —insistió —, pero lo arrojaré a la basura si eso te hace sentir mejor.

—Mira, papá —exclamó furioso —, creo que ya eres lo suficientemente viejo como para saber qué es lo correcto y qué no. Solo te pido que no arrastres a mi madre hasta tus porquerías, suficiente ha sufrido por tu culpa.

—Tienes razón —respondió Octe afligido vaciando el contenido restante de la botella sobre el suelo —, lo lamento.

Satúl exhaló fastidiado. —Ya no importa —puso sus manos cerca a sus labios y frotando la una con la otra, dejó escapar una pequeña corriente de aire caliente entre las mismas —. Hace demasiado frío —se lamentó.

—Lamento la tardanza, la ciudad está caótica —dijo Pikart, bajando de un viejo auto deslizador con suspensión ligera a treinta centímetros sobre el suelo. Una de la primera serie de automóviles flotantes sin dependencia de combustibles fósiles que, impulsado por el aurum, prometía un mayor desempeño y un menor impacto ecológico sobre el planeta. Algo que, por supuesto... se alejaba ligeramente de la realidad. Estos automóviles en definitiva eran rápidos, eficientes, y la emisión de gases hacia la atmósfera era considerablemente reducida en comparación con sus predecesores, pero de todos modos la minería poco a poco estaba destruyendo gran parte de la riqueza ecológica del planeta y desestabilizando el equilibrio climático. La creciente demanda del mineral año a año se incrementaba, y la aparición de nuevos y más modernos vehículos que requerían cantidades exorbitantes para su funcionamiento se sumaba al interés de otras civilizaciones, fuera de Auria, que pagaban cuantiosas sumas de dinero por apenas unos pocos gramos de aurum. Es decir, la solución se había convertido en un problema mucho más grande que el que ya se tenía.

—Creímos que no vendrías —dijo Octe con seriedad.

—Lo siento, comandante, la fiebre de Engele los vuelve locos a todos —respondió Pikart parado frente a Octe con su mano derecha sobre el pecho en señal de respeto por su superior.

—Descanse, soldado —exclamó Octe poniendo la mano sobre su pecho en respuesta por el gesto de Pikart. —Él es mi hijo, Satúl Zivot —agregó Octe señalando a Satúl.

—Un gusto, Satúl, soy Pikart Onien, cabo segundo de la división de inteligencia en Frantasipt —dijo Pikart haciendo una vez más un gesto de respeto con su mano en el pecho.

Satúl asintió con la cabeza sin decir más. Se encontraba un poco molesto por aquel pequeño descontento que había tenido con su padre, que se sumaba a la larga espera, y Pikart no era de su agrado.

—Pikart respondió aquel desagradable gesto mirándolo con incomodidad y soltó un pequeño gruñido —, mejor nos vamos ya, el camino es largo y tenemos poco tiempo —dijo señalando la carretera —, déjame te ayudo con eso —, tomó el equipaje de Satúl mientras forzaba una sonrisa bastante hipócrita.

Mientras Pikart terminaba de ajustar el equipaje en la cajuela del auto deslizador, Satúl se dirigió hacia Octe y su rostro endurecido dócilmente dejó escapar unas cuantas lágrimas.

—Cuida bien de mi madre —dijo con voz temblorosa.

—Lo haré, te lo prometo. Esta vez seré yo quien no va a decepcionarte. Posó la mano sobre su hombro.

—Lamento no ser el padre que hubieras deseado tener, pero..., nunca olvides que te amo.

Satúl lo dudo por un momento, pero al final abrazó a su padre con fuerza y dejó fluir su llanto como un infante que clama por ser amamantado. Las lágrimas escurrían con vigor por sus mejillas, e intentando ocultar sus sollozantes quejidos, ahogó su llanto con la cara fuertemente adosada al saco de su padre. Octe también se vio conmovido por aquella emotiva despedida y, con los ojos algo inundados, abrazó a su hijo tan fuerte como nunca lo había hecho. Un extraño sentimiento de pérdida se acrecentaba en el corazón de Octe, y a pesar de que sabía que su hijo estaría a unas cuantas horas de camino, no podía evitar aquella oscura sensación de que quizá no lo volvería a ver.

Después de todo, era la primera vez que Satúl abandonaba la seguridad que le brindaba estar en casa con sus padres.

«Aquel polluelo convertido en ave finalmente abandonaba el nido».

Terminando aquella nostálgica despedida entre padre e hijo, Pikart hizo señas desde la ventana del auto para que Satúl se apresurara. Una turba de borrachos se aproximaba con gran euforia por la avenida, y si no querían quedar atascados entre la multitud, tendrían que emprender camino lo antes posible por la oscura carretera que se abría frente a ellos.

Al apagarse los últimos rayos detrás de Engele, la noche finalmente cubrió por completo el firmamento, y el viejo y estridente motor bramando debajo de aquel montón de latas se encendió después del segundo intento en que Pikart posó sus manos sobre el volante para establecer conexión con el sistema biométrico que lo encendía. Después de un pequeño zumbido, el auto deslizador se elevó ligeramente por encima del suelo, y con un inarmónico clic, las luces delanteras se encendieron dinámicamente.

Haciendo un pequeño gesto de despedida hacia el comandante, Pikart y Satúl se alejaron hacia la sombría carretera que atravesaba Asken y Hoop. Y adentrándose cada vez más en la penumbra, el destello de los faros traseros se fue perdiendo en la lejanía del bosque hasta convertirse en un difuso manchón sobre el horizonte que se desvanecía poco a poco, al tiempo que se llevaba una parte del corazón de Octe. Tal vez debió abrazarlo un poco más, tal vez debió decirle que lo amaba en cada oportunidad que tuvo, o quizá no debió dejarlo ir... El vacío que crecía en su pecho con la partida de su hijo carcomía sus culpas por el tiempo que no había disfrutado a su lado y, ahora, una vez más, estarían lejos el uno del otro.

Octe no paraba de pensar en la primera vez que lo había sostenido entre sus brazos, ni tampoco podía sacar de su cabeza aquella extraña mezcla de sentimientos al pensar que aquel ser tan frágil que alguna vez había dormido junto a su pecho, ahora, convertido en un auriano fuerte e inteligente, partía en solitario buscando una oportunidad para forjar un futuro por su propia cuenta.

—Buena suerte, vida mía —susurró.

Octe limpió sus ojos con el cuello de su camisa y observó con desagrado a la dichosa multitud que se acercaba a lo largo de la calle, posó sus manos junto a su boca para calentarlas un poco con su cálido aliento, al igual que lo había hecho Satúl, y luego de soplar en repetidas ocasiones las introdujo en los bolsillos de su holgado pantalón militar y se perdió entre la multitud caminando apresurado y avanzando entre empujones.

«*Lamento haberme ido de esa forma, fui una tonta. No tuve el valor para decirte lo que sentía y es que... estoy enamorada de ti, grandísimo tonto. Y sé que no crees en el amor y tal vez eres demasiado distraído para darte cuenta de mis sentimientos, pero... por favor, no te vayas, no sé qué voy a hacer si se te vas a otra ciudad, ¿dime a quién voy a molestar?... «Ari».*» El mensaje en el comunicador holográfico de Satúl resplandecía sobre el suelo justo antes de ser aplastado por la multitud de borrachos que pasaba por encima de él sin percatarse de su presencia. En medio de múltiples pisoteadas y un comunicador hecho pedazos, quedó aquel entrañable mensaje que jamás alcanzaría a su destinatario. La última esperanza.

# Capítulo VII

## Cuarentena moral

*Frantasipt, 1er día de Oveni, año 2045*

**C**uando se declaró el Estado de alerta en todas las ciudades de Auria por ataques hostiles provenientes de Ahspurd II, tierra en que los Soira habían establecido su base de operaciones, Satúl se encontraba en Frantasipt atendiendo los brotes emergentes de aquella extraña enfermedad denominada «la enfermedad de la sonrisa», un espeluznante síndrome caracterizado por la parálisis facial de los músculos maxilares que, irguiendo los pómulos casi hasta los ojos, producía un terrorífico efecto entre los infectados, que hacía creer que una sonrisa permanente embargaba sus rostros. Podría decirse que, «feliz» y dolorosamente enfermos danzaban con la muerte.

Pero a pesar de que este característico signo pudiera agregar un toque sombrío y casi que sobrenatural al lamentable fenómeno que invadía Frantasipt, el entumecimiento de sus mejillas no dejaba de ser el menor de sus problemas. El virus 4-1952 o «virus irrisorio», carcomía gran parte de la materia gris de sus huéspedes y los dejaba al amparo de sus funciones más primitivas. Tras un corto periodo de incubación de apenas ocho horas, el virus irrisorio invadía su corteza cerebral y los despojaba de su capacidad racional y mesurado autocontrol. Entre convulsiones esporádicas, confusión y un estado de exaltación y vigía permanentes, los aurianos infectados se convertían en bestias salvajes capaces de asesinar a cualquiera que se pusiera en su camino. Durante varias horas sucumbían ante un eufórico episodio de colera desenfrenada, destruyendo y atacando todo lo que encontraran a su paso, mientras con insistencia repetían una enredada frase que, para aquellos que conservaban el juicio, no tenía significado alguno: *«Tothánatu on mitä siella ön».*

Era el himno que profesaba la desgracia y el punto de no retorno para aquellos que alguna vez habían sido aurianos. Después de que la incoherencia se hacía visible en sus palabras, no había marcha atrás que pusiera un alto a la locura y a la muerte, el ímpetu asesino se apoderaba de sus deseos, y tras quinientas setenta y ocho horas desde la aparición de los primeros síntomas, los infectados morían súbitamente, mientras se desangraban a través de los oídos, los ojos, la boca y la nariz; atragantados por sus propias palabras y un odio irracional hacia todo aquel que no compartía sus infecciosos ideales. Esta enfermedad cobraba víctimas no solo de aquellos que se encontraban infectados por aquel desgraciado virus, sino también de aquellos pobres inocentes que pudieran ser alcanzados por la furia de estas bestias.

La situación en Frantasipt se estaba saliendo de control, y a pesar de que ingenuamente se creía que el virus solo podía ser transmitido a través del contacto sexual, su propagación se vio rápidamente incrementada por los múltiples ataques que incluían mordidas cargadas con grandes cantidades del virus en la saliva de los infectados. Las medidas de control fueron incrementadas y, cual alimañas, muchos de los sonrientes enfermos fueron exterminados.

En el hospital local de Frantasipt, la situación no era muy diferente. El miedo y la desesperación rondaban caóticamente por cada uno de sus pasillos. Una tras otra, las planchas flotantes ingresaban sin parar, cargadas con furiosas bestias que, fuertemente atadas, se zarandeaban enérgicamente luchando por liberarse de sus ataduras. *«Tothánatu on mitä siella ön»* vociferaban en coro, un tétrico mantra que los conectaba a todos bajo una incoherente lucha contra las sobras de su Aurianidad. El hospital se encontraba al borde del colapso, y con las salas y habitaciones llenas, el número de enfermos, algunos tirados sobre los pasillos, superaba la capacidad de atención de aquel pequeño recinto.

No se tenían las herramientas ni el conocimiento necesario para contrarrestar esta nefasta epidemia, y de la misma forma como entraban, las planchas flotantes salían por la puerta trasera cargando los ensangrentados cadáveres de aquellos que perdían la batalla contra el virus. Y antes de que tan siquiera pudieran devolver los cuerpos a sus apenados familiares, eran apilados unos sobre otros en grandes montañas de carne exudada, y fundidos apáticamente bajo las flamas violáceas de algunos proyectistas, o mal llamados «enervados inquisidores» que, desprovistos de un alma, proyectaban los abrasadores rayos sobre la pila de cadáveres como si tuvieran un lanzallamas incrustado en sus manos.

En los pasillos del recinto, Satúl corría de un lado otro intentando atender la mayor cantidad de enfermos posibles, y aunque los rumores acerca de su culpabilidad ganaban fuerza lentamente a sus espaldas, por ser el «líder de investigación» tenía mucho trabajo por delante, y la mayoría de los allí presentes se mostraban expectantes a la espera de alguien que los sacara de aquel desastre; Después de todo, Satúl era el único que estaba haciendo algo por remediarlo.

Tomando pequeñas muestras y haciendo análisis con nanotecnología biológica experimental, los pequeños nanobots que Satúl empleaba para su estudio eran un intento fallido por aislar el virus de los restos de tejido cerebral extraído de los diferentes cadáveres que llegaban a su mesa, y enfrentando las muestras a un sustancioso coctel de antimicrobianos conocidos, los intentos por frenar aquella devastadora infección, hasta ese momento, eran frustrados por la multirrestencia del virus. No se tenía más información y mucho menos se le encontraba relación alguna con el árbol filogenético de organismos aurianos, era una clase de virus totalmente nueva y al parecer, su composición carecía en gran parte de elementos orgánicos. Era el fruto de la ciencia mezclada con el poder de las proyecciones, una mezcla que, en definitiva, era muy peligrosa.

—¡No lo sueltes! —exclamó uno de los guardias forcejeando por ponerle las correas de vuelta a una bestia de al menos noventa y tres kilos de puro músculo que se sacudía sobre la plancha que acaba de ingresar en el caótico hospital.

—*Tothá..natu on mitä siella ön* —gruñía con furia, sacudiéndose violentamente, mientras otros dos guardias lo sujetaban de las piernas y el pecho. No obtante, contener a un furioso y corpulento costal de ira, con la capacidad para derribar un bícot con sus propias manos era una tarea más que imposible para apenas tres pequeños y endebles guardias.

La bestia furiosa, liberando una de sus manos, tomó por el cuello al viejo y regordete guardia que la sostenía por el pecho y con brutal barbaridad le mordió la cara en repetidas ocasiones arrancándole buena parte del rostro. Entre gemidos desesperados de dolor, el guardia cayó de espaldas contra el suelo mientras los restos de carne de su rostro colgaban con mezquindad a punto de desprenderse. Al cabo de unos cuantos minutos luchando contra el dolor, al final se desvaneció entre espumarajos y sus ojos desorbitados.

Embriagado con el licor de la demencia, el corpulento sujeto forcejeó con los demás guardias hasta que hubo liberado sus ataduras, y sembrando el caos en la pequeña recepción, agredió brutalmente a todo aquel que encontró a su alcance.

Uno de los guardias que permanecía de pie junto a la bestia intentando evitar sus mordidas, desenfundó su arma con torpeza y logró herir a su agresor poco antes de que este lo golpeara con un pequeño busto del fundador que se encontraba sobre la repisa de la recepcionista. El impacto alcanzó el hombro izquierdo del gigante, y aunque dio un pequeño retroceso luego de que el proyectil penetrara su hombro, siguió de largo hacia su objetivo. Como si sus fibras sensitivas carecieran de la capacidad para sentir el dolor. Aún más enfurecido se abalanzó contra el guardia que le había disparado, lo tumbó al suelo y desató toda su furia contra aquel que ahora parecía un simple muñeco y luchaba por su vida intentando cubrir su rostro.

Su gran mano, armada con el busto, descendió con tal furor que apenas si bastaron dos golpes en seco para que la vida del guardia se esfumara de su cuerpo. Un horrísono crujido con un eco viscoso se escuchaba con cada trastazo, y a pesar de que el guardia había dejado moverse desde el primer golpe, el colérico auriano seguía golpeando con empecinada insistencia su rostro, hasta dejarlo sumido casi por completo dentro de su cráneo.

Con algunos restos de sangre y sesos sobre su frente, la bestia asesina dirigió su mirada hacia el último guardia que permanecía oculto tras la plancha flotante, y bramando enfurecido, se abalanzó con fiereza levantando la plancha sin mayor esfuerzo.

El viejo guardia, de cabellos almibarados, temblaba aterrorizado intentando tomar el arma que colgaba de su cintura, pero con el terror que embargaba su cuerpo, su entumecida mano era incapaz de soltar el seguro que la mantenía firme dentro de su funda, y retrocedió de espaldas sobre el suelo sin el amparo de su arma atascada en su cintura. El anciano se vio atrapado contra la pared mientras la bestia lo miraba con aquella tétrica expresión que embargaba su rostro con una sonrisa de oreja a oreja. El anciano, resignado, solo pudo cerrar sus ojos aguardando el impacto que le arrebataría su existencia, pero para su buena suerte, o quizá no tanto, se escucharon varias detonaciones antes de que el pesado gigante se desplomara de súbito sobre sus pies. El guardia abrió los ojos y pudo ver que aquel pesado sujeto que con la cara entumecida había asesinado violentamente a sus compañeros, ahora yacía sin vida con varios agujeros en su cabeza y una pequeña fuente de sangre que le empapaba el uniforme.

Seguido de esto, un grupo de frenéticos soldados ingresaron en la recepción derribando la puerta principal, y con sus rifles cargados, sin romper la formación, apuntaban hacia todos los aterrorizados trabajadores que, ocultos tras los escritorios y las planchas, apenas si dejaban ver sus pequeñas cabezas levemente elevadas por encima de la superficie, temblando y sollozando mientras miraban con horror aquella escena tan repulsiva que se exhibía por toda la recepción.

Luego de unos minutos en silencio, un fornido auriano de al menos dos metros, con cabello cano y una espesa barba gris, ingresó caminando lentamente dentro del hospital con sus manos detrás de la espalda. Sus pesadas botas crujían mientras avanzaba sobre los restos de cristal esparcidos por el suelo. Se detuvo frente al anciano que aún permanecía tembloroso sobre la pared; clavó sus intensos ojos grises sobre el uniforme empapado en sangre y levantó su mano derecha mientras su mano izquierda permanecía detrás de su espalda. Al levantar su mano, los soldados rompieron la formación y bajaron sus rifles y, mostrando una actitud menos agresiva, permanecieron firmemente de cara al fornido auriano esperando nuevas órdenes.

—Estoy buscando a Satúl Zivot —dijo con una pesada voz que retumbó por toda la recepción.

—No, no, n...no, lo sé —tartamudeó el viejo guardia. —No tra, trabajo aquí, señor.

—Entiendo —. Lo miró de pies a cabeza y dijo con un tono despectivo —: tienes sangre en todo el rostro.

—Sí, señor, este estúpido gigante nos causó muchos problemas —respondió un poco más tranquilo esbozando una pequeña sonrisa amigable.

—¡¿Alguien sabe en dónde está Satúl?! —gritó el fornido auriano, explorando toda la habitación con su mirada.

Todos permanecieron en silencio sin salir de sus escondites.

—¿Nadie? —insistió.

—... —se oían murmullos y uno que otro quejido.

Luego de unos segundos sin obtener una respuesta, extendió la mano que permanecía detrás de su espalda y posándola frente al viejo guardia, un pequeño destello blanquecino se liberó de esta, seguido de un tenue silbido irritante que se asemejaba al sonido que emiten los mosquitos. Un pequeño agujero de apenas un centímetro apareció en la frente del viejo, quien, balbuceando algunas palabras sin sentido, se deslizó lentamente por la pared dejando un pequeño rastro de sangre que marcaba el recorrido de su cabeza. Con los ojos bien abiertos y la mirada perdida, el viejo guardia quedó tendido en el suelo mientras un pequeño charco de sangre se empozaba detrás de su cabeza. Se escucharon algunos gritos de terror y algunos de los trabajadores se tiraron al suelo cubriendo sus cabezas y llorando desconsoladamente.

—Lamento mucho que tuvieran que ver eso, pero el anciano estaba infectado, no había mucho que se pudiera hacer por él —dijo con severidad.

El fornido auriano sacó un pequeño pañuelo del bolsillo delantero de su saco, lo llevó hasta su frente y con delicadeza limpió algunas gotas de sudor que escurrían desde su frente hasta sus cejas. Luego miró a todos los asustados trabajadores que permanecían ocultos tras los aparatosos escritorios y, sin pronunciar una palabra más, levantó una vez más su mano derecha por encima de su cabeza y cerrándola en forma de puño, dio la señal para que los enfurecidos soldados con un ímpetu implacable ingresaran dentro del hospital, destrozando todo lo que encontraban a su paso si era necesario para encontrar a Satúl.

—Lo quiero con vida —exclamó mientras los soldados avanzaban por el pasillo.

Con sus armaduras brillantes, los guardias reales ingresaron disparando a todo aquel que exhibiera una gran sonrisa en su rostro. Accionaban sus rifles a diestra y siniestra contra todas aquellas bestias que se encontraban convulsionando sobre las planchas.

Incluso algunos médicos y asistentes que corrían despavoridos lejos de la lluvia de proyectiles, fueron víctimas de los impactos «aleatorios» que revoloteaban por todo el lugar. Luego, agonizando en el suelo, arrastrándose del dolor y clamando por piedad, las víctimas eran cruelmente rematadas con un disparo en la cabeza y pisoteadas mientras las pesadas botas de los soldados avanzaban a lo largo de las salas, pasillos y habitaciones. Fue una masacre sin precedentes, que no tuvo piedad ni distinción con aquellos pobres inocentes que ni siquiera se encontraban infectados. Las detonaciones y los gritos de terror se escuchaban por cada rincón del pequeño hospital, y mientras avanzaba el escuadrón de la muerte un rastro de cadáveres se plantaba a sus espaldas. Todos aquellos infelices que tuvieron la mala suerte de estar en el lugar equivocado, fueron acribillados sin misericordia.

—Pero... ¿qué está pasando? —preguntó Satúl confundido saliendo del laboratorio de investigación.

—Tienes que huir, Satúl —dijo Charms, que se aproximaba tambaleando mientras sostenía su ensangrentado abdomen.

—¡Charms!, ¿¡qué te ha pasado!? —dijo Satúl corriendo hacia él.

Satúl tomó a Charms por el brazo, lo apoyó contra su cuerpo y lo condujo hacia una de las planchas de exploración del cuarto contiguo, junto a dos cadáveres que horas atrás había estado examinando.

—Escúchame, no hay tiempo. Los guardias del rey te están buscando —farfulló entre tosidos; sus labios palidecían y la sangre no paraba de brotar de su abdomen —, están matando a todo el mundo, amigo.

—¡Shh! Deja de moverte y no hables, detendré la hemorragia —dijo Satúl.

—No hay tiempo, Satúl. Solo corre —dijo con firmeza apartando su brazo.

Dos detonaciones retumbaron detrás de Satúl y con estruendosa rapidez los proyectiles impactaron sobre el pecho de Charms. Charms se sacudió sobre la plancha, y pudo sentir las cálidas esferas que atravesaban su corazón, que siguieron de largo a través de su espalda y se enclaustraron en la fría y rígida plancha sobre la cual descansaba su cuerpo. El cuerpo sin vida de Charms se distendió sobre la plancha de exploración y, con un gemido de dolor quedó tan tieso como una vieja rodaja de pan. Satúl se tiró al suelo enroscándose con las rodillas sobre su pecho, y bastante conmocionado por aquella situación que era incapaz de comprender; entreabría su boca intentando pedir ayuda, mientras su mente se inundaba con el recuerdo de sus padres y la vívida imagen de aquella joven auriana que absurdamente le había robado el corazón.

«Ari...» Pensaba Satúl ofuscado. Su rostro angelical paseaba frente a él con aquella estúpida sonrisa que desarmaba su roído corazón. Anhelaba ver una vez más aquellos endemoniados hoyuelos que se plantaban sobre sus mejillas irradiando toda la felicidad que definía su esencia, un simple gesto con sus carnosos labios ligeramente erguidos hacia sus pómulos y sus ojos achinados que se entrecerraban sutilmente al proyectar su encantadora sonrisa, «tan hermosa, tan radiante, tan alegre, tan... tan ella». Sus ojos se llenaron de lágrimas y aquel nostálgico sentimiento de una despedida inconclusa, se afianzó sobre su pecho y atascó su garganta con aquellas palabras que nunca tuvo el valor de decir.

—Lo tenemos —dijo uno de los guardias a través del comunicador en su muñeca, y entrando meticulosamente en la habitación, escrudiñó cada rincón apuntando su rifle con firmeza. De frente a Satúl, el guardia posó su gran bota sobre el delgado hombro del tembloroso auriano que permanecía enroscado sobre sí mismo, y empujándolo con violencia hacia atrás en repetidas ocasiones, logró destrabar su cuerpo e imponer su dominio al presionar su pecho con gran fuerza.

—Vaya desastre el que has causado —dijo el guardia.

—... —Satúl era incapaz de entonar palabra alguna.

Bajo la sumisión del guardia, Satúl sentía que el aire en sus pulmones empezaba a menguar con la presión ejercida sobre su pecho, y el rostro de Ari se desvaneció rápidamente frente a aquel robusto sujeto de armadura brillante que lo oprimía. El miedo resplandecía en los ojos de Satúl, su mandíbula temblaba diacrónicamente y, sin poder contener sus emociones, Satúl sollozaba y temía por su muerte.

—¿Acaso estás llorando? —dijo el guardia en tono burlón —, creo que es un poco tarde para arrepentirte de lo que has hecho, maldita escoria —. Y presionó con más fuerza su pecho.

Satúl jadeaba, intentando respirar con la opresión en sus pulmones. Pero con la bota sobre su pecho que lo clavaba con furia hacia el suelo, su tórax comprimido apenas si podía permitir que sus bronquios se llenaran de aire. Con sus manos temblorosas, Satúl tomó con fuerza la bota del guardia en un intento por apartarla de su pecho, pero el guardia ejercía cada vez más y más presión, mientras se burlaba del pobre intento que hacía el flacucho individuo por liberarse.

Viendo su rostro palidecer bajo el vigor de su dominio, el guardia retiró su pie del pecho de Satúl y rio a carcajadas viendo cómo tosía con avidez y hacía un esfuerzo vigoroso por restablecerse, y antes de que tan siquiera pudiera recuperar el aliento, el guardia le propinó una patada en el rostro que lo dejó aturdido por unos segundos. Satúl recibió desprevenido el golpe, y su cabeza rebotó con ímpetu contra el suelo. Se oyó un crujido sobre su rostro y con celeridad la sangre brotó a través de sus fosas nasales. Un dolor punzante se extendía a lo largo de su nariz, y sus mejillas se inflamaron rápidamente, su visión se tornó borrosa y solo podía escuchar un horrible zumbido sobre sus tímpanos.

Un segundo golpe impactó su abdomen, y los restos de aire que quedaban en sus pulmones salieron disparados como un proyectil a través de su boca. Satúl resollaba con violencia, incapaz de respirar y con el terror que embargaba su cuerpo, sus músculos temblaban sin control alguno.

El guardia soltó su rifle sobre el cuerpo sin vida de Charms, y extendió su brazo izquierdo con fuerza en dirección hacia el suelo. Al extender su brazo, un pequeño bastón de unos doce centímetros aproximadamente sobresalió por encima de su brazal, y al tomarlo con su mano derecha emitió un brillo blanquecino con destellos purpúreos que se extendían por al menos treinta centímetros más.

El guardia giró el mango del bastón a la mitad de su base, y una pequeña proyección holográfica salió expulsada desde la cubierta con un mensaje que cambiaba la palabra «cortar» por «aturdir». El color del bastón de inmediato se tornó celeste y emitió un sonido similar al de un enjambre de abejas. Luego, enroscando el bastón con sus dedos, el guardia emitió una tétrica sonrisa, tan marcada que parecía que las comisuras de su boca se juntaban con los lóbulos de sus orejas, y de no ser por su clara elocuencia al amenazar al pobre individuo que yacía en el suelo, cualquiera habría pensado que el guardia también se encontraba bajo la influencia del nefasto virus irrisorio.

Satúl permaneció inmóvil intentando recuperar el aliento, mientras tosía con avidez en un intento por no atragantarse con su propia sáliva. Las náuseas cada vez eran más fuertes y con un nudo en la garganta, la idea de ser asesinado se afianzaba en su cabeza como una realidad ineludible.

El bastón centellante descendió con implacable saña sobre sus rodillas, y entre crujidos, un dolor profundo se ciñó sobre las extremidades inferiores de Satúl. El joven auriano gemía de dolor, e intentando escapar de su agresor, se retorcía en el suelo para evitar los golpes; pero entre más se resistía más incrementaba la furia del implacable guardia.

Los gritos de Satúl satisfacían la enferma sed de sangre del soldado, quien con rigor empuñaba con mayor fuerza su bastón y lo golpeaba despiadadamente por todo el cuerpo, hasta que su brazo se hubo rendido ante el cansancio.

Aterrado, adolorido, aturdido y agonizante, Satúl convulsionaba en el suelo, con sus ojos inflamados y amoratados, su nariz quebrada, su boca inundada en sangre, sus huesos rotos y sus pantalones empapados por completo en orina. Jadeaba débilmente, expulsaba bocanadas de saliva mezclada con sangre espesa, apenas podía respirar, sentía cómo su cuerpo desfallecía y poco a poco perdía la conciencia.

El guardia lo miró sin dejar de sonreír y resoplando del cansancio por la boca, guardó su bastón una vez más en el brazal sobre su antebrazo izquierdo, y con el dorso de su mano derecha limpió su frente de algunas gotas de sudor que emanaban por sus poros. Sentía su brazo un poco magullado, pero estaba satisfecho o, mejor dicho, completamente extasiado por aquella explosión de violencia que había desatado no solo contra Satúl, sino contra todo aquel que estuvo a su alcance mientras se adentró en el hospital para buscarlo. Luego de recuperar el aliento, el guardia fijó su rifle al broche imantado sobre su espalda y tomó a Satúl por el brazo izquierdo, dispuesto a arrastrar su cuerpo por todo el hospital y así entregárselo personalmente a su superior.

De camino a la recepción, halaba a Satúl toscamente del brazo, y lo golpeaba en cada oportunidad que tenía contra todo objeto u obstáculo que encontraba a su paso. Le resultaba irrefutablemente cómico, y aunque le costaba trabajo arrastrarlo por el suelo, parecía disfrutar con el sufrimiento de aquel indefenso joven que permanecía aturdido sin poder tan siquiera defenderse de las transgresiones.

Satúl emitía débiles quejidos, y veía pasar algunas imágenes borrosas y vacías que avanzaban con rapidez.

Al llegar al portón de madera que daba ingreso a la recepción desde el pasillo interno, el joven guardia se encontró con Lazary, uno de los guardias reales más viejos en la división de rastreadores, quién mirando la escena con irritación, apartó al joven guardia de un empujón y levantó a Satúl del suelo tomándolo en sus brazos mientras lo examinaba de pies a cabeza.

—¿Qué hiciste, novato de porquería? —dijo Lazary.

—Hice lo que tenía que hacer... —respondió con un aire de grandeza —, tuvo suerte de que el rey lo quisiera con vida o lo habría pisoteado hasta quebrar el último de sus huesos —concluyó el joven guardia mirando a Satúl con total desprecio.

—Eso es algo que no te corresponde —le reprochó Lazary —, eres un idiota.

—Pues... —se encogió de hombros —, no me arrepiento de nada, lo haría una vez más, si tuviera la oportunidad de hacerlo. Auria debe ser purgada de alimañas como estas.

—Será juzgado como debe ser —sentenció Lazary —, pero si muere antes de llegar al juicio, yo te mataré con mis propias manos.

Lazary se dio la vuelta sin prestar atención a lo que decía aquel demente y se alejó con gran urgencia hacia la recepción mientras pedía apoyo médico.

—Pero... ¿qué mierda hicieron? —dijo el capitán al ver a Lazary entrando por la puerta con el ensangrentado joven en brazos casi a punto de morir. De inmediato abandonó su postura como alguien duro e implacable, y tomando a Satúl en sus brazos con desesperación, dio órdenes a los Viata para que atendieran al desfallecido joven lo antes posible.

—¡Les dije que lo quería con vida! —exclamó furioso —, ¡son unos inútiles!

—Quisiera culparme por lo sucedido capitán O'dir, pero siento que esta vez la culpa recae sobre alguien más —dijo el viejo Lazary —. Y aunque yo dirigía el rastreo y soy muy consciente de mi responsabilidad como tal, fue Fragguot quien actuó por cuenta propia y, con el sadismo de un enfermo, golpeó al muchacho casi hasta matarlo —luego agregó —, sus acciones no tienen justificación, y si me permite decirlo: creo que es un peligro para la guardia real. Está completamente fuera de control.

Fragguot ingresó sonriente en la recepción sin mostrar ni una sola pizca de arrepentimiento por lo que había hecho, se sentía orgulloso de sus acciones, y con su estrepitosa personalidad sociopática y marcados tintes narcisistas, esperaba una ovación por parte de sus compañeros y lo que él creía sería una meritoria aprobación por parte de su superior; cosa que, por mucho, se alejaba de la realidad.

—¡Tú! —exclamó furioso el capitán dirigiéndose al joven guardia —, maldita sabandija rastrera. Les di ordenes explícitas de que lo capturaran, no de que lo golpearan casi hasta matarlo —lo sujetó con fuerza de la pechera de su armadura.

—Es correcto, capitán —dijo con tranquilidad —, nos dijo que lo capturáramos, pero no nos dijo cómo. Además, toda la culpa la tiene él por resistirse... Tuve suerte de salir con vida —dijo Fragguot interpretando su papel de víctima.

—Sabía que no estabas listo —dijo el capitán —, si no fuera por los corruptos tentáculos de tu padre influyendo sobre el consejo, me habría negado inmediatamente a tu ingreso en la guardia real —contuvo su impulso por partirle la cara.

—Hice lo que tenía que hacer —dijo furioso apretando su mandíbula con gran fuerza —, el rey no tiene piedad con los traidores, solo estoy defendiendo sus intereses —prosiguió.

—No puedes pasar por encima de la autoridad, y aunque no te guste, yo soy quien da las ordenes aquí —lo increpó el capitán —. Si te digo que te arrojes al suelo, te arrojas y adosas tu rostro con firmeza al pavimento hasta que se fundan y sean uno solo. Si te digo saltes, saltas hasta que tus malditas piernas te fallen y caigas. No puedes ir por ahí haciendo lo que te plazca. Su ira se hacía notable al hablar —, no tienes autoridad para hacerlo.

—Eres muy blando con el muchacho, «capitán» —le reprochó Fragguot —, empiezo a pensar que favoreces a los traidores. Después de todo, no podemos ignorar que eres un gran amigo del padre de este renegado —. Miró a todos los allí presentes mientras escupía pequeñas partículas de saliva al hablar.

—Cuida tu lengua, si quieres conservarla dentro de tu boca —dijo el capitán apretando con más fuerza su pechera.

—Solo estoy diciendo la verdad —se encogió de hombros —, además... no creo que seas capaz de hacer algo al respecto, eres demasiado débil para ser un capitán —siseó Fragguot con su lengua ponzoñosa.

—Cierra la boca de una maldita vez —susurró furioso entonando cada sílaba con tenacidad.

—Mejor quítame las manos de encima o lo último que dirigirás será un rebaño de Dagurats —Fragguot apartó el brazo del capitán con vehemencia y, desafiante, acercó su rostro aún más al suyo dejando apenas unos milímetros entre el uno y el otro.

El capitán, por su parte, antes de que Fragguot, pudiera pronunciar una palabra más, le propinó una bofetada tan potente que Fragguot voló por los aires por al menos metro y medio antes de tocar el suelo. Los demás soldados permanecieron firmes rodeando al capitán y, dichosos, intentaban contener la sonrisa en sus rostros al ver que aquel perturbado hablador recibía su merecido.

Fragguot se levantó rápidamente del suelo, limpió algunas gotas de sangre que emanaban de sus labios y haciendo una leve presión con su mano, empapó sus dedos con aquel líquido carmesí y los rosó de un modo repulsivo con su lengua ante la absorta mirada de desagrado de los allí presentes. Sus ojos centellaban en furia y sonreía con aquella oscura expresión que solo él sabía proyectar. Escupió al suelo cerca del lugar donde atendían a Satúl y sin decir más, se abalanzó contra el capitán, en un intento por devolverle el golpe.

Los soldados que rodeaban al capitán respondieron inmediatamente a los impulsos de Fragguot y reprimieron el ataque sujetándolo por los dos brazos. Y sin darle tiempo para reaccionar aplacaron su coraje sometiéndolo contra el suelo mientras lo golpeaban.

Dispuestos a darle una paliza, tomaron los bastones que guardaban dentro de sus brazales, pero antes de que pudieran impactar sus garrotes contra el insubordinado joven, el capitán los detuvo desarmándolos con una onda de choque que proyectó desde sus manos. Los soldados quedaron pasmados ante el furor de su líder y, volviendo a su posición inicial, permanecieron sólidamente agarrotados en su lugar, con su mano derecha sobre su pecho y su espalda tan recta como una vara milimétrica.

—¡Ya basta! —gritó el capitán enfurecido.

—Se comportan como bestias salvajes peleando por un trozo de carne. ¿Acaso no somos la guardia real? Deberían comportarse como tal —. Permaneció en silencio un momento.

—¡Y tú! —dijo señalando a Fragguot —. ¡Estás fuera!, quítate la maldita armadura y lárgate de mí vista.

—¿Es una broma? —preguntó con incredulidad —, no puedes expulsarme.

—Pues, ya lo hice —le sentenció el capitán.

—... —Fragguot lo miraba enfurecido.

—¡Ahora! —gritó el capitán.

Fragguot se sobresaltó al escuchar la potente voz del capitán. —Mi padre sabrá de esto —respondió Fragguot.

—Me importa un bledo tu padre, ¡quítatela ahora mismo! —gritó nuevamente el capitán.

Fragguot miraba furioso a sus compañeros mientras soltaba sus brazales y los arrojaba al suelo con firmeza.

—Te crees intocable, pero algún día tendrás lo que mereces —dijo Fragguot dirigiéndose al capitán. Todos lo observaban en silencio mientras terminaba de arrojar su armadura al suelo. No podían esconder el rostro de felicidad al saber que se habían librado de Fragguot y que este no podía hacer nada al respecto. Finalmente, se dio media vuelta y se dirigió hacia la salida principal observando a los aterrorizados trabajadores mientras sonreía con total tranquilidad.

—También tu rifle —dijo el capitán interrumpiendo su marcha.

Su sonrisa se vio forzada al escuchar la engrosada voz de su capitán una vez más y, sintiéndose tentado a dispararle, mantuvo su rifle levemente inclinado en dirección hacia el viejo, y su dedo índice ligeramente sobrepuesto en el gatillo, listo para descargar una ráfaga de proyectiles sin piedad alguna sobre su blanco. De inmediato, los demás soldados prepararon sus rifles, apuntándole a la cabeza y durante algunos segundos; el ambiente fue tan tenso que cualquier movimiento en falso habría bastado para desatar una lluvia de proyectiles por toda la habitación.

Fragguot finalmente emitió una risilla burlona y, bajando la guardia, lanzó su rifle hacia los pies del capitán. Se dio la vuelta una vez más, salió por la puerta principal y, mientras se alejaba, levantó su brazo derecho por encima de su cabeza haciendo un burdo gesto de despedida con su dedo medio.

—Que quede constancia de su deserción —dijo el capitán —, será juzgado por traición, abandono de sus funciones, insubordinación y agresión hacia su superior —miró a Lazary —, señor Lazary, es todo tuyo.

—Sí, capitán —respondió Lazary rompiendo la formación y corriendo apresurado para alcanzar a Fragguot.

—Teniente Gandruk, lleva a Satúl a la nave y creo que está de más decirte que quiero que lo mantengas con vida. Si se muere, tú mueres con él —le ordenó.

—Sí, capitán —respondió la teniente Gandruk preparando una de las planchas para transportar a Satúl hacia la nave. Con sumo cuidado lo ataron a la plancha para facilitar su transporte y le suministraron una mezcla de nutrientes y solución salina, que se suponía lo mantendrían con vida.

—Los demás —se dirigió a los guardias restantes.

—Inicien el protocolo de depuración... ya saben qué hacer —hizo una pequeña pausa —, y recuerden muy bien este día, porque hoy es el día en el que nuestras almas abandonan sus cuerpos, y con frialdad nos desprendemos de los restos de nuestra Aurianidad. Recuerden bien, porque la vergüenza nos acompañará hasta el último día de nuestra existencia —permaneció cabizbajo —, que Anarac se apiade de nosotros —concluyó con falso remordimiento.

—¡Por Auria!, ¡por el rey! —gritaron los soldados llevando su mano con firmeza hasta el pecho —¡Victoria o muerte! —concluyeron.

El capitán levantó la mano por encima de su cabeza y los soldados abandonaron la pequeña recepción tan rápido como habían ingresado. sus pesadas botas crujían por encima de los cristales rotos y sus brillantes armaduras retumbaban al unísono mientras avanzaban uno tras otro en una perfecta formación de dos hileras.

El último en abandonar el recinto fue el capitán. Con sus manos detrás de la espalda y su cabeza bien erguida, caminaba sosegado sin desviar su mirada del horizonte, evitando por supuesto la mirada de terror de los pocos supervivientes que aún permanecían ocultos tras los escritorios.

—Vayan a casa —dijo el capitán.

Finalmente se detuvo frente a la entrada, sacó su pañuelo, limpió una vez más el sudor que empapaba su frente y muy tranquilo se subió a la nave de evacuación observando el pequeño hospital, que cada vez le parecía más insignificante mientras la nave se elevaba por encima de su estructura.

# Capítulo VIII

## Carencias

*Frantasipt, 1er día de Oveni, año 2045*

**E**l protocolo de depuración inició tan pronto como el capitán abandonó Frantasipt. Los soldados rasos de la guardia real cercaron toda la ciudad y bloquearon cada una de las posibles vías de escape que existían por tierra, mar y aire. Nadie entraba ni salía de Frantasipt, ni siquiera aquellos que inicialmente tenían permisos especiales para hacerlo. Todos estaban atrapados y la ciudad, herméticamente aislada del resto del planeta. Así mismo, los medios de comunicación que permanecían a las afueras de Frantasipt fueron expulsados de la zona y se les prohibió acercarse a menos de doscientos kilómetros a la redonda, lo que incluía los pueblos limítrofes de Vatinic y Asterias.

El toque de queda fue levantado tras la salida de las tropas de la ciudad; pero más que ser un mitigante en la exacerbada sumisión de una prisión hogareña, era la última palada de tierra que sepultaba a los inocentes pobladores bajo las intenciones de la guardia real para frenar una pandemia. Y a pesar de que sin el toque de queda tenían la libertad para moverse por las calles, muy pocos tenían la intención de abandonar la seguridad que brindaban sus hogares. Estaban atemorizados ante un posible ataque por parte de aquellos que se encontraban infectados y sin la guardia real plantada en las calles para detenerlos, salir de sus hogares era casi tan malo como estar encerrado.

Tras el aislamiento de Frantasitp, el silencio abrumador de un pueblo temeroso se apoderó de sus calles. Sin las brillantes armaduras retumbando por toda la ciudad, Frantasipt parecía un desolado paraje habitado por fantasmas susurrantes que permanecían ocultos con miedo a ser escuchados.

Solo el viento podía romper ese silencio, bramando al atravesar con furor las gastadas edificaciones y haciendo vibrar los ventanales mientras emitía pequeños silbidos al infiltrarse por las aberturas y rendijas; un viento que paseaba por los parques infantiles con total libertad, impulsando las atracciones y los juegos que, roídos por el óxido, chirriaban y se tambaleaban evocando aquellos tiempos en que las risas hacían acompañamiento de sus quejas. Las aves también cantaban de alegría, disfrutando de la ausencia de los zumbantes aerodeslizadores y de la congestión ordinaria de las naves que se apeñuscaban en los cielos. En tierra firme, la situación no era muy diferente. Muchos otros animales, como bicots, sarias, dagurats y zafranes se apoderaban de los espacios públicos y con premura paseaban por las calles celebrando la desaparición de sus depredadores. Era un silencio ambiguo que, de no ser por las nefastas circunstancias bajo las cuales se establecía, podría pensarse que era hermoso. Un silencio que traía paz y serenidad, como un fresco amanecer en las montañas, pero que a su vez era tan mortífero como un abismo plagado de víboras venenosas. Al fin y al cabo, aquel silencio también podía ser quebrantado con eventualidad por el mantra asesino de las bestias que corrían desesperadas en busca de sus presas y, uno que otro grito de dolor y angustia de las pobres víctimas que quedaban atrapadas bajo sus garras.

Era un vaivén atosigante de silencios y gritos, una espera inquietante de esas que preceden a una tragedia mucho más grande. Un sentimiento de agonía expectante, un tedioso vals entre la calma y el miedo o una incertidumbre de esas que ponen los nervios de punta y te hacen esperar con ansia lo inesperado. Aguardando con impaciencia aquel momento en todo puede empeorar, yendo de aquí para allá, moviendo con inquietud las extremidades, sudando frío y con incapacidad de concentrarse.

Era un infierno para los habitantes de Frantasipt pensar que tal vez todo estaba perdido, que el rey les había dado la espalda, que eran tan poco importantes como para recibir la ayuda que merecían como ciudadanos de Auria. Faltos de esperanza, solo podían resguardarse en sus hogares y aguardar aquel momento en que la muerte finalmente tocaría a sus puertas.

Luego de varias horas en calma, aquel silencio sobrecogedor fue interrumpido una vez más por un vibrante y estruendoso rugido que se apoderó de los cielos. Las aves, los sarias, los bicots y algunos zafranes que aun paseaban por las calles huyeron con prisa hacia las montañas, a ocultarse entre los ramales, las cuevas, las madrigueras y los nidos. Los gritos y las bestias también se vieron silenciados por las vibraciones, y el viento cesó su alegre flujo acallando los silbidos y el bramar de sus intromisiones. Incluso el miedo salió despavorido de la ciudad huyendo con afán de los rugidos pues, muchos de los intrigados aurianos que permanecían al resguardo de sus hogares, y movidos por la curiosidad asomaban sus rostros por los ventanales o subían a los tejados; algunos, los más intrépidos, abrían las puertas de par en par y salían a las calles.

—¡Vienen por nosotros! —gritaban.

—El rey no se ha olvidado de su pueblo —murmuraban otros tantos mientras se abrazaban con lágrimas en los ojos.

—Alabado sea Anarac —finalizaban las oraciones, tendidos de rodillas mirando hacia el cielo.

Se escuchaban vítores, silbidos y aplausos, y pronto aquella calma inquietante se vio opacada por la alegría de sus pobladores y la ilusión que crecía en sus pechos al pensar que estaban a salvo una vez más.

—Ya nada podría ir mal.

La aeronave sobrevoló Frantasipt por al menos diez minutos antes de retomar su curso hacia el centro de la ciudad y, ganando altura rápidamente, al sobrevolar el salón de conciertos de Pripet y Druth apresuró su paso mientras soltaba un enorme cilindro que salió disparado desde la compuerta trasera del fuselaje. El cilindro dio varios tumbos y revoloteó suspendido en el aire, forcejeando con el viento hasta enderezarse verticalmente y, cayendo con una armonía poética, tambaleándose de manera ocasional, se dirigió implacable hacia el suelo e impactó finalmente entre las avenidas Fatke y qësi.

El horizonte se iluminó por completo de un color plateado brillante, emitiendo algunos destellos anaranjados y otros de un rojo escarlata muy intenso. Segundos más tarde, una gran nube fulgurante se alzó por los cielos de Frantasipt y, con un vacío sobrecogedor, se apoderó de los ojos de los intrigados espectadores antes de que un poderoso estallido estremeciera sus tímpanos. Los cristales de los ventanales de las casas y edificios se fragmentaron en miles de pedazos, y muchos aurianos fueron arrojados hacia el suelo por el poder de una ráfaga de aire caliente que los golpeó con furor a grandes velocidades. La gran bola de fuego incandescente, cual aberrante monstruosidad, se extendió hasta una altura de treinta mil metros por encima de Frantasipt y abarcó un radio aproximado de sesenta y seis kilómetros desde la zona cero. La ciudad quedó envuelta en fuego y con temperaturas que superaban los trescientos millones de grados centígrados, todo aquello que se encontraba dentro del radio abrazador de la explosión había sido pulverizado.

Los escombros y desechos cristalizados, formados por una amalgama entre el concreto, el vidrio, el metal, la carne y el hueso, volaron por los aires y se distendieron en las lejanías cual arena de playa. Una lluvia de ceniza cubrió las zonas adyacentes a la explosión y un olor penetrante a carne quemada inundo el ambiente junto con el olor metalizado característico del ozono.

El terror más grande lo vivieron aquellos a quienes la explosión no pudo alcanzar directamente, con quemaduras que abarcaban gran parte de sus cuerpos. Algunos corrían despavoridos arrojándose hacia los riachuelos intentando calmar el ardor de sus quemaduras, su piel desollada era de un color rosa intenso, similar al que tienen los duraznos maduros, y a pesar de que sus heridas poco eran de importancia, muchos se desmayaban y se atascaban vaciando el contenido de sus estómagos, envenenados por la radiación. Otros, en un estado de mayor gravedad, quedaban tendidos en el suelo con su piel tan negra como un carbón y tan frágil como las alas de una mariposa; sus rostros indistinguibles completamente deformados proyectaban sus ojos sobresaliendo de sus cuencas, con sus labios achicharrados y rotados hacia afuera de sus bocas, algunos incluso con trozos faltantes en sus narices y orejas.

Desde las afueras de Frantasipt, a unos cien kilómetros de esta, los soldados que hacían plante para evitar fugas inesperadas observaban horrorizados el desfile de espectros blanquecinos que inundaba las calles, algunos lloraban furtivamente, otros cedían ante las náuseas y aquellos con mayor aguante permanecían firmes sin pronunciar una palabra y preparaban sus armas en caso de ser necesario. Los espectros desfilaban unos tras otros, cubiertos de ceniza y polvo por todo el cuerpo, con sus cabellos revueltos, recortados y chamuscados y con lo que parecían ser restos de tela colgando de sus extremidades superiores; los espectros gimoteaban, gritaban y se lamentaban sin esperanza alguna, cediendo ante sus límites físicos y tropezando unos con otros en una carrera sin sentido que los dirigía directo a una muerte lenta y dolorosa.

Cerca de unos sesenta mil aurianos murieron inmediatamente, producto de los efectos del pulso térmico, y al menos otros treinta mil más murieron horas más tarde producto de las quemaduras, las infecciones y las heridas causadas por los escombros.

Lo que sucedió en Frantasipt fue una atrocidad aberrante, de esas que solo pueden ser pensadas desde la ficción o atendidas desde la tradición oral que se transmite de una generación a otra como mitos o leyendas; una tragedia que al final se hizo tan real que mostró la incoherente capacidad que tienen los seres «racionales» para destruirse a sí mismos. Fue el momento en que lo impensable y lo incomprensible tomaron forma y se materializaron como una gran bestia, que ambiciosamente devoró todo a su paso con un hambre que nunca pudo saciar.

Nadie acudió al llamado de las víctimas, sus voces fueron opacadas bajo una torrencial lluvia tóxica de partículas negras, y sus vidas fueron erradicadas bajo la perversidad del fuego y las balas que impactaron contra todos aquellos que por instinto de supervivencia alcanzaban Vatinic o Asterias. Frantasipt se convirtió en un gran cráter rodeado por algunas edificaciones que aún permanecían en pie, y fue adornada por un rumbo de esqueletos y cuerpos calcinados que descansaban sobre el concreto. Los rastros de lo que alguna vez fue una gran ciudad quedaron reducidos a pequeñas partículas microscópicas que apenas si podían ser percibidas como motas de polvo.

Cual desierto, Frantasipt fue convertida en un yermo desolado en el cual ni los mismos fantasmas querían habitar y, con el paso de los días ya no se escuchaban los susurros, los gritos, los quejidos o los lamentos, ya no se escuchaba al entrometido viento resoplando alegremente por las aberturas, ni por las calles, y mucho menos había rastro alguno del cantar de las aves o el gruñir de otros animales. Esta vez el silencio absoluto imperó sobre Frantasipt y la esperanza de todo un pueblo quedó enterrada bajo una tragedia que tal vez y solo tal vez, se pudo haber evitado.

# Capítulo IX

## Culpas heredadas

*Fraturi, vigesimoquinto día de Oveni, año 2045 antes del éxodo.*

**A** diferencia de los años anteriores, en los que para finales de Oveni, los aurianos disfrutaban del comienzo de un largo y abrasador verano; en el 2045, año en que se disputaban grandes cambios para el planeta, las variaciones magnéticas engendradas sobre la atmosfera de los astros solares encaminaban a Auria hacia lo que sería una nueva mini edad de hielo, con la sorpresiva desaparición de la primavera y lo que parecía ser un verano que, por mucho, no superaría los doce grados centígrados.

Aquella mañana del veinticinco era una mañana fría, de esas en las que el rocío se cristalizaba formando pequeñas partículas de hielo que reposaban sobre la superficie de las plantas. La humedad se percibía en el aire con el petricor que emanaba del suelo y el ambiente se distinguía con una alborada vaporosa en que una niebla semiespesa empañaba el horizonte y como pequeñas motas de algodón arrancadas de las nubes, tapizaba las colinas y algunos senderos que concluían en la empedrada pasarela colonial que se extendía alrededor de la plaza central en Fraturi. Y a pesar de que Noc y Nirú se disputaban su ostentosa presencia en los cielos, los aurianos sentían que la brisa gélida de la mañana se incrustaba casi hasta el tuétano de sus huesos y sus entumecidas extremidades, permanecían heladas aún bajo el resguardo de los gruesos guantes hechos de piel de daghurat y las pesadas botas tejidas con la fibra del árgamo y la acacia.

La celebración de Engele consumaba los últimos días de condescendencia y locura antes del renacimiento del que sería el astro dominante y, cual hormigas asaltando las migajas de la cena, todos los fraturianos, o al menos la gran mayoría, marchaban en hileras discontinuas hacia la plaza central, atraídos por el repentino anuncio del Rey Aurium Skaly, bajo una eventualidad que no se veía desde hacía siglos, cuando la Reina Celeres Sulumor (antecesora de la casa Skaly) llevaba las riendas de lo que ahora se conocía como la capital auriana.

Satúl despertaba de un largo sueño marcado por pesadillas infernales en las que era arrojado dentro de un gran abismo adoquinado con rocas afiladas que le laceraban todo el cuerpo y le pulverizaban los huesos; y, con un recuerdo más vívido de aquello que pareció ser algo más que una simple fantasía, creyó despertar otra vez empapado en sudor, con un gran tubo que se abría paso a través de su boca y le atravesaba por completo desde la garganta hasta los pulmones.

Entreabriendo sus párpados con sopor, percibía algunos rayos de luz que se infiltraban a través de los pequeños orificios de lo que parecía ser una bolsa de tela fina que le cubría por completo el rostro. Sentía que sus pies flotaban por encima del suelo y que rosaban ligeramente con la punta de sus dedos algunas salientes o sobresaltos que, proyectados desde aquella fría superficie escarpada, animaban en él la idea de que avanzaba suspendido en el aire, desprovisto de la voluntad de caminar por cuenta propia. Bastante adormilado aún por el efecto de los sedantes, apenas si podía mantener sus ojos abiertos. Su mandíbula se encontraba un poco distendida hacia abajo y un pequeño torrente de saliva se escurría por la comisura derecha de su boca y se empozaba debajo de su barbilla en una maraña de bellos de una barba de al menos veinte días. Sentía sus manos agarrotadas y resguardadas como dos grandes garras dentro de sus palmas, sentía que sus brazos se encontraban dolorosamente unidos detrás de su espalda y que sus muñecas eran entrelazadas con dos aros metálicos que se ceñían sobre su piel y apretaban con furor sus venas. También podía sentir el frío de la mañana congelando su pecho y quemando sus cianóticas extremidades, y además escuchaba algunos murmullos que a lo lejos se perdían entre risas, armonizadas ocasionalmente por un ronquido metalizado de lo que parecía ser una puerta automática que se abría frente a él deslizándose de par en par. El olor a humedad se mezclaba ligeramente con el olor herrumbroso del óxido y un fino toque de «Santiäc», una asquerosa colonia que le recordaba su trágico paso por la academia médica, y lo hacía evocar la figura de aquel arrugado anciano de saco y corbata que, invalidando todo su esfuerzo, lo había ridiculizado frente a toda la clase y le había quitado el gusto por la biología.

«Maldito señor Creikghet». Pensaba Satúl.

Flotando en el aire en lo que parecía ser un viaje a ciegas por su locura, un aroma más familiar se impregnó sobre sus fosas nasales, abriéndose paso a través de la herrumbre, el óxido, la tierra mojada, el moho y el asqueroso olor del Santiäc. Era el indistinguible olor del casú recién preparado, una mezcla acaramelada entre el azúcar, el agua y los granos tostados de casú hervidos a fuego lento. Muy similar al que preparaba su madre cada mañana, aunque ella lo prefería sin azúcar. Aquel olor lo traía de vuelta a la realidad, y aunque no podía ver nada, le daba una luz de esperanza de que por lo menos no estaba tan lejos de casa como había imaginado.

Despertando poco a poco de su narcosis, Satúl balbuceaba toscamente sin emitir mayor sonido que el de la saliva que se escurría de su boca y empapaba el paño que tenía sobre el rostro. Su lengua se sentía como una gran bola atascada dentro de su boca, y pese a que hacía todo su esfuerzo por mover su quijada, parecía como si su barbilla se encontrara adherida a la parte más baja de su garganta.

Poco a poco se fue sintiendo más despierto, sus músculos se sacudían esporádicamente por medio de pequeños espasmos que se extendían desde su espalda hasta sus femorales, y sentía, aunque débilmente, que la fuerza iba volviendo a sus extremidades mientras extendía los dedos de sus manos y flexionaba sus pantorrillas con desánimo y más dolor del que hubiera deseado. Sin embargo, la magia de la levitación perdió su encanto cuando sintió que dos grandes y robustas manos lo sujetaban desde las axilas. Su cuerpo de repente se hizo un poco más pesado y el miedo que, hasta ese momento había permanecido excluido lejos de sus pensamientos, retomando el control sobre su vida, se afianzó una vez más sobre su pecho y lo despojó de la tranquilidad que minutos antes le proveía la ignorancia y el intoxicado desconocimiento. Su corazón latía con fuerza, sudaba frío y sentía que su garganta se cerraba sobre sí misma. Respiraba agitado y su pecho retumbaba con tanta fuerza que estaba seguro de que aquellos monstruos corpulentos que lo cargaban como si fuera una simple figurilla de porcelana podían sentirlo. Aquello que inicialmente había creído que era una simple pesadilla más y, rogaba a Anarac que en verdad lo fuera, cada vez se fue haciendo más y más real.

El miedo les arrebató la importancia a los aromas, los sonidos o las evocaciones que traían sus sentidos mientras divagaba adormilado. De repente, Satúl se encontró solo, flotando en el silencio absoluto de las tinieblas y yendo y viniendo entre fantasías y retozos de realidad. Lo único que embargaba su mente era aquel nefasto bastón centellante que, como un enjambre de alimañas, caía sobre su cuerpo, quemaba su piel y quebraba cada uno de sus huesos. Aun podía sentir en carne viva la furia de aquella bestia que lo golpeaba encarnizada. Evocando sus grandes ojos envueltos en llamas y reviviendo aquella tétrica expresión de un rostro sombrío, de ojeras abismales y lanceoladas cuya sonrisa exagerada dejaba ver una dentadura amarillenta manchada por la falta de higiene y corroída por lo que muy seguramente serían los estragos de una marcada dependencia al Lachryma Enkeli.

Sus pupilas se volvieron más pequeñas y tuvo que entornar un poco sus ojos a medida que los rayos de luz que atravesaban las delgadas fibras de aquella tela oscura se intensificaban. Y arrancado de golpe desde las tinieblas, como si emergiera de las apacibles y silenciosas profundidades de un lago, Satúl sintió que una última puerta se abrió frente a él, y el murmullo de voces estalló sobre sus tímpanos con una algarabía ensordecedora que gritaba al unísono la palabra: «¡Asesino!».

Al escuchar cada sílaba repiqueteando con odio hacia él, como si cada grito lo abofeteara una y otra vez sin piedad, Satúl sintió un escalofrío que le recorrió desde la parte baja de la espina dorsal hasta la punta de los dedos, y recordando aquel sentimiento de una muerte inminente, empezó a jadear atorado con su propia lengua mientras intentaba gritar las palabras que se encontraban atrapadas dentro de su garganta; los músculos de su espalda se tensaron, y arqueando sus hombros hacia atrás sintió la necesidad inherente de escapar sacudiendo sus piernas, como si fuera un gusano.

Los dos robustos soldados que lo sujetaban de los brazos lo arrojaron al suelo burdamente y con un golpe en seco, una pequeña masa de agua se levantó bajo Satúl al chocar su cuerpo contra el encharcado asfalto. Al caer al suelo, Satúl sintió que su nariz quedo aplastada contra una pequeña roca y que sus rodillas, que mitigaron todo el impacto, se deslizaron unos centímetros más adelante del lugar donde había sido arrojado, y rasgaron sus blancuzcos pantalones desechables, provistos en la dotación hospitalaria y que aún conservaba desde su traslado hacia la penitenciaria central. La piel de sus rodillas lacerada por la arenisca exhibió un color rosado pálido similar al que se evidencia en un trozo de carne mal cocinada, y luego de unos segundos, empezaron a brotar unas pequeñas gotas de color carmesí que, emanando con mayor fluidez, hacían pensar que la herida era más grande de lo que en realidad mostraba.

Por primera vez desde que había despertado pudo comprobar con aquel amargo ardor sobre su piel que, en definitiva, no estaba soñando y aunque sus pesadillas no eran mejores que la realidad, la angustiosa sensación de una indefensión verdadera, socavando en su diafragma y su pecho, redefinían el significado de un terror que casi se hacía tangible, y que esta vez no desaparecería al abrir los ojos; algo que los antiguos aurianos llamaban: *vacuk'merido* (aquella sensación de vacío, sobrecogimiento y desamparo al enfrentarse a situaciones inevitables de las cuales no se tiene control).

Sin querer levantarse del suelo, permaneció inmóvil por al menos un minuto entero, seguía respirando con gran dificultad, y solo se podía ver la pequeña nube neblinosa que producía su aliento, emanando como un vapor tenue a través de la capucha negra que permanecía sobre su cabeza. Su caída fue acompañada del barullo de risas y chiflidos de la multitud que se aglomeraba a su alrededor, y antes de que fuera levantado nuevamente por los dos enormes sujetos recibió varios impactos con algunas hortalizas, huevos, rocas, botellas de vidrio o cualquier otro objeto contundente que los saboteadores encontraban a su alrededor; incluso los más procaces le arrojaron bolsas que contenían restos de excremento u orina traídos de los baños improvisados dispuestos por toda la ciudad para los días de celebración.

Luego de ser levantado del suelo, los dos soldados se negaron a cargarlo, pues, embadurnado con toda clase de fluidos, el olor sudoroso que antes emanaba su cuerpo se convirtió en un almizcle amargo, fétido y nauseabundo que podía ser percibido desde varios metros a la redonda.

—¡Camina! —le gritaron a sus espaldas mientras uno de los guardias lo pinchaba con la rama seca de un arghul.

Sin embargo, Satúl apenas si podía mantenerse en pie. Con sus lánguidas piernas temblorosas, aun un poco adormecidas y bastante magulladas, sentía que tocaría el suelo antes de tan siquiera dar el primer paso hacia adelante.

—¡Camina! —le gritaron una vez más, mientras con insistencia lo pinchaban con la rama del Arghul.

Satúl sentía sus pies atornillados al suelo y respirando con mayor inquietud, pensaba que se iba a desmayar en cualquier momento. El llanto acudió a su miedo y las lágrimas emanaron de sus ojos como pequeñas perlas cristalinas que se escurrían con delicadeza por sus pómulos. «¿Por qué?», se preguntaba con melancolía. «¿Qué he hecho para merecer todo esto?».

—¡Te he dicho que camines! —la voz enfurecida gritó nuevamente a sus espaldas y, seguido de esto, un sonido tajante, consistente y silbante acompañó al crujido de la rama de Arghul que se quebró en su espalda, Satúl sintió un lacerante ardor que le quemaba el lomo, desde el trapecio hasta la parte más baja del dorsal izquierdo, y cayó una vez más sobre sus rodillas, sintiendo que todo el peso de su cuerpo lo aplastaba contra el asfalto.

Con sus piernas flexionadas hacia atrás y sus rodillas sosteniendo todo su peso, Satúl se sentó sobre sus pantorrillas y dejó caer su cuerpo hacia adelante intentando formar una coraza con su espalda y pegando su frente contra sus rodillas. La lluvia de abucheos y objetos cayó una vez más sobre su cuerpo y los guardias que contenían a la multitud alborotada tuvieron que hacer uso de la fuerza para dispersarla unos metros hacia atrás y evitar que lo lincharan antes de llegar a la plaza.

Llorando enmudecido, Satúl sintió que su vejiga dejó escapar los pocos líquidos que contenía en su interior. Las burlas no se hicieron esperar y además de los impactos que recibía en todo su cuerpo con toda clase de objetos, Satúl sentía que las risas, cual grotescas bocas sin rostro, giraban alrededor de su cabeza y se incrustaban en sus tímpanos como si fueran dos grandes y robustas estacas de madera astillada que intentaban abrirse paso a través de ellos.

Excluido de la multitud, Satúl sintió el peso de un mundo que, carente de razones, lo juzgaba por algo que ni siquiera él mismo lograba comprender y desde adentro de la mortaja imaginaria que cubría su cuerpo, dejó escapar un grito de desesperación, y después de casi dieciséis renacimientos, por fin logró desentrañar el clamor de las palabras que, como el saco vocal distendido de un sapo, le habían congestionado el gaznate y lo habían hecho sentir atragantado toda su vida con aquello que nunca había tenido el valor de decir. Aquel alarido fue tan desgarrador que, por unos cuantos segundos, la enfurecida muchedumbre quedo embebida en un silencio sombrío que la desnudó momentáneamente de su furor, y antes de volver una vez más a la acalorada contienda con los guardias del rey, se miraron los unos a los otros y bajo esa máscara de hipocresía, vieron la ignorancia de sus acciones y supieron indiferentes que, aunque Auria ya nunca sería igual, poco les importaba.

Rompiendo el silencio, uno de los robustos soldados que lo escoltaba posó su pesada bota sobre su espalda y, acompañado por la algarabía del pueblo, le dio varios empujones y le insistió en que se levantara del suelo.

Después de aquel grito, Satúl se encontraba absorto en su miseria y, por pura desidia o tal vez por total indiferencia hacia el mundo que lo rodeaba, permaneció en aquella posición derrotada sin tan siquiera parpadear, como si aquel grito hubiera arrastrado consigo sus ganas de vivir y aunque con dificultad podía moverse, a partir de ese momento no quiso hacerlo nunca más.

—¡Que te muevas, maldita sea! —gritó el guardia propinandole una patada. Y lleno de furia por la apatía de Satúl, lo agarró de los brazos, aun entrelazados en su espalda y lo arrastró por el suelo hasta una vieja carreta halada por dos pesados dagurats que se encontraban parqueados al costado izquierdo de la calle, justo donde terminaba la asfaltada penitenciaría central y comenzaba la empedrada pasarela colonial que unas cuadras más adelante concluía en el antiguo casco urbano del centro de Fraturi; lugar en que se encontraban o, al menos en su gran mayoría, todos los edificios gubernamentales y la gran e histórica plaza de Lumen, donde siglos atrás, se habían formado los ejércitos de los padres fundadores. Allí se había coronado al primer rey, que marcó esa larga descendencia de pseudomonarcas que durante generaciones habían heredado el poder sobre la ahora empobrecida e ignorante población auriana.

El guardia tomó un viejo lazo que colgaba de la parte trasera de la carreta y enlazando a Satúl por los tobillos y los eslabones de las esposas que ataban sus manos en su espalda, lo tendió de bruces contra el suelo, como si se tratara de una simple bestia. Luego, despojó al viejo carretero de su lugar en la parte delantera, y tomando las riendas que ataban los dos dagurats, con un movimiento ondulante de sus muñecas, las hostigó para que emprendieran carrera. Los dagurats bramaron y sacudieron sus pesadas cabezas en señal de protesta por el latigazo y seguido de un segundo azote con las riendas, despegaron sus patas del suelo y comenzaron a halar la carreta arrastrando a Satúl por toda la empedrada a una velocidad medianamente dinámica.

La multitud, complacida, celebró las acciones del guardia, y dejando de discutir con aquellos otros que los contenían, se vieron rápidamente envueltos en una lluvia de aplausos y chiflidos que concluían en él unánime y fragoroso grito de la palabra: «asesino». Satúl sintió que su cuerpo se zarandeaba al compás de las rocas sobre las cuales se deslizaba.

Sus muslos se desollaron lentamente fusionando los raspones sobre sus rodillas, como dos grandes pinceladas de bordes irregulares que se extendían hasta la parte inferior de su abdomen. Su pecho quedó descubierto con su camisa enrollada bajo sus axilas por el movimiento de la aceleración de la carreta, y al igual que sus muslos, también se fueron lacerando sus pectorales con los pequeños bordes afilados de algunas salientes que resaltaban por encima de la empedrada, e intercalando entre su barbilla y sus pómulos, y a pesar que conservaba el envoltorio negro sobre su cabeza, Satúl intentaba mitigar la fricción sobre su rostro girando su cuello de un lado a otro, pero apenas si podía despegarlo del suelo. Finalmente, tambaleó durante unos segundos con su cuello flexionado hacia arriba hasta que el cansancio le ganó la batalla; y sin oponer más resistencia, se dejó arrastrar por la calle como si el dolor formara una parte inmanente de su cuerpo.

En la plaza central, una turba no menor a la que perseguía la carreta, se aglomeraba sobre los cientos de soldados que, armados con grandes y rectangulares escudos de plasma, formaban una barrera alrededor del entarimado de tablones viejos y vigas de hierro que se alzaba sobre uno de los extremos del edificio de relaciones exteriores. Al costado derecho de la tarima se alzaba un pequeño palco en el que reposaban doce sillas amobladas con mullidos cojines de plumas de Sañuz en las que se sumían cinco de los doce dirigentes, de las doce facciones que conforman el reino de Auria. Cada miembro del consejo iba, a su vez, acompañado por el comandante de los ejércitos de cada facción, quien permanecía de pie a sus espaldas, listo para intervenir ante cualquier provocación de su contraparte, y un séquito de sirvientes que, cual laboriosas abejas obreras, se movían inquietos de un lado a otro, limpiando, sirviendo y atendiendo toda clase de capricho requerido por los regordetes ancianos.

Al costado izquierdo de la tarima, se elevaba un gran trono de mármol pulido, con una altura aproximada de cuatro metros y una escalinata empedrada con rubíes, diamantes y aurum, cuyos escalones disminuían de tamaño a medida que se aproximaban a la cúspide del trono. A su vez, el gran trono se encontraba rodeado por dos grandes estatuas, también de mármol pulido, en las que se representaba la justicia auriana y la libertad del conocimiento. A la izquierda del trono se escenificaba a la diosa Valirya, diosa de la justicia, pisoteando el cuerpo decapitado de Ghorop, dios de la guerra, mientras sostenía con su mano izquierda su cabeza cercenada, y con la derecha, una espada izada hacia el cielo. La diosa también se mostraba con los ojos cerrados; sobre sus hombros reposaban dos pequeñas aves que, de un lado al otro, se miraban a los ojos, la una con una pequeña rama de Arghul en el pico y la otra con una pequeña daga. A la derecha del trono se encarnaba la figura androgénica de un ser alado, cuya belleza majestuosa era atractiva tanto para los aurianos como para las aurianas. Su brazo izquierdo, por encima de su cabeza, sostenía una pequeña esfera de color azul que, contrastando con el resto de la estructura, emitía un brillo tan intenso que hacía casi imposible que se le mirara fijamente por más de unos cuantos segundos. Su cuerpo, al igual que el de la diosa Valirya, se mostraba semidesnudo, con su torso descubierto y sus genitales cubiertos con lo que parecía ser un manto que se descolgaba entre sus piernas. Sobre su pierna derecha se enrollaba una especie de garra monstruosa, moldeada en aurum, que al entrar en contacto con la inmaculada «piel» del androgénico celestial, la fragmentaba como si la carcomiera. Por último, en la cima del trono se alzaban siete aves de diversos colores, cada una forjada con los elementos más sobresalientes que podían encontrarse en todo el territorio auriano. La primera era de color azul negro (aurum); la segunda, dorada (oro); la tercera, roja (rubí); la cuarta, blanca (diamante); la quinta, anaranjada (citrino); la sexta, verde (esmeralda) y la séptima, violeta (amatista).

Por último, en el centro de la tarima se erguía un pequeño pilar de piedra con una concavidad central perfectamente lijada y una cinta de hierro incrustada a uno de sus costados por medio de una bisagra que permitía que la cinta se cerrara y se uniera horizontalmente con el costado opuesto. Al frente del pilar, una urna de cristal, y junto a la urna, verticalmente, reposaba una gran y antigua espada de acero. La primera y la última que se había forjado para la reina Cinthya II al menos trescientos años atrás; antes de la pólvora, de las proyecciones, el plasma y todo lo que sobrevino con el avance armamentista en Auria.

La carreta ingresó a la plaza sin disminuir su marcha, y desplazó a la muchedumbre hacia ambos costados formando una gran uve irregular que se cerró tan pronto como la carreta hubo alcanzado la tarima. El guardia haló de las riendas y los dagurats frenaron en seco y trastabillaron un poco antes de detenerse por completo. Una vez más, la multitud se apeñuscó sobre la guardia real, y en un estado provisorio de anarquía, daba empujones y patadas a los grandes escudos, intentando romper aquella barrera que se interponía entre ellos y el moribundo al que querían linchar.

Se hicieron varios disparos al aire y los guardias reales de forma sincrónica, empujaron sus escudos hacia adelante. Los gritos se vieron amainados y poco a poco el ímpetu de la multitud se fue apaciguando. Algunos rebeldes insistentes fueron sometidos con violencia, al igual que muchos borrachos; pero después de varios minutos de lucha y reyerta entre los unos y los otros, la situación al final se mantuvo bajo control.

—Volvimos a la edad de piedra —dijo Selevy con ironía, representante de la región de Luxus, miembro del consejo de reyes y una de las más jóvenes y hermosas de todo el gremio.

—Humm —dijo Sotnem con una pequeña sonrisilla burlona, representante de la región Skrtost y también un miembro activo del consejo de reyes —, y lo que nos falta —concluyó.

Satúl fue conducido a rastras por otros dos guardias hasta la tarima, quienes, como la primera vez, lo tomaron desde las axilas, pero a diferencia de aquella, sin hacer mayor esfuerzo para suspenderlo del suelo. Luego, se situaron en el centro del entablado, justo detrás del pilar de piedra, y permanecieron de frente a la multitud, intentando contener las náuseas por aquel nauseabundo hedor que expelía el cuerpo del agónico auriano.

—¡Recibimos a su majestad, el gran rey: Aurium Skaly! —retumbó el amplificador de ondas sonoras, y un gran holograma, muy realista, se elevó por encima de la tarima por al menos quince metros, emulando los pasos del rey, quien, saludando a la multitud, subía por los escalones que conducían al gran trono de mármol.

Al ver al rey, todos los ciudadanos y miembros de la guardia real hicieron una reverencia apoyados sobre su rodilla izquierda y con sus cabezas mirando fijamente hacia el suelo. Los miembros del consejo, a diferencia de estos, tan solo se pusieron de pie y apoyaron su mano derecha contra su pecho.

Todos permanecieron en esta posición durante unos cuantos segundos, mientras el rey los observaba detenidamente y asentía con su cabeza; luego se sentó sobre el gran trono, y aclarando su garganta tras beber un sorbo de agua, dijo:

—Pueden descansar.

Todos, atendiendo a sus órdenes, volvieron a su posición inicial, y permanecieron atentos a cada una de sus palabras.

—Mis queridos amigos, mis hermanos, mis consejeros, mis guardianes y mis leales súbditos... —dijo el rey dirigiendo su mirada hacia los presentes —, todos hemos sido convocados en este lugar con un único fin... uno que por derecho nos ha sido otorgado por la divina providencia, que busca dar consuelo a todos aquellos que durante días lo han clamado...

Un fin que pretende ser la voz de aquellos que hoy ya no pueden alzarla —hizo una pequeña pausa —, ese fin, mis queridos seguidores —levantó su brazo con firmeza elevando el tono de su voz con cada palabra —, ese fin del que les hablo... —guardó silencio unos segundos —, ¡es la justicia! —. La multitud estalló en gritos, chiflidos y ovaciones que finalmente concluyeron en el ya repetido coro de la palabra: «asesino».

—Calma, calma... —dijo el rey Aurium levantando sus dos manos y pidiendo silencio. Poco a poco todos obedecieron.

—Para nadie es un secreto ya, la catástrofe que embarga nuestro pueblo —prosiguió —, y qué digo catástrofe, no existe palabra alguna para describir el horror y las monstruosidades que, por los intereses egoístas de unos pocos, hoy nos sumen en una profunda tristeza y lamentación por la pérdida de todo un pueblo.

—¡Malditos! —gritaban algunos, y muchos otros movían sus cabezas en señal de aprobación.

—Con gran humildad hoy dispongo ante ustedes a aquel que, creyendo estar por encima de la ley divina, ha sido el culpable de la muerte de miles de nuestros hermanos —dijo el rey señalando a Satúl, y los insultos no se hicieron esperar —, dispongo ante ustedes a aquel que, junto a muchos otros que se han levantado en armas contra el rey, hoy le declaran la guerra no solo a la corona, sino a todos los honorables aurianos que habitamos este planeta —. Otra vez, la algarabía saturó el ambiente con una pesada ola de gritos que podía escucharse desde cada rincón de Fraturi.

Ivála y Ari se encontraban entre la muchedumbre a pocos metros del entarimado, y permanecían abrazadas sin quitar la vista de aquel bulto envuelto entre harapos hospitalarios y una capucha negra que, muy maltratado, ensangrentado, harapiento y agónico, se suponía era Satúl. Aunque en el fondo ambas se rehusaban a creer que de él se tratara.

—No puedo sentir más que odio y repulsión por todos estos asquerosos fratricidas enemigos de la patria. Sus aberrantes acciones son imperdonables ante los ojos de cualquiera... y aunque la muerte se queda corta para castigar las afrentas de estos canallas, serán los dioses quienes en últimas se encargarán de purgar sus almas y darán el justo escarmiento que subsanará la sangre que ha sido derramada por todos aquellos inocentes —. El enardecido discurso del rey era bien recibido.

—Y puedo prometerles algo, mis queridos ciudadanos, y es que no descansaré hasta castigar a todos y cada uno de los responsables de tan deplorable barbaridad. El fuego y la furia del rey caerán sobre todos aquellos que quieren que Auria arda en las llamas. No habrá compasión ni perdón para ninguno de ellos, y les prometo que no encontrarán lugar alguno donde puedan esconderse. Pagarán por todo lo que le han hecho al rey y por todo lo que le han hecho a Auria. Juntos recobraremos la grandeza de nuestro planeta o moriremos en el intento —. La multitud gritaba embriagada por el patriótico discurso de su dirigente y, aplaudiendo enérgicamente, gritaban su nombre en coro y lo bendecían.

—Sin más que decir —concluyó el rey después de dar otro gran sorbo de agua —. Yo, el rey Aurium Skali, hijo del honorable rey Dorian Skali y la reina Dahlia Fayed, único y legítimo heredero del trono de mármol y protector de los doce reinos, por el poder que me han concedido los dioses, hoy declaro al pérfido asesino, Satúl Zivot Haraldr, a la muerte—. Los soldados descubrieron la capucha que Satúl tenía sobre el rostro.

Ivála creyó desfallecer, y su alma se quebró en mil pedazos al reconocer en ese hinchado rostro a su hijo. Cayó de rodillas al suelo, con su mirada perdida en el vacío, sin tan siquiera parpadear, sus inmaculadas lágrimas le humedecían las mejillas y su mandíbula temblaba como queriendo oponerse a la fuerza que la consumía.

Ari miró a Satúl con aflicción, embebida por el *va-cuk'merido*, y aunque sentía que la tristeza le carco-mía el alma y que sus lágrimas querían escapar de sus ojos como una gran fuente de agua salada, con sus acaramelados fanales cristalizados evitó derramar lágrima alguna y concentró su mirada sobre Satúl, quien escudriñaba la multitud en busca de algún rostro familiar. Sus miradas finalmente se cruzaron y Ari proyectó aquella cálida expresión que derretía hasta el más gélido de los corazones. Sus labios se erigieron, sus mejillas remarcaron sus hoyuelos y sus ojos se achinaron mientras sonreía con dulzura hacia Satúl.

—Hola, tonto —susurró Ari.

Satúl intentó devolver el gesto, pero con su rostro inflamado apenas si se percibía que la comisura izquierda de su boca, con una fragilidad dolorosa, oscilaba de arriba abajo en un intento por empinarse. Al ver a Ari, Satúl sintió una vez más que su corazón se salía de su pecho, y escupiendo una baba espesa y sanguinolenta por la boca, intentaba gritar su nombre.

Luego de que el rey terminara su discurso, la muchedumbre celebró sus «acertadas» decisiones proclamando su nombre en coro. En seguida, los dos guardias que arrastraban a Satúl lo enquistaron sobre el pequeño pilar de piedra y rodearon su cuello con aquella cinta de hierro que mantenía su cabeza recta mirando hacia el suelo.

El rey bajó con lentitud del trono y, dirigiéndose hacia la plataforma de madera, introdujo sus manos dentro de dos finos guantes de cuero curtido, se despojó de su capa y ascendió cuidadosamente por las escalerillas de madera gastada hasta encontrarse al costado izquierdo de Satúl. Dio un bufido por el repulsivo olor que de este se desprendía, y sacó un pequeño pañuelo de bolsillo trasero con el cual cubrió su nariz por unos cuantos segundos mientras pronunciaba sus últimas palabras.

—Si has de ser el culpable, que Anarac te otorgue su perdón, porque yo no puedo hacerlo —dijo el rey intentando contener la respiración. Después de unos cuantos segundos, guardó el pañuelo y se apresuró a tomar la espada que reposaba junto al pilar de piedra. La levantó por los aires sosteniéndola con firmeza con sus dos manos y miró hacia el cielo mientras susurraba una pequeña plegaria dirigida a los dioses.

Satúl levantó su mirada trabajosamente sin poder mover su cabeza, y con su último aliento, buscando a Ari entre la multitud, exclamó con dificultad y con con un tono casi imperceptible le dijo —: te, te... a... mo... —luego cerró sus ojos, y antes de escuchar el flagelo silbante de la espada que caía contra su cuello, su alma abandonó su cuerpo y liberándose de la pesadez; por fin pudo estar en paz, pues, negándoles la oportunidad de acabar con su vida, les arrebató de las manos lo único que siempre le había pertenecido. Satúl se apropió de su propia muerte y murió segundos antes de que pudiera ser decapitado. El rey finalmente dejó caer la espada con todas sus fuerzas, se escuchó el grito desgarrador de Ivála, Ari perdió el conocimiento y, a pesar de que todos ansiaban con mórbida inquietud la ejecución, la plaza de Lumen quedó en embebida en un silencio lóbrego, asqueados de ver aquel salvaje acto que distaba mucho de lo que se suponía debía ser una sociedad civilizada. No se escuchó un grito, ni un aplauso, ni un quejido, ni un lamento. Solo miles de ojos aterrados mirando de frente hacia la muerte.

# Capítulo X

## La guerra

*Freghil, vigesimosexto día de Oveni, año 2045 antes del éxodo*

«—**L**o más triste de envejecer es ver envejecer a tus padres, ¿no lo crees, papá?

—¿Estás diciendo que estoy viejo? —preguntó enrollándolo con su brazo mientras revolvía su cabellera.

—No —dijo entre risas, apartando su brazo y dándole un pequeño empujón —, a lo que me refiero es que...

—Le estás diciendo viejo a tu padre... —lo interrumpió.

—No, no... —titubeó —, yo no...

—Pues a este viejo aún le quedan energías para hacerte cosquillas —lo interrumpió de nuevo, y se abalanzó sobre él rascándole la panza con la yema de sus dedos.

—¡No, cosquillas no, por favor! —dijo el pequeño auriano riendo a carcajadas.

—¡Oh, sí, cosquillas sí! —respondió su padre, imitando su voz.

—¡No papá, por favor, no me gustan las cosqui... —se atacó de risa.

—No puedo detenerme —fingía la voz como la de un anciano —, soy tan viejo que no puedo oírte muy bien.

—¡Detente, por favor! —se retorcía, intentando evitar aquellas manos rollizas que le fregaban la panza y las axilas.

—¡Muajaja! —engrosó el tono de su voz —, soy el anciano de las cosquillas.

—¡Ya no más! —reía sin control —, ¡por favor, detente!

—... —Sin hacer caso a sus súplicas, empecinadamente le hacía cosquillas con más intensidad.

El pequeño Satúl sentía que le faltaba el aire de tanto reír, y con su vejiga a punto de explotar, el «rimor» (sentimiento que experimenta todo aquel que alguna ha sufrido por las cosquillas, que, más que risas, es desespero). Se apropiaba de su hipotálamo y le confería la necesidad de salir corriendo. Satúl se arrojó hacia el suelo y dio un pequeño vuelco hacia atrás para zafarse del ataque de su padre. Luego, se arrastró por unos centímetros de espalda al suelo y con suma dificultad se puso en pie y corrió tan rápido como pudo, escondiéndose detrás del viejo sañec, que se encontraba a unos cuantos metros del jardín trasero.

—Te alcanzaré —dijo Octe mientras corría con un ritmo flemático tras Satúl, fingiendo que sus piernas no tenían la fuerza para alcanzarlo.

—¡Oh!, mi espalda —bromeó tirándose al suelo a medio camino, y simuló que un dolor insufrible se afianzaba en la parte baja de su espalda.

—¿Papá? —dijo el pequeño Satúl. Lo miraba de reojo asomando su cabeza ligeramente desde detrás del sañec y con una risa nerviosa, se mostraba dubitativo ante la veracidad del dolor que simulaba su padre.

—¿Estás bien? —preguntó una vez más.

Octe permanecía tirado en el suelo «retorciéndose del dolor», aunque en realidad, intentaba contener la sonrisa en su rostro con una fingida expresión lastimera, a la par que le guiñaba un ojo a Ivála que los observaba desde el gran ventanal de la segunda planta.

Satúl se asomaba, sonreía y se ocultaba nuevamente, pero después de unos cuantos segundos, y al ver que Octe no se levantaba del suelo, saltó desde su escondite y corrió de vuelta hacia él, muy preocupado.

—¿Estás bien? —preguntó Satúl sin acercarse mucho a Octe.

—Ayuda a tu pobre viejo a levantarse —dijo Octe mientras le largaba la mano.

Satúl dudo por un momento antes de acercarse, pero finalmente tomó la mano de su padre para intentar levantarlo. Lo sujetaba con sus dos pequeñas manos y halaba de él con todas sus fuerzas hacia arriba, en un absurdo rifirrafe entre un pequeño auriano de cuarenta kilogramos y el otro de al menos ciento veinte. Octe lo miró con malicia y antes que este pudiera escapar de nuevo, lo atrapó entre sus brazos y con audacia lo atrajo hacia el suelo. Una vez más, dieron inicio a la guerra de cosquillas. Satúl reía a carcajadas y pataleaba intentando zafarse de aquellas manos regordetas y, claro, con sus pequeñas manos, intentaba devolverle el ataque moviendo sus dedos enérgicamente bajo su cuello. Ambos rodaron por el jardín riñendo por unos cuantos minutos hasta que al final quedaron bocarriba, tendidos sobre el césped, intentando recobrar el aliento bajo la sombra del viejo sañec. Ambos se miraban sonrientes y jadeaban del cansancio.

—¿A qué te referías con aquello de envejecer? —dijo Octe agitado, mirándolo a los ojos.

—Mmmm... No es nada —respondió mientras le sonreía —. Solo pensaba que la abuela se ve muy diferente a como la recordaba.

—Oh —titubeó sorprendido —, sí... cre.. creo que..., creo que la abuela se ve muy diferente —reafirmo sus palabras con tristeza.

—La abuela dijo que algún día envejecería tanto que sus arrugas serían como la corteza del sañec —acarició las raíces del viejo árbol —dijo que de sus pies saldrían raíces, y de sus cabellos, ramas y hojas, y que así como vino a este mundo volvería de vuelta a la tierra y se convertiría en un gran árbol —abrió sus brazos en un amplio gesto de grandeza —. ¿Crees que la abuela se convertirá en un árbol?

—Bueno, hijo...

—Yo no quiero que la abuela se convierta en un árbol —concluyó con firme oposición.

Octe sonreía. —Ni yo tampoco, hijo..., yo tampoco —suspiró con melancolía.

—Siempre es difícil aceptar los cambios —agregó —, pero al final no puedes vencer al tiempo.

—¿Tú también te convertirás en un árbol?

—Y tú también —le pinchó la nariz con el dedo.

—¿Yo? —abrió sus ojos con gran sorpresa —, yo no quiero ser un árbol.

—Seremos una gran familia de árboles, tú, yo y tu madre —dijo Octe señalando a Satúl, dando un pequeño golpe sobre su pecho y señalando hacia el ventanal en el cual se proyectaba la silueta Ivála.

—¿Por qué no nos podemos quedar, así, tal y como somos?

—Es bastante complejo, hijo. Es algo que escapa a nuestra voluntad... El tiempo es una corriente imparable a la cual no puedes anclarte —. Octe hablaba con un tono grandilocuente, mimetizando sus palabras en el aire —, el tiempo avanza siguiendo su propio cauce y arrastra todo a su paso. Aunque luches con todas tus fuerzas, el tiempo siempre vence. Las cosas pasan, al igual que las personas e incluso los objetos. Tarde o temprano te das cuenta de que aquello que creías eterno, a veces no lo es tanto, y aquello que creías invencible termina siendo derrotado; lo insuperable se supera, lo inolvidable se olvida. Nadie vence al tiempo hijo, al menos no de la forma que se quiere. Siempre terminas... «desvaneciéndote».

—¿Desvaneciéndome? —repitió Satúl asustado, mirando sus manos e imaginando que se desintegraban en pequeños gránulos microscópicos.

—Sí... —una gran sonrisa se marcó sobre Octe y agregó rápidamente al ver la expresión de terror en la cara de su hijo —, aunque tenemos un arma que nos permite hacerle frente al tiempo, al menos de manera eventual, claro. ¿Sabes cuál es?

—¿Cuál? —preguntó ansioso.

—Los recuerdos.

—¿Los recuerdos? —hizo una mueca de confusión.

—Sí, los recuerdos —reafirmó sus palabras —, al final, cuando llegas a ese momento en que no hay vuelta atrás, cuando el tiempo te tiene contra las cuerdas, lo único que te queda son los recuerdos.

—No entiendo... —dijo confundido.

—Verás, hijo —respondió con alegría y le dio un tierno beso en la frente —, los recuerdos son los reflejos inherentes de tu alma. Representan lo que has sido, y de ellos se desprenden muchas cosas importantes en tu vida. Tus recuerdos —señaló su

*cabeza —, son aquella amalgama de eventualida-
des y experiencias que adquieres y que vives a lo
largo de toda tu vida, y representan tu momento
en la historia del universo... y además, pueden
ser tu forma de viajar a través del tiempo, ya sea
para recordar a quienes se fueron o para que los
que quedan te recuerden a ti...*

*—Entonces, ¿si yo recuerdo a muchos aurianos,
jamás me convertiré en un árbol?*

*Octe volvió a sonreír. —No te confundas, hijo.
Los recuerdos pueden ser nuestra forma de con-
traponernos al tiempo, pero no podemos perdernos
en los recuerdos pensando en la perpetuidad del
cuerpo. Pues, así como vienes a este mundo, como
dijo tu sabia abuela: «también tendrás que volver a
la tierra». Es el pequeño aporte que todos hacemos
a la existencia del universo, y el precio que pagamos al tiempo por la oportunidad. Por eso tienes
que aceptar y aprovechar al máximo el tiempo que
se te ha dado, pues nunca sabes en qué momento
se te puede escapar de las manos. Es algo triste
hijo, pero cierto. Y, si me lo preguntas a mí, lo más
triste de envejecer no será convertirme en un árbol,
lo más triste de envejecer es que, poco a poco, de-
jarás de ser mi pequeño.*

*Satúl lo miraba fijamente, pellizcándole los pó-
mulos sonrosados, y se mostraba fascinado con
la sabiduría de aquel auriano que le devolvía una
reluciente mirada.*

*—Entonces, si eres recordado por otros, no pue-
des convertirte en un árbol —concluyó con astucia.*

*—Si eres recordado por otros —lo corrigió Octe —,
entonces serás inmortalizado hasta que tu recuerdo se evapore de la mente de todos aquellos que
pueden recordarte. Serás inmortal aun cuando ya
no te quede tiempo, pero tu cuerpo, en definitiva,
se convertirá en un gran árbol.*

*—Ser recordado... —susurró Satúl imaginando su futuro.*

*Octe lo miró sonriente y concluyó:*

*—Es como decía uno de mis más grandes maestros de la infancia y espero lo recuerdes tu también por el resto de tu vida: «lo importante no es el tiempo, sino como dispones de él».*

—El tiempo... —susurró Octe antes de despertar.

El sonido rectilíneo de los misiles rompiendo el viento sobre su cabeza lo arrastraron lejos de su ensoñación, justo antes de impactar sobre el edificio que se encontraba tras el pelotón de reconocimiento. Una gran explosión sobrevino después del impacto, y una nube de polvo y escombros bañó sus brillantes armaduras y dejó un manto grisáceo sobre sus cuerpos y alguna que otra piedrecilla que se enredaba entre sus cabellos. El abrumador estallido de las ametralladoras retumbaba a cada uno de sus costados, los proyectiles iban y venían en ambas direcciones, y ocasionalmente impactaban muy cerca de su cuerpo o rozaban por milímetros su armadura, chillando al desgarrar el metal y repercutiendo en el viento hasta encontrar un blanco. Las explosiones llevaban el compás de los pulsos impuestos por los fúsiles; los gritos de dolor y el llanto acentuaban los versos de una tonada sombría y las proyecciones exhibían su presencia como parte de la armonía de aquella melodía que Octe recordaría con mayor tristeza que aquellos allí presentes, pues al enterarse de la muerte de aquel que creyó a salvo de las vesanias de la guerra se dio cuenta, aunque muy tarde, que había perdido todo lo que más amaba. *Vacuk'marah.* (Estado de vacío absoluto en el que se pierde el sentido de las cosas, derivado de la pérdida de aquello que se cree como propósito mayor o sentido «absoluto».)

—Fue la única vez que compartimos tiempo juntos... —, susurró Octe mirando hacia el horizonte sin parpadear.

—¡Comandante! —dijo un soldado intentando llamar la atención de Octe —, tenemos que irnos, comandante —. Otra explosión retumbo detrás de ellos. —Nos superan en número.

—Siempre estuve tan ocupado y, luego Gifi —murmuraba sin entrar en razón —, lo abandoné, lo dejé solo en este mundo lleno de desgraciados.

—Con un demonio, comandante, tenemos que irnos —insistía el soldado—. ¡Ahora! —gritó sacudiendo a Octe por los hombros.

—«No vives del arte...» —soltó una risilla irónica—, que imbécil —prosiguió Octe ignorando las palabras del soldado —, no debí dejarte ir... No, no debí.

—A la mierda —gruñó el soldado —, ¡retirada!, ¡retirada! —gritaba el soldado —, ¡reti... —un pequeño silbido se elevó por encima de las explosiones y el soldado rápidamente cayó de rodillas antes de desplomarse de frente contra el suelo en un pequeño charco de su propia sangre.

Todos los demás soldados que se alistaban para replegarse permanecieron inmóviles y, atónitos, dirigían sus miradas hacia el comandante.

—¡Nadie abandona su posición! —gritó Octe con su brazo elevado en dirección hacia el soldado muerto. Los músculos de su cuello se tensaban con cada respiración, su boca permanecía entre abierta y temblorosa, y una pequeña lágrima escapaba por su ojo derecho.

—Se volvió loco... —murmuraban los soldados mirándose los unos a los otros.

—¿Lo... mató? —farfullaban algunos otros con miedo.

—¡¿Alguien más tiene algo que decir?! —gritó el comandante escupiendo pequeñas partículas de saliva, sus labios temblaban y sus ojos se humedecieron.

Todos permanecieron en silencio.

—¡Vamos malditos cobardes, ¿quién quiere ser el siguiente?! —insistió Octe.

Los miraba a todos con gran ira y respiraba ruidosamente por la boca. Sus pupilas resplandecían como las llamas del sol, y sus párpados superiores recaían con sutileza como un manto sombrío que ocultaba sus verdaderas intenciones.

Bastaba con mirarlo fijamente por unos cuantos segundos para ser encandelillado por su fulgor y recibir un escrutinio, no solicitado, de todos sus pecados. Desde aquel momento, sus ojos alcanzaron un tono infernal, solo un loco se atrevía a sostener su mirada.

—Señor comandante, con todo respeto... —dijo Falaris antes de ser interrumpido por Rogulo'h, quien interpuso su brazo enfrente de él y negó con la cabeza indicándole que no era buena idea.

—¿Quieres decir algo, soldado? —lo fulminó con la mirada.

—... —Falaris tragó saliva y agachó su mirada luego de ver que el comandante fijaba sus ojos sobre él.

—¿Cuáles son sus órdenes, comandante? —exclamó Rogulo'h posando su mano sobre su pecho en señal de respeto.

Octe guardó silencio dirigiendo su mirada hacia cada uno de ellos y luego exclamó —: ¡somos la maldita guardia real!, nosotros no escapamos. Nosotros no le tememos a nada; tomen sus armas, reafirmen sus testículos y vayan y maten a todos esos hijos de puta o mueran, pero... nadie abandonará su servicio —concluyó Octe con sus ojos llenos de lágrimas y el rostro endurecido.

Todos los soldados permanecieron inmóviles por un momento cruzando sus miradas con recelo.

—Pero... —murmuró Falaris.

—Ya lo oyeron, señores —dijo Rogulo'h rompiendo el silencio —, ¡victoria o muerte! —levantó su puño al aire. Seguido de esto, todos dieron un desanimado y disonante grito de aprobación, levantaron sus puños y rápidamente volvieron a sus posiciones, aunque un poco temerosos y algo inseguros.

Octe sacó aquella botella que siempre lo acompañaba y descorchándola de mala gana, arrojó la tapa al suelo y bebió de golpe todo su contenido sin dejar ni una sola gota, luego arrojó la botella al suelo y esta se quebró en mil pedazos. Finalmente, se derrumbó sobre una pequeña montaña de escombros y su mirada se perdió sobre las nubes que flotaban sobre su cabeza. Las ametralladoras recuperaron el ritmo y Rogulo'h dirigía la resistencia plantando una barrera que se proyectaba desde sus manos.

Los Soira avanzaban por las míticas praderas de Fera Venti, ganando terreno y adentrándose en Freghil a medida que avasallaban las reducidas fuerzas del equipo de reconocimiento. Con una superioridad numérica de cien a uno y el premonitorio aviso de la intromisión de la guardia real en sus terrenos, llevaban días preparando el ataque, desde mucho antes de que Octe y su equipo llegaran a la ciudad.

Los guardias de Freghil habían sido eliminados poco antes de la media tarde y el equipo de reconocimiento había sido obligado a replegarse dentro de los muros de la pequeña ciudad y, de no ser por la ventaja geométrica de la gran pendiente que sucedía a la pradera y de los antiaéreos que se alzaban sobre las colinas que flanqueaban Freghil, la guardia real no habría tenido oportunidad de defenderse, y la ciudad habría sido tomada justo después del ataque sorpresivo con el que habían eliminado gran parte de su arsenal.

Los Soira pertenecían al grupo de los cuatro pilares. Un selecto grupo de magnates conformado por cuatro de las doce facciones aurianas más corruptas en todo el planeta. Los cuatro pilares ostentaban ser los dueños de la mitad de Auria y se pavoneaban entre la realeza como los más influyentes sobre las decisiones políticas que allí se tomaban. Eran dueños de las industrias minera, agropecuaria, armamentista y tecnológica, cuatro de los estribos más importantes sobre los cuales se sedimentaba la economía auriana antes de la guerra.

Una «economía deglutoria» que, además de brindar una falsa estabilidad, había sido edificada a partir del miedo y la violencia que se ejercía sobre las clases menos favorecidas, pues creando enemigos fantasmas y conflictos imaginarios, los cuatro pilares despojaban al fraduar de sus tierras, arrasaban con sus cultivos y se repartían los dividendos, creando zonas francas, cráteres de megaminería y vastos predios pecuarios que ocupaban varios kilómetros de lo que antes era selva.

En resumen, los cuatro pilares eran un abyecto clan de avaras cucarachas cuyo único deseo era poseer, y cuyo único recurso, consumir. Su ambición no tenía límites, y para ese entonces mostraban gran disparidad con las leyes instauradas por el rey Skali. Los cuatro pilares se postraban ante la influencia que estaba ganando el avivato de Sotnem Ucod sobre las demás facciones anexas. Sotnem era «la fruta podrida que carcomía lentamente todo el cesto». Un insidioso reptil que, con gran habilidad diplomática, posaba sus garras sobre todo aquello que su avaricia insaciable le permitía poseer; y con su pútrida lengua siseante engañaba con facilidad a todo aquel auriano desprovisto de la más mínima capacidad racional y, si consideramos que la razón se esconde cuando la avaricia asoma, Sotnem tenía ventaja de la roñosa condición ambiciosa que padecían los miembros del consejo. Podía dominarlos a su antojo, siempre y cuando hubiera dinero de por medio.

Lo único que se interponía en su camino para la total dominación sobre Auria era el rey. La inoportuna voluntad del Rey Aurium Skali y su insistente deseo de acabar con el consejo era la piedrecilla en el zapato de Sotnem. De lograr la emancipación, el rey lograría unificar los reinos, y los cuatro pilares perderían su poder; todas las decisiones irían a parar a manos de Aurium, se eliminarían los monopolios, el fraduar recobraría sus derechos y la independencia entre facciones se vería limitada a los caprichos del gobernante de turno, cosa que, por supuesto, Sotnem y los cuatro pilares no compartían y no permitirían.

Estaban decididos a poner freno a las intenciones del rey a como diera lugar y bajo el costo que esto representara. Auria siempre había estado bajo el control de los doce y ningún indómito rey sería el culpable de reprimir el dominio que ejercían las clases dominantes sobre el fraduar. Era un pseudoequilibrio que debía mantenerse si la élite auriana quería conservar sus vastas fortunas y, si la guerra era necesaria, la sangre de los inocentes correría por las calles sin piedad como un río de régimen torrencial, y los cuerpos serían apilados hasta formar grandes montañas sobre las aceras; Un intercambio «equitativo» a cambio de poder y riquezas. Después de todo, la vida de un simple auriano no se comparaba con el control sobre todo un planeta.

Motivados entonces por la ansiosa necesidad de poseer lo innecesario, los Soira fueron los primeros en alzar las armas y bajo un estructurado plan a cargo de Sotnem, violentamente, dieron inicio a la insidiosa conspiración que desde las sombras del consejo servía como preludio para la caída del Rey. Después de Frantasipt, con frialdad todos se despojaron de sus almas y pusieron en alto sus intereses, y la guerra vio su inicio en las extensas planicies de Freghil; donde continuaría sin saciedad hasta consumir gran parte del planeta.

El cielo de Freghil palidecía inundado por grandes torreones de humo grisáceo que se alzaban por encima de las roídas edificaciones. Las llamas ganaban fuerza al batirse con el viento y el fulgor de la incandescencia se refundía con la luz de Nirú que caía por el horizonte.

Sobre el valle de Fera venti, el campo estaba abarrotado de orusas agónicas que, pisoteadas por el avance de las tropas, se fusionaban con los cadáveres y empañaban el entorno, reemplazando el antiguo sembradío de flores con un tétrico pantano, encharcado, lleno de agujeros y atestado por humeantes aerodeslizadores y restos fragmentados de blindados y tanques destruidos. Las tropas de los Soira con ferocidad ametrallaban y bombardeaban las mermadas fuerzas del equipo de reconocimiento que, reducido a apenas treinta soldados, tres proyectistas y dos antiaéreos, se replegaba defendiendo con las uñas las destrozadas construcciones que apenas si se mantenían en pie. Por el norte, al costado opuesto del conflicto, los Freghileños huían despavoridos formando un gran camino de hormigas en dirección hacia Otium con las pocas pertenencias que habían podido rescatar. Los padres cargaban en hombros a sus hijos que no paraban de llorar y las madres tiraban de las maletas con sus manos maltrechas y sus ojos hinchados por todas las lágrimas que habían derramado. La gran mayoría de ellos estaban cubiertos de arenisca y ceniza, algunos estaban heridos y muchos otros reposaban moribundos sobre camillas improvisadas. Todos muy diferentes entre sí, pero a la vez tan iguales. La tristeza los unía en el dolor, y reposaba en sus ojos con aquella vida «segura» que, con melancolía, dejaban atrás; tendrían que olvidar su hogar, su infancia, sus sueños, sus trabajos, sus colegios y todo aquello que alguna vez formó parte de su cotidianidad. Cosas que, aunque parecen eternas y seguras, tampoco son inmunes al tiempo.

Las explosiones tronaban sin cesar en ráfagas esporádicas de seis y ocho, con repeticiones de tres en tres. El equipo de reconocimiento avanzaba en retroceso hacia el centro de Freghil y las tropas Soira bordeaban las calles aledañas cercando a los supervivientes y encasillándolos dentro de un pequeño círculo que cada vez se cerraba más y más bajo el poderío de las detonaciones.

La tropa de reconocimiento resistía con fiereza el ataque. Rogulo'h servía como defensa, y Falaris, con la poca energía que quedaba dentro de su ser, repelía el ataque con algunos pulsos ígneos.

Poco a poco agotaban sus reservas de flujo de moldeado y sentían que sus cabezas iban a estallar por la radiación que acumulaban. Estaban llegando al límite de energía que se podía almacenar dentro de sus catalizadores, y después de sobrepasadas sus capacidades, aquellos pobres infelices se desmayarían en medio de convulsiones.

Por otra parte, Octe vaciaba el contenido de su estómago vomitando de la borrachera las sobras del almuerzo y, sin prestar atención al ataque, no daba interés a que, uno a uno, los treinta soldados que componían los restos de la tropa de reconocimiento, después de ser trescientos fueran liquidados hasta quedar menos de diez.

—No nos quedan municiones, comandante... —dijo Rogulo'h con la cabeza ensangrentada y una pequeña herida que se abría sobre el borde superior del entrecejo.

—No me importa —respondió Octe a media lengua mientras limpiaba los restos de vómito de su barbilla con la palma de su mano —, pelearán con las manos, si es necesario.

—Pero, señor... —exclamó Rogulo'h con impotencia —. Nuestros mejores proyectistas han muerto, a Falaris no le queda energía y yo... yo no podré resistir mucho más.

—Entonces moriremos —dijo Octe mirándolo con indiferencia. Enseguida su estómago se retorció nuevamente y con trémulas arcadas volvió a vomitar.

—Nos retiramos, comandante —le rebatió Rogulo'h con firmeza —, estos hombres no murieron en vano por sus idioteces.

—¡Nos iremos cuando yo lo diga! —gritó Octe mirándolo con furia por el rabillo del ojo —, ¡tú no das órdenes aquí!

—Como segundo al mando, señor y, con todo respeto —dijo Rogulo'h tomándolo del hombro —, lo relevo de su cargo temporalmente, pues no se encuentra en óptimas condiciones para ejercerlo.

—¿Con quién crees que estás hablando? —dijo Octe dándose la vuelta abruptamente, y lanzó un puñetazo al aire que Rogulo'h esquivó con facilidad moviéndose con diligencia hacia atrás.

—Por favor, comandante... —suplicó Rogulo'h —, no es momento para esto.

— ... — Octe lanzó otro puñetazo al aire y Rogulo'h lo esquivó una vez más sin mayor esfuerzo. Era lento, y apenas si podía mantenerse en pie. Pero luego de fallar un tercer golpe, Octe cargó toda su furia embistiendo a Rogulo'h con su hombro y ambos cayeron al suelo. Rodaron por unos minutos intercalando el dominio entre el uno y el otro; Rogulo'h esquivaba los golpes, pero Octe era más corpulento. Finalmente, en un movimiento muy ágil y luego de recibir algunos golpes, Rogulo'h se posicionó tras Octe y lo tomó por el cuello atenazándolo con su antebrazo y se engarzó a su cuerpo entrelazando sus pies por encima de su abdomen. Octe pataleaba e intentaba darle codazos sobre los costados, pero a pesar de toda su fuerza bruta, le era imposible soltarse.

—Por favor, comandante —. Suplicó Rogulo'h una vez más —, ya basta. Ríndase.

Octe forcejeaba por liberarse.

—No tenemos tiempo —dijo Falaris —, ¡solo vamonos!

—Mire —insistió Rogulo'h —, no quiero contradecir las decisiones del rey, pero sé que su hijo era un buen muchacho y, en verdad lo lamento —farfulló.

—No puedo imaginar el dolor que se siente al perder a un hijo, pues... no tengo uno —continúo Rogulo'h apretándolo por el cuello.

—... — Octe dejó de luchar poco a poco y, escuchando las palabras de Rogulo'h, comenzó a sollozar hasta sumergirse en un llanto herido que todos los demás supervivientes del equipo miraban con asombro.

—Pero ahora él está muerto y tiene que aceptarlo —continúo Rogulo'h mermando poco a poco la fuerza sobre el cuello de Octe al ver que este dejaba de oponer resistencia —, llore, si tiene que hacerlo, es normal sentir el dolor, pero entienda que nada de lo que haga lo traerá de vuelta —. Le soltó el cuello y Octe empezó a toser retomando el aire.

—La mejor forma de honrarlo, señor —agregó Falaris, que se acercaba cojeando —, es seguir viviendo, pues a él le han arrebatado la oportunidad.

—Piense que también tenemos familias —agregó Rogulo'h.

—Mi hijo, mi pobre pequeño —se lamentaba Octe a grito entero y daba puñetazos contra el suelo —. ¡Él no tenía que morir..., él no tenía que morir!

—Levántese, comandante —dijo Rogulo'h levantándolo del suelo y apoyándolo contra su hombro —, tenemos que irnos, los refuerzos nunca llegarán.

Avanzaron unos cuantos pasos y, antes de ponerse a cubierto, una tropa de avance Soira les cerró el paso y acortó todas las vías de escape. Las detonaciones y explosiones habían mermado su intensidad, y la sinfonía de la guerra marcaba un cambio en el tempo para dar paso al *adagio*, pues al no recibir una respuesta de sus contrapartes, los Soira sabían irrefutablemente que, habían ganado.

Los ocho soldados restantes de la tropa de reconocimiento permanecieron de pie con las manos en alto en señal de rendición, la mayoría de ellos heridos, tambaleándose, y algunos siendo arrastrados por sus compañeros por no poderse sostener por su propia cuenta. Se miraban los rostros con amargura, aceptando la derrota y, conscientes de su destino, arrojaron sus armas al suelo.

Sus armaduras habían perdido el brillo, la tropa había perdido la gallardía, muchos habían perdido la vida y Octe, ensimismado en sus penas, había perdido el interés por todo.

—Hasta aquí llegamos —murmuró Falaris.

De entre las tropas Soira emergió un joven alto, enjuto, con hombros rectos y una cabellera medianamente larga y oscura que recaía sobre su oreja derecha; tenía una cicatriz que emergía desde su frente y se extendía hacia la parte superior de su cabeza y dejaba al descubierto un pequeño tramo rasurado que demarcaba el avance de un proyectil que, por milímetros había rosado su cabeza. Era normal en los jóvenes aurianos tener cicatrices por el servicio militar obligatorio, y orgullosos, presumían de ellas como un símbolo de su fortaleza. El joven reía burlonamente, pavoneándose de su victoria ante los heridos, y haciendo una señal con su mano, les indicó a los soldados que bajaran sus armas pues, Octe y sus hombres ya no representaban una amenaza.

—¿Qué tenemos aquí? —dijo el joven auriano con un tono sarcástico.

—Esa voz... —murmuró Octe —, ¿Pikart? —preguntó confundido, y levantó su cabeza rápidamente al reconocer el tono de su voz.

Pikart soltó una pequeña carcajada. —Hola, comandante... —respondió mirándolo con malicia —, qué sorpresa encontrarlo aquí o, mejor dicho... que suerte. Una gran sonrisa ocupó su rostro.

—Pero... —farfulló Octe.

—Pe, pe, pe, pe... —lo interrumpió Pikart burlándose de él, y los miembros de la tropa Soira soltaron una risotada —. ¿Sorprendido, comandante?

Sus respiraciones se tornaron más violentas, apretaba su mandíbula con gran fuerza, y su rostro enrojecido mostraba la furia asesina que emergía desde su pecho. —¡TÚ! —gritó Octe intentando abalanzarse contra él, pero Rogulo'h lo detuvo.

Pikart soltó una carcajada.

—¿Qué hiciste con mi hijo?, ¡maldita cucaracha! —gritaba Octe.

—Es una pena lo que sucedió con el pequeño Satúl...

—No te atrevas a hablar de él.

—Lo lamento, comandante —exclamó con ironía —, ¿qué puedo decir?, necesitábamos un culpable...

—¡Era mi hijo! —gritaba Octe, y las lágrimas brotaron de sus ojos —, ¡él era inocente!

—Tenías que ser tú, claro. Era lo más obvio, nadie habría dudado de tu culpabilidad —continúo Pikart —, el viejo comandante, alcohólico, con problemas familiares, cuya ambición lo llevó a la locura. Una excelente portada para las revistas, pero... —volvió a sonreír —, al final, fue tu hijo quien apareció en Frantasipt.

Octe se sacudía intentando zafarse, pero Rogulo'h y Falaris lo sostenían con la poca fuerza que les quedaba.

—Poco creíble, claro —Pikart seguía hablando —, después de todo, aunque borraron tus huellas de Gifi, todos sabían que fuiste tú quien estuvo a cargo. Pero, bueno, todos lo creyeron. Estaban tan ansiosos por encontrar un culpable que ni siquiera se tomaron la molestia de mirar las pruebas, un juicio rápido y certero. Darle al pueblo lo que pide, que mejor forma de aplacar sus ansias; además, el rey y otros altos mandos no querían verse involucrados en el asunto.

—¡Son unos malditos! —dijo Octe —, él era inocente, él solo hizo lo que lo que yo le pedía.

Pikart se encogió de hombros. —Entonces es su culpa, señor comandante.

Octe temblaba.

—Si te sirve de algo —agregó Pikart —, el viejo rey siempre supo lo que hacía, y tu gran amigo, el maravilloso capitán, también... Pero, para cuando lo tuvieron en sus manos, ya era muy tarde. El pueblo estaba enloquecido, el rumor de que Satúl había destruido Frantasipt ya se había regado por todo el planeta, y muchos exigían la cabeza de tu hijo, lo último que querían era tener al pueblo en contra de ellos. Me sorprende que fueras el último en enterarte.

—Sotnem me dijo que no había de qué preocuparse, dijo que todo era una maldita equivocación y que se resolvería pronto.

Pikart sonrió una vez más. —Bueno..., la mayoría de los miembros del consejo se opusieron a que fuera ejecutado sin examinar las pruebas, el señor Sotnem fue uno de ellos... pero, al final fue el rey quién tomó la decisión, estaba desesperado por mantener la aprobación del pueblo.

—No... No..., el rey no haría eso —tartamudeó Octe.

—Nadie es quien dice ser, señor comandante —dijo Pikart —, al final, todos ven por sus propios intereses. Debería escoger mejor a sus amistades.

Octe agachó su mirada hacia el suelo.

—Le propongo algo, comandante —dijo Pikart acercándose hacia él —, únase a nosotros. Sería una lástima que muriera alguien tan poderoso como usted.

—Aléjate de él —exclamó Rogulo'h desafiándolo con sus grandes ojos color ámbar.

—¿Y qué harás tú? —lo miró despectivamente.

—¡No! —dijo Octe reprendiendo a Rogulo'h —, no te pongas al nivel de esta maldita serpiente.

Pikart mostró una gran sonrisa en su rostro. —Piénselo, comandante, si se une a nosotros podrá matar al rey con sus propias manos.

—Jamás me uniría a una maldita serpiente traicionera como tu —dijo Octe lleno de furia —. Tú entregaste a mi hijo, por tu culpa está muerto.

—Yo solo era un mensajero —soltó una carcajada —, pero bien, señor comandante... será como usted quiera.

—Es una lástima, pero tenía que intentarlo —se encogió de hombros —, y no se preocupe por su hijo, se unirá a él antes de lo que cree —levantó su mano en dirección a la tropa —, ¡a mi señal! —gritó Pikart —, adiós, comandante, fue un gusto conversar otra vez con usted.

Pikart se preparó para dar paso a la ejecución, la tropa Soira preparó sus armas en dirección hacia el comandante y su demolido grupo, y estos últimos se prepararon para su muerte. Todos permanecieron en silencio observando, jadeando, algunos maldiciendo; el olor ahumado de las brasas inundaba el ambiente, algunos restos de escombros se desprendían de su estructura y caían al suelo, las cenizas revoloteaban sobre ellos, las llamas resplandecían en todas direcciones y el gélido viento del «verano-invernal» golpeaba sus rostros, ruborizaba sus mejillas y resecaba sus labios. El ambiente se puso tenso y la sinfonía de la guerra se dirigía hacia el cuarto movimiento. Los fusiles repiquetearían cual timbales, y con la muerte de Octe, se apagarían las luces y Freghil finalmente caería bajo el dominio de los Soira. Sin embargo, antes de que Pikart pudiera marcar el *Perdendosi* con su batuta y dar el cierre a la funesta sinfonía, una gran explosión se abrió camino entre ellos y todos cayeron al suelo bajo una nube de polvo, granito y fuego.

Las ametralladoras retomaron su fulgor y más explosiones sobrevinieron después de la primera, los aerodeslizadores de la guardia real rompieron los cielos y una nueva sinfonía de la muerte dio inicio *in crescendo,* personificando aquel ciclo absurdo de violencia interminable en la que se sumergía el planeta. Diferentes intérpretes, pero siempre la misma tonada.

Octe alzó la mirada sin distinguir ni una sola imagen a su alrededor, todo su entorno se mostraba turbio e impreciso, y un pitido continuo chirriaba en sus tímpanos y parpadeaba apretando sus ojos con fuerza en un intento por recobrar el sentido.

Pequeños resplandores volaban por encima de su cabeza y algunos fogonazos anaranjados resplandecían entre la turbiedad. Sacudió su cabeza ligeramente de lado a lado mientras sus ojos se acoplaban de nuevo a la realidad; un pequeño manto de polvo grisáceo cubría su rostro. Rogulo'h reposaba sobre su pecho inconsciente, Falaris también despertaba aturdido. Octe se levantó moviendo a Rogulo'h hacia un lado. Su mirada aún se encontraba un poco borrosa, y con el chillido sobre sus tímpanos no podía oír nada. Al frente, la tropa Soira yacía dispersa en varios pedazos, algunos gritaban y se quejaban por la pérdida de alguna de sus extremidades, muchos otros no podían distinguirse, y unos pocos metros más adelante, Pikart gateaba aturdido intentando levantarse. Octe al fin recobró el sentido y apoyó su cuerpo sobre su rodilla izquierda. Los refuerzos avanzaban con furia demarcando el retroceso de las tropas Soira. Octe divisó a Pikart aturdido, intentando recobrar el aliento. Las bombas estallaban, los fusiles repicaban, los misiles impactaban, destellos de plasma concentrada pulverizaban las barreras, derretían el metal, carcomían la carne y el hueso. La maquinaria pesada aplastaba los escombros, los aéreos revoloteaban los cielos. Y los Soira regresaban a las praderas de Fera Venti cual ratas resguardándose en sus alcantarillas.

Octe se puso de pie con gran ira, dando varios tumbos antes de estabilizarse, y con una patada muy potente arremetió contra el abdomen de Pikart, que a gatas apenas se recuperaba de la explosión. Pikart bramó al recibir el golpe y cayó de espaldas contra el suelo, tosía con avidez intentando recobrar el aire y se presionaba el abdomen como queriendo apaciguar el dolor con su mano. Octe trastabilló luego de patear a Pikart y para evitar caer al suelo, se sujetó del borde derruido de un pequeño edificio perforado por un mortero. Enseguida se incorporó rápidamente y, aprovechando la momentánea desventaja de su contraparte, se precipitó contra él, montándose sobre su pecho y descargó todo su odio, azotando sus puños contra su cuerpo.

La ira de sus puños colisionó contra el rostro de Pikart con la fuerza de un mar embravecido que golpea sus olas contra un acantilado. Con un primer golpe sobre el pómulo derecho, Pikart no tuvo oportunidad de hacer frente a la bestia que tenía encima. Su mundo dio tantas vueltas que, por un instante, creyó ser sacudido en el aire por un gran huracán. Levantó sus manos en un impulso instintivo de supervivencia intentando cubrir su rostro, pero un segundo trastazo se coló sin piedad por el costado izquierdo e impactó sobre su tabique y su orbicular. Dos sacos abultados se inflamaron sobre sus mejillas, y sobre su arco superciliar izquierdo un pequeño nódulo cerró su párpado. La sangre emergía de su nariz como si se hubiera abierto la llave de un grifo, y la unión entre el pómulo y el tabique, con una pequeña fisura en el hueso, quedó ligeramente astillada. Luego, un tercer golpe impactó nuevamente sobre el lado derecho a la altura de la sien, y Pikart entró en un estado de seminconsciencia, en el cual, aunque podía sentir los golpes, su cuerpo no respondía ante ellos. La furia de Octe era brutal y despiadada, y antes del décimo golpe Pikart ya no reaccionaba. Tenía el rostro completamente inflamado y desfigurado, como una sandía aplastada.

Los nudillos de Octe palpitaban al rojo vivo y se resquebrajaban con cada golpe que atizaba sobre el rostro de Pikart, pero aquella bestia se había enceguecido tanto con la venganza que el dolor no le importaba y la fatiga parecía rezagada frente a la carrera que libraba con su rabia. Treinta y dos golpes atinaron contra su blanco antes de que fuera detenido.

—Ya déjelo —exclamó Falaris, tomándolo de ambos brazos —, ya está muerto.

Octe jadeaba con gran agitación, sus manos temblaban arrítmicamente, el sudor le perlaba la frente y la sangre goteaba de sus nudillos como el rocío que se desliza por las hojas de una planta.

Su mirada se perdió en las tinieblas, y a partir de ese momento, su mente se sumergió de lleno en un odio profundo hacia todo lo que lo rodeaba y, gritó, gritó desgarrando su alma de su cuerpo y acogiendo a la oscuridad como una vieja compañera. Finalmente, secó sus lágrimas y su corazón se endureció cual roca volcánica enfriada por el viento.

—Me largo —dijo Octe y de un jalón liberó sus manos antes de ponerse en pie. —Ya no me queda nada porque luchar.

—Pero... señor —replicó Falaris —, han llegado los refuerzos.

—Rogulo'h está a cargo —sentenció Octe.

—Pe, pe, pero... —insitió Falaris —, Rogulo'h no se puede ni mover, señor.

Octe se apoyó nuevamente sobre su rodilla y tomando a Pikart en hombros lo cargó como si de un simple costal se tratara. Se dio media vuelta y emprendió camino en dirección hacia el norte. —No me importa.

—¡¿Adónde lo lleva?! —gritó Falaris aterrado.

—Adonde pertenece —respondió sin darse la vuelta.

—¿Y qué piensa hacer con él?

Octe volvió su cabeza hacia Falaris. —Será juzgado como debe ser y todos pagarán el precio.

Falaris no respondio.

Finalmente, Octe se dio la vuelta en dirección hacia el norte y siguió su camino. Falaris lo observaba un poco turbado. Su figura robusta se tambaleaba con el bulto descolgando sobre su espalda, y tras atravesar una pequeña cortina de humo, el comandante se perdió en el horizonte.

# Capítulo XI

## Sentencia de muerte

*Fraturi, vigesimoctavo día de Oveni, año 2045*

Las noches de Engele vieron su clausura poco después de la ejecución de Satúl; la gran ciudad de Fraturi recobraba su ritmo habitual y, pese a las noticias de la devastación de Freghil, todos parecían sumergidos ante la cotidianidad de un mundo acostumbrado a las desgracias. Un mundo que, ajeno a la idea de que la guerra nunca alcanzaría las grandes ciudades, se conformaba con indignarse transitoriamente hasta que la novedad era reemplazada por una nueva calamidad. «Qué desgracia». Era el enunciado rutinario de algunos; «Este planeta es una mierda». Concluían muchos otros, luego todos asentían o reafirmaban enérgicamente la idea quejándose durante algunos minutos sobre lo mal que estaba el planeta, y al final volvían a sus rutinas como si nada hubiera pasado. Todos a la espera de la siguiente desgracia que colmaría los noticiarios y la tertulia que derivaría de la misma para mostrar su inconformismo entre sus allegados. Al final todos eran solo tibios acomodados.

Los copos escarchados ondulaban con el viento hasta posarse sobre el suelo. Una a una se sedimentaban las pequeñas hojuelillas blancas que, semejantes a minúsculos trozos de coco rallado, danzaban con elegancia hasta formar montículos de nieve que lentamente tapizaban las praderas, los senderos, las autopistas y las edificaciones que conformaban la gran ciudad de Fraturi. Incluso la copa de los árboles lucía un atípico tapiz blanquecino sobre el verde de sus hojas, algo que nunca se había visto durante el verano, y que pocas veces se evidenciaba en primavera con aquellas sorpresivas heladas que arrasaban con los cultivos.

Pero después de aquel frío infernal de la noche anterior y con los astros solares ocultos sobre grandes nubarrones plomizos, no era de extrañarse que la temperatura alcanzara niveles tan bajos y que la llovizna matutina de repente se viera convertida en nieve.

La mañana se había vestido de un blanco primoroso; nadie parecía dispuesto a entregar su libertad ante la trágica idea de volver a la rutina. Muchos salían a las calles con gruesos abrigos de piel que descolgaban desde sus hombros hasta los tobillos y caminando por aquel paño albarizo que cubría el suelo, dejaban un rastro de huellas que se hundían en la nieve por al menos diez centímetros. El murmullo de voces hablaba de un fenómeno anómalo para esos tiempos, pero sin duda alguna todos lo disfrutaban sin preguntarse el porqué, pues el efecto hipnótico que producía aquella belleza impoluta irradiaba una felicidad tan inmensa que hacía pensar que, aquel día de «nevada veraniega», era de aquellos días en los que nada podía salir mal. Algunos jugueteaban con la nieve; hacían esculturas con ella, se deslizaban por las pequeñas colinas en latones recortados similares a trineos o se lanzaban manojos abultados de nieve compresa que se desmoronaba al impactar contra su blanco (la clásica guerra de bolas de nieve); otros simplemente permanecían inertes de frente al álgido paisaje, observando hipnotizados cómo las motas de algodón se amontonaban sobre las superficies y colmaban todo el entorno de un blanco intenso, puro e impecable. Podría decirse que era la belleza que radicaba en lo inesperado.

La nieve fue menguando su afluencia con el pasar de las horas y con su mengua cada vez fueron más los aurianos que salieron a las calles. Pronto el pulcro blancor de aquella postal navideña se vio manchado por un rumor de botas embarradas, y el gentío que se abarrotaba sobre la gran plaza central y todos sus alrededores. Los pequeños niños corrían dando zancadas para no hundirse entre la nieve, levantaban las piernas y daban pequeños saltos hacia adelante enterrando sus botas sobre la algodonosa alfombra de escarcha, y entre carcajadas tropezaban ocasionalmente; algunos incluso quedaban tendidos en el suelo mientras los demás se les arrojaban encima formando un mullido bulto de sonrisas, carcajadas y empujones.

Al otro extremo de las carcajadas, una pequeña de cabello ondulado y piel tan blanca como el mismo horizonte que se abría frente a ella, lejos de la algarabía infantil de aquellos que la rodeaban, daba vueltas con los brazos abiertos al compás de un vals imaginario. Mirando las motas de nieve que le golpeaban el rostro, sacaba su lengua e intentaba atraparlas fingiendo que saboreaba pequeños trozos de nube con un sabor dulce y esponjoso. Sumergida en su mundo, estaba embelesada por toda la felicidad que podía brindar su inocencia, era la primera vez que conocía la nieve y pensaba en aquello como algo mágico, misterioso; «la tierra que se une con el cielo» reflexionaba hechizada. En definitiva, no había mejor lugar en el mundo. Daba una vuelta y luego otra más, y su dicha parecía no encontrar un final, daba un traspiés ocasional, se recomponía fácilmente y luego retomaba su elegante posición, girando tan a gusto como si marearse no fuera una alternativa a tanta felicidad. Pero aquella felicidad de la que tanto disfrutaba de pronto se vio interrumpida tras un último giro, al aterrizar su inocente mirada sobre una realidad que se hace odiar antes de tan siquiera ser comprendida. Su atención fue atrapada por un gran bulto que descolgaba desde la espada del monumento a la diosa Valirya. Los giros se acabaron. La pequeña auriana fijó sus pequeños ojos color caramelo sobre aquella prosaica escena y sin poder siquiera parpadear, la magia desapareció de golpe ante ella, y a pesar de que no lograba comprender mayor cosa de lo que estaba evidenciando, se sentía sobrecogida por la crudeza de la discrepancia que había sido anexada con iniquidad al monumento.

Sobre la estatua, se exhibía la rígida imagen de un auriano ensartado desde la espalda con aquella espada marmolada que, de extremo a extremo lo atravesaba como si fuera un pincho. Su rostro se encontraba deformado e irreconocible por la inflamación; una mueca de horror contraía sus aplastados pómulos, dando la impresión de haber sido aplastados con una grande y pesada roca. Su piel exhibía un tono grisáceo, semejante a la pálida piel de un tarante; sus extremidades se mostraban tan rígidas y prensadas como la compacta anatomía de la misma estatua. Con su cuerpo completamente desnudo, sobre su pecho sobresalía la punta de la espada enarbolando su corazón, que, arrancado previamente y con suma violencia, dejaba un agujero de al menos quince centímetros, que se extendía desde su esternón hasta la parte baja de su diafragma. Por último, de sus pies descolgaba un pequeño tabloide que citaba la noticia de la ejecución de Satúl, y en la nieve, con sangre fresca se enunciaban las palabras: «muerte a los traidores» y «justicia por los inocentes».

La madre pudo percatarse de aquella hórrida escena siguiendo el recorrido de la alborozada danza que había dado su pequeña hija hasta detenerse en seco de frente a la estatua, y corriendo apresurada con la agilidad de una cierva que advierte el peligro, la tomó entre sus brazos y la ciñó contra su pecho, como pidiéndole perdón por toda crueldad del mundo a la que había sido expuesta. La pequeña permanecía atónita, sin entender nada. No lograba comprender la conmoción de su madre y mucho menos el porqué las lágrimas escapaban de sus ojos. Luego fueron llegando los curiosos, uno tras otro, atraídos por el morbo de la sangre, y quienes llevaban las manos a sus bocas para cubrir su asombro o sacudían sus cabezas asqueados intentando esquivar la incomodidad que les producía aquella circunstancia. La mayoría en realidad fingían sus emociones y, la morbosa satisfacción que les producía el estar contemplando el cadáver se disfrazaba de desconcierto, aversión e incluso tristeza, pues ante tantas calamidades en un mundo sin alternancias, con franqueza ya nada lograba conmoverlos.

Al final, todos permanecían atentos, como hipnotizados por la muerte. Sabían que lo que estaban viendo era horroroso, pero les era imposible apartar su mirada. Los más indiscretos sacaban sus comunicadores y grababan la escena, cual periodistas improvisados. Otros solo se cruzaban de brazos y especulaban acerca de la identidad y la razones que habían llevado al pobre desgraciado a la situación en la que se encontraba. Muchas teorías, pero ninguno parecía dispuesto a hacer más que observar, pues observar era lo que saciaba el morbo que afloraba desde sus entrañas.

Y así, sin previo aviso y sin mayor censura, aquella mañana en la que, «nada podría salir mal», se vio embargada por la cruda cotidianidad de la violencia que caracterizaba a Auria. Solo un día más y todas sus desgracias.

—Mi nombre es Octe Zivot Marek —de un sobresalto el efecto de la hipnosis se vio interrumpido por la estruendosa voz del comandante, y todos dirigieron sus miradas hacia el costado izquierdo de la tarima, desviando su atención de los rígidos despojos de lo que alguna vez había sido Pikart. El gran holograma que anteriormente había sido testigo del patriótico discurso con el cual Satúl había sido ejecutado se había elevado una vez más por los cielos; en él se mostraba el rostro de un hombre envejecido por la tristeza, con una barba enmarañada y sucia, con los ojos perdidos y siniestros y una capucha oscura y deshilachada que le llegaba a media frente.

—Primer comandante de la división de regeneradores del ejército proyectista —prosiguió Octe con su discurso —, miembro del consejo para la defensa auriana y jefe de investigaciones científicas de lo que alguna vez fue la unidad armamentística en Gifi.

Los aurianos allí presentes se miraban los unos a los otros, bastante confundidos susurraban acerca de lo que estaba pasando. La nieve por fin había dejado de caer, pero el viento seguía resoplando con furor sobre sus enrojecidos rostros. El frío no abandonaría el planeta en mucho tiempo.

—Primero que nada, he de comenzar esta incómoda perorata pidiendo perdón por alterar la armonía en un día tan hermoso como hoy... No obstante, así como pido perdón, he de ser sincero y agregar que, la verdad, me importa una mierda —su tono de voz fue cada vez más ronco y sombrío —, así como se me ha despojado a mí y a mi familia de la tranquilidad, así mismo he de asegurarles que ninguno de ustedes volverá a tenerla jamás a partir de ahora —hizo una larga pausa luego de unos estertóreos gorgojeos que provenían de sus pulmones y, aclarando su garganta, agregó —: todos los que están aquí presentes son culpables de un crimen atroz, un crimen por el cual deberán pagar con su propia sangre.

Los fraturianos indignados y aterrados se dirigían miradas de desconcierto sin comprender aquellas acusaciones, y algunos, los más aterrados, se dirigieron hacia los guardias en la sala de acusaciones al costado izquierdo de la plaza.

—Todos, sin excepción, fueron testigos y partícipes de la muerte de un auriano inocente —su mandíbula temblaba de ira —, aquel que, traído como un maldito animal fue linchado, torturado y humillado sin poder tan siquiera defenderse... y no conformes con tal injuria, lo decapitaron y lo arrojaron a los basureros, como si fuera un simple desperdicio —. Su mirada, amplificada por diez sobre el proyector, se clavaba con severidad sobre cada uno de los allí presentes. Antes de hablar volvió a sucumbir ante un momentáneo acceso de tos —. Y no se sientan asombrados. Puedo ver en sus rostros la vergüenza de aquel que sabe que ha hecho algo malo. Puedo ver cómo la culpa corroe sus corazones fingiendo que son ajenos a mis palabras, y les diré algo... ese alguien a quien juzgaron confiadamente fue alguien condenado por crímenes que nunca cometió. Un joven como cualquier otro aquí presente, a quien le robaron sus sueños y le arrebataron la oportunidad de vivir. Y aún más importante... ese alguien a quien ustedes mataron —hizo una pequeña pausa enfática —, era mi hijo.

—¡Encuéntrenlo! —gritó Gerd, saliendo a trote del edificio de relaciones exteriores.

—Por eso hoy estoy aquí ante todos ustedes. Después de vivir la guerra en carne propia y de perder todo cuanto amo por un planeta que no me ha dado nada... solo tristeza y miseria me ha dejado el servirles a todos ustedes, malditas escorias malagradecidas — se oyeron algunos gritos de desaprobación —, pero... eso se acabó —divagaba entre quejas —. Por supuesto que se acabó, lo único que recibirán de mí de ahora en adelante es venganza.

Algunos se retiraron aterrados, abrazando a sus hijos, y se cubrían sus oídos con las manos. Otros refutaban las palabras del comandante con indignación y enfado, y un grupo de jóvenes que se encontraba al frente de la multitud arrojaba manotadas de nieve contra el holograma.

—Ahí tienen a uno de los tantos culpables —dijo, refiriéndose a Pikart —, y este solo es el primero de una larga lista de criminales; y claro, dirán ustedes que siempre es fácil escudarse en alguien más para alivianar las culpas y sentir la plena satisfacción de que alguien está recibiendo un castigo, pero, la cruda verdad es que todos estamos dentro del mismo saco.

—¿¡Qué crees que haces!? —susurró Gerd fijando su mirada sobre el gran holograma.

—Déjenme contarles un poco acerca de lo que de verdad pasó en Frantasipt y el por qué nos encontramos hoy aquí reunidos. Pues, lo que creen saber hasta ahora no es más que la mentira que han querido mostrarles. A esta historia le faltan muchos retazos, y quién mejor que yo para devolverlos todos a su lugar.

—No lo hagas —dijo Gerd y entre empujones se desplazó hacia la tarima en busca del tablero de mando del sistema holográfico.

—Yo mismo debo aceptar la culpa por mis acciones —prosiguió Octe —, pero, así como yo, también deberían tomar responsabilidad todos aquellos autoproclamados líderes de este «vestigio de inmundicia» al que llamamos hogar —aclaró su garganta y escupió hacia el suelo —, lo que pasó en Frantasipt no es más que una pequeña muestra de cuánto les importamos. Aquella tragedia solo refleja lo insignificantes que somos ante los ojos del rey, y lo poco que valemos para todo su séquito de secuaces. No somos más que piezas de aquel oscuro rompecabezas en el cual intentan encajarnos a la fuerza, no somos más que escalones a los cuales pisotean para llegar a la cima. Para todos ellos solo somos recursos, solo somos... —titubeó —, somos simplemente esclavos. Nos mantienen sesgados con el remplazo de los grilletes, las cadenas y los látigos por el consumo, los créditos y los ingresos «estables». Vivimos felices con la infelicidad. Estamos tan acostumbrados a la injusticia que, cuando alguien reclama lo correcto es tachado de enfermo, de bandido, de traidor, de vándalo, de terrorista. En consecuencia, aquel que quiera lo justo, siempre recibirá golpes, burlas y rechazo, o en el peor de los casos será privado de su libertad o condenado a perder su vida como un vil subversivo —les dirigió una mirada condenatoria —. Somos una sociedad enferma, y los únicos culpables de esa enfermedad somos nosotros mismos, con nuestra indiferencia, nuestro egoísmo, nuestro conformismo y nuestra avaricia; Me pesa decirlo, pero los Alatur siempre tuvieron razón, somos un peligro para nuestra propia existencia y de ese mismo modo, seremos los únicos responsables de nuestra extinción.

Todos temblaban al escuchar las palabras del comandante, en especial con aquella mención a los ya olvidados Alatur y la última vez que Auria estuvo a punto de extinguirse. Y aunque muchos hallaban la razón en sus palabras, no podían evitar sentirse indignados, pues la cruda y avasallante verdad que les golpeaba el rostro, fracturaba el escudo craso que bordeaba a los aurianos, su orgullo.

—En todo caso, el motivo de este discurso es ajeno a las lamentaciones; me he desviado en gran medida a lo que en un principio quería transmitirles. Y es que lo importante aquí es conocer la verdad —exclamó Octe titubeante —, y aunque algunos no quieren que se conozca la verdad —señaló al capitán —, es lo mínimo que puedo darles. Escúchenme todos, y escúchenme bien: en Frantasipt, no hubo ningún ataque terrorista —hizo una pausa mientras clavaba su mirada sobre los sorprendidos aurianos —, Frantasitp desapareció de la mano de una bomba atómica de veintitrés kilotones lanzada por el rey Aurium Skali para encubrir la catástrofe sanitaria que dejó un accidente biológico, del cual también es culpable.

—Maldito hijo de... —murmuró Gerd —, ¡retrocedan! —gritó detonando su arma en el aire.

Los aurianos allí reunidos soltaron un grito, algunos se arrojaron al suelo y otros corrieron despavoridos.

—Mi hijo no tuvo nada que ver —continuó hablando con rapidez —, su único pecado fue obedecer mis órdenes y abandonar sus sueños; pueden llamarme mentiroso y pueden creer que estoy loco, pero fui yo, como comandante, quien dirigió el desarrollo del funesto virus que acabó con la tranquilidad de toda una población. Yo, bajo las órdenes estrictas del rey y el Consejo de Defensa auriano, acepto mis pecados y me declaro como uno de los verdaderos responsables de la catástrofe que acogió la ahora extinta ciudad de Frantasipt... Y aunque inten... inten... i... i... ten... — el holograma centelló varias veces antes de apagarse, después de que el capitán Gerd disparara contra el tablero de mando en varias ocasiones —. Te ma...ldigo Ger...

—¡¿En dónde estás, Octe?! —gritó Gerd —, ¡sal donde pueda verte! —se hizo un silencio aquietante, apenas perturbado por la ventisca, y agregó sin obtener una respuesta. —No sabes lo que acabas de hacer, Octe; maldita sea, sabes que te ejecutarán por traición.

El viento soplaba con más fuerza, levantando pequeñas nubes de nieve que empañaban el entorno con un manto vaporoso y frío.

—¿En serio quieres hablar de traición? —respondió con ironía después de unos segundos. Su voz se perdía con el viento y flotaba sobre el ambiente desde una dirección que para Gerd era imposible de identificar —, ¿tú hablando de traición?, maldita escoria. ¿Por qué no mejor te sinceras con todos estos desgraciados y les cuentas lo que sabes?, nunca es tarde para hacer lo correcto o mejor aún, ¿por qué no mejor me cuentas cómo mataste a mi hijo?

—No debí dejarte salir —dijo Gerd —, debí enviarte a prisión.

—¿A que le temes, Gerd? —preguntó Octe —, ¿le temes a la verdad?, ¿temes que se enteren de quién dio la orden?

—Estás demente —reclamó Gerd —, no puedes juzgarme por algo que no sabes. Necesitas ayuda, amigo, tu hijo te...

—¡No te atrevas a meter a mi hijo en esto! —respondió abruptamente —no tienes derecho.

—Sal donde pueda verte —dijo Gerd suplicante —, solo tenemos que hablar, podemos resolverlo.

—¿Hablar? —preguntó con ironía —, ya no hay nada de qué hablar, capitán —dijo Octe —, solo quieres ejecutarme, después de todo para ti es fácil quitar una vida, ¿no?

—Por favor, Octe, sé razonable —Gerd miraba en todas direcciones, pero el viento impedía ver y escuchar mayor cosa —, piensa en tu esposa.

—¿Razonable? No me hagas reír, por favor —se burló —. No hay nada razonable cuando se trata de ti.

Gerd no respondió. Se hizo un silencio lúgubre. El viento resoplaba briosamente y las pequeñas hojuelillas se precipitaron como un pequeño rocío que acariciaba sus cabellos. El manto vaporoso se tornó cada vez más denso.

Octe no pudo ocultar por más tiempo su rabia y saliendo del costado derecho del trono, corrió hacia Gerd, embistiéndolo por la espalda. Ambos rodaron por la nieve, Gerd intentó levantar su arma, pero Octe tomó su brazo con fuerza entre sus manos y, partiendo del descuido de Gerd, le atinó un cabezazo sobre la nariz. El arma se detonó, y un estruendoso destello salió disparado a ras del suelo dejando un rastro sobre la nieve. Una vez más, Gerd intentó levantar su mano, pero azotándola contra la nieve, Octe impidió que pudiera apuntarle con el arma; dos detonaciones más surcaron entre la niebla, y Octe golpeó al capitán en el pómulo. Gerd le devolvió el golpe sobre la nariz e intentando zafarse de la pesada carga sobre su pecho, sacudía sus piernas como una bestia enfurecida que no quiere ser montada, pero Octe mantenía su dominio enrollándolo con sus rodillas mientras hacía presión sobre sus ojos con sus pulgares. Gerd intentaba propinarle rodillazos sobre las costillas, pero Octe lo sometía con violencia. Finalmente, Gerd se incorporó mordiendo una de sus manos, luego le dio un puñetazo sobre el vientre y, apartando a Octe con una pequeña onda de choque, lo levantó unos centímetros en el aire y lo arrojó de cola contra la nieve.

—Sin trucos, Gerd —dijo Octe reintegrándose sobre su rodilla, antes de ponerse en pie otra vez —. Esto es entre tú y yo, capitán, mano a mano, como verdaderos aurianos.

—¿Por qué haces esto? —dijo Gerd intentando recobrar el aliento, y apoyándose sobre sus manos, se puso en pie.

—Podemos resolverlo, por los viejos tiempos.

—Gerd, presionaba su nariz con fuerza que no paraba de sangrar, y luego, encajando el tabique entre su pulgar y su índice, de un jalón lo ajustó de vuelta en su lugar. Dio un pequeño grito ahogado y sacudió el exceso de sangre que escurría por su mano.

—Déjame hablar con el rey una vez más, le diré que estás mal de la cabeza y...

Octe soltó una risotada. —No necesito más favores tuyos, Gerd —lo interrumpió —, para nada me ha servido tu amistad.

Dos guardias llegaron tras Gerd apuntando con sus rifles en dirección a Octe, dispuestos a disparar.

Gerd los detuvo levantando su mano.

—Yo resuelvo esto —les indicó, y luego se dirigió al comandante —. Déjame explicártelo, amig...

—El tiempo para hablar se acabó, capitán —respondió tajante Octe —, se acabó cuando juzgaron a mi hijo y lo embarraron hasta el cuello sin siquiera escucharlo.

—No lo entenderías...

—Y, ¿se supone que debo hacerlo?

—El bien mayor prevalece sobre el de unos pocos...

—¡Mataron a mi hijo, maldito hijo de puta! —gritó enojado —, no me vengas con lecciones políticas —su voz se quebró —, ¡tú no sabes lo que es perder a un hijo!, me arrebataste lo que más amaba.

—Ya sabes cómo es esto —intervino —, mantener el orden de una sociedad requiere sacrifi...

—¡Abre los ojos, maldición! —lo interrumpió —, tú no eres un...

—Sí soy —lo increpó tajante —. Ahora ríndete, Octe, no habrá más negociación —concluyó con severidad.

—¡Jamás me rendiré! —le refutó —si me quieres... ¡ven y enfréntame! —Octe emprendió carrera en dirección hacia el capitán para embestirlo una vez más, pero Gerd lo repelió de vuelta con una onda de choque antes que pudiera alcanzarlo.

—Eres un maldito cobarde, Gerd —, dijo Octe golpeando el suelo con sus puños, y sin dar tregua a una respuesta, se levantó rápidamente y cargó con furia una vez más y luego otra más y otra, pero por más que lo intentaba, sus impulsivos ataques en contra del capitán eran un fracaso: al igual que la primera vez, fue repelido sin piedad en cada intento que hizo por derribarlo.

—Por favor, comandante —dijo Gerd con arrogancia —, ¿no te das cuenta lo patético de esta situación? Podríamos hacer esto todo el día.

—¡Enfréntame, maldita sabandija rastrera! —lo señalaba con su dedo índice.

—No tengo tiempo para juegos, comandante...

—Tienes miedo, ¿eh? —lo instigaba —, ¿y así te haces llamar «capitán»?

Gerd miró su comunicador que no paraba de sonar. —¡Ya basta! —lo reprendió —, cierra la boca de una vez y acepta la realidad. Tu hijo murió y no hay nada que puedas hacer para cambiarlo.

—¡Tú!, cierra la boca —lo miraba con furia —, ¿cómo te atreves a mencionar a mi hijo?, lo viste crecer, él confiaba en ti.

—Escúchame, Octe. Yo no soy quién para aconsejarte, pero estás tomando el camino equivocado —lo miró con desdén —, haz lo que quieras, no puedo seguir siendo tu niñera toda la vida... —suspiró —, aléjenlo de mi vista —les ordenó mientras se ajustaba el cuello de su saco para protegerse del frío, y se dio media vuelta ignorando su presencia.

—Algún día pagarás por todo lo que has hecho... —dijo Octe.

—No hay nada que pagar, comandante, nada —dijo Gerd con indiferencia, luego levantó su mano en señal de despedida y se marchó a paso lento sin decir más.

—¡Te maldigo, capitán, y te prometo que pagarás por todo el sufrimiento que has causado! —las lágrimas de impotencia bañaban sus ojos, jadeaba encolerizado, y su mandíbula, ligeramente distendida por la furia, exhibía sus incisivos y sus colmillos como una bestia satanizada por la rabia. Simultáneamente a su furia, y sin quitar la mirada de encima al capitán, sacó una pequeña botella de su bolsillo y dio un gran sorbo antes de arrojarla en su dirección. La botella voló por los aires chocando de frente contra la ventisca y se desplomó a unos pocos metros hundiéndose en la nieve, lejos de alcanzar al capitán. En últimas, Octe limpió su boca de mala gana con el dorso de su mano, y permaneció expectante dirigiendo su mirada hacia los guardias que se acercaban hacia él.

Los dos guardias avanzaron vacilantes hacia Octe apuntándole con sus rifles. Un tercero, un poco más viejo, se unió a estos flanqueándolo desde la espalda. Octe los miraba de reojo, intercalando su mirada entre uno y otro. Nadie decía una palabra. La brisa helada les golpeaba el rostro. Los guardias avanzaban lentamente sin bajar sus armas. La silueta del capitán se perdió entre la neblinosa ventisca mientras se alejaba. «Cobarde» susurró Octe. Los guardias se detuvieron a unos cuantos metros de Octe e intercambiaron miradas entre ellos, pero ninguno se atrevía a dar el primer paso. Octe percibió la amenaza que se aproximaba desde su espalda. Los dos de enfrente hicieron señales al tercero para que avanzara. Este último dudó un momento antes de avanzar, respiró profundamente y cargó su arma. Una afligida sonrisa se marcó sobre el tembloroso rostro de Octe. La nieve se precipitó una vez más ganando fuerza rápidamente con el viento.

—¿Quién va primero? —preguntó rompiendo el silencio con ironía, y en un movimiento ágil con sus piernas, dio media vuelta y tomó al guardia por el cañón del rifle —. Muy lento —se mofó.

El guardia no tuvo tiempo de reaccionar. Con su siguiente movimiento Octe empujó el rifle hacia atrás y lo golpeó en el rostro con la culata. El guardia soltó un pequeño gemido antes de desplomarse sobre la nieve, mientras se sujetaba el rostro. Los otros dos accionaron sus armas, como un reflejo instintivo del miedo, los proyectiles impactaron aleatoriamente perdiéndose entre la niebla; se oyó un grito de dolor, pero el viento y la niebla impedían que se viera más allá de lo que tenían en sus narices.

El capitán Gerd se detuvo a medio camino y cerró sus ojos al escuchar los disparos, dio un suspiro, pero finalmente siguió caminando sin mirar atrás. Las detonaciones se detuvieron al vaciar sus cargadores, y uno de los guardias meneó la cabeza indicando a su compañero para que verificara. Este se zambulló entre la ventisca levantando el rifle con una mano, y con la otra, cubriéndose de la nieve, que le golpeaba la cara. A unos pocos metros vio un pequeño bulto sobre la nieve envuelto en una capa de color azul oscuro que, bastante deshilachada, ondeaba con el viento sobre las puntas, como queriendo alzar vuelo. Al acercarse un poco más, vio un pequeño torrente de color granate que fluía bajo la capa.

—¡Creo que le dimos! —gritó el guardia.

—¡¿Que dijiste?! —preguntó el otro sin escuchar nada, el viento era tan fuerte que arrastraba las palabras a su paso y solo un silbido estridente se escuchaba sobre sus oídos.

El guardia se agachó sobre el cuerpo para poder retirar la capa y de un jalonazo se la quitó de encima. Al descubrir el cuerpo, dio un grito de sorpresa e intentó incorporarse rápidamente del suelo, pero perdiendo el equilibrio cayó sentado sobre la nieve. Bajo la capa se encontraba el viejo guardia con el rostro entumecido y una expresión lastimera. Se evidenciaban varios agujeros de los cuales emanaba un pequeño riachuelo de sangre que desembocaba sobre la parte trasera de su cabeza y se extendía perdiéndose bajo su espalda.

—Mierda —susurró el joven auriano y antes de tan siquiera ponerse de pie, sintió el gélido metal del cañón del rifle que se oprimía sobre su nuca. El joven soltó su arma y levantó sus manos al aire.

—De pie —le indicó Octe, quien sostenía el rifle con su brazo derecho y con su mano izquierda se presionaba la pierna. De su rodilla destrozada brotaba una considerable cantidad de sangre y se abría un gran agujero que, de extremo a extremo, se extendía hacia la parte anterior del muslo, dejando ver algunos trozos de tendón y lo que quedaba de su rótula. Octe se mantenía en pie con gran dificultad, apoyando todo su peso sobre la pierna derecha; su rostro palidecía y empezaba a sentir frío; se estaba desangrando con gran rapidez.

El joven guardia temblaba, más que de frío, de miedo —Po... por favor, co...co... co... comandante —tartajeaba —, tengo un hijo —se puso de pie.

—¿Cómo se llama tu hijo? —farfulló Octe con gran dificultad; respiraba agitado y sentía una gran opresión sobre su pecho.

—Da... Danann, señor —respondió el guardia.

—Pues, creo que el pequeño Danann crecerá sin su padre —Octe sentía que le faltaba el aliento.

—Por favor, señor —le suplicó al borde del llanto —, yo solo seguía órdenes.

Octe lo miraba con desagrado. —Pero, ¿quién los entrenó a ustedes?, no son más que unos niños.

—Por favor —sollozaba —, por favor, no me mate.

El segundo guardia emergió de la niebla blandiendo un pequeño bastón centellante, y sin pensarlo dos veces, se abalanzó contra Octe. Este pudo ver el chirriante destello que se aproximaba de lleno contra su cabeza, y en un intento por esquivarlo, se dio la vuelta abruptamente apoyando el cuerpo sobre su pierna izquierda.

Un dolor inimaginable se extendió por toda su pierna y, sin soportar el peso de su cuerpo, cayó de espaldas contra la nieve.

Sin dar tregua al dolor, Octe rápidamente apoyó el rifle contra su hombro. Sincrónicamente, el guardia arremetió de vuelta con su bastón, pero antes de que pudiera atizar el golpe contra su blanco, Octe haló del gatillo, y de dos disparos, lo derribó. El guardia se desplomó a los pies del comandante con un disparo en la cabeza y otro sobre su garganta. El segundo guardia se arrojó al suelo cubriendo su cabeza con sus manos; temblaba aterrorizado pensando en la muerte. Octe levantó levemente su cabeza mirando la borboteante herida en su pierna, y sin mayor energía, se dejó caer sobre la nieve, entregado a lo que su destino tuviera para ofrecerle. Su respiración se tornó más pesada, y sentía que su pecho se comprimía, como si su tórax se incrustara sobre su corazón y sus pulmones; sentía que sus párpados recaían con pesadez sobre sus ojos, y su visión nebulosa desfiguraba todo su entorno. Sentía que la vida abandonaba su cuerpo, y entre manchones difusos y el frío inclemente que le calaba hasta los huesos, antes de dar lo que él creía su último aliento, vio una sombra robusta que lo miraba desde arriba, luego, todo fue oscuridad.

*—Lo más triste de envejecer es ver envejecer a tus padres. ¿No lo crees, hijo?*

*—Claro, si has tenido una buena relación con ellos —replicó con un notorio resentimiento hacia su padre —, no todos tienen vidas iguales y no todos han disfrutado el placer de tenerlos.*

*Octe desvió su mirada hacia el piso y permaneció en silencio por unos segundos, sentía la agónica culpa carcomiéndole el pecho. —Solías decirlo cuando estabas pequeño.*

*Se le hizo un nudo en la garganta y agregó, después de tragar saliva con dificultad.*

—Entonces, estaría mejor decir que, lo más triste de envejecer es ver envejecer a aquellos a quienes amas realmente.

Satúl asintió con desgana. —Sea uno u otro, siempre tendremos a alguien en quién pensar. Alguien a quien inmortalizamos en nuestras mentes y a quien evocaremos en sus mejores tiempos —. Se encogió de hombros —, sí, es duro cuando empiezas a notar las arrugas que se asoman en sus rostros y ves cómo sus cabellos negros se vuelven grises, y sí, es nostálgico ver cuán diferentes se hacen de nuestros recuerdos, pero.... creo que al final, lo más difícil al ver su vejez, es pensar en la propia.

—Vaya —dijo con nostalgia —, cuánto has crecido.

—Por fin lo notas, ¿eh? —dijo Satúl riendo sarcásticamente —, bueno, creo que es difícil notar aquello que te importa poco.

—No digas lo que no sabes —le refutó Octe un poco molesto.

—Los hechos hablan por sí solos —respondió de vuelta.

—¿Algún día podrás perdonarme? —dijo con voz quebrada —. Sabes que no fue mi culpa...— sus ojos se cristalizaron con un pequeño manto de lágrimas.

Satúl permaneció en silencio, sintiéndose culpable. —Solo olvídalo —dijo luego de unos segundos.

—Sabes que te a...

—Llegas diez renacimientos tarde, padre —lo interrumpió furioso —, y creo que no se trata de perdonarte, el problema es que no hay... —se detuvo sin terminar la frase.

—¿No hay?... —preguntó afligido Octe —, ¿no hay qué?

—*No hay nada...* —*se apresuró a contestar.*

—*¿Nada?*

—*Quiero decir, eres mi padre, pero... más allá de eso, no conozco más que tu nombre.*

—*Entiendo* —*Octe sintió una punzada sobre su corazón* —*, yo...* —*titubeó mientras intentaba contener el llanto* —*lo lamento.*

—*Lo siento, no quería...* —*respondió Satúl apenado.*

*Octe intentó abrazarlo extendiendo sus brazos, pero Satúl se puso de pie rápidamente y se apresuró a salir de la habitación.*

—*Solo olvídalo* —*dijo dándole la espalda* —*, deja que el tiempo pase... El tiempo lo arrastra todo a su paso, ¿no?, tal vez algún día podamos repararlo.*

—*Mi pequeño...* —*susurró Octe. Aún con los brazos extendidos miraba como se alejaba Satúl a través de la puerta* —*, te perdí antes de tenerte* —*se lamentó antes de ceder ante el inevitable llanto que intentaba contener.*

# Capítulo XII

## Perdiendo el rumbo

*Fraturi, año 2047*

El estallido social producto de las comprometedoras declaraciones del comandante, desató una ola de protestas que se agravaron luego de que se dieran a conocer las grabaciones, por parte de aquellos que habían hecho uso de sus comunicadores, para registrar la mórbida puesta en escena ejecutada en la plaza central de Fraturi. Brutales protestas que terminaron con la afanosa suma de catorce mil muertos en la primera semana y al menos otros ochenta mil después de que las facciones que prestaban ayuda al rey declararan abiertamente su papel antagónico en la guerra, y dieran inicio a un conflicto global que durante meses azotó y consumió más de la mitad del planeta. Ochenta y siete millones de muertos, estimaban algunos, para cuando los Feigr tomaron el poder y dejaron a Auria subyugada ante la radiación y la podredumbre de los cuerpos que, como habían vaticinado los cuatro pilares, se apilaban sobre las aceras formando montañas de carne podrida y fétida que servía como manjar para las aves de rapiña y otros carroñeros. Ciudades enteras desaparecieron ante la devastación de las bombas. Miles de niños se quedaron sin padres y vagando por las calles la mendicidad se convirtió en el pan de cada día. El mundo civilizado y como todos lo conocían, no fue más, se incivilizó bajo la influencia de la selección natural y la supervivencia del más «apto»; de esta forma, los corazones corruptos, purulentos, ulcerados e infectos se pudrieron bajo la hiel de la amargura que dejaban el odio, la envidia, la muerte y la codicia. El rey Aurium murió poco tiempo después y Auria agonizó a causa de la devastación de un virus racional.

Un virus que, sabiendo que necesitaba de su entorno para sobrevivir, consumió todo lo que tuvo a su alcance sin tener tan siquiera la necesidad de consumirlo; un virus que bebió insaciablemente sin tener sed, gastó sin tener que gastar, se apropió de lo inapropiable, guardó lo que no necesitaba ser guardado y pisoteó hasta el lugar donde él mismo dormía. Un virus tan letal que, escupiendo al cielo, esperó que la saliva le golpeara el rostro para culpar al viento. Un virus que, por sus propias acciones egoístas, una vez muerto el huésped probablemente moriría con él, porque por su propia naturaleza y siguiendo sus instintos más primitivos, sus ojos cegados ante lo importante le harían pensar en la progresión infinita de su suerte, como si nunca fuera a encontrar un final. Un virus de más de siete mil millones de individuos racionales que, siendo nada más que eso, «individuos», encontrarían el final por su propia mano y luego, rebuscando entre los restos de su Aurianidad, tendrían que comenzar desde cero, reconstruyendo la sociedad desde sus cimientos. Luchando por sobrellevar con el peso de lo que fue y la amargura de lo que pudo ser.

# Capítulo XIII

## El relato de los miserables

*Fraturi, trigésimo día de Difendo, año 2047*

Luego de varios meses luchando entre intervalos lúcidos y una oscuridad infranqueable, Octe despertó de su cuarta cirugía, maniatado en la cama del hospital central Míthó Jívana en Fraturi. El ambiente se sentía más tranquilo de lo que debería y de lo que había sido siempre la unidad de cuidados intensivos y, para su extraña percepción, la única cama ocupada por un ser viviente era la suya. La habitación se encontraba embebida en una penumbra sobrecogedora, interrumpida ocasionalmente por el destello del medidor multiparámetros que, de manera insistente e impasible, cada dos segundos le iluminaba el ensombrecido rostro seguido por un insufrible «bip» que le recordaba que su corazón seguía latiendo con naturalidad dentro de su pecho. Octe, adormilado, pensaba que nadie podría descansar en tales condiciones de contaminación sensorial, sin embargo aunque quisiera huir de aquel críptico lugar, las gruesas correas de poliuretano y cuerina que ataban sus extremidades a la cama, le recordaron que el movimiento de su cabeza y sus manos era todo lo que tenía de libertad.

Cansinamente, cerró sus ojos por unos segundos, sopesando su frustración y movió sus muñecas circularmente dentro de las correas, como en un intento por menguar el entumecimiento. Luego resopló furiosamente el aire de sus pulmones y dio un jalonazo hacia arriba haciendo un estúpido intento por romperlas. Las correas se tensaron imponiendo su voluntad sobre la del comandante, y al jalarlas en repetidas ocasiones, solo se ajustaron con mayor brío sobre sus muñecas.

Octe emitió un bufido, y aunque era conciente de la inutilidad de su intento de escape, hizo un segundo intento zarandeando sus brazos con violencia de manera horizontal. Sin embargo nada pasó. Por más esfuerzo que hacía seguía sin siquiera aflojarlas, y para acrecentar aún más su irritación, entre más resistencia ponía a su presidio, más aprisionado se sentía sobre la cama. Entonces, sitió una furia incontrolable creciendo sobre su pecho; la desesperación le hurtó la cordura, y sin poder soportarlo más tiempo, dio un grito de impotencia seguido de varios improperios, para finalmente azotar su cabeza una y otra vez contra la almohada.

De pronto, sintió una punzada que le recorrió desde la parte baja de la rodilla izquierda, hasta la parte media de la espalda y, como si todos sus músculos se hubieran recogido sobre sí mismos, quedó tan rígido como un cadáver cediendo ante el inevitable efecto del *rigor mortis*. El comandante quedó en completo silencio, con los ojos bien abiertos y sujetándose con firmeza de las sábanas, como si evitara ser arrastrado de la cama. Un sudor frío le perlaba la frente, le empapaba la espalda; y el monitor multiparámetros indicaba el ritmo acelerado de sus latidos, aunque, contrario a este, Octe sentía como si su corazón se estuviera deteniendo. Un gran nudo se afianzó sobre su cuello, sus extremidades se adormecieron y, falto ya de aire, su cuerpo fue presa del pánico. El dolor se fue intensificando a medida que mermaba su furia. Sentía como si taladraran su rodilla con una gran broca metálica, o como si pudiera revivir aquel disparo una y otra vez en su cabeza. Se veía a sí mismo tendido sobre la nieve, agonizando, sucumbiendo ante su último aliento, y lo que era más desconcertante de toda aquella situación, recordó aquella sombra que lo miraba desde arriba, justo antes de desmayarse... «¿cómo podía seguir con vida?».

La luz de la habitación se encendió de repente, y Octe sintió un electrizante cosquilleo por todo su cuerpo y que sus retinas se quemaban por el molesto resplandor que lo sacaba de la penumbra.

Escuchaba el tintineo de algunos elementos metálicos, pero no lograba ver nada. Sus ojos todavía no se acostumbraban a la luz.

No obstante, antes de que pudiera adaptarse a su entorno, sintió un pequeño pinchazo en su muñeca, y seguido de esto, sintió que un líquido calcinante le recorría todo el brazo, quemando sus venas al disolverse con su sangre. Enseguida sintió que el líquido inundaba todo su pecho, distendiéndose por su cuello, su abdomen y sus piernas. Sentía como si se quemara desde dentro, como si su sangre hervorosamente gorgoteara a punto de ebullir. Luchando por su vida, gritó con todas sus fuerzas y su rostro se contrajo con una mueca de dolor. Octe convulsionaba retorciéndose con violencia sobre la cama. Sentía que sus pulmones colapsaban, sentía que su corazón explotaba, que sus ojos salían de sus cuencas, que las vellosidades se incrustaban en su piel como miles de agujas. «¿Quién lo estaba matando?», y aún más inquietante, «¿quién lo mataba de aquella forma tan cruel?».

—¡Me muero! —gritó aterrado.

Una irónica risilla resonó a su costado derecho. —Siempre tan dramático —dijo con severidad.

Octe giró su cabeza en dirección hacia aquella misteriosa voz, y aguzando la vista hasta entornar aquella difusa silueta, todos sus males y dolencias fueron relegados a un segundo plano por la melancolía que embargó todo su cuerpo.

—Eres tú... —dijo titubeante con su voz un poco entrecortada, y se sintió conmovido —, yo... —su voz se quebró —, lo siento, lo siento tanto, yo, yo no sabía. Yo solo...

—Lo sé —lo interrumpió con frialdad —. Sé que no es tu culpa, Octe —hizo una pequeña pausa —, tampoco es mía, aunque mi mente intente convencerme de lo contrario.

—Yo...

—Por favor, no hables —le ordenó —, necesitas descansar.

—En verdad lo lamento.

—Los lamentos no satisfacen los hechos —replicó con melancolía. Su voz proyectaba el dolor en su corazón.

—Tienes que perdonarme —le suplicó.

—Olvídalo ya, Octe —lo interrumpió una vez más —, nada de lo que hagamos o digamos cambiará lo que pasó —. Dirigió su mirada hacia el suelo y permaneció en silencio por varios minutos. Octe no se atrevió a pronunciar ni una palabra. —Los primeros meses fueron los más difíciles, ¿sabes?, pero... —suspiró —, al final —negaba con la cabeza —, al final te adaptas, te adaptas e intentas aceptarlo. Intentas convencerte de que es el ciclo natural de la vida. Es solo que...

—No esperas tener que enterrar a tu hijo —Octe terminó la frase.

Ivála asintió apesadumbrada. —Lo correcto es que ellos lloren tu partida, pero esto... —una pequeña lágrima resbaló por su mejilla.

—Te prometo que pagarán por lo que nos hicieron —dijo Octe llorando de rabia.

—No, Octe —lo reprendió Ivála —, tienes que dejarlo ir, ya no importa.

—¿Qué no importa? —le preguntó Octe con incredulidad —, ¿qué no importa? —recalcó acusante sus palabras —, ¿crees que Satúl quería esto?

Ivála permaneció con la mirada fija sobre el suelo. Las lágrimas escurrían vigorosamente por sus pómulos, y un sollozo ocasional escapaba de su pecho.

—¿Crees que Satúl murió en vano para salvar a esos desgraciados? —insistió haciendo una pausa enfática a la espera de una respuesta que el mismo sabía que no iba a obtener —, ¿crees acaso que murió por salvarme a mí? O, o... ¿crees que mi hijo...

—¡¿Tu hijo?! ¿¡Tu hijo?! —gritó furiosa —, ¡no, Octe! ¡Sé que nada de esto es justo! —rompió en llanto —, ¡pero nada de lo que hagamos ahora nos va a devolver a Satúl, y tenemos que aceptarlo! —Octe quedó en silencio una vez más —ya hemos perdido demasiado y el mundo no permite más desgracias. Lo extraño tanto como tú, pero... la venganza nunca es una opción.

Octe sucumbió ante el llanto de su esposa y las lágrimas bañaron sus ojos. —Debí ser yo —, se reprochó —, yo debí morir.

—No es tu culpa —dijo Ivála mientras lo abrazaba —, nadie tenía que morir.

—Si tan solo lo hubiera dejado hacer lo que quería —se lamentó —. Él solo quería... él solo quería ser feliz...

—Ya no puedes lamentarte —le consoló —, en verdad, ya no importa.

—Él me odiaba —se lamentó Octe entre lágrimas —, le fallé, nunca estuve cuando mas me necesitó.

—No te odiaba —lo corrigió Ivála acariciando con ternura su cabeza —, te amaba más que a nada en este mundo.

—No es cierto —sollozaba —, me odiaba, lo sé, podía sentirlo.

—No te odiaba, puedo asegurártelo —insistió Ivála —. Fueron muchos años, pero al final seguías siendo su padre... solo estaba enojado.

—Si tan solo hubiera...

—Por favor, ya basta —lo interrumpió y le apretó el rostro con las manos —, tienes que aceptarlo. Ya no está. Sé que hiciste cuanto pudiste por estar con nosotros, y lamento haber sido tan dura contigo.

Octe fue menguando su llanto hasta convertirlo en un sutil lamento.

—¿Podrás perdonarme por todo lo que he hecho?
—le preguntó Octe —, nada de esto hubiera pasado
si yo...

—No hay nada que perdonar, Octe —dijo Ivála —.
Ambos pensábamos que hacíamos lo correcto. Ahora
solo tenemos que aceptar nuestra nueva realidad.

—Me siento vacío —dijo Octe —, siento que
ya nada importa.

Ivála permaneció en silencio.

—¿Qué vamos a hacer sin nuestro hijo?

—Seguir adelante —Ivála rompió el silencio —, lo
único que nos queda por hacer es seguir adelante.

Hubo un nuevo silencio entre ambos mientras se
miraban fijamente a los ojos. Pasaron varias horas
y ninguno de los dos sabía que decirle al otro. No se
atrevían a romper el silencio. Sabían que se amaban
como a nada en ese mundo y sabían que solo se tenían
el uno al otro, pero ambos estaban heridos y la pena
les carcomía el corazón. Estar en silencio era el mejor
lenguaje que podían emplear.

—¿E..., en dónde estamos? —titubeó Octe cuando
ambos se hallaron serenos —, ¿en dónde está todo
el mundo?

Ivála dio un afligido y profundo suspiro y secó su
rostro con sus manos.

—¿No lo reconoces? —preguntó Ivála.

Octe negó con la cabeza.

—Estás en Míthó Jívana. Esta es la unidad de recuperación —prosiguió Ivála —, acabas de salir de
tu cuarta cirugía, te restan dos más y tal vez quedes
como nuevo.

—¿Cómo es que...

—¿Sigues con vida? —completó la frase —, bueno...
—suspiró una vez más —, en resumen, podría decirte
que vi en primera fila el lamentable espectáculo que
ofreciste en la plaza central. La pelea, los disparos, los
muertos, tus... —titubeó —, tus declaraciones. Te encontré tendido en la nieve, estabas casi muerto cuando
llegué. Si no hubiera sido por... —se detuvo sin completar lo oración y luego prosiguió —, bueno, yo... yo
detuve la hemorragia antes que pudieras desangrarte.
Luego te traje hasta aquí, y bueno, el resto ya puedes
imaginártelo.

—Así que fuiste tú —reafirmó Octe —, aquella sombra que vi justo antes de perderme en la oscuridad.

—Bueno, antes de encontrarte... —titubeó — Gerd...
—se contuvo una vez más.

—¿Qué?

—Nada, solo olvídalo.

—¡Maldito Gerd! —apretó las sábanas con fuerza —,
juro que me vengaré.

—Han pasado demasiadas cosas, Octe —dijo irritada
—, no puedes ni imaginarte.

—No pueden salirse con la suya —refutó furioso —,
eso puedo asegurártelo. Todos ellos me engañaron, se
burlaron de mí, en mis narices. Gerd es un...

—Gerd está en prisión, Octe —lo interrumpió —. El
rey Aurium está muerto, Sotnem es nuestro nuevo rey.

—¿Qué?

—Muchos aurianos han muerto —prosiguió sin escucharlo —, todo está en ruinas. El mundo como lo
recuerdas ha desaparecido —su voz se quebró en la
impotencia de una lucha solitaria.

—Pero, cómo es que...

—Han sucedido muchas cosas, te lo dije —lo interrumpió nuevamente ante su incredulidad —, tus palabras fueron el detonante de una serie de desgracias, cuyo resultado conocerás cuando puedas salir de aquí.

—¿Mis palabras? —preguntó confundido —, no puedo entenderlo.

—Quisiera explicártelo, pero todo sucedió muy rápido.

—Debes estar bromeando —dijo sonriendo.

—¿Por qué lo haría? —respondió con dureza.

Octe permaneció pensativo, intentando asimilar todo lo que Ivála le revelaba. —Y, ¿en dónde están todos?, no puedo ser el único en este hospital —preguntó confundido —, esta sala solía estar a reventar.

—Solía, tú lo has dicho —se lamentó Ivála suspirando con tristeza —, ya no hay sistema sanitario, esto es un desierto. No hay insumos, personal ni equipos médicos. Solo estamos tú y yo y, bueno... un par de colegas que cumplen con su labor social y que se encargarán de ti cuando ya no esté.

—¿Cuándo ya no estés? —preguntó angustiado.

—Sí —respondió Ivála con melancólica firmeza.

—¿De qué hablas? —el miedo se marcó en su rostro.

Ivála no respondió.

—¿A, a... a donde irás? —titubeó aterrado —, no puedes dejarme, no..., no puedes.

—Lo siento.

—No lo dices en serio, ¿verdad? —le preguntó sin creer lo que Ivála le estaba diciendo —, todo esto es una pesadilla, una, no es más que una alucinación. Tengo que despertar.

—En verdad, lo siento —se lamentó.

—No me deseches como si fuera un animal, te necesito —le suplicó —, si es por abandonarte tantos años, perdóname. Perdóname por todo lo que te he hecho. Por dejarte sola.... por favor, no me dejes, te lo imploro. Haré lo que me pidas. Eres lo único que me queda.

Ivála dirigió su mirada hacia el suelo. —No es por ti, en serio, no tienes por qué culparte, es solo que...

—Es solo que —insistió desesperado —es solo que, ¿qué?

—Hay cosas que debo sanar, Octe —respondió afligida —. La verdad, creo que necesito estar sola.

—Por favor —le suplicaba a punto de romper en llanto una vez más —. Podemos hacerlo juntos, mírame, yo..., yo..., yo no sé qué voy a hacer sin ti —Octe sintió el vacío aterrador de un corazón al que le arrebatan la vida. Y como si se hubiera secado por completo, sintió que sus latidos se desbocaban con repetitivos golpes sobre su pecho en un intento por llevar la sangre suficiente a todo su cuerpo.

—Lo harás bien, Octe —dijo Ivála —, pero en verdad, necesito esto —se puso de pie sin tan siquiera mirarlo —. Por mí, por ti...

—Doctora —los interrumpió una joven auriana que se asomó desde la puerta —, ya es hora.

Ivála asintió con la cabeza y la joven se marchó.

—No me dejes —le dijo con gran pesar, Octe sentía los músculos de su garganta tan tensos, que apenas si podía hablar —. No me dejes, por favor.

—Ya lo entenderás.

Octe guardó silencio.

—Cuando despiertes, ya no estaré aquí —dijo Ivála mientras preparaba una solución acuosa en una jeringa.

—¿De... despertar? —preguntó confundido —, no, no entiendo.

—Perdón, Octe —respondió afligida —, en verdad, lo lamento.

—Por favor —insistía suplicante —. No me puedes hacer esto.

Ivála se acercó a Octe y le dio un tierno beso en los labios con el que silenció sus palabras. Octe cesó sus súplicas y pudo sentir el tibio abrazo de su aliento mientras su boca se sedimentaba sobre la de su esposa. Seguidamente, cerró sus ojos sucumbiendo a su instinto y, dejándose llevar por sus sentidos, sintió que sus penas abandonaban su cuerpo. Qué hermosa sensación. Podía sentir la suavidad de su tacto rozando suavemente sus mejillas, podía sentir el compás armónico de su corazón vibrando apasionadamente sobre su pecho. Uno y dos, uno y dos, cada vez más rápido mientras sus labios se entrelazaban. Su respiración era dinámica, apasionada, alegre, podía percibir la calidez de su amor y se sintió tranquilo, «todo estaba bien». Pensó. Luego de unos segundos, Octe sintió un pequeño pinchazo en el cuello que lo sacó cruelmente de su ensoñación. Qué acto violento y despiadado cortar sus alas en pleno vuelo. Abrió sus ojos con amargura y un nuevo líquido abrasador carcomió su piel atrapando de lleno todos sus sentidos. En pocos segundos fue sintiendo que las fuerzas abandonaban su cuerpo, los labios de Ivála se tornaron fríos. Se separó de ella mirándola confundido, e Ivála le devolvió una mirada de vergüenza. Las lágrimas bañaban una vez más sus ojos. Octe sintió que un hormigueo recorría todo su cuerpo, no podía moverse; las luces perdieron su brillo con el pestañeo de sus párpados y antes de que pudiera pronunciar una sola palabra, una vez más, todo fue oscuridad.

—Haz lo correcto... —retumbaron las palabras de Ivála en la penumbra.

# Capítulo XIV

## Haz lo correcto

*Fraturi, 1er día de Initia, año 2048*

Saliendo de la unidad médica luego de huir de sus captores, Octe se refugió en el único amigo que pudo encontrar. El pic se encargó de llenar los vacíos que dejaba su soledad y, vagando por las calles, hizo de su existencia una patética miscelánea de autocompasión que lo iba arrastrando lentamente hacia una oscuridad de la cual nunca podría escapar.

Esta era la nueva vida del viejo comandante en los días posteriores a la guerra: un sucio vagabundo, adicto al alcohol, sin un rumbo y sin un lugar adónde ir. Lo único que hacía desde entonces, era rebuscarse los zurcs para poder reabastecerse constantemente con alcohol y mantenerse en estado de embriaguez durante todo el día. Era su forma de escapar a la realidad y así evitar los porfiados pensamientos que ocupaban su memoria. Octe no quería pasar tiempo pensando en las cosas que habían pasado y mucho menos en las que pudieron ser. Simplemente quería olvidar lo miserable en que se había convertido su vida e intentaba aceptar con amargura que todo aquello que alguna vez tuvo jamás iba a regresar.

Vivía en la miseria, se ahogaba en alcohol y apestaba hasta el cuerno y, a pesar de que el impulsivo deseo de quitarse la vida siempre estaba presente dentro de sus pensamientos, Octe era demasiado cobarde como para tan siquiera intentarlo. Vivía en un estado constante de depresión, no había nada que pudiera sacarlo de su letargo. Aquella ensoñación llamada felicidad ya no era más que un simple invento utilizado por los entusiastas ingenuos, que intentaban resarcir sus miserias con un poco de comedia barata.

Ya no quedaba ni una pizca de aquel joven médico que se entusiasmaba al compartir sus conocimientos con el mundo. O de aquel optimista que quería ver en los jóvenes reclutas señales de progreso para la sociedad auriana. Todo cuanto había sido, lo había sepultado bajo un manto de suciedad y putrefacta indiferencia. Ya no imaginaba ver un crecimiento exponencial del planeta y mucho menos añoraba el fin de la cultura violenta que había caracterizado a los aurianos. Los rastros de aquel auriano soñador que había querido envejecer junto su esposa se habían evaporado con cada lágrima que había derramado por ella. Solo quedaba odio en la mente y en el corazón de Octe, odio por la vida y por todo lo que representaba vivirla.

Robaba lo que podía para comer, bebía y se dormía. Esa era la nueva rutina a la que se había acostumbrado. Día a día repetía siempre las mismas cosas, como si se tratara de una coreografía ensayada o como si siguiera muy obediente el tempo marcado por el director de orquesta. Después de todo, había dispuesto esta rutina como un método para llegar al final del día sin enloquecer. No quería arrastrar a más aurianos al agujero negro de su inefable abatimiento, ni mucho menos lastimar a más inocentes de los que ya había lastimado. Estaba solo y no quería que fuera de otra manera. Y aunque fuera considerado como una parte mas del lastre social en Auria, Octe, era feliz con ello. Una vida simple, libre de obligaciones y sin ningún apego. Solo él y su botella, algunas sobras y ningún pensamiento. Uno que otro problema con los distribuidores de pic, pero nada serio. No había forma en que se pudiera arruinar la vida de alguien más y mucho menos podía ver amenazado su estructurado sistema de autoprotección. Nada ni nadie podría arruinar aquello que ahora consideraba perfecto.

Octe había hecho de los oscuros callejones que horadaban la Avenida dieciocho su nuevo hogar. Un inmundo tugurio en el distrito más pobre de Fraturi. Lleno de borrachos, ladrones y asesinos, cuyo número había empezado a aumentar después de que la guerra había finalizado.

Auria jamás había estado en peor situación, y Octe solo era un repetitivo elemento de aquello que se vivía en gran parte del planeta. El lamentable escenario por el que atravesaban los habitantes menos favorecidos en la época posguerra hacía que conseguir los zurcs para tan siquiera comer fuera todo un reto. Toda la economía auriana era un fracaso y no había mucho que pudieran hacer los oprimidos para poder ganar algo de dinero. Parecía como si su destino fuera el de servir como un engranaje para mover la oscura maquinaria que servía como pilar del orbe y, ante la incipiente escasez de productos solo les quedaba aceptar las normas que los despreciables miembros del consejo querían imponerles.

La desesperación los llevaba incluso a comer los desperdicios que otros arrojaban a la basura o, cuando tenían algo de suerte, conseguían algunas migajas que mendigaban de los bulevares en aquellas zonas que, se podría decir, eran medianamente estables. Los pobres infelices se veían obligados a rebuscar la forma de sobrevivir en el ahora devastado planeta, aquel que, teniendo las riquezas y los recursos para ser un planeta próspero y avanzado, se había quedado rezagado por culpa de las corruptas manos y la miserable gestión de las facciones que lo gobernaban. Y claro, podría pensarse entonces que Auria ya no era más que una pila de pobreza, llena de destrucción y de mendigos por donde quiera que se le mirara, pero la triste realidad es que los únicos que sufrían en aquel mundo, eran los fraduares aurianos y los mal clasificados miembros de la clase media-baja. Auria tenía los recursos, pero esos mismos recursos eran captados casi en su totalidad por las clases gobernantes, que les negaban los derechos básicos a todos aquellos que no tuvieran los medios para costearlos.

Esa es la maldición de la abundancia o, en palabras de los antiguos sabios aurianos: *«Avari' quom peccua»*, que se puede interpretar como: «Para el avaro, mucho jamás será suficiente, y un todo siempre será muy poco.»

Y bastante razón tenían aquellos eruditos al plantear tal premisa. Al avaro no le importa destruir su entorno con tal de llenar sus infinitos bolsillos. Lo único que de verdad le importa es acumular riquezas que jamás podrá gastar, y todo con el ímpetu egoísta de saciar su ego, pues para el avaro no hay mayor placer que el que brinda tener el control.

Lo agobiante de toda la historia es que siempre pagan los platos rotos aquellos que son dueños de los recursos y que, sin saberlo, tienen el poder para acabar con la hegemonía que se establece sobre estos. Pero el miedo... ¡ay! ese maldito miedo que jamás dejará que se revelen en contra del prepotente dictador. Basta con crear un enemigo en común y todos se olvidan rápidamente del problema. Acudiendo a los mismos de siempre y cayendo en un profundo letargo donde romantizan el dolor. Es el juego del control y la dominación del opresor sobre el oprimido. Se descentraliza el daño causado y se aplican cortinas de humo que dan la ilusión de un falso bienestar a todos los dominados. Al final, el problema nunca cesa y todo sigue igual, girando en un ciclo infinito de injusticias y calamidades que sirven para crear mártires y estandartes que no pasan de ser más que un símbolo.

En una rápida conclusión: en el juego de poderes, la carroña había ganado la guerra en Auria, y los verdaderos perdedores habían sido sus pobladores; con Sotnem en el poder, los ricos se habían hecho más ricos, y los pobres... bueno, los pobres sobrevivían. Octe, por su parte, seguía en las calles sucumbiendo ante la autocompasión, y sin importar cuanto pasara a su alrededor, no quería hacer nada para cambiarlo. Todo cuanto tenía, todo cuanto conocía, apreciaba, sentía o sabía: le importaba una mierda.

# Capítulo XV
## Divagando

*Fraturi, decimoséptimo día de Asturi, año 2048*

«**Q**ué dicha tienen los muertos —pensaba Octe mientras miraba el fondo vacío de su botella de pic —, son los seres más felices que puedan existir. Sin preocupaciones, sin obligaciones y... sin vida». Soltó un gruñido y se llevó la botella a los labios intentando succionar los restos de alcohol que permanecían pegados en la base del cristal.

«Eso es lo triste, jamás podrán darse cuenta de lo afortunados que son». Se rindió ante su estúpido intento de exprimir la botella y, con pesadez, la dejó sobre la barra. Luego se frotó los ojos con la yema de sus dedos y dio un ruidoso suspiro.

La paz de Octe era un vaivén de emociones. Estar vivo lo enfermaba. Tan solo ver cómo los políticos se habían hecho con el poder y se burlaban del pueblo hacía que su estómago se retorciera. Odiaba verlos sentados en el alto tribunal disfrutando de las riquezas que por derecho les pertenecían a los pobladores de Auria y, aún peor, sentía ira y un desprecio profundo por sí mismo, asqueado de solo pensar que él había sido partícipe y ficha clave para facilitarles el acceso a todas estas comodidades.

La idea de seguir en pie le requería un esfuerzo casi sobrenatural para no caer al vacío absoluto. Bebía pic como si no hubiera un mañana, y no le importaba pasar el día con el estómago pegado al espinazo; el alcohol era lo único que importaba en su vida. Octe se movía en un mundo de tonalidades grisáceas y una reafirmante soledad, la misma que lo aturdía y lo hacía deslizarse bajo el ímpetu de la pelea, los insultos y la mezquindad.

Era echado una y otra vez de la mayoría de los establecimientos a los que ingresaba. No había nadie que quisiera estar cerca del viejo comandante. De ser el médico más reconocido del planeta había pasado a ser un lastre del cual nadie quería hacerse cargo. Era ignorado, repudiado y señalado sin cesar, no importaba adónde fuera, no era bienvenido. Aunque, siendo sinceros, a Octe le era indiferente el mundo que lo rodeaba. Después de todo por lo que había tenido que pasar y todo lo que había perdido, ya no había nada ni nadie que verdaderamente le importara. Se odiaba tanto como los demás aurianos lo hacían con él.

«A la mierda con todos —pensaba Octe reflexionando sobre su vida. Empuñaba sus manos con fuerza, y con su voluntad quebrantada, respiraba entrecortadamente a punto de romper en llanto —, no los necesito, no —sintió que un gran nudo se enlazaba en su garganta —no los...». Se repitió intentando convencerse de sus pensamientos y permaneció con su mirada fija sobre el suelo por varios minutos.

—¡Que se jodan! —murmuró entre dientes, y sacudió su cabeza de lado a lado antes de que la melancolía tomara control de sus emociones —, a la mierda con todos —concluyó molesto —, no los necesito, no los necesito.

Sentado al borde de la barra, en una silla un poco roída y desgastada por el tiempo, el abatido comandante se encontraba perdido entre sus cavilaciones. Bebiendo pic e intentando recordar cuán diferente era el mundo antes de la guerra. Llevaba un recorrido mental de cómo había cambiado todo en unos pocos años, y se burlaba a solas de lo contradictoria e irónica que podía llegar a ser la vida.

«Pasé de ser el perseguidor a ser el perseguido». Reflexionó con una apagada sonrisa sobre su rostro «¿Quién iba a pensar que unos años más tarde estaría sentado, bebiendo, en el establecimiento que un día ordené cerrar?». Emitió una pequeña carcajada y sacudió su cabeza con incredulidad.

La mesera lo miró con extrañeza, al igual que un joven auriano que, embriagado hasta el tope por el pic, avanzaba tambaleante por su lado. El joven lo miró con curiosidad y permaneció por un momento atendiendo al actuar del comandante, que seguro y despreocupado permanecía con la mirada fija hacia el frente, hablando para sí mismo y carcajeándose de manera espontánea como si fuera un loco.

Pero más allá de ser solo un observador, el joven borracho se contagió de la risa del comandante y emitiendo vagos y desanimados impulsos de lo que parecía ser una carcajada, y queriendo unirse a la solitaria hilaridad del mismo, puso la mano sobre su hombro e intentó abrazarlo. Octe, detuvo su risa, lo miró con desdén y apretando los dedos del joven con su rolliza mano la apartó toscamente hacia un lado.

—Maldito loco —dijo el joven sobándose los dedos, luego soltó un eructo y siguió de largo lanzando maldiciones en contra del comandante.

Sin prestar mayor atención ante aquella grosera interrupción, Octe volvió a fijar su mirada sobre el vacío errante de sus pensamientos, y entre locura, alcohol y algunos atisbos de lucidez, siguió debatiendo con su alter ego acerca de los problemas que lo rodeaban.

Desde las ironías hasta las desgracias, Octe trazaba la línea de su nuevo mundo, y pensaba en los problemas económicos de Auria y el auge que estaba teniendo el contrabando de alcohol en el periodo de posguerra. No lograba entender cómo el Paupac (el bar más famoso en las cloacas de Fraturi) se había mantenido en funcionamiento a pesar de todas las restricciones, y aún más, sentía que su cabeza se hacía un nudo imaginando cómo es que aquel muladar seguía abierto, después de haberlo cerrado por su propia cuenta.

En cada una de sus conclusiones, nada tenía sentido. Pero si de algo estaba seguro el comandante era que se sentía agradecido de poder encontrar un lugar en el cual ahogar sus penas en alcohol sin sentirse juzgado, pues en el Paupac, al menos creía que todos eran iguales.

—¡Salud por eso! —gritó Octe, mientras todos los allí presentes volteaban a mirar hacia el lugar donde se encontraba sentado. Un poco confundidos, sin entender lo que estaba pasando, lo miraron atónitos. Al cabo de unos segundos y un reservado silencio, todos alzaron sus vasos y con júbilo gritaron de vuelta: «¡salud por eso!». Nadie sabía por qué brindaba, pero les gustaba tanto el alcohol que de igual forma lo hacían sin reparo.

Octe miró nuevamente su botella vacía y casi a gritos pidió una más, ¿cómo podía brindar, si no tenía con qué?

Iric, el tabernero, lo miró con molestia, y entre gruñidos le hizo un gesto a la mesera para que atendiera su petición. Y a pesar de que Iric normalmente no actuaba con mezquindad frente a sus clientes, estaba seguro de que todo lo que tuviera que ver con el comandante siempre terminaba en problemas. Entre más rápido se embriagara y más rápido pudiera sacarlo de su establecimiento más tranquilo se sentiría, y pronto podría continuar con su vida sin ningún problema.

La mesera tomó una nueva botella de pic, la despojó de la tapa dándole un pequeño golpe con el borde del entrepaño y la deslizó por la barra en dirección hacia el comandante. Octe sonrió tomando la botella entre sus manos y, dirigiéndole una sonrisa a la mesera, levantó su botella en señal de agradecimiento. Dio un gran sorbo y fijó su mirada en el tabernero mientras lo escudriñaba. Iric asintió con su cabeza a manera de saludo, al que Octe respondió toscamente con una mueca de fastidio, pensando en que su perfecta sonrisa era por demás irritante. Luego dio un sorbo más, se sintió complacido y volvió a sus reflexiones.

—Cual alimañas ponzoñosas —susurró Octe mientras fijaba su atención en un pequeño insecto que se paseaba sobre la barra —, viviendo en las sucias cloacas —agregó —, escurriéndose por cualquier agujero, arrastrándose en la miseria, viviendo de las sobras.

Hipnotizado, seguía el recorrido zigzagueante del animal con sus ojos. El insecto iba y venía en busca de alguna migaja. Se detenía ocasionalmente para escudriñar el terreno con sus pequeñas antenas y luego retomaba su marcha sin volver sobre sus propios pasos. El insecto dio varias vueltas más, buscando y rebuscando, de aquí para allá y, al encontrarse de frente al comandante, permaneció inamovible, cara a cara con el mismo, como si lo observara en detalle y lo identificara como su igual.

—¿Y tú que quieres? —le preguntó Octe.

El pequeño insecto movió sus diminutas antenas, permaneció inmóvil por unos segundos más y luego, como si Octe le fuera indiferente, emprendió camino, zigzagueando a través de la barra. Entonces, Octe dio un sorbo a su botella y mirando cómo el pequeño insecto se perdía de su vista, su parsimoniosa insignificancia le hizo pensar de manera inevitable en el fraduar. Octe miró a su alrededor y de repente se vio rodeado de alimañanas, ¿qué los diferenciaba?

«El fraduar —pensó Octe —. Se suponía que deberían ser la fuerza que mueve el mundo hacia el progreso, pero en últimas han sido ellos quienes sostienen toda la estructura criminal en Auria. Estas clases más bajas de la esclava muchedumbre auriana son las que hacen del contrabando de licor un negocio rentable para los «pequeños» comerciantes, como Iric. Pues todos estos malditos no hacen más que recurrir a estos sitios para ahogar sus penas en alcohol y olvidarse de la triste realidad en la que se encuentran.

No los juzgo, yo también lo hago. El alcohol es casi como un vicio para todos nosotros, y habitualmente lo necesitamos para seguir con nuestras vidas. Y, sabiendo que los contrabandistas rinden frutos de la miseria, podemos conseguirlo mucho más barato en estos lugares de mala muerte. Incluso aquellos que no tienen ni un céntimo siempre pueden empeñar sus pertenencias para conseguir un poco, y eso sin hablar de las humillaciones a las que algunos se ven expuestos con tal de conseguir unas pocas gotas.

»Embriagarse es uno de los pocos entretenimientos que les quedan a estos infelices oprimidos. Beben como si se tratara de un néctar vital que garantizara su supervivencia, beben porque no quieren estar conscientes de su vida, beben porque tal vez y solo tal vez, si tienen algo de suerte, no volverán a despertar después de caer tendidos por la borrachera. Los fraduares beben porque sí y porque no. Es un negocio redondo. Los contrabandistas viven de la ignorancia y la ineptitud del pueblo y, como dicen algunos: «la desgracia de unos es la dicha de otros». Si no aprovechas las oportunidades que se presentan ante la crisis, simplemente te arrastras con la corriente y te conviertes en una víctima más o, por lo menos ese es el ventajoso pensamiento individualista del que dispone la cucaracha de Iric para justificar sus acciones. Después de todo, la desigualdad siempre ha sido el pan de cada día para todos los aurianos, ¿qué más da si unos cuantos más aprovechaban de esta situación para su beneficio personal? Al fin y al cabo, nadie hará nada para cambiarlo.

Clavó sus ojos en Iric —: «maldito aventajado —le reprochó Octe —, te odio, pero agradezco que me mantengas borracho». Dio un sorbo más a su botella y la levantó, haciendo un brindis imaginario en su nombre. Luego dejó su botella sobre la barra y dijo:

—¡Salud por eso!

—¡Salud! —le respondieron —, ¡salud por eso!

«Dormidos e incautos —les recriminaba Octe después de brindar —, así permanecen todos y así quieren que se conserve. Claro, ¿cómo no lo querrían?, entre más progrese el declive del fraduar auriano, más se enaltecerán Sotnem y los suyos —le lanzó una mirada de repulsión a todos los borrachos que sonreían, chocaban sus botellas y bebían como si no tuvieran fondo —, es como una fuerza imparable en el río de la injusticia: si no se ofrece una barca que luche contracorriente, es mejor ser parte de la turbulencia. De un lado u otro solo te queda escoger: ¿cuál será tu cadena?».

—Dándose pequeños golpes en el pecho, se creen exentos de la maquinaria política. Prefieren dormir y creer que no forman parte del rebaño, pero, la apesadumbrada realidad es que no dejan de ser una ficha más en el tablero del consejo. Todos lo son. Todos lo somos. En todo caso, solo nosqueda brindar y vivir con lo que tenemos.

—¡Salud por eso! —gritó Octe una vez más.

—¡Salud por eso! —respondieron todos al unísono radiantes de alegría.

«Malditos estúpidos —concluía una vez más el comandante —, viven atrapados en un ciclo que prevalece indefinidamente haciendo un recambio generacional de actores y actrices, pero siempre con el mismo resultado. Qué enfermedad tan grotesca la que gobierna sobre aquellos que tenemos la capacidad para razonar, ¿por qué somos incapaces de vivir en paz y hacer lo correcto?». Miró nuevamente a todos a su alrededor, y a pesar de que quería juzgarlos, se encontró al nivel de ellos pensando en todos como una plaga. Dio un sorbo más a su botella y la observó con fastidio. Le quedaba poco menos de la mitad. Y con su fuerte dependecia al ardor en su garganta, hubiera hecho quejas de su necesidad, no obstante antes de tan siquiera hablar, se vio distraído por sus necesidades biológicas.

Se levantó de la silla y tambaleante se dirigió hacia la parte trasera del bar para evacuar la vejiga. Se detuvo al lado de un montículo de basura, bajó sus pantalones y dirigió su mirada hacia el cielo mientras orinaba. Las nubes, de un color plomizo, le traían recuerdos de otros tiempos, tiempos mejores quizás, o de eso era de lo que intentaba convencerse. La nieve pronto lo cubriría todo. Después de aquella helada que había relegado al verano el año anterior, el clima en Auria no había vuelto a ser el mismo, y no lo sería en mucho tiempo. La temperatura descendía esporádicamente y los días soleados apenas si se hacían notables.

«Mejor darse prisa —reflexionaba el comandante —, el frío no perdona».

De pronto, la brisa helada golpeó sobre su rodilla; sintió una electrizante punzada que por poco lo tira de bruces contra el suelo. Su rostro se contrajo con una mueca de dolor y, apoyándose sobre su mano, por un instante sintió que perdía el sentido. Apretó sus párpados intentando mantener la calma y, respirando pausadamente, subió sus pantalones con dificultad. Permaneció en su posición por unos minutos mientras dimitía el dolor, luego dio una larga exhalación y, huyendo tortuosamente del frío, se dirigió rengueando hacia a la puerta. Tomó el pomo entre sus manos y, antes de poder ingresar, la puerta se abrió de golpe frente a él y un sucio vagabundo salió expelido por los aires, seguido de dos grandes sujetos que, sin mediar palabra alguna, iniciaron una sarta de patadas y puñetazos en contra del indefenso vagabundo que permanecía en el suelo.

—¿Se te perdió algo, anciano? —dijo uno de los sujetos mirando desafiante a Octe.

—Por favor, señor —le suplicó el vagabundo —, tiene que ayudarme —temblaba y se mostraba muy aterrado por lo que deparaba su destino.

—¡Cierra la boca! —le gritó el otro sujeto mientras le pateaba el vientre.

Octe hizo una mueca de desagrado levantando ligeramente la parte derecha de su labio, luego aclaró su garganta y escupió hacia el suelo. Miró al sucio vagabundo por unos segundos, luego, a los bribones y, sin decir nada, dio media vuelta ignorando aquella situación. Cojeaba con mayor notoriedad después de haber sido atacado por el frío, y como pudo, retornó a su posición dentro del bar. Sentado una vez más sobre su vieja silla, tomó un gran sorbo de su botella para ganar algo de calor. Pensó en el vagabundo. Sintió una lástima momentánea por aquel sucio borracho que era molido a golpes, reflexionaba que tal vez pudo haberlo ayudado y que probablemente lo matarían, sin embargo al final concluyó que no era su problema. Se encogió de hombros, tomó otro trago y volvió a la profunda conversación que mantenía consigo mismo sin dar más vueltas al asunto.

«La violencia va y viene —se dijo —, dejando muertos por donde quiera que pasa y, la ley..., bueno, la ley solo sirve para cobrar los impuestos y quitarle a los fraduares lo poco que tienen. Una tras otra, cada acción política repercute en los más pobres; los males que padece el pueblo auriano parecen no tener fin, y siempre que se piensa que nada podría estar peor, de manera fortuita acontece algún nuevo suceso que reafirma la idea sustancial de que nadie tiene control alguno sobre sus vida».

—Cuánta razón tenías, cariño —susurró Octe mirando hacia el suelo y pensando en su esposa —, todo esto es una desgracia. Vivimos en un mundo violento, enfermo, desalmado; un mundo egoísta, ambicioso, desbordado por la riqueza, pero pobre y hambriento. ¡Ja, qué irónico! ¡¿De qué nos sirve la abundancia, si hay quien se muere de hambre?! —sintió que su estómago se revolvía, pero hizo caso omiso de su ayuno bebiendo otro trago, al igual que todos lo hacían.

—¡Permisivos y estúpidos! —vociferó Octe señalándolos con el dedo —. ¿Eso era lo que querían?, ¿eso era lo que esperaban? —hacía pequeñas pausas enfáticas como dando lugar a una respuesta —, ahora están pagando el precio de su indiferencia —todos lo miraron confundidos —, ¿acaso no se dan cuenta de lo que han causado?

—¡Ya cállate! —le gritaron.

—Se lo merecen... —disminuyó el tono de su voz mientras se sentaba lentamente —, nos lo merecemos —concluyó apagando su voz, y con ella, su impulsivo ataque de ira.

—¡Loco! —le gritaron algunos, otros reían, y algunos más joviales gritaban sin mayor importancia:

—¡Salud por eso! —ignorantes pero felices.

—¡Qué asco de planeta! —concluyó Octe.

# Capítulo XVI

## Conclusiones de una mente atormentada

*Fraturi, decimoséptimo día de Asturi, año 2048*

El comandante agachó su mirada y se concentró una vez más en el fondo vacío de su botella verdosa y translúcida, que dejaba ver el extremo aumentado de las agrietadas estrías incrustadas en la barra. ¿En qué momento se había terminado toda la botella? Se encontraba tan perdido en el pic que ni cuenta se había dado de que se había bebido todo de un sorbo. En todo caso, ¿qué importaba? Como fuera, quería otra más.

Siguió observando con atención a través del cristal de su botella y de repente se percató de que una difusa mancha de color pardo se había interpuesto entre el fondo de esta y las estrías de la barra. Con curiosidad apartó la botella de su rostro y posándola a un costado, descubrió al pequeño insecto que permanecía intacto una vez más frente a él; moviendo sus pequeñas antenas, mirándolo fijamente a los ojos, escudriñando en su alma, juzgando sus acciones, burlándose de su miseria, o por lo menos, eso era lo que sentía el comandante.

—¿Qué estás mirando? —dijo Octe irritado.

—¿No piensas hablar? —insistió furioso e intento espantarlo con su mano. —¿A quién estás mirando?

El pequeño insecto permaneció inmóvil, ignorando al comandante.

—¡Deja de mirarme, maldita alimaña! —gritó furioso —, ¡tú no sabes nada!

Todos guardaron silencio, y atentos, dirigieron su atención al enloquecido comandante.

—No, tú no sabes nada —repetía Octe una y otra vez —, tú no sabes nada.

—¡Cierra la boca! —gritó una vez más —, ¡quiero que te calles!, cállate, cállate, cállate, cállate..., ¡CÁLLATE! —gritaba perdido en la locura mientras se cubría las orejas.

—Ella no está muerta, tú no sabes nada —se movía nervioso de atrás a adelante mientras murmuraba.

—Ya cállate, no quiero oírte, no. ¡Solo eres un insecto! —comenzó a sollozar, y sin pensarlo dos veces, empuñó su mano y de un trastazo aplastó al pobre animal contra la barra. Se escuchó un pequeño crujido y un líquido blanquecino verdoso se escurrió bajo la palma de su mano. Octe respiraba con violencia y apretaba su mandíbula temblorosa. Lloraba y reía al mismo tiempo, una risa enfermiza y plagada de lágrimas y uno que otro sollozo que hacía vibrar su pecho.

—¡Está demente! —susurraban algunos. Otros, sentían compasión por su mala suerte; y como todo, había quienes se mostraba indiferentes y seguían bebiendo.

—¿Quién es el miserable ahora?, ¿eh? —dijo con un aire victorioso.

—¿Quién, es, el, miserable? —repitió haciendo énfasis en cada una de sus palabras —finalmente levantó su mano, aún empuñada y, observando a su pequeña víctima, hizo un gesto de desagrado al ver la viscosidad que emanaba de aquel aplastado rescoldo de porquería. Sintió nauseas, pero, más que por el asqueroso y aplastado insecto, por el sentimiento de haber dañado a otro inocente más, aunque fuera un insecto, un simple insecto.

Imágenes borrosas lo inundaron de repente y nublaron su ya gastada visión; y un sofocante mareo le invadió su raciocinio y lo dejó con una fuerte migraña que por poco lo tiraba de la silla.

Sin poder reconocer su realidad, cerró sus ojos en un intento patético por enfocar de nuevo la botella, pero al abrirlos, quedó embebido en una niebla espesa que lo rodeó por completo. Una niebla que intentaba ahogar su respiración con cada bocanada de aire que entraba por su boca. La profunda conversación filosófica y política que tenía consigo mismo había terminado. Sus sentidos se encontraban inundados en alcohol; sus ojos vislumbraban escenas que pasaban rápidamente como fotografías distorsionadas. El horrible recuerdo de los horrores ocasionados a un gran número de inocentes lo noqueaba como un buen gancho. Voces ensordecedoras, gritos desgarradores de dolor y lágrimas de impotencia. Veía el rostro de Satúl, el de Ivála, inalcanzables los dos exclamando en busca de ayuda. Reprochando decisiones, iban y venían una y otra vez. Se esfumaban frente a sus ojos sin poder hacer nada. Las lágrimas volvían, su respiración se agitaba, sacudía su cabeza de un lado a otro. Estaba enloqueciendo...

Arrojó la botella al suelo y presionó sus ojos con la yema de sus dedos. Con un grito ahogado permaneció inmóvil durante unos segundos, intentando mantener la calma, pero sentía que su cabeza iba a estallar.

Pasaron varios minutos en los que el comandante estuvo perdido entre las tinieblas menguando las voces en su cabeza con cada abrupto movimiento de su cuello, pero al final, después de convencerse de que todo estaba en su mente, pudo controlar su respiración y logró recobrar la cordura. Su corazón restableció el ritmo natural y poco a poco aquellas imágenes borrosas comenzaron a desaparecer de sus ojos. Miraba sus manos temblorosas mientras su alma volvía al cuerpo y sus pulmones se llenaban de aire. Limpió las lágrimas de sus mejillas y, como si nada hubiera pasado, volvió a gritar por más alcohol. Un reconfortante premio para aquel desgastante episodio de locura. Se sentía vivo de nuevo y con gran vigor golpeaba la barra con su mano empuñada.

—¡Otra más, maldita sea! —gritó —, ¿qué mierda tengo que hacer para que me atiendan como se debe? —les reclamó —. ¡Yo soy un comandante! Tienen que aprender a respetarme como tal —hablaba a media lengua por la borrachera —. ¡Eh, tú! la del gran trasero, tráeme otra botella y, rápido —instigaba Octe con insolencia a la joven mesera que pasaba por su lado. Ebrio era un completo dolor de cabeza, pero al menos el apabullante y peligroso ataque de pánico había cesado, para bien de los allí presentes.

—¿Podría darme un maldito momento? —le reclamó la joven muy enojada —. No es el único en este lugar que quiere beber —se encogió de hombros —, ahora siéntese y cállese o haré que lo echen antes de que pronuncie una sola palabra más.

«Debí trabajar en las minas, estoy harta de lidiar con estos imbéciles». Susurró entre dientes mientras se alejaba.

—Qué pésimo servicio ofrece este lugar, Iric —dijo señalando al tabernero —, ¡todo esto es una mierda! —gritaba encolerizado —, ¿cómo osan tratar de esta manera a alguien tan importante como yo? Tienen suerte de que tan siquiera este bebiendo en esta pocilga —levantó ambas manos señalando todo el lugar —. Mira este lugar, es una porquería: viejo, lúgubre y podrido hasta los cimientos. Debería quemarlo todo, reducirlo a cenizas y luego mearme sobre ellas. Así tal vez tendría más clase, les haría un favor a todos —Octe osaba por probar la paciencia de los demás asistentes, que ya empezaban a sentirse irritados. El brindis amistoso había cesado. Todos a su alrededor lo miraban con desagrado, controlando el impulsivo deseo de partirle los dientes y sacarlo a patadas del lugar.

Octe volvió a golpear la barra con furor y cada vez más fuerte, mientras balbuceaba algunas palabras que apenas si podían distinguirse. Hacía una rabieta como si se tratara de un niño pataleteando para obtener un dulce, pero pronto todos empezaron a ignorarlo, o se cambiaron de mesa para evitar entrar en conflicto.

Ante la falta de atención, Octe deslizó su mirada hacia el suelo y la enfocó en los trozos de vidrio que quedaban de la botella rota. Sujetándose de la barra y evitando caer de la silla, se agachó e intentó tomar uno de estos trozos, el más grande. Sus infantiles intenciones rayaban en la absurda idea de arrojarlo hacia la joven mesera que se encontraba a su lado, y ante el golpe del fragmento, tener por fin la atención que él creía requerida. Un plan torpe y poco elaborado, sin duda, pero que en su cabeza sonaba bastante bien.

Cuando estaba cerca de tomarlo, su impulso se vio frenado ante la intervención de una dulce voz y una delicada mano que tomaba su brazo. Por un momento sintió el tintinar de las campanas y un brillo enceguecedor se posó sobre sus ojos. El dulce rostro de una hermosa joven apareció frente a él, agitando sus carnosos labios sin que el prestara atención alguna a lo que ella decía.

—No, no, no... Déjelo, yo lo recojo —exclamó gentilmente Sori, esposa de Iric, que tomó por el brazo a Octe y bloqueó su camino hacia los peligrosos y relucientes fragmentos que reposaban sobre el suelo. Desde el otro lado de la habitación había visto las negras intenciones del comandante y había corrido rápidamente para evitar que alguien saliera lastimado.

Con sumo cuidado, Sori se agachó para intentar juntar todas las piezas del fragmentado rompecabezas. No quería dejar armas que algún loco pudiera usar para poner en peligro la vida de los allí presentes, o en un caso más específico, al alcance del enloquecido comandante. Con meticulosidad agrupaba las piezas con su mano, previendo los bordes afilados. Usaba los trozos más grandes para depositar los fragmentos más pequeños y así facilitar la recolección sin cortarse un dedo. Poco práctico, pero inteligente. Hacía un pequeño montículo de cristales y luego los depositaba sobre un trozo de papel que tenía cerca. Poco a poco iba arreglando el desastre que Octe había causado.

Por su parte, pasmado por la belleza de Sori. Octe había cesado sus quejas y no le quitaba la mirada ni un segundo. Le recordaba a su esposa en los años mozos en los que la había conocido, y no pudo evitar sentirse fascinado ante aquella increíble y poco lógica similitud. Sin pronunciar ni una sola palabra, se dedicó a mirarla mientras su mente se dispersaba en un mundo de narcóticas fantasías que lo hipnotizaban, y que por unos segundos lo habían hecho olvidarse de la miseria que acompañaba su vida. Mejor que mil botellas de pic. Era una auriana muy hermosa y voluptuosa. Sobresalía por las delicadas facciones de su rostro y la gentileza de su personalidad. Estaba de más decir que desbordaba sensualidad en cada una de sus curvas y que dejaba sin aliento a cualquiera que le hablara. Era un encanto ante los ojos de cualquier auriano y la envidia de muchas, la suerte de Iric y un motivo más para odiarlo.

Mientras limpiaba, Sori evitaba cruzar mirada alguna con aquel auriano. Un difícil ejercicio que, ante su insistencia, no le permitía rehuir tan fácilmente a la penetrante inspección que se clavaba sobre ella. Aquella mirada libidinosa que se prendía sobre su existencia escudriñaba hasta el más profundo de sus secretos, y la hacía sentir completamente inerme. No solo se sentía incomoda al estar tan cerca del maloliente comandante, sino que además se sentía intranquila ante las acciones de las cuales este pudiera ser capaz; no obstante, por más disgusto que Octe pudiera ocasionarle, su inmensa cordialidad le impedía tan siquiera ser grosera o dejar de sonreír. Todo un dilema del cual esperaba deshacerse lo antes posible.

—Me está poniendo nerviosa —replicó Sori —, no debería mirarme tanto.

Se sentía cada vez más incómoda por la insistente mirada del comandante. Terminaría de poner todas las piezas sobre el trozo de papel y se apresuraría a terminar la tarea lo más rápido que pudiera.

Ya había cumplido su cuota de tolerancia con aquel viejo roñoso, y solo quería volver al resguardo que le ofrecía el mostrador, con aquella barrera de mármol que impedía cualquier avance no consentido sobre su espacio personal.

Octe no pronunció palabra alguna, pero con su boca entreabierta a la fascinación que le otorgaba aquella belleza sobrenatural, toda su atención estaba dirigida hacia ella. Absorto, la examinaba de pies cabeza, y ya fuera por el alcohol, la locura o las curvas de Sori, Octe empezaba a sentirse excitado.

En un acto arbitrario y vulgar, Octe se aprovechó del descuido de la joven mientras se concentraba en juntar los últimos trozos, y deslizó su mano hasta el pecho de Sori. El riguroso análisis visual había finalizado y sus fantasías ahora lo llevaban a un contacto más directo. Con descaro le apretó los senos mientras se tocaba la entrepierna y hacía gestos obscenos con su boca. Oníricamente embriagado en fantasías sexuales que viajaban por sus neuronas; una vez más, estaba alucinando.

La pobre joven, al sentir la pesada mano que se posaba sobre su pecho, se levantó enfurecida y le propinó una bofetada que resonó por toda la habitación.

—¿Qué cree que hace? —dijo ofendida —. ¡Es un maldito enfermo! —gritó —, ¿cómo se atreve a tocarme?, maldito viejo patético —le propinó otra bofetada cargada con mucho más veneno que la anterior —. Hágales un favor a todos y muérase de una puta vez por todas.

—¿Qué más quisiera? —susurró Octe mientras volvía en sí. Con suavidad se sobaba los enrojecidos pómulos y, sintiéndose avergonzado, dirigió su mirada hacia el suelo. No podía creer lo que había hecho.

—Me alegraré el día que sus huesos se pudran en un sucio agujero —prosiguió la joven muy enojada —, y seré yo la que mearé sobre ellos. Lárguese —lanzó otra bofetada que fue interferida por el comandante —, ¡lárguese ahora mismo! —concluyó exasperada. Su voz era temblorosa y sus manos se empuñaban como dos pequeños garrotes. Su gentileza había quedado relegada bajo un cóctel de hormonas que habían inundado su cuerpo. Se sentía bastante ofendida y muy impotente.

Sori permaneció inmóvil mientras resoplaba con gran fuerza por la nariz. Y las lágrimas le saltaban de los ojos, al ver que el comandante se ajustaba una vez más sobre la silla, como si nada hubiera pasado. Sin decir nada más, caminó temblorosa hacia Iric con la furia de mil demonios. Invadida por una rabia asesina que rápidamente se habían tornado en llanto y un sentimiento de impotencia que apenas si le permitía hablar con claridad.

—Arréglalo ahora, Iric —le ordenó —. No lo quiero más aquí. O se va él... o me voy yo.

—Cálmate, por favor —le suplicó —, no te vayas. Yo te prometo que me haré cargo. Es solo que... —tartajeó —, sabes que Octe no es un buen sujeto, puede ser muy peligroso, no es tan fácil lidiar con él.

—Adiós, Iric —dijo fulminante, dándose media vuelta.

Iric suspiró tomándola de la mano antes de que esta pudiera alejarse y le dio un pequeño y tierno beso en la muñeca.

—Está bien —respondió Iric mientras le limpiaba las lágrimas con sus pulgares —, si eso te hace sentir mejor, no tengo otra opción. Y sí, creo que tienes razón. Ya aguantamos suficiente, es hora de sacar la basura.

Iric llevaba todo el día intentando echar a Octe del Paupac. Desde el momento que lo vio ingresar en el establecimiento, su presencia lo había hecho sentir incómodo. Verlo con toda su suciedad y con el rostro de querer matar a todo aquel que le dirigiera la palabra representaba, en definitiva, un mal presagio. Esas señales que definen que algo va a salir mal, pero que por algún motivo absurdo son ignoradas a la espera de un resultado diferente, un resultado que, para mala suerte de algunos, justifica la premisa inicial.

Había observado todos sus movimientos desde que Octe había pedido el primer trago y se había sentado en la barra:

Solo un simple vagabundo. Sentado en solitario en la esquina más recóndita de la barra, con la mirada perdida; balbuceando algunas palabras poco coherentes; brindando en busca de aprobación y bebiendo como si no tuviera fondo. A Iric no le parecía un mal sujeto cuando lo detallaba a profundidad, pero había algo en ese viejo que no estaba bien. Además de oler a mil diablos, irradiaba una energía un poco siniestra, como aquella de quienes ya no pertenecen a este mundo. Por un momento pensó que tan solo eran supersticiones tontas, y que tal vez estaba siendo muy paranoico, pero de igual forma, imaginaba, al verlo tan sucio, que probablemente no tendría con qué pagarle lo que se estaba bebiendo, y ese sí representaba un gran problema. Fuera lo que fuera, no lo quería en el Paupac. Auguraba problemas y su esposa estaba muy molesta. Además, tenía un negocio que mantener, y si quería que se conservara a flote, tenía que mantenerlo lejos de cualquier amenaza.

—¿Disfrutando de su bebida, señor comandante? —preguntó Iric.

—... —Octe ignoró su presencia.

—No quiero ser adulador, pero... creo que luce bastante bien el día de hoy —hizo una pequeña pausa y prosiguió —, en verdad lamento lo que sucedió con mi esposa, a veces puede ser un poco soberbia —miró de reojo a Sori, quien le devolvió una enfurecida mirada —, pero seamos sinceros, ambos sabemos que con justa razón es merecedor de portar sus dos manos plantadas en su cara.

—Un golpe bastante fuerte para unas manos tan pequeñas —respondió Octe.

—Y que lo digas...

Octe tomó su quijada con las manos y con sumo cuidado la ajustó en su lugar, moviéndola de un lado a otro. Luego limpió la sangre de su nariz con su mano y así mismo limpió sus dedos con su camisa. Aclaró su garganta, y en un gesto hostil y desagradable, escupió a los pies de Iric mientras lo fulminaba con la mirada.

—…— Se clavó desafiante sobre aquellos ojos grises y expresivos. Se burló de su fachada y, antes de soltar un gruñido, le escupió otra vez, pero en la cara.

—Sírveme otro trago —dijo con descaro. Luego apartó su mirada, echó su cabeza hacia atrás, y cerró los ojos mientras ignoraba la compañía del dueño del Paupac.

—Mira, Octe. Voy a ser un poco directo contigo —insistió Iric con mayor seriedad —, sé que tal vez no tienes dinero para pagar por esto. Así que, seré amable y te serviré una ronda más. Luego quiero que te vayas y no vuelvas. No te preocupes, no te cobraré nada, llámalo cortesía por tus servicios —continuó Iric intentando persuadir a Octe para que se retirara. Era un tipo muy cordial y sabía ganarse a las personas con su amañada actitud diplomática. De no ser por su insaciable avaricia, tal vez hubiera sido un buen representante del pueblo. Aunque con sinceridad, en esta ocasión, sus encantos parecían no tener efecto sobre el comandante.

—¿Así que no soy bienvenido aquí?, ¿um? —farfulló Octe, apenas pudiendo entonar sus palabras de forma coherente.

—Eres bienvenido —respondió Iric —¡claro que eres bienvenido! —elevó su tono de voz —, ¡todos son bienvenidos aquí!, siempre y cuando traigan los zurcs para pagar por todo lo que beben, claro.

Todos soltaron una carcajada de camaradería.

—No pareces muy feliz con mi presencia —le refutó el comandante.

—Bueno —titubeó —, estás incomodando a algunos aurianos aquí.

—Te estoy incomodando a ti, ¿verdad? —preguntó con tono burlón —, no veo a nadie más quejándose de mi presencia.

Nadie decía nada. Todos permanecían ajenos a la situación. Pero sentían la tensión en el ambiente. En cualquier momento todo se iría al carajo.

—Bueno yo —titubeó una vez más —, la verdad es que...

—Sabes —lo interrumpió —, sé de algunos aurianos que se interesan bastante por la arquitectura —apresuró sus palabras antes de que Iric pudiera objetarle.

—¿De... de qué hablas? —la sonrisa desapareció de su rostro.

—Hablamos de puentes, edificios, túneles... —sonrió con picardía mientras le guiñaba un ojo —. Sería interesante estudiar los túneles que tienes aquí abajo.

—No creo que sea una buena idea amenazar a quien te mantiene borracho —dijo Iric con el rostro endurecido —, ¿no crees?

—Lo único que creo, Iric, es que, ¡deberías callarte y servirme otro trago! —lo increpó Octe golpeando con violencia la barra —, tráeme más pic o haré que quemen hasta el último rincón de este maldito lugar.

Iric sabía que solo eran fanfarronerías de un auriano borracho, pero se mantenía al margen. Suficiente tenía con los guardias y con los otros contrabandistas que amenazaban su negocio.

—¡Ya págame y lárgate! —gritó Iric bastante enfurecido —. No pienso aguantar ni una palabra más.

—¿Y qué harás al respecto? — Octe probaba su paciencia.

—Vienes a mi negocio, bebes de mi alcohol, ofendes a mi esposa, abusas de mi hospitalidad —Iric estaba rojo de ira —, y, ¿crees que voy a dejar que me sigas faltando al respeto?

—¿En serio quieres echar a un comandante de la guardia real de tu establecimiento? —preguntó sobrado.

—Tus días como comandante acabaron. Solo eres un pobre viejo infeliz, alcohólico y harapiento.

—Tal vez deberías intentar echarme tú mismo —lo instigó Octe —. Si quieres mi dinero ven por él, anda tómalo.

—Ahora entiendo porque te dejó tu esposa —, dijo Iric con una ofensiva sagacidad.

—¿Qué dijiste? —preguntó Octe.

—Lo que oíste, amigo —replicó Iric —, ahora lárgate.

Octe se puso en pie muy furioso y arrojó la silla hacia la despensa de licores. Varias botellas se rompieron, los restos de cristal se desparramaron por el suelo y el licor empapó toda la barra. En seguida, lanzó un puñetazo en contra de Iric e Iric cayó hacia atrás, repelido por el impacto.

Tambaleando un poco, Octe se abalanzó contra Iric para molerlo a golpes sobre el suelo, pero antes de alcanzarlo, los dos grandes sujetos que con anterioridad había visto dándole una paliza al vagabundo, lo tomaron por los brazos y con rudeza lo obligaron a ponerse de rodillas.

—¡Suéltenme! —se sacudía Octe enfurecido —, ¡te voy a matar, Iric!

Iric sacudió su cabeza un poco mareado. Limpió una pequeña gota de sangre de su labio con su pulgar. Se puso de pie, se limpió el polvo de los pantalones con suma calma. Luego se dirigió hacia el comandante y lo tomó con fuerza de los pómulos.

—¿Sabes la diferencia entre tú y yo? —preguntó Iric.

—Que te gusta que otros se cojan a tu esposa mientras tu los observas —se apresuró a contestar.

Iric le dio un puñetazo en el pómulo. Octe fue impulsado hacia atrás por el impacto y los dos robustos sujetos lo volvieron a poner en la posición en que se encontraba.

—Tú esposa golpeaba más fuerte —se burló Octe a carcajadas. Sus encías sangraban un poco. Seguidamente Iric le dio un puñetazo más sobre el vientre. Octe sintió que le faltaba el aire y comenzó a toser.

—La diferencia entre tú y yo, señor «comandante» —dijo Iric apretándole el rostro una vez más —, es que mientras tú te hundes en la miseria, yo seguiré en la cima del mundo. Tengo un gran trabajo, una hermosa esposa y estoy seguro de que pronto tendré hijos fuertes y saludables. No me falta nada y ¿sabes?, cada vez tengo más.

—¿Sabes qué es lo irónico? —dijo Octe recobrando el aliento.

—Ilústrame... —respondió Iric.

—Que aun así se seguirán cogiendo a tu esposa.

Algunos soltaron una pequeña carcajada.

Iric le dio varios puñetazos seguidos y después lo agarró por el cabello.

—Te crees muy gracioso, ¿eh? —dijo irritado.

Octe empezó a reír a carcajadas. —Hay cosas que no puedes cambiar, Iric, y una de esas es que tu esposa es una p...

Iric le dio rodillazo sobre el pecho y luego otro más en la nariz. —Ya veremos si te sigues riendo —murmuró entre dientes —, aléjenlo de mi vista y enséñenle modales a esta bestia. Ya tuve suficiente de su asquerosa presencia.

—Sí, señor —asintieron Goroth y Dervain.

—Salúdame a tu hijo —dijo Iric con ironía.

Octe se sacudió intentando zafarse. —¡Te voy a matar! —gritaba —, te voy a sacar las tripas y me haré un collar con ellas.

Iric se dio media vuelta, dando la espalda a Octe y recuperó su sonrisa habitual.

—Lamento todo este altercado —dijo mirando a todos los allí presentes —, la casa invita la siguiente ronda —se limpió los nudillos con un pequeño pañuelo.

Enseguida, todos dieron un grito de aprobación, y mientras los insultos del comandante armonizaban el ambiente, levantaron sus copas, las chocaron en el aire, y luego de beber todo el contenido de un solo sorbo, al unísono concluyeron con el ya conocido y jocoso coro:

—¡Salud por eso!

# Capítulo XVII

## Correcciones

*Fraturi, decimoséptimo día de Asturi, año 2048*

—**Y**, entonces... —dijo Octe mientras intentaba ponerse de pie —, ¿a ustedes les pagan con comida o tan solo les excita golpear borrachos?

—¡Cállate! —le respondió Goroth mientras le daba una patada en las costillas y lo tumbaba de vuelta sobre el empedrado. Octe se desplomó cual pesado y detrítico despojo desperdicios. Una masa patética de miseria que, desparramada sobre el suelo, mostraba lo más bajo de su esencia como auriano o más bien, lo que quedaba de ella.

—No, n... no... me dolió —exclamó Octe con voz queda mientras se sujetaba el pecho y, en un impulsivo arranque de demencia, sucedió a una convulsiva risa que lo hizo atragantarse momentáneamente con su propia saliva. No había duda alguna de su locura, o quizá era el alcohol que corría por sus venas y superaba la capacidad catalítica de su hígado. En cualquiera de los dos casos, Octe no se encontraba en sano juicio.

A gatas intentó ponerse en pie una vez más, pero Dervain le dio otra patada sobre el abdomen. —Voy a disfrutar matándote —le dio otra más sobre la espalda y luego otra más sobre el muslo derecho.

Octe reía enfermizamente como si disfrutara de la paliza que le estaban propinando los dos grandes y brutos matones de Iric. Con cada golpe soltaba una carcajada, fruncía el rostro por el dolor, escupía sangre y luego volvía a reír.

—¿E, es... lo... mejor que tienen? —los incitaba Octe —, que patético.

Goroth miró a Dervain confundido, y este se encogió de hombros sin entender más de lo que estaba entendiendo su compañero.

—¿Lo estás disfrutando? —preguntó Dervain furioso y, agarrándolo del cabello lo levantó unos centímetros del suelo.

—¿Es que acaso no sientes el dolor? —preguntó Goroth en sincronía con su camarada, y mientras Dervain sostenía a Octe en el aire, Goroth metió su sucio dedo sobre la gran herida que se abría a flor de piel sobre el entrecejo de este.

Octe respondió con una adolorida sonrisa, apenas perceptible. Su rostro ensangrentado e inflamado escasamente dejaba ver sus expresiones. Respiraba un poco agitado y en ocasiones escupía bocanadas de un esputo sanguinolento. —Yo vivo con el dolor... —exclamó con dificultad —, yo vivo por el dolor... —prosiguió luego de una breve pausa —, ya no hay nada, ni nadie... que pueda dañarme —concluyó con un leve acceso de tos.

—Eso ya lo veremos —dijo Dervain azotando su cabeza contra el suelo.

Octe comenzó a reír de nuevo con su mejilla adosada sobre las piedras. Entre carcajadas apagadas se veía enfrentado a una serie de convulsiones que se intercalaban entre expectoraciones sanguinolentas, episodios de tos y uno que otro gruñido. Se burlaba de sus agresores. No estaba dispuesto a ceder el placer de verlo suplicando. Pero la «hilaridad» que producía la idea de quitarle el gusto a su linchamiento se vio interceptada cuando a lo lejos vio tendido sobre un montón de desperdicios al pobre anciano que horas antes había sido golpeado por los mismos matones. Sus ojos desorbitados lo miraban fijamente. Se encontraba semidesnudo, su piel macilenta demarcaba los hematomas en su cuerpo. Tan rígido como una roca, mantenía una expresión de terror en su rostro. Con...

su boca ligeramente entornada y sus cejas arqueadas hacia arriba. Octe aún podía escucharlo suplicando por ayuda, aunque en realidad ya no pudiera hablar, pues estaba muerto. Su garganta estaba tajada de extremo a extremo, y la sangre se había secado sobre su pecho. Octe dejó de reír y de súbito sintió un impulso nauseabundo de expulsar lo poco que tenía en su estómago. Dio un par de arcadas y sintió la acidez en su garganta, sin embargo se negó a vomitar.

«Qué fácil nos es quitar una vida —pensó —, y qué difícil nos resulta entenderla».

—Tienes miedo, ¿verdad? —lo interrumpió Goroth —, muy pronto te verás igual que él, no te preocupes —seguidamente arrancó un trozo de fierro oxidado que sobresalía por el marco de la puerta y se lo enseñó al comandante.

—¿Te vas a sentar... sobre eso? —farfulló Octe con tono burlón.

Goroth sonrió con malicia. Luego levantó el trozo de metal sobre su cabeza, sosteniéndolo con sus dos manos, y con toda su fuerza, lo descargó sobre la rodilla izquierda del comandante. Octe desgarró sus entrañas con aquel grito que salió de su garganta. Arañaba la tierra intentando contener el insoportable dolor y dando puñetazos al suelo, recitaba varias maldiciones.

—Hijo de pu... ¡aaaah! —exclamó el comandante adolorido mientras se retorcía en el suelo.

—Ya no eres tan gracioso, ¿verdad? —se burlaba Dervain.

Octe respiraba agitado. —Cierra la boca... —dijo —, maldito, malparido.

Dervain, con una maliciosa sonrisa de oreja a oreja, le hizo una señal a Goroth con la cabeza y este volvió a descargar el fierro sobre la rodilla del comandante, que grito una vez más, y en un intento por escapar, se arrastró por el suelo en dirección opuesta a sus agresores.

Avanzó un par de metros mientras Dervain y Goroth se reían, pero al final fue alcanzado por un segundo trastazo que impactó sobre su espalda. Octe se desparramó abstraído por el dolor, que se prolongaba a lo largo de su extremidad izquierda y su espalda. Sentía que sus fuerzas abandonaban su cuerpo y que la oscuridad lo abrazaba nuevamente. Las funestas carcajadas de Goroth y Dervain se convirtieron en una cacofonía de voces guturales que reverberaban sobre sus oídos, como si se encontrara inmerso en las profundidades de una oscura caverna. Creyó ver la barra oxidada golpeando una vez más su cuerpo, aunque tampoco estaba seguro de eso. Ya no podía sentir los golpes, o tal vez ya estaba muerto. De igual manera, le resto importancia.

De repente, un destello brillante se proyectó entre las tinieblas, haciéndose cada vez más grande a medida que se acercaba hacia el comandante y adoptando una forma cada vez más auriana, ¿acaso estaba trascendiendo?

—¿Eres tú, Anarac? —balbuceó Octe.

—¿Comandante? —le respondió aquel destello.

—Por fin... —continuó Octe embelesado —, has venido por mí, has atendido mis súplicas, ¡oh, gran señor!

—Pero —titubeó sorprendido —, ¿qué le ha pasado?

—Puedes llevarme —respondió Octe —, estoy listo.

—¿Listo? —preguntó confundido —, ¿de qué habla?

—Estoy listo para mi muerte —respondió extasiado —, has venido a salvarme de Dehya, lo sé, puedo sentirlo —y extendió su brazo tembloroso intentando alcanzar el destello.

—Comandante, yo... —dudó por un momento —, yo no soy quién cree. Yo...

Octe entornó sus ojos y con lentitud enfocó sus pupilas, y aquella silueta divina fue alterando su apariencia hasta convertirse en un joven auriano de unos diecinueve o dieciocho renaceres. De cabello rizado, tez morena y unos ojos grandes y brillantes de color añil; era poco agraciado, pero nada despreciable.

—Fa... ¡Falaris! —titubeó Octe identificando al fin aquella silueta —. Con una mierda... —se lamentó furioso volviendo de golpe a la realidad.

—A mí también me da gusto verlo, comandante —dijo Falaris sonriente. Su brillante armadura reflejaba un plateado inmaculado con algunos destellos blanquecinos que centellaban cual pequeñas estrellas sobre el firmamento, casi podría pensarse que su armadura emitía luz por cuenta propia.

—Maldito «*Deus ex machina*». —murmuró Octe entre dientes —, ¿por qué no me dejas morir en paz?, ¿eh?, ¿por qué? —rebatía Octe señalando hacia el cielo.

—*Deus ex*, ¿qué? —preguntó Falaris.

—Nada, nada —respondió Octe molesto.

—¿Qué está haciendo en este lugar? —le cuestionó Falaris —, creí que seguía recuperándose de sus heridas en Míthó.

—Hay heridas que no puedes sanar, hijo —exclamó Octe —, en todo caso, no te importa —intentó sentarse, pero el dolor sobre sus costillas lo atraía de vuelta hacia la tierra húmeda. Falaris intentó ayudarlo, pero Octe, con una actitud soez y obstinada le dio un empujón.

—Déjeme ayudarlo —dijo Falaris molesto —, está muy mal herido.

—Y, ¿quién te pidió tu ayuda? —le increpó el comandante —, yo puedo solo, no estoy tan viejo —, volvió su mirada hacia al costado izquierdo y vio que Dervain y Goroth yacían en el suelo, maniatados y amordazados. Ambos le devolvían una mirada de odio.

Octe emitió una risilla burlona, pero se contuvo al sentir la presión sobre su pecho.

—Creo que me quebré una costilla —murmuró Octe.

—No se preocupe, señor —dijo Falaris —, lo llevaremos a la central y podrá descansar.

—¿Qué te hace pensar que iré con ustedes? —gruñó Octe.

—Bueno, yo —titubeó —, solo creí que...

—Creíste mal —lo interrumpió Octe.

—Señor —dijo Falaris —, no tiene por qué hacer esto. Estoy seguro de que hay muchos que quieren ayudarlo. El nuevo régimen está muy agradecido por sus servicios y...

—Te voy a detener ahí —lo interrumpió Octe una vez más. Una pequeña vena saltaba sobre su frente y las facciones de su rostro se mostraron endurecidas —. Lo que sea que creas que va a pasar, en definitiva no va a pasar —tosió un poco —, yo no servía a ningún régimen, solo cometí muchos errores. Que te quede muy claro.

—Podría recuperar su posición, señor —objetó Falaris —, solo piénselo, podría ganarse un lugar en la gran corte, podría vivir en Skrtost...

—Mírame, muchacho —lo increpó Octe —. ¿En verdad crees que me importa recuperar todo eso?

—Bueno, no lo sé.

Exhaló abatido. —Lo que quiero ya no puedo tenerlo y, aunque pudiera tenerlo, no lo haría volviendo a lo que me hizo perderlo. Si quieres un consejo, deberías huir ahora que puedes. No esperes a que sea demasiado tarde. Lo que dejas para después nunca llega; nunca hay un después. Todo cambia antes que te des cuenta, y cuando crees que puedes hacerlo, ya no hay vuelta atrás.

Se hizo un silencio incómodo entre los dos.

—¿Cómo es que ahora sirves a Sotnem? —agregó Octe.

—Yo no sirvo a nadie, señor —se apresuró a decir Falaris —. Quiero decir, estoy al servicio del rey, es obvio, pero... en realidad, no me rijo bajo ningún ideal político o creencia religiosa. Para mí solo es un trabajo más.

—En pocas palabras —le reprochó Octe —, te vendes al mejor postor.

—Todos tenemos que comer —respondió Falaris encogiéndose de hombros —. Y si puedo vivir bien, ¿por qué tendría que negarme a las oportunidades?

—Tu falta de lealtad hacia ti mismo —le recriminó Octe —. Te arrebata tu identidad, y un auriano sin identidad nunca será libre.

Rio con ironía. —Y, ¿usted cree que somos libres? —dijo —, ¿cree que podemos ser libres en este mundo?

—El problema no es creer que podemos ser libres —respondió Octe —, el problema es creer que esa libertad está sometida a los criterios que establecen las multitudes. El problema es creer que nuestra identidad está regida por el odio hacia aquellos que no son iguales. Huye ahora que puedes, Falaris. Yo esperé mucho tiempo y ahora lo he perdido todo. Si sigues por ese camino, solo te quedará el odio, como a mí.

—Y para usted, ¿la libertad es vivir en la miseria? —le reprochó Falaris —. No, gracias.

—La verdadera miseria, muchacho —dijo Octe con su voz pausada y adolorida —, es tenerlo todo y al mismo tiempo no tener nada.

—¿Cómo se puede tener todo y no tener nada al mismo tiempo? —preguntó burlándose.

—Sigue vendiendo tu identidad y averígualo —le reprochó Octe —, cede tu libertad por unas cuantas monedas y descubre con el tiempo que aquello que te hace feliz no es tangible.

Falaris permaneció pensativo.

—Si de verdad quieres ser libre —agregó Octe —, al único al que debes ser fiel es a ti mismo. Y sí, sé que has dicho y haces bien al no seguir los ideales de otros, pero pecas de igual forma al ceder ante ellos para saciar tus miedos. Miedos que traduces falsamente en necesidades.

—No entiendo.

—Ya lo harás —concluyó Octe —, puede ser que tome tiempo, pero al final te darás de frente contra la vida.

—Venga con nosotros, señor comandante —le insistió Falaris —, Auria necesita más aurianos como usted.

—Yo ya voy de salida, soldado —dijo Octe mirando hacia el suelo —. Mi tiempo aquí es contado.

—Creo que usted solo tiene miedo —respondió Falaris —, miedo a vivir.

—Tal vez —dijo Octe cabizbajo —, o tal vez ya no me queda nada por qué hacerlo.

—Entonces, ¿ya no tiene identidad, señor?

—Ya no tengo identidad —respondió Octe —. Sí, ni libertad ni nada. Solo me queda el odio ya te lo dije, odio por todo y por todos.

—Entiendo —dijo Falaris —. Lamento que todo resultara de esa forma, señor. En verdad, creo que es un gran auriano.

—No existen aurianos grandes o pequeños, Falaris, solo aurianos —dijo Octe encogiéndose de hombros —. Te daré otro consejo, hijo y espero lo grabes muy bien en tu memoria: jamás enaltezcas a nadie.

—¿Enaltecer? —Preguntó.

—Sí... —dijo Octe tosiendo un poco de sangre y limpiándose la boca con la mano —, cuando le otorgas el poder a alguien para que sea superior a ti, con el tiempo los elogios se convertirán en dagas bañadas con veneno.

—Tiene mucho sentido.

—Sigue tus propios intereses, al final del día todos harán lo mismo; no te acomodes a las situaciones, duda de todo, aprende de tus errores y no te estanques pensando en que pudiste hacerlo mejor.

—¿No cree que eso es un poco egoísta?

—Quizá lo sea, o al menos al principio lo es. Pero cuando logras desarrollar un pensamiento crítico y te detienes a observar el panorama con mayor detalle, entiendes que los puntos grises también pueden tener peso en tus acciones. No caigas en los abismales extremos.

—Lo que quieres decir es que: ¿tengo que encontrar un equilibrio entre lo bueno y lo malo; un equilibrio entre lo que creo conveniente para mí y lo que puedo aportar a quienes me rodean?

Octe asintió.

—Si tienes que agradecer, agradece pero con mesura; si has de castigar, que sea con justicia y si tienes que felicitar, felicita con humildad; aunque en este último tendrás que ser cuidadoso. Reconocer el talento en otros no debe ser una acción que debilite los tuyos, reconocer lo que es obvio, nos ayuda a impulsar la creatividad y el desarrollo en aquellos que lo necesitan y en últimas, en nosotros mismos. Sin embargo de lo que debes cuidarte, Falaris, es de no jugar con los egos de los aurianos. Nunca, y escúchame bien, nunca le infles el ego a nadie. Ni siquiera a ti mismo, pues cuando creas tener la razón de seguro será cuando más equivocado te encuentres. Es el equilibrio al que tienes que apuntar Falaris: no es solo golpear y saber cuándo golpear, sino también saber esconder los puños, ¿sabes?, todo se trata de aprendizaje.

—Bueno —dijo Falaris sorprendido —, gracias, señor —titubeó —. Eso es... es un buen consejo, creo.

—¿Qué pasará con ellos? —preguntó Octe refiriéndose a Goroth y a Dervain.

—Irán directo a las minas —dijo Falaris —. Si tienen suerte, claro. En el mejor de los casos, serán ejecutados.

Octe sonrió satisfecho. —Sea cual sea —dijo —, se lo tienen merecido.

—No lo dudo —agregó Falaris —. Y bien, señor, fue un placer saber que sigue con vida.

—Por supuesto —respondió Octe.

—Quisiera quedarme a charlar otro rato —agregó apenado —, pero ya sabe cómo es esto: hay muchas zonas por patrullar y muy poco tiempo.

—No tienes que darme explicaciones, ¿sabes? —dijo Octe sonriente —, ya no soy tu comandante.

—Lo lamento, señor —dijo Falaris apenado —, la costumbre.

—Por cierto, Falaris —agregó Octe.

—¿Sí, señor?

—Deberías vigilar más los túneles —dijo Octe sonriendo con malicia.

—¿Los túneles?

—Sí, los rezagos podridos de las guerras Alatur.

—Y, ¿qué se supone que debo buscar ahí? —preguntó Falaris.

—Oh, ya lo verás —respondió con malicia —, te llevarás una grata sorpresa.

—Entendido, señor —dijo Falaris —. Lo tendré en cuenta para mi reporte diario.

Falaris hizo un gesto con su mano y un grupo de cuatro peshkas se pusieron en marcha llevando a Goroth y a Dervain a rastras por el suelo.

—Si cambia de opinión, comandante —dijo Falaris, —, en Draugr necesitan un nuevo supervisor.

—¿Draugr? —murmuró Octe —, no, gracias.

—Vamos, comandante —dijo Falaris insistente —, considérelo al menos. El trabajo no es tan malo y cualquier cosa es mejor que esto.

—Y, ¿por qué debería hacerlo? —dijo Octe con fastidio —. Regalarle mis últimos días a una prisión, para convivir con un montón de desgraciados que ni siquiera distingo.

—De hecho, le sorprendería la cantidad de conocidos que han sido aprisionados bajo el mandato del nuevo régimen —lo interrumpió Falaris —, por ejemplo, Rogulo'h está ahí. El muy testarudo se negó a servir al rey Sotnem, y por poco y hace que lo ejecuten.

—Un buen soldado —exclamó Octe —. Qué desperdicio.

Falaris asintió. —Yo también estuve a punto de ceder ante la idea de no traicionar al rey Aurium, pero... ¿por qué entregar mi libertad por alguien que ni siquiera sabía mi nombre? —agregó Falaris encogiéndose de hombros.

—Oportunista e inteligente —dijo Octe sonriendo.

—También está su amigo —dijo Falaris.

—¿Amigo? —preguntó Octe, confundido.

—Sí, señor —dijo Falaris —, su amigo, el capitán Gerd.

—¿Amigo? —recalcó sus palabras con ironía —. Ese maldito puede ser cualquier cosa menos mi amigo.

—Bueno... yo tan solo decía.

—Así que ahí está —dijo Octe fijando su mirada en el horizonte.

—¿Comandante? —lo interrumpió Falaris.

—Tal vez... —dijo Octe —, tal vez acepte tu oferta. Hay varios asuntos que tengo que resolver con el capitán.

—Sería la mejor decisión —dijo Falaris —, no soporto verlo derrotado.

—No te hagas tantas ilusiones —dijo Octe —, solo dije: «tal vez».

—Bueno, señor —respondió Falaris —, no quiero ser insistente, pero si cambia de opinión, búsqueme en el puesto de control en el centro de Fraturi. Yo arreglaré todo. Ahora tengo que... ya sabe, irme.

Octe asintió sin decir más, y Falaris, posando su mano sobre su pecho, se despidió del comandante y se alejó apresurado por alcanzar a la tropa peshka.

—Espero que estés sufriendo, Gerd, maldito hijo de puta —susurró Octe —, te mereces todo lo malo que te este pasando —. Soltó una pequeña carcajada casi a punto de ceder ante un nuevo episodio de locura, pero antes de poder emitir algún sonido, se vio enfrentado a un advenedizo ataque de tos. Escupió un poco de sangre y sintió que la energía se desligaba de su cuerpo. El dolor se intensificó una vez más desde su pierna, recorriendo cada centímetro de su cuerpo, revolcándolo con la miseria. Se recostó de espaldas sobre el suelo y vio como los nubarrones grises se precipitaban en forma de pequeñas hojuelas blancuzcas. Posó su mano derecha sobre su pecho y un halo resplandeciente se proyectó bajo esta, repitió el mismo proceso en su rostro, sus muslos y su rodilla izquierda y, después de varios minutos, se puso de pie, aunque dando varios tumbos antes de enderezarse, y a trompicones huyó tambaleante de la nieve y el frío infernal que se estaba precipitando.

# III Parte

## (Resoluciones)

—¿Y qué se supone que debo hacer? —se preguntó.

—Sea cual sea el camino que elijas, Elilah, no puedes volver a dónde comenzaste. El pasado ya ha sido escrito y solo te queda lo que tienes por delante.

—¡Eso es basura! —exclamó furioso —, siempre se puede iniciar de nuevo, cambiarlo todo. Nada está escrito.

—Elilah...

—Si todo está conectado entre sí, como me dijiste —lo interrumpió —, el tiempo no es inherente a esto.

—No se trata de poder volver o no, Elilah —dijo conservando la paciencia —, sino el por qué no debes hacerlo.

# Capítulo I

## Un nuevo camino

*Draugr, trigésimo primer día del Jaggrad, año 2048*

**H**ilera tras hilera avanzaban las filas de reclusos siguiendo la línea demarcada sobre el cuarzo. Caminaban con desánimo a un costado de la raya anaranjada, arrastrando los pies, en silencio, ignorando el mundo en el que se encontraban inmersos. Sus rostros exhibían la melancolía de sus penas. Eran como seres sin alma que avanzaban impertérritos purgando sus pecados, exhibiendo con cada paso una parsimoniosa danza de seres pálidos, ojerosos, de ropas colgadas sobre un esqueleto; con su brazo extendido hacia adelante, esperaban la apertura de la ventanilla de alimentación para recibir, uno tras otro, la cantidad justa y medida de comprimidos azules que contenían los nutrientes básicos para saciar todas sus «necesidades». Algunos con algo más de suerte recibían los comprimidos rojos, más deliciosos, según decían. Liberando endorfinas, embriagando sus cerebros, trayendo consigo la felicidad momentánea en forma de pequeños corazones rojos. Una bomba electroquímica que sensorialmente los hacía elevarse por los cielos por unas cuantas horas, cual ángeles sin alas, y luego, de sopetón, los hacía golpearse contra los límites de su jaula al darse cuenta de que no eran más que canarios intoxicados por los estímulos momentáneos de aquella píldora en forma de corazón. Eran un rebaño de adictos al estímulo fugaz que producía el comprimido. Moviéndose por inercia por un mundo al que desconocían, y anhelando ansiosos conseguir un poco más al día siguiente. Al final, solo estaban saciando su ego por unos cuantos minutos, pero su cuerpo y su espíritu se estaban pudriendo en Draugr. No solo eran prisioneros del mundo, eran prisioneros de su propia mente.

—Muertos en vida —se lamentaba Gerd viendo la hilera de muertos vivientes que avanzaba delante de él —, qué tan miserable hay que ser para aceptar está vida.

—Es lamentable, ¿no? —lo interrumpió una vigorosa voz a sus espaldas.

Gerd giró su cabeza asomándose por encima de su hombro derecho, luego sobre el izquierdo, y al ser el último en la fila, se sintió confundido al no ver a nadie atrás de él.

—Aquí abajo —indicó aquella misteriosa voz con gracia.

Gerd se dio media vuelta y agachó lentamente su mirada, casi a la altura de su abdomen, y se topó con un pequeño hombrecillo de unos ciento ochenta centímetros aproximadamente; de nariz ancha, mandíbula cuadrada, piel oscura y que, a pesar de su estatura, mostraba una contextura robusta y atlética. Además, sus dientes relucían con una gran sonrisa.

—¿Qué quieres, humano? —gruñó Gerd frunciendo las cejas.

—Arthur Cobey, para servirte —, dijo Arthur extendiendo su mano para estrechar la mano de Gerd.

Gerd Arqueó su ceja derecha, miró a Arthur y luego miró su pequeña mano con desdén —, no tengo comida para darte, si es lo que quieres —dijo Gerd sin entender por qué Arthur extendía su mano en frente de él —, así que déjame en paz.

—¿Comida?, no, no... —dijo sonriente —, esto —señaló su mano —, es una forma de saludo. Solo tienes que tomar mi mano y dar un ligero apretón o... —disminuyó el tono de su voz, casi susurrando —, si no quieres parecer alguien débil, puedes apretar más fuerte que tu contraparte —volvió a ofrecer su mano al capitán con una gran sonrisa.

Gerd miró su propia mano, luego miró la mano de Arthur, diez veces más pequeña que la suya, y sonrió con malicia. —Entiendo —dijo Gerd estrechando la mano de Arthur y apretándola con toda la fuerza que podía —. ¿Lo estoy haciendo bien?

Arthur emitió un pequeño gemido y curvó su cuerpo hacia adelante por el dolor que le producía el apretón. La mano de Gerd envolvía la pequeña mano de Arthur, como si fuera una gran víbora devorando un diminuto roedor. Arthur apretaba sus dientes conteniendo las ganas de gritar, respiraba entrecortadamente, y una pequeña lágrima se deslizaba por su mejilla izquierda.

Una gran sonrisa se demarcó sobre el rostro de Gerd. Estaba disfrutando al máximo de aquella situación, y aún más del inútil intento que hacía Arthur por apretar su mano de vuelta. Gerd exprimió la pequeña mano de Arthur por unos segundos más, como si fuera un pequeño limón, y finalmente lo soltó entre carcajadas.

—E, e... encantador —titubeó Arthur adolorido —, me tomaste por sorpresa —, flexionaba y extendía su mano en repetidas ocasiones intentando deshacerse del entumecimiento.

—El capitán ofreció su mano una vez más —, podemos intentarlo de nuevo, si quieres.

—No, no, no —dijo Arthur apenado —, así está bien.

Gerd emitió un gruñido sarcástico de victoria. —Eres tan pequeño, podría aplastarte con una mano.

—Con gran orgullo, puedo decir que soy uno de los más grandes de mi especie, señor —dijo Arthur muy ofendido.

—Enanos les decimos aquí —respondió Gerd ofensivamente.

—¡Muévanse! —gritó uno de los reclusos que acababan de formarse tras ellos.

Gerd volvió su cabeza hacia a un lado y lo miró con desprecio.

—¿Dijiste algo?

El sujeto miró al capitán muy sorprendido y luego dirigió su mirada hacia el suelo, muy avergonzado. —. Perdóneme, señor. No sabía que era... Perdón —posó su mano sobre el pecho, permaneció con la cabeza baja y con vergüenza se salió de la fila sin decir nada más.

El capitán observó al sujeto fijamente mientras se perdía entre la multitud de enfermos, luego se dio media vuelta sin prestar más atención a Arthur, y siguió avanzando con la fila. Arthur seguía flexionando su mano y moviendo su muñeca de un lado a otro, pero corrió detrás del capitán intentando alcanzarlo. Aunque, con toda claridad, podría decirse que seguir los pasos de Gerd requería más trabajo del que podían lograr sus «pequeñas» piernas.

—¡Ey!, ¡Amigo! —gritó Arthur agitado —, no tan rápido.

—¿Qué te hace pensar que somos amigos? —gruñó Gerd sin detenerse.

—Bueno... —titubeó Arthur —, nos dimos la mano, ya sabes, ahora somos conocidos.

—Aléjate —refunfuñó Gerd —. No me agradan los de tu especie.

—Pero... —insistió Arthur —, tal vez si me dieras una oportunidad.

Gerd se detuvo en seco y lo miró con hostilidad.

—O tal vez, no —dijo Arthur saltando ligeramente hacia atrás —. Mejor me quedaré por acá —señaló su lugar en la fila —, muy callado.

Gerd hizo una mueca de desagrado y siguió caminando más aprisa, en un intento por deshacerse de Arthur.

—Silencioso —continuó Arthur con una voz quejumbrosa y apesadumbrada —, como una tumba —hizo una pequeña pausa y suspiró.

Gerd cerró sus ojos y presionó sus párpados con la yema de sus dedos intentando conservar la calma.

—Ya lo decía mi padre —exclamó Arthur imitando una voz socarrona y aguda —, «Arthur, si no cierras la boca en este instante dormirás con los cerdos». Un gran hombre, cuánto lo extraño... —dio otro dramático suspiro y dirigió su mirada hacia arriba como intentando recordar la imagen de su padre —. Era como una uva pasa en un pastel de gelatina ¿entiendes?, a nadie le agradan, pero aun así, insisten en ponerlas.

Gerd permaneció pensativo por unos segundos intentando entender las palabras de Arthur. Frunció el rostro pensando en que Arthur posiblemente era idiota, y al instante apresuró el paso saliéndose de la fila para perder al humano.

—Para un planeta con dos soles —prosiguió Arthur cambiando de estrategia para llamar su atención, sus «pequeñas» piernas se movían con gran agilidad intentando igualar la marcha del capitán —, ¿no crees que hace demasiado frío?

Gerd emitió un gruñido y lo miró furioso, como un animal que se siente acorralado y lanza zarpazos en un intento por ahuyentar a su depredador.

—Deja de seguirme —le sentenció Gerd.

—Digo... —Arthur seguía hablando e ignoraba las amenazas del capitán.

—En mi planeta tenemos solo uno y con eso nos basta para que todo parezca un hervidero.

Gerd inspiró con fuerza todo el aire que pudo y contuvo la respiración, como intentando conservar la paciencia dentro de su cuerpo.

—Aunque —continúo Arthur —, en gran parte se lo debemos al calentamiento global, ¿sabes? Es como decía mi abuelo: «si no bañas al perro, tarde o temprano se te pegarán las pulgas». Era el hombre más sabio que he conocido.

—¡¿Podrías callarte?! —gritó Gerd soltando el aire de golpe —, ¿por qué crees que quiero hablar contigo?, solo deja de seguirme.

Arthur quedó pasmado y con los ojos bien abiertos. Miró hacia el suelo y permaneció inmóvil, mirando de reojo al capitán como un niño regañado. Luego siguió avanzando tras de él, sin pronunciar una palabra.

—La verdad es que... —dijo Arthur rompiendo el silencio después de unos minutos.

Gerd torció los ojos hacia arriba, se rascó la cabeza y suspiró fastidiado.

—No tengo nadie con quién hablar —prosiguió Arthur —, me siento un poco solo y además —titubeó —, eres el primero que me da la mano —se encogió de hombros.

—¿Quieres decir que, tengo que aguantarte por el resto de mi vida, solo por haberte aplastado la mano? —dijo Gerd.

Arthur se encogió de hombros una vez más. —Bueno, es como decía mi madre —: «Arthur, confía en aquel que te da la mano. Porque alguien que te da la mano, te está confiando la oportunidad de que le prendas una gripe».

—¿Sabes algo? —dijo Gerd desconcertado —, con sinceridad puedo decirte que no logro entender ni una maldita palabra de lo que dices, y quizá, ahora que lo pienso mejor, creo que debí aplastarte la cabeza. Hubiera sido más gratificante.

—Te decía que mi madre...

—Ya sé lo que dijo tu estúpida madre —lo interrumpió con grosería —, pero aun así no lo entiendo y la verdad no me importa. Ahora, solo cállate y aléjate de mí vista.

Arthur abrió la boca, muy sorprendido por lo que acababa de oír.

—¿Qué dijiste? —exclamó furioso —, te reto a que lo repitas, mierda —e intentó darle un empujón, pero quién terminó moviéndose hacia atrás fue él mismo.

—¿Acaso estás sordo? —respondió Gerd burlándose de su absurdo intento por moverlo —, te dije que te callaras.

—Repite lo que dijiste, imbécil —Arthur lo increpó presionándole el abdomen repetidamente con su dedo mientras pronunciaba cada palabra.

—Tú y tu estúpida familia se pueden ir a la mierda —dijo Gerd apartando de un manotazo el dedo de Arthur.

—Ahora sí, imbécil —dijo Arthur quitándose la camiseta y arrojándola al suelo.

—Te enseñaré a respetar a mi madre.

Gerd emitió una pequeña carcajada, pensando en lo ridículo de la situación, y se dio media vuelta dándole la espalda a Arthur. —No tengo tiempo para esto...

—¡Ey!, te estoy hablando a ti, maldita vaca obesa —le gritó Arthur furioso.

—¿Crees que te tengo miedo porque tu madre en vez de pecho te daba esteroides, ¿eh? —Arthur intentaba provocar al capitán —, pues no, maldito. A ver, éntrale, gallina —cubría su rostro con sus puños y hacía una extravagante danza, moviendo sus piernas de lado a lado, atrás y adelante; daba algunos puñetazos al aire y una que otra cómica patada que lo hacía tambalearse.

Gerd lo ignoraba.

—¿Está todo bien, Arthur? —preguntó Octe, que se acercaba rengueando hacia ellos.

—No, viejo, nada está bien —respondió molesto.

—La maldita vaca obesa, aquí —señaló a Gerd —, está insultando a mi madre —reafirmó sus palabras —, mi madre... —lanzó dos puñetazos al aire —esa pobre mujer era una santa —dijo con voz quejumbrosa —. La mujer más especial que podrías conocer —hizo una pequeña pausa, simulando que se limpiaba una lágrima del ojo —, ya lo decía ella: «Arthur, no confíes en los gigantes. Lo que tienen en tamaño les hace falta en cerebro».

Octe sonreía. —Ya, ya, Arthur —le dijo, intentando calmarlo —, el capitán solo está amargado porque ya no puede dar órdenes.

—Creí que éramos, amigos —dijo Arthur con un tono entristecido —, nos dimos la mano —señaló su mano —, ya sabes lo que eso significa, ¿no?

—El capitán no tiene amigos, Arthur —dijo Octe con frialdad —, para él todos son simples aurianos a los cuales utiliza hasta que dejan de servirle. Después los abandona. En sus propias palabras: «todos somos recursos».

A Gerd le temblaba la mandíbula de ira al escuchar al comandante, respiraba furioso y empuñaba sus manos con fuerza. Sentía un fuerte impulso por golpear a Octe en la cara, pero no se atrevía a darse la vuelta. Después de todo, lo necesitaba.

—¿También insultó a tu madre? —preguntó Arthur.

—Bueno, no —respondió Octe sonriente —, a mí me costó algo más que un insulto darme cuenta por qué no debes ser amigo del gran capitán.

—¿Tan malo es? —preguntó Arthur.

—No sé si malo sea la definición correcta —dijo Octe —, es solo que sus intereses se basan en buscar la forma de enaltecer su ego de capitán, y a veces eso te puede quitar lo que más amas.

—¡Tu esposa te abandonó porque eres un desgraciado alcohólico! —gritó Gerd furioso, y todos en la sala quedaron en silencio —, ¡y tu hijo murió porque era un maldito traidor, al igual que tú!

Octe se abalanzó en contra del capitán sin mediar palabra alguna y, con el pequeño bastón en el que apoyaba su cuerpo al caminar, descargó toda su rabia dándole un porrazo en la cabeza. Todos quedaron enmudecidos. Gerd se desplomó sobre sus rodillas con la cabeza inclinada hacia abajo. Un pequeño torrente de sangre se discurría por su frente. Su imagen mostraba una figura patética y lamentable, la de un auriano que había sido derrotado por el tiempo. Sus grandes músculos se habían secado casi por completo. Los huesos en su pecho sobresalían por encima de sus ropas. Su rostro demacrado dejaba ver dos grandes parches oscuros bajo sus ojos que, ligeramente hundidos, remarcaban unos pómulos más prominentes. Draugr había envejecido su cuerpo a una velocidad alarmante. Su cabello se veía casi tan blanco como la nieve, y su piel estaba tan marchita y agrietada como la corteza de un árbol, ya no quedaba rasgo alguno del capitán que alguna vez había sido, ahora no era más que un simple anciano triste, solitario y achacoso que luchaba por sobrevivir.

—¿Eso era lo que querías? —dijo Arthur con un tinte de ironía.

—Arthur, por favor —dijo Octe con tono represivo. —, no es el momento.

Arthur se hizo a un lado.

Gerd permaneció inmóvil con su mirada fija sobre el suelo. Las pequeñas gotas de sangre caían desde su frente formando pequeños manchones sobre el cuarzo. El dolor era agudo sobre la parte superior de su cráneo, pero nada que no fuera soportable, «peores golpizas había recibido». Pensaba.

Luego pasó la mano por su cabeza para tantear la herida y sintió que su pelo se había apelmazado formando una pastosa amalgama con la sangre y el cebo que llevaba meses acumulándose en su cabeza. Se sintió fastidiado, y pensó nuevamente en lo mucho que extrañaba ducharse. Todo su ánimo y su energía le habían sido arrebatados con aquel mazazo. Ya no quedaba esperanza. Solo quería quedarse arrodillado sobre el cuarzo hasta que la última gota de sangre se escurriera de su cuerpo, hasta que sus venas se secaran y su corazón se detuviera; quería que un gran agujero se abriera en el suelo y sin previo aviso se lo tragara. Desaparecer así, sin más, sin explicaciones ni lamentos. Gerd sintió que la melancolía se anudaba en su pecho y que la tristeza arropaba su cuerpo. Ya no quedaba nada en su vida. Tembloroso, desistió de sus deseos de vivir y se dejó arrastrar por un llanto apenas perceptible.

—¿Sabes? —dijo Octe sintiendo lástima por Gerd —, durante mucho tiempo anhelé este momento —hizo una pequeña pausa, como si esperara una respuesta, y luego de unos segundos agregó —: anhelaba verte derrotado, pagando por cada una de las desgracias que ocasionaste en mi vida —se señaló a sí mismo con su mano —. Sufriendo tal cual lo hice yo. Suplicando misericordia; Llorando, gimiendo, gritando..., retorciéndote del dolor —Gerd no se movía de su posición. —Pero ahora que te veo, Gerd, tendido sobre el suelo, exhibiendo la patética figura de tu desgracia, no puedo sentir más que lástima por ti.

—Mátame —murmuró Gerd apenas moviendo sus labios.

—¿Qué? —preguntó Octe.

—Hazme un favor y mátame —repitió.

—No, Gerd —dijo Octe —, disponer de tu vida no es algo que me corresponda.

—¿Por qué? —preguntó Gerd afligido —, ¿no es lo que querías, vengar la muerte de tu hijo? Solo mátame de una buena vez y líbrame de la vergüenza.

Octe negó con la cabeza. —No lo haré, capitán. No es tu hora, y no soy tu verdugo.

—Lo estás disfrutando, ¿verdad? —le recriminó Gerd —, disfrutas viéndome sufrir.

—No, Gerd —respondió Octe con tristeza —, no lo hago —se sentó al lado de Gerd muy lentamente y suspiró con pesadez —. No puedo negarte que al principio sentía un enfermizo impulso por matarte cada vez que te veía. Y tampoco puedo negarte que aún te guardo rencor por todo lo que me hiciste —permaneció en silencio por un momento y puso su mano sobre la espalda de Gerd dirigiéndose hacia él con un interés genuino —, pensaba que disfrutaría viendo las palizas que te daban a diario, incluso imaginaba cientos de formas en las que podría torturarte. Pero —negó con su cabeza —, al llegar aquí y ver toda tu miseria, Gerd, contrario a lo que esperaba... solo me sentí más vacío —dio un suspiro —. Ella tenía razón: «la venganza no es el camino».

Gerd permaneció pensativo por un momento. —La venganza no te devolvió lo que habías perdido —dijo con una entristecida sonrisa —, no es más que una falsa justicia.

Octe asintió. —A veces, me cuesta aceptarlo, ¿sabes? —dijo afligido —, pero sé que nada de lo que haga diga o piense me devolverá a mi familia. Ella tenía razón y no quise escucharla.

—Lo lamento —dijo Gerd, cabizbajo —, no puedo imaginar lo que se siente, pero tampoco puedes negar que fue tu culpa...

—No, Gerd —dijo Octe —, no puedes imaginarte lo que se siente.

—Era necesario —concluyó Gerd.

—No puedes imaginarte lo que se siente perder a tu hijo —prosiguió Octe con su voz resquebrajada.

Gerd quedó enmudecido recordando a Satúl.

—No puedes imaginarte lo que se siente tener que recoger sus pedazos en basurero y luego, como si fuera un sucio criminal, tener que sepultarlo lejos de todo. Ocultando tus pasos, vigilando tu espalda, cubriendo tu rostro —limpió las lágrimas en sus ojos con el cuello de su uniforme.

—No puedes imaginarte la impotencia que sientes al saber que estás solo, que no puedes hacer nada y que, en gran parte, todo lo que ha pasado ha sido tu propia culpa. No sabes qué se siente que todo el mundo te dé la espalda —suspiró —. No, Gerd. No puedes imaginarte nada.

—Yo... —titubeó Gerd sin encontrar las palabras adecuadas.

—Sacrifiqué toda mi vida —prosiguió Octe —, sirviendo a un maldito rey que lo único que hizo fue arrebatarme a mi familia.

Gerd agachó su cabeza de nuevo.

—Y, ¿sabes qué es lo peor? —hizo una pausa enfática —. Que aun así, todavía existen aurianos como tú, que se atreven a llamarme traidor —emitió una sonrisa de incredulidad.

—Confiaba en ti, Gerd. Creía que eras mi amigo, pero al final solo querías más poder.

Gerd se quedó sin palabras y por primera vez casi pudo sentirse culpable. No solo por su amigo, sino por cada decisión que había tomado.

—Es lo que todos hacemos, ¿no? —le preguntó —, tu también lo hacías, aunque de un modo diferente.

—Ya no importa, Gerd —concluyó Octe —, si haber dicho la verdad me convierte en un traidor, entonces seré un traidor hasta el día de mi muerte.

—Yo no quise que, Satúl... —murmuró Gerd.

—No querías, pero lo hiciste —lo interrumpió Octe —, y ya no puedes volver el tiempo atrás.

—Lo siento —dijo Gerd apesadumbrado.

—No lo sientas, Gerd —respondió Octe —, sentirlo no cambiará nada.

Gerd permaneció en silencio. Se sentía avergonzado.

—Solo hazle un maldito favor a este planeta y vive —le susurró al oído.

Gerd lo miró confundido y Octe se puso de pie apoyándose en el bastón. Arthur lo sostuvo desde la espalda. —Deja de darte golpes en el pecho y sal de aquí y arregla todo este problema —le brindó su mano para que se levantara —, quisiera hacerlo yo mismo, pero creo que no es mi trabajo. Yo ya hice mi parte.

Gerd lo miró a los ojos e incapaz de sostener su mirada, volvió a mirar hacia el suelo. —¿Cómo? —se lamentó Gerd —, ¿cómo podría solucionar algo?, no puedo ni con mi propia vida.

—Alguien alguna vez me dijo —insistió Octe —, que debía hacer lo correcto —se quedó callado por unos segundos, como evocando sus recuerdos.

—Hacer lo correcto —repitió soltando una risilla —. Al principio me costó entenderlo —contrajo sus hombros —, solo podía pensar en lo injusta que era mi vida. No lograba comprender ¿Cómo podías hacer lo correcto después de haber sufrido de tal manera?, ¿qué sentido tenía?... Maldije mi existencia muchas veces, odié al mundo y cedí ante la única salida que pude encontrar.

—El pic —murmuró Gerd.

Octe asintió con tristeza. —El pic me arrastró por los rincones más oscuros de mi alma. Me hizo tocar las fibras más despreciables de mi aurianidad, y aunque sé que ya no me queda otra salida, puedo asegurarte que el pic también me ayudó a ver todo lo que estaba mal en vida —Gerd lo miró de reojo sin levantar la cabeza.

—Tendido en la penumbra de mi oficina, hecho un mar de miseria; al igual que lo estás tú en este momento. Podría decirse que toqué fondo en el barril de mis desgracias. Y pese a que fue muy doloroso llegar a ese momento, entendí que hacer lo correcto no se trataba de mí. O bueno, por lo menos no hay un sentido objetivo que políticamente pueda definir lo que hacer lo correcto significa —Octe dirigió una mirada a Arthur que permanecía atento a sus palabras y sonrió.

—Hacer lo correcto —dijo Octe —, es entender que, para controlar el mundo en el que vives, debes empezar por controlarte a ti mismo —, hacer lo correcto —agregó —, es entender que, aunque no lo quieras, hay cosas que simplemente no puedes cambiar, pues tu mundo termina donde terminan tus acciones, tus decisiones y tus pensamientos —volvió a mirar a Gerd.

—Hacer lo correcto, Gerd, se trata de ampliar tus perspectivas, de entender que hay algo más grande que tu mera existencia individual. Se trata de aceptar tus errores como oportunidades para aprender y entender que así como tú sufres, los demás también lo hacen —suspiró una vez más —, para mí ya es algo tarde, ¿sabes?, y aunque me cuesta aceptarlo algunas veces, me siento feliz de haberlo entendido finalmente —le volvió a brindar su mano.

Gerd miró de reojo la mano de Octe y volvió a mirar hacia el suelo. La culpa lo hacía sentirse incapaz de aceptar aquel gesto de clemencia que le estaba ofreciendo su amigo. Sentía que sus rodillas estaban soldadas sobre el cuarzo y que su cabeza se mantenía firmemente inclinada por un yugo que tenía atado sobre el cuello.

—Cuando estás en el suelo, Gerd —insistió Octe —, con tu espalda magullada y un pequeño chorro de alcohol golpeando tu rostro, lo único que te queda, es levantarte.

Gerd, lo miró afligido, con sus ojos grises enrojecidos e inundados en lágrimas. —¿Cómo es que... —farfulló sin terminar sus palabras.

—Ya no importa, Gerd —respondió Octe —, ya no importa —. Hizo un gesto su con cabeza, indicándole que tomara su mano —, tal vez ya no podemos ser amigos, Gerd. Pero tampoco puedo odiarte toda la vida —se mostró insistente —, anda, tómala; no puedo esperarte para siempre.

Gerd lo dudó por unos segundos más, pero finalmente tomó la mano de Octe, quien sonrió satisfecho; un complaciente sentimiento de tranquilidad inundó todo su cuerpo. Se sintió más liviano, casi a punto de despegarse del suelo. El odio era una pesada carga que había llagado sus hombros durante mucho tiempo y ahora, librándose de una pequeña parte de él, sentía que podía mantener su espalda más firme, sus hombros rectos y su cabeza en alto.

Gerd trastabilló un par de veces antes de ponerse en pie. Sus piernas temblaban y sus rodillas se flexionaban débilmente hacia adelante. Se asemejaba a un pequeño infante aprendiendo a caminar, un infante que, a sus ciento dieciséis renacimientos, tendría que aprender a comenzar de nuevo. Gerd clavó su mirada sobre Octe, agradeciéndole en silencio por aquel perdón, que aunque no había sido solicitado, él se lo estaba otorgando sin más, sin pedirle nada a cambio. Luego, apoyó la mano derecha sobre su pecho e inclinando su cabeza, hizo una pequeña reverencia. Seguido de esto, uno a uno, los demás reclusos que permanecían atentos a toda la situación dirigieron sus respetos al comandante posando sus manos sobre el pecho, al igual que lo estaba haciendo el capitán, y durante varios minutos permanecieron en silencio.

Octe sonrió con melancolía y respondió el gesto inclinando su cabeza hacia cada uno de estos.

—Bueno, bueno... —dijo Arthur interrumpiendo aquel ceremonioso gesto —, pero ¿qué pasó aquí? —preguntó confundido —. ¿Se van a odiar o se van a amar?, decídanse.

—Nunca se calla, ¿verdad? —exclamó Gerd.

—No creo que pueda —respondió Octe sonriente —, si permanece en silencio por mucho tiempo, le puede estallar una vena en la cabeza o algo.

—Es bastante molesto —aceptó Gerd.

—Los estoy escuchando —intervino Arthur.

—Puede ser un poco molesto, sí —agregó Octe, asintiendo —, pero me agrada. Me recuerda un poco a mi hijo..., incluso tiene su misma estatura.

—Es tan pequeño... —se burló Gerd —, casi podría ser mi mascota.

—No soy pequeño —respondió Arthur furioso —, es solo que ustedes son muy grandes.

Octe emitió una pequeña carcajada. —Me agradas, Arthur —dijo —, no entiendo cómo terminaste en este lugar.

Entonces, Gerd se dirigió de nuevo al comandante.

—¿Qué pasará ahora? —preguntó.

—Creo que ya lo sabes —respondió Octe.

—¿Cómo? —insistió.

La fila de reclusos retomó su marcha con un ritmo más pausado, y como máquinas programadas, avanzaron uno tras otro siguiendo el ritmo que se les había sido impuesto, haciendo caso omiso de su mundo y con un único objetivo en mente: consumir.

—No es el lugar ni el momento —convino Octe —, ya pensaremos en algo. Por ahora... —señaló la herida en su cabeza.

—Arthur, ¿podrías ayudar al capitán?

—¿Qué te hace pensar que quiero ayudar a la maldita vaca obesa? —le reprochó Arthur cruzándose de brazos.

—Solo tienes que llevarlo a la enfermería —dijo Octe.

—No —respondió Arthur con falso enojo.

—Arthur... —insistió Octe.

—No —dijo con decisión dándole la espalda.

—Puedes tener doble ración de comida.

—No, no, no y no —Arthur se negaba rotundamente —. ¿Crees que me voy a vender por esa porquería?

—Creo que Cimsi está de servicio... —dijo Octe con un tono conciliador.

—¿Cimsi? —preguntó Arthur entusiasmado.

—Sí —respondió Octe con una sonrisa.

Arthur reflexionó por unos segundos. —¿Crees que acepte salir conmigo?

—Bueno —dijo Octe con gracia —, no creo que puedas ir a ninguna parte, pero puedes intentarlo, sí.

—¡Capitán! —exclamó Arthur emocionado mirando a Gerd —, no puedo enojarme contigo, somos amigos, ¿no? —, tomó al capitán por el brazo y lo recostó contra su hombro. Era como un pequeño llavero al lado de Gerd, quien a pesar de estar en los huesos, seguía siendo más robusto que Arthur —, ya decía mi madre: «no puedes odiar a una vaca, aunque te patee en las pelotas, después de todo la vaca te da carne, leche y... bueno creo que eso era todo» ¿o cómo era? —permaneció pensativo unos segundos —, en fin.

—Podrías matarme, Octe —dijo Gerd —, prefiero que me mates.

—Mi madre era de un pequeño país llamado Colombia —, Arthur seguía hablando mientras tiraba a Gerd por el brazo —, mi padre era francés.

—Por favor —le suplicó Gerd a Octe —, ten piedad de mí.

Octe solo sonreía.

—Mis abuelos nacieron en Nueva Guinea —Arthur hablaba y hablaba —, pero yo nací en... bueno, en realidad no lo recuerdo, era muy pequeño, pero es una mezcolanza, ¿no crees?

Octe los observaba avanzar a lo largo del pasillo, y la voz de Arthur, cada vez más lejana, se fue apagando hasta convertirse en un murmullo. Octe, por su parte, con su solitaria, pero verdadera victoria, se sentía tranquilo, no sabía por qué, pero sentía que estaba haciendo lo correcto.

La luz de Nirú resplandeció a lo largo de las ventanillas; sus rayos se proyectaban sobre el cuarzo y se reflejaban aleatoriamente por toda la habitación, dejando algunos parches sombreados y otros completamente iluminados como los escaques en un tablero de ajedrez. Octe miró a su alrededor y pensó en ello como una buena señal, le estaba ganando la partida a su locura o, al menos eso quería creer. Llenó sus pulmones de aire y lo expulsó con energía por su boca, luego con firmeza afirmó su bastón sobre el suelo y siguió avanzando hacia adelante, con el ritmo descompasado de su cojera, pero siempre hacia adelante. Se estaba dando una nueva oportunidad. Y ahora estaba seguro de lo que tenía que hacer.

# Capítulo II

## Un nuevo camino

*Draugr, trigésimo primer día del Jaggrad, año 2048*

—**C**i, i, imsi —exclamó Arthur rítmicamente, y de golpe soltó a Gerd sobre el suelo. Luego mojó la punta de su dedo con saliva y con gracia peinó cada una de sus cejas.

—Arthur —respondió Cimsi con indiferencia —, otra vez tú por aquí...

—Me preguntaba si...

—¡No! —Cimsi cortó sus intenciones de un tajo.

—Al menos, déjame terminar —se quejó Arthur.

—Ya sé lo que vas a decir —respondió fastidiada —, y no, Arthur, la respuesta es no y no insistas más.

—Pero yo...

—¡Capitán! —exclamó Cimsi asombrada —. Pero, ¿qué ha pasado? —apartó a Arhtur hacia un lado y se apresuró a brindarle apoyo a Gerd —, pobrecillo, otra vez no —lo tomó por el brazo y apoyó todo su peso sobre sus hombros. Con una mano sostenía el brazo de Gerd y con la otra le daba firmeza al caminar, presionándolo por el pecho.

Caminaban pausadamente, Gerd temblaba con cada paso. Comiendo muy poco durante días, se encontraba muy débil. Cimsi dio un pequeño tropiezo al sentir que el capitán se escurría de sus brazos, pero antes de perder el equilibrio plantó sus pies sobre el suelo y se impulsó hacia adelante.

—Capitán, capitán... —murmuró Arthur, imitando su voz —, pobrecillo.

—Gracias, Arthur —dijo Cimsi molesta —, puedes retirarte —, hacía un esfuerzo enorme por soportar el peso del capitán mientras abría la puerta de la sala de observación, pero aun así no lo soltaba.

—No, espera —dijo suplicante —, solo bromeaba.

—Ya la oíste —dijo Gerd, sonriendo —, lárgate.

—No recibo órdenes de ti —lo increpó Arthur —. Tienes suerte de que estamos en presencia de una dama o... —le enseñó los puños.

—Arthur... —dijo Cimsi perdiendo la paciencia —, solo retírate.

—Lo haré solo porque tú me lo pides —respondió Arthur mirando a Cimsi como hipnotizado —, mi reina —hizo una reverencia.

—De hecho, Arthur —dijo Octe, que había llegado de repente —, quiero que te quedes. Hay algo de lo que quiero hablarles.

Arthur se sobresaltó. —¿Cómo es que apareces en todos lados? —le preguntó confundido.

Octe se encogió de hombros. —Las ventajas de ser el jefe.

—Eso es del diablo —dijo Arthur santiguándose.

—Bueno, en realidad —agregó Octe —, venía tras de ustedes, pero un poco más lento. Ya sabes... —se señaló la rodilla —, en todo caso, adelante, adelante, no tenemos mucho tiempo.

Los empujó dentro de la habitación con afán y, con todos dentro, se devolvió sobre sus pasos caminando hacia atrás, arqueó su espalda ligeramente asomando su cabeza a través del portillo, miró a cada lado del pasillo adyacente a la entrada y luego cerró la puerta, asegurándose que nadie pudiera interrumpirlos. Los otros tres permanecieron atentos mirando al comandante; incluso Arthur permanecía callado.

Octe se dio media vuelta, luego de revisar dos veces
que la cerradura no pudiera abrirse y se percató de
que Arthur, Cimsi y Gerd, muy confundidos estudia-
ban cada una de sus acciones, como si estuviera loco,
ninguno se había movido de su posición.

—¿Qué esperas, Cimsi? —dijo Octe con impaciencia
—, atiende al capitán —manoteaba nervioso al hablar.

—Perdón —dijo Cimsi, como volviendo en ella.

Cimsi tomó a Gerd por el brazo una vez más, y con
delicadeza lo guio hacia la tablilla de observación. Gerd
descargó su cuerpo sobre aquella fría tabla metálica
que descendió unos centímetros al sentir su peso, y
se echó hacia atrás afirmando su cabeza sobre un
pequeño soporte tapizado. Entonces Cimsi con sutileza movió su mano hacia arriba y una luz nacarada
titiló sobre su cabeza hasta finalmente encenderse por
completo. La pequeña sala de observación se iluminó
casi en su totalidad, a excepción del pequeño rincón
en el que Arthur se había enquistado para dar un dramatismo exagerado a sus penas. Al costado derecho
de la sala había un viejo estante de madera con varias
gavetas astilladas en las que se almacenaban los pocos
insumos médicos de los que disponía la prisión. Un
par de pinzas hemostáticas, gasas «estériles», bandas
y vendajes lavados y relavados tantas veces que ya se
les desprendían algunos hilachos, varias compresas
manchadas, analgésicos, suero salino y algunas je-
ringuillas. A la izquierda, un escáner cardiaco inser-
vible, dos tablillas metálicas de observación más y un
estante oxidado con algunas sábanas limpias y varios
almohadones. Era el único lugar en la prisión en la
que el suelo no estaba del todo cubierto por el cuarzo.
En el centro de la sala se abrían algunos boquetes en
los que se depositaba arenisca, tierra mojada y una
que otra piedra. El enlozado del zócalo, muy despor-
tillado, también se caía a pedazos, y en la parte superior sobre una de las esquinas del cuarto, una gran
mancha amarilla se escurría sobre la tercera parte del
cuarzo, por lo que la humedad se infiltraba desde los
pisos superiores.

Draugr se caía a pedazos, no era más que una extensión de la cicatería de sus dirigentes. En unos años no quedaría ni rastro del gran monumento sobre el que muchos habían hecho gala y, como muchas otras obras en Auria, sería relegada al olvido, como una obra consumida por la maleza, disfuncional, desmoronada y llena de sobrecostos. ¿Mala planeación sobre el proyecto?, tal vez. ¿Detrimento del patrimonio público?, muy seguramente. Nadie sabía qué pasaba con el dinero del pueblo, e igualmente no se esperaba que nadie lo supiera, pues los mismos investigadores, eran los investigados. Bajo estas leyes, ninguna pesquisa progresaría mientras tuvieran el control sobre todas las entidades reguladoras; al final, solo quedaban la inconformidad del pueblo y su habilidad para adaptarse e ignorar lo repetitivo de estas situaciones.

—Necesito una de estas —dijo Octe mirando aquella luz que se encendía sin interruptores.

Cimsi le devolvió una sonrisa, pero no respondió a sus palabras, no quería que el comandante la reprendiera por no hacer su trabajo. Luego metió sus manos en una especie de fluido viscoso que, solidificándose con rapidez sobre ellas, forró su piel con una especie de cobertura semejante a un par de guantes de látex. Después, tomó una compresa y la extendió sobre su regazo, abrió el segundo cajón de la cómoda y sacó una botella verdosa que contenía un líquido translúcido en su interior. Octe la miró confundido y sintió que su boca comenzaba a humedecerse. Cimsi se percató que el comandante fijaba su atención sobre la botella de pic y le ofreció un trago alargando la botella. Octe se sintió avergonzado y, desviando su mirada hacia la puerta, movió su cabeza en señal de negación.

—Ya no nos queda alcohol —se excusó Cimsi, encogiéndose de hombros —, es lo único que pude conseguir —ladeó la botella ligeramente sobre Gerd y dando pequeñas palmaditas con la compresa, le limpió la sangre reseca que tenía sobre la cabeza y la frente.

Gerd emitió un pequeño gruñido al sentir el alcohol que borboteaba sobre el pequeño corte que había dejado el bastón, pero no tenía energías para oponerse, así que solo se agarró con firmeza de la tablilla.

—¿Cuántas veces más haremos esto? —le sermoneó Cimsi rociando un poco más de pic.

Gerd no respondió.

—En todo caso... —los interrumpió Octe. Cimsi de inmediato se mostró atenta a las palabras de comandante y este la reprendió, instigándola para que continuara —, Cimsi, no te detengas, puedes oírme mientras le prestas atención al capitán.

—Lo siento —se excusó Cimsi una vez más.

—Como sea —dijo Octe con mayor seriedad —, ustedes tres —le dirigió una mirada a cada uno de ellos.

Arthur permanecía cabizbajo dándole la espalda. Gerd lo miraba por el rabillo del ojo y Cimsi limpiaba las heridas del capitán evitando dirigir su mirada hacia el comandante. —Ustedes tres —repitió Octe —, son probablemente las únicas personas en quienes puedo confiar —aclaró su garganta. Cimsi se detuvo por un momento, pero no se atrevió a interrumpirlo, cambió la compresa ensangrentada por otra más limpia y prosiguió en lo que estaba antes de que Octe pudiera decirle algo. Arthur volvió su mirada hacia el comandante, e intentando contener una sonrisa que insistía en marcarse en su rostro, fingió que le prestaba atención con mucha seriedad. Gerd no se inmutó, pero al igual que Arthur, lo escuchaba con interés. —En unos cuantos días me sacarán de aquí. Lo sé por qué me lo han informado a través de un comunicado oficial hace pocos minutos —dudó por instantes mientras se paseaba por la habitación —, me tomó por sorpresa, pero creo que Fragguot tuvo algo que ver con esto —apretó los puños en sus manos —. En todo caso, no puedo hacerlo sin haber sacado a Gerd de este maldito lugar. Bueno, a ustedes dos también, si así lo desean.

Cimsi estrujó la compresa que sostenía en sus manos con nerviosismo. —Yo...

Gerd la tomó del brazo y la reprendió con la mirada. —No seas cobarde —la reprochó Gerd —, no es momento para eso.

Cimsi sintió que una furia asesina invadía su cuerpo, pero al final se quedó callada; enseguida apartó la mano del capitán con violencia y lo miró de vuelta con ojos centellantes. Gerd no pudo sostener su mirada por mucho tiempo y volvió sus ojos hacia Octe, convenciéndose de que él siempre tenía la razón.

—¿Cómo piensas hacerlo? —preguntó Gerd haciendo un intento por sentarse sobre el borde de la tablilla. Cimsi lo contuvo con una mano y, empujando su pecho, lo acostó de vuelta sobre la camilla.

—Bueno —respondió Octe —, no digo que será fácil, pero tampoco es algo imposible.

—¿Cómo piensas burlar los sistemas?

—¿Los sistemas? —preguntó Octe con tono burlón.

—Sí —dijo Gerd avergonzado, como si lo que hubiera preguntado fuera una estupidez.

—Ja —emitió una risilla —, los sistemas no funcionan desde hace mucho tiempo, capitán, como todo en este maldito agujero.

—¿Quieres decir que... —preguntó Gerd, sorprendido.

—¿No hay una red láser que te cortaría en dos sin intentaras algo? —completó Octe la pregunta —, no, no la hay.

—Pero...

—Nada en este planeta es lo que debería ser, Gerd —dijo Octe —, solo les hacemos creer lo que nos conviene. Ya deberías saberlo.

—Se parece mucho a mi planeta —intervino Arthur —mentiras, corrupción, cinismo y más mentiras —permaneció pensativo —, ¿quién lo diría?, yo imaginaba que cualquier civilización fuera de la Tierra sería una utopía tecnológica tan avanzada que sería casi imposible que ocurrieran cosas como estas —se burló con ironía —, pero entre más los conozco más similitudes encuentro con mi planeta, y me siento feliz por eso.

—Lamentamos decepcionarte, Arthur —exclamó Octe ofendido —, pero es lo que hay.

—¿Cuál es el plan? —insistió Gerd.

—A eso voy... —dijo Octe intentando calmarlo —. Como saben, mañana en la noche se disputará la final de Draked aquí en Draugr. Dervain contra Rogulo'h. Una buena pelea. Y como podrán imaginarse, muchos aquí han apostado una considerable cantidad de zurcs al ganador —Gerd lo miró impaciente —. Como sea, la pelea en sí no tiene importancia. Lo importante es que los guardias estarán lo suficientemente distraídos como para atender a un posible motín —Gerd se mantenía pensativo —, sin los sistemas de seguridad activos, y si logramos alentar a una buena parte de los reclusos —se dirigió al capitán —, tendrás la suficiente distracción para colarte por el vertedero. O con algo más de suerte, incluso podríamos salir por la puerta principal.

—Suena fácil cuando lo dices así —dijo Gerd —, pero...

—Morirán algunos —lo interrumpió Octe —, sí.

—No sé si —dijo Cimsi consternada —, pueda; no, no podré hacerlo.

—Cimsi —dijo Octe con un tono conciliador —. Antes de que digas algo más, tienes que entender que si hay un motín, tú eres la primera que tiene que salir de aquí. Eres demasiado noble como para defenderte tú sola y no puedo permitir que algo malo te pase.

—No podemos —le corrigió Arthur sonriente.

—Octe, tiene razón —sentenció Gerd —, tú sola, en un motín... bueno.

—Y, ¿si fallan? —dijo Cimsi con voz temblorosa.

—No fallaremos —dijo Octe con firmeza.

—Si fallamos —convino Gerd —, podrás decir que te llevábamos en contra de tu voluntad.

—Es verdad —afirmó Octe —, tu única función dentro de este plan será mantenerte a salvo. Puedes delatarnos si así lo quieres, en todo caso no quiero exponerte a nada más. Ahora, si decides ayudarnos, solo tienes que mantener a Gerd bajo tu custodia hasta mañana. Arthur y yo nos encargaremos de juntar algunas cosas y Gerd... —le dirigió una mirada al capitán —, mantén a Cimsi a salvo y, luego... luego veremos qué sucede.

—En pocas palabras —dijo Arthur —, no tienes un plan concreto, solo estás improvisando.

—En parte... —titubeó Octe —, sí.

—Tienes que estar bromeando —dijo Arthur con todo burlón.

—Cuando planeas demasiado, Arthur —intervino Octe —, fracasas ante el mínimo desajuste de tu plan.

—Bonita excusa —respondió Arthur con incredulidad —. Estamos fritos.

—Entiendo —dijo Gerd con mayor seriedad que los otros —, lo haremos. Es la única oportunidad que tengo —titubeó —, bueno, tenemos —rectificó sus palabras.

—No quiero morir —murmuró Cimsi —, no quiero, no...

Gerd la tomó por lo hombros con fuerza y la miró fijamente.

—Puedes irte con nosotros —dijo enojado —, o puedes quedarte y ver lo que hacen contigo un montón de bestias enloquecidas que llevan años sin sexo.

Cimsi se estremeció de solo imaginarlo.

—Piénsalo —concluyó Gerd liberando sus hombros.

—¿Y tú, Arthur? —preguntó Octe —, ¿tienes miedo?

—Mi abuelo decía que —imitó una voz temblorosa y pausada —: «cuando un ave nace enjaulada y la liberas de repente, no sobrevive más que unos pocos días, pues acostumbrada a sus captores no sabe qué hacer con tanta libertad y se deja morir de hambre». —Yo por mi parte digo que prefiero morir en Hawái a pasar otro maldito día en esta pocilga.

Los tres lo miraron confundidos.

—Algún día espero entender tus palabras, Arthur —dijo Octe terciando su cabeza —. En serio, siento que intentas decir algo importante, pero... —se encogió de hombros.

Arthur hizo un gesto de rechazo ante las palabras del comandante y se cruzó de brazos.

—Entonces —insistió Octe —, todos están dentro, ¿no? —volvió a mirarlos uno por uno como instigándolos con la mirada.

Primero miró al capitán.

—Sí —dijo Gerd sin dudarlo.

Luego miró a Arthur.

—Bueno ya que —dijo después de dudarlo por unos segundos —, no tengo nada mejor que hacer.

Por último, posó sus ojos sobre Cimsi, que permanecía cabizbaja. —¿Cimsi? —preguntó con insistencia.

Cimsi se levantó de la silla sin decir una palabra, caminó hasta la puerta, tomó el cerrojo entre sus manos y permaneció inmóvil por unos minutos antes de abrirla.

—Te traeré un poco de comida, Gerd —exclamó acongojada y salió de la habitación cerrando la puerta tras ella.

—Asumo que eso es un sí —dijo Octe —, como sea, no hay tiempo que perder; Arthur, tú vienes conmigo. Tenemos que trazar una ruta de escape. Gerd, descansa, come algo y por favor, no lo arruines.

—¿Qué pasará con el imbécil de Fragguot? —preguntó Gerd con interés.

—Bueno —respondió Octe dubitativo —, tendremos que andarnos con cuidado.

# Capítulo III

## El Draked y la voluntad auriana

*Draugr, trigésimo segundo día del Jaggrad, año 2048*

**D**ervain entró sobre la ronda de patadas con una frontal que desbarató la defensa de Rogulo'h. Después de la ronda anterior y un reñido combate de golpes a mano extendida sobre el plexo solar, Rogulo'h parecía perder el control de lo que había pensado en un inicio, sería un combate bastante simple. Dos patadas más impactaron sobre el huesudo gigante: una lateral que se encajó sobre su abdomen y luego una sorpresiva giratoria que atizó contra su mentón. Rogulo'h se tambaleó por un instante y todos dieron un conmocionado grito de sorpresa, creyendo que la pelea finalizaría con Dervain como el invicto vencedor. Pero antes de doblegarse, Rogulo'h, plantó sus pies sobre el cuarzo y cual coloso inamovible bloqueó el último zarpazo antes de retroceder.

En el campo de batalla, no había más luz que el destello de las pequeñas lamparillas de color amarillo, que se alzaban sobre el enrejado central de la corraliza. Dos círculos atenuados que se proyectaban sobre una jaula rectangular de hierro forjado; oxidada y deslucida; y apenas si sacaban de la penumbra las gradillas sobre las cuales reposaba un barullo de gritos y rostros difusos que exiguamente sí se distinguían. También se apreciaban varias manchas de sangre envejecida y seca sobre el laminado del suelo, que contrastaban con el ahuesado color del cuarzo y, a los costados del campo, un manto de espinas de acero hiladas con alambre, que se perfilaban cual *Euphorbia milii,* y evitaban que cualquiera pudiera escalar por el enrejado.

La sombra del enrejado se proyectaba sobre los cuerpos sudorosos de ambos contendientes, que resollaban desde lados opuestos del campo. El público desde las sombras gritaba de emoción y, con su abrasador aliento, el de miles de individuos hacinados dentro de aquella estructura tapiada con un hermetismo insano, impelían una inaguantable aura bochornosa, como si se encontraran a las puertas de una forja hedionda, pegajosa e inmunda. El calor era insoportable, por no mencionar todos los olores que se fundían en un pestilente almizcle que haría que cualquiera se desmayara. Se podría describir como un olor rancio y pestilente que emanaba del sucio humor de los reclusos y que, siendo perceptible a la vista como un vaho amarillento, se disolvía entre los vapores del cigarro y el amoniacal hedor de la orina desparramada por el suelo.

Los guardias, apostados sobre las puertas de entrada chocaban sus botellas mientras intercambiaban zurcs de un monedero a otro. Ghlidiac'k, el jefe de seguridad, grababa con su cuchillo sobre un bloque de granito los posibles resultados. El viejo Duq'k, el asistente administrativo del comandante, llevaba la contabilidad de las apuestas. Muchos otros trocaban papeletas de tamarina con los prisioneros a cambio de beneficios; otros se cobijaban bajo las sombras para cometer actos bochornosos, y otros tantos, vacilantes y tibios, se hacían los de la vista gorda y permanecían indiferentes frente a todo, como si la indiferencia fuera un salvavidas para su moral. Todos culpables, al fin y al cabo.

Fragguot, por supuesto, no ajeno a la anarquía de un mundo sin regularidad, no perdía oportunidad para disfrutar de aquel salvaje espectáculo y, muy nervioso, se movía de un lado a otro pensando en lo mucho que anhelaba estar dentro del campo de batalla con algún pobre insensato al que pudiera machacar a golpes. Gritaba excitado exhibiendo sus dientes raídos mientras escupía migajas de saliva por la boca y, ante cada golpazo de los luchadores se sobresaltaba emulando los movimientos con sus puños.

Se sentaba, se levantaba, se reía a carcajadas, bebía un poco de pic, no mucho, pues no era de su agrado, y de cuando en cuando se llevaba la mano a la nariz con un polvillo azul que le impregnaba los cornetes y de golpe le daba la energía suficiente para ponerlo más nervioso. Se relamía el Lachryma Enkeli frotando los restos en sus dedos contra sus encías y volvía a la algarabía repitiendo una y otra vez el mismo proceso. Drogas y violencia, las dos cosas que movían su vida. Y claro, al igual que la mayoría de los guardias, también se mostraba ansioso cada vez que Dervain se reponía sobre su contraparte. Era una bomba de tiempo a punto de estallar. Muy seguramente terminaría su día matando a golpes a algún recluso, y para mala suerte de Cimsi, tal vez, intentaría abusar de ella, como de costumbre.

Contrario a la atmósfera que se aglomeraba dentro del campo de Draked, a las afueras de Draugr, un aura fría y cansina se batía con idílico fragor, recordando la libertad natural de aquello que escapa a la voluntad de los aurianos. Afuera las nubes grises sobre un paño ennegrecido auguraban una sólida tormenta. El viento azotaba las robustas murallas como queriendo derribarlas y las pequeñas gotas se desmenuzaban aleatoriamente cayendo de par en par con una llovizna leve pero helada. La niebla era más densa y espesa que los días anteriores. No había rastro de animal alguno, y Noc y Nirú, dormidos al oriente, no daban señales de su existencia. Solo unos cuantos guardias mantenían su posición sobre las murallas, los más novatos. Otros simplemente estaban ahí por falta de interés frente al Draked y, como había previsto el comandante, la seguridad era mínima. Sin sistemas de seguridad funcionales y con más de la mitad de los guardias inundados hasta las narices con pic, no tendrían mejor oportunidad para intentar algo. Era el momento de escapar. Y si todo seguía el curso demarcado, la primera parte del plan del comandante tenía que ponerse en marcha en cualquier momento.

De vuelta al interior, los prisioneros se vieron ensartados en una ronda de abucheos en contra de Dervain. Dos de ellos se dieron a trompadas partiendo desde las diferencias por el contrincante al que habían apostado. Los demás los animaban a que se mataran, y una nueva ristra de porrazos llovió sobre los reclusos. Mientras tanto, en el campo de batalla, Rogulo'h se reivindicaba pateando a Dervain en las espinillas, esquivando una patada que rozó sus hombros y respondiendo con una patada ascendente con el empeine. La lucha era reñida; ninguno de los dos parecía dispuesto a darse por vencido. El marcador indicaba una puntuación de treinta y tres a treinta y cinco. Pero Dervain llevaba la ventaja con la patada giratoria que había conectado con anterioridad y dos puntos más por haberla ajustado sobre el pómulo de Rogulo'h.

El draked se dividía en cuatro tiempos. Cada uno con un puntaje total de cuarenta puntos. Al primer contendiente en alcanzar la mayoría de los puntos en el tiempo disputado se le otorgaba un punto de ronda, y al primero en sumar tres puntos de ronda se le otorgaba la victoria inmediata. Es decir, para cada tiempo, el participante debería sumar los cuarenta puntos antes que su contrincante, y para ganar el encuentro debería ganar al menos tres de los cuatro tiempos.

En caso de que ambos contrincantes llegaran a un total de dos tiempos cada uno, el quinto tiempo sería definido en un encuentro de combate libre cuyo perdedor sería el primero en ser noqueado.

Por otra parte, si alguno de los contendientes fuese inhabilitado para continuar con el combate antes del segundo tiempo, el encuentro sería declarado en empate. Asimismo, si alguno de los contendientes fuera inhabilitado antes del tercer tiempo, se otorgaría la victoria inmediata para su contraparte. Ahora, si ambos fueran inhabilitados antes del tercer tiempo, se daría un tiempo de recuperación prudente de dos horas, en cuyo caso el vencedor sería el primero en pisar el campo de batalla.

En el draked cada tiempo se definía bajo una especialidad diferente. El primero, combate de palmada abierta sobre el plexo solar. Era un combate al primero de cuarenta puntos, en el que solo se validaban los golpes directos sobre dicha zona y en el que se prohibía todo tipo de contacto diferente a la palma abierta.

El segundo tiempo era de ronda de patada libre, en el cual solo eran válidos los golpes directos con los pies y las espinillas; en él se prohibía contacto con manos y brazos que no indicaran carácter defensivo.

En el tercer tiempo, rodillazos y codazos, como su nombre lo indicaba, solo podían ser usadas estas zonas del cuerpo y, al igual que en los anteriores, se prohibía cualquier contacto diferente al indicado.

El cuarto y último tiempo consistía en una ronda de llaves y estrangulaciones; se prohibían puñetazos, patadas, codazos, rodillazos o cualquier otro tipo de contacto no validado.

El draked era un deporte bestial, en el que muchas veces los participantes quedaban con lesiones permanentes o incluso podían ver comprometida su vida. Un deporte nacido desde la mitología, digno del carácter brutal de los aurianos y su capacidad para destruirse y que, además, se había convertido en un vicio para las clases más bajas y en el distractor predilecto por el consejo para desviar la atención de los problemas importantes.

En el campo de batalla de Draugr, se disputaban dos fuerzas totalmente equilibradas. Ambos se turnaban para lanzar sus respectivos ataques y de la misma forma se turnaban para detenerlos. Pasaron al menos unos veinte minutos de la segunda ronda y el cansancio físico era notable en ambos luchadores, apenas si podían mantenerse en pie. Lanzaban patadas enclenques, se tambaleaban evitando caer al piso y tardaban más tiempo antes responder al próximo ataque. Además, la inflamación en sus extremidades se evidenciaba en los múltiples hematomas tatuados en sus cuerpos.

Era muy probable que alguno de los dos fuera inhabilitado antes de la tercera ronda o, de lo contrario, el siguiente enfrentamiento sería un patético espectáculo en el que aquel que lograra sacar ventaja sobre su contraparte machacaría a golpes a su adversario haciendo uso de las zonas más sólidas de su anatomía, casi hasta matarlo.

Rogulo'h frenó una nueva patada frontal. Sus antebrazos palpitaban del dolor. Estaba seguro de que no resistiría más golpes. Tenía que intentar un último ataque y arriesgarlo todo para ganar o someter su cuerpo a un esfuerzo más grande y esperar a que Dervain se diera por vencido. Por su parte, Dervain, pensaba lo mismo, y de esta forma ambos seguirían lanzando patadas hasta desmayarse. Una patada ascendente, bloqueo de muñecas, patada giratoria; bloqueo con antebrazos. Dervain atacaba, Rogulo'h se defendía, luego Rogulo'h contratacaba y Dervain hacía lo propio al bloquearlo.

Después de varios ataques más, ambos se detuvieron en costados opuestos del campo de batalla. Dervain se sostenía del enrejado mientras se presionaba el abdomen. Rogulo'h se apoyaba en sus rodillas y escupía la sangre que le enjuagaba las encías. El sudor se escurría por sus cuerpos como el rocío de la mañana. Sus pellejos estaban grabados con múltiples moratones. Rogulo'h cojeaba de su pierna derecha. Dervain tenía el tabique roto. Ambos se miraban con odio mientras jadeaban. Una nube vaporosa emanaba de sus bocas. Estaban empecinados a seguir con el encuentro a como diera lugar, pero sus cuerpos opinaban lo contrario. Los reos aclamaban a Rogulo'h y entonaban cánticos propios de las regiones del norte. Solo una pequeña fracción alentaba a Dervain: sus compañeros de celda y, en su mayoría, los guardias.

Rogulo'h enderezó su espalda con una gran sonrisa en su rostro, envalentonado al oír su nombre sobre el de su contraparte y, cojeando al caminar, se dirigió orgulloso hacia el centro del ring con su puño levantado hacia el cielo.

Los espectadores le respondieron con un gran grito de aprobación. Dervain, de igual manera, se impulsó con desidia desde el enrejado. Caminaba a paso lento sujetándose a un costado de su pecho. Desde aquella patada en sus costillas sentía que respiraba con dificultad, tal vez con una costilla rota o dos; pero estaba decidido a salir victorioso. Imitando a Rogulo'h, también levantó su puño al cielo, pero solo recibió abucheos. Frunció el rostro fastidiado y apretó los dientes, furioso, mientras respondía a los abucheos con amenazas.

Al llegar al centro del campo, ambos se posicionaron a unos pocos metros distancia entre el uno y el otro. Levantaron sus puños para cubrir sus rostros. Lo dudaron por unos minutos más antes de atacar, pero al final, Dervain, tomó la iniciativa y se abalanzó en contra de Rogulo'h con la poca energía que le quedaba. Rogulo'h, contrario a lo que se esperaba, bajó su defensa, y su atención se vio dirigida hacia el costado opuesto de la plaza. La patada de Dervain impactó de lleno sobre su cabeza. Rogulo'h se desplomó como un costal de papas. La mayoría de los prisioneros soltaron un grito de sorpresa sin entender lo que estaba pasando. Después de todo, Rogulo'h se había esforzado por hacer plante a todos los ataques de Dervain; era imposible que se hubiera dado por vencido así, sin más. Los cánticos cesaron y los rostros de confusión se hicieron visibles entre la multitud. Dervain emitió una gran carcajada —¡Ahí tienen a su campeón! —gritó. Luego puso su sucio pie sobre el rostro de Rogulo'h y, enseñando sus músculos, rugió a grito entero mofándose de su victoria.

El ambiente se encontró enmudecido. Nadie podía creer que Rogulo'h hubiera perdido la batalla. Solo algunos correspondían a los gritos de victoria de Dervain. El marcador se actualizó una vez más, cuarenta a treinta y nueve. El juez anunció la victoria de Dervain sobre la segunda ronda, con una puntuación de uno a uno en el contador global. Estaban empatados, pero si Rogulo'h no se levantaba del suelo, Dervain sería galardonado *ipso facto* como el único campeón de Draugr.

Al cabo de unos segundos, y antes de ser nombrado de manera oficial como el ganador, Dervain, vio interrumpida su celebración por un olor a aceite quemado y azufre que atiborraba toda la atmosfera; seguido de esto, un vaho ennegrecido se distendió lentamente por el costado derecho del campo, empantanando todo el ambiente con una gruesa niebla espesa que apenas si permitía respirar. La mayoría de los prisioneros corrieron al costado opuesto de la humareda mientras tosían. Se empujaban unos con otros y pisoteaban sin piedad a los que tropezaban y caían al suelo. La niebla se fue haciendo más densa. El calor era sofocante. Muchos cubrían sus rostros con sus camisetas. Tosían e intentaban caminar a gatas para evitar la humareda. Al llegar a la puerta central se dieron de frente con una sólida muralla de guardias que los recibieron a bastonazos y los hacían retroceder, accionando sus armas bajo sus pies.

—¡Fuego! —gritó unos de los prisioneros señalando la atalaya del patio interior —, ¡fuego! —repitió alarmado.

Todos dirigieron su mirada hacia el gran torreón envuelto en llamas, y el pánico se apropió de ellos con apremiante impaciencia. Perdiendo el miedo, se apretujaron contra los guardias, que urgidos por el afán de escapar, intentaban retroceder sin perder el control de la situación. Soltaron algunas granadas de conmoción, pero el instinto de supervivencia de los prisioneros superaba el miedo que podían emitir los guardias. Los prisioneros forcejeaban por avanzar y los guardias, en su mayoría borrachos y superados en número, no tenían nada que hacer contra la multitud.

Una gran lengua de fuego se batía sobre los ventanales de la sección de crímenes menores y se distendía rápidamente por la muralla interna del patio central, abrasando varias de las garitas de vigilancia y descendiendo por la cara interna del campo de draked. El olor era insoportable y el humo ser concentraba cada vez más.

Algunos guardias que se encontraban sobre los muros buscaban con desesperación la salida de los torreones, pero muchas de las salidas estaban bloqueadas. Incluso algunos de estos infelices, movidos por el pánico, se arrojaban al menos doce metros al vacío para no ser alcanzados por las llamas, otros no tenían tanta suerte y se cocinaban en vida envueltos por una furiosa flama que parecía alimentada por los mismos dioses. El fuego avanzaba a una velocidad impresionante, pero lo más confuso de toda la situación era que la estructura de la prisión no se prestaba para esa clase de incendios.

Se escucharon varios disparos.

—¡Atrás! —gritaban los guardias empujando a los prisioneros; intentaban replegarse hacia los patios exteriores sin que pudiera formarse un motín. La turba retrocedía al escuchar los disparos, pero se mostraban cada vez más desesperados, pues la puerta era demasiado pequeña como para que todos avanzaran en masa.

—Nos vamos a quemar —replicó uno de los prisioneros, y los demás aprobaron sus palabras en medio de insultos y gritos. Estaban furiosos con los guardias por retenerlos frente a tal calamidad; pero los guardias no parecían dispuestos a ceder ante sus quejas. Era increíble el grado de negligencia y el poco valor que estaban dando a la vida de los reclusos, pero como era de esperarse en el balance de poderes, o eran unos o eran los otros y, sin duda alguna, no serían los guardias.

Los que estaban al final de la cola empujaban desesperados hacia adelante. Se apiñaban unos contra otros y luego retrocedían hacia atrás, reprimidos por los bastonazos y los disparos. Los gritos de desesperación resonaban por todo el patio, y respirar se estaba convirtiendo en una tarea imposible; muchos se estaban sofocando, algunos incluso se desmayaban.

Los guardias, al sentirse acorralados, arremetieron contra los prisioneros disparándoles a las piernas y al dorso, pero más que hacerlos retroceder, despertaron el impulso agresivo que hizo que los reos tomaran la decisión de atacarlos. Al principio se mostraron dubitativos, por la amenaza latente de los sistemas de seguridad, pero luego de que los primeros cayeran forcejeando con los guardias, los demás se abalanzaron en masa, como una estampida de bestias desbocadas. Algunos eran derribados por los disparos, otros forcejeaban por desarmar a los guardias, y desde las murallas del frente llovían proyectiles en contra de los prisioneros. Las llamas los hostigaban a sus espaldas. Los últimos en la fila veían las lenguas de fuego que lamían sus rostros, y con mayor apremio, hacían presión hacia adelante. Los del frente forcejeaban con los guardias, los machacaban a golpes, los despojaban de sus rifles y los ejecutaban, y con las armas ya en sus manos respondieron a sus atacantes en las murallas. Caían cuerpos de lado y lado. Una gran mayoría estaban muriendo pisoteados, a otros finalmente los alcanzaron las llamas.

Las alarmas de emergencia con estruendo repicaron por toda la prisión. Los guardias supervivientes se replegaron hacia el costado exterior de la segunda sección. La sección administrativa y la de crímenes menores estaba completamente consumida por las llamas. Nadie sabía que pasaba y todo acontecía a una velocidad alarmante. La sección que utilizaban como campo para el Draked en parte también había sido alcanzada, y la única zona segura había caído en manos de al menos la mitad de los prisioneros, quienes ahora se encontraban armados.

Al menos treinta y tres guardias habían perdido la vida; los demás eran guiados por Fragguot al armerillo para disponer de los rifles de asalto y las armas pesadas. Y se habían organizado para retomar el control flanqueando los costados del patio interno y cercando la única salida que tenían los reos, pues del lado opuesto los perseguían las llamas.

Una gran columna de humo negro se elevaba sobre los paredones de titanio. Las llamas anaranjadas resplandecían desde los torreones y se proyectaban sobre las nubes como un cálido atardecer. Draugr estaba hirviendo desde adentro. La confusión y el caos reinaban sus paredes, pero a pesar de todo, muchos de los prisioneros en un grupo asombrosamente organizado arrastraban a los heridos lejos de las llamas. Otros en una cadena auriana pasaban de mano en mano los baldados de agua enlodada que recolectaban de las cloacas inferiores y, pretendiendo mantener a raya las brasas que insistían en cocinarlos en vida, arrojaban el agua directamente sobre la muralla de fuego. No era una maniobra eficiente, pues apenas si lograban retrasar el fulgor de la bestia incandescente, pero les daba tiempo para hacer frente a los guardias que al costado opuesto los ametrallaban. Se escuchaban disparos, gritos de desesperación, gritos de dolor, órdenes e insultos. Se veían algunos cuerpos carbonizados por las llamas y otros destrozados por los proyectiles; algunos machacados por la estampida, otros molidos a golpes. Heridos con quemaduras en sus brazos, sin cejas, con el cabello chamuscado; otros cojeando con disparos en sus piernas, brazos o abdomen. Era un verdadero campo de batalla. Los proyectiles iban y venían respondiendo como un eco subsecuente del movimiento angular de las falanges de sus tiradores. Los estallidos cinéticos de los rifles de asalto atronaban con repetida insistencia dotando de compás al rugido de las llamas, y el olor a carne quemada y pelo chamuscado se fundían con el olor azufrado del humo negro que se amontonaba sobre sus cabezas.

Más adelante, bajo el pórtico metálico de la entrada externa del pabellón del draked, Fragguot machacaba a culatazos a Greulhg, un viejo auriano que, huyendo de los disparos y las llamas, había tenido la mala suerte de encontrarse de frente con aquel frenético psicópata embriagado por el caos que reinaba en la prisión. El rifle se alzaba y se desplomaba sin tregua sobre el rostro de Greulhg.

Un escalofriante splash se escuchaba con el golpe de la culata y el guisado de sesos que antes habían ocupado un cráneo. El viejo auriano se había sacudido un par de veces tras los primeros tres o cuatro golpes, pero tras un apagado quejido, al cuarto impacto ya no respiraba. Y pese a todo, Fragguot había seguido golpeándolo encarnizadamente, lo disfrutaba. Amaba la sangre; tenía un gusto enfermo por los huesos rotos, la carne desgarrada, los sesos y las vísceras expuestos. Era un ser despreciable, desalmado, amante de la muerte y sin un juicio moral sobre el cual asentar sus actos. La sangre le salpicaba el rostro con cada golpe de su arma. Sus comisuras se tensaban desde sus sienes como si dos grandes ganchos las sujetaran con violencia hacia arriba. Sus dientes, amarillos y astillados y embarrados en sarro, se exhibían como el galardón máximo de su demencia, y un pequeño tic, apenas distinguible, hacía vibrar con recelo su párpado derecho. En sus ojos se reflejaba el vacío absoluto de un cuerpo que se desplaza por el mundo carente de alma. Quienes lo vieran dirían que era la representación ejemplar del virus irrisorio. Quizá se trataba de una nueva cepa, que potenciaba los instintos violentos, pero no los mataba. O podría hablarse de una mutación magistral del instinto primitivo de una raza que siempre había sido violenta. Quizá nunca había sido el virus, quizá siempre habrían sido de esta manera. Seres inalienables de naturaleza pancista. Que vivían sus vidas pensandoególatramente en un tipo de superioridad autoproclamada de la que sin duda alguna carecían. Fragguot era la muestra de ello. O, quizá si era el virus. Sí, quizá lo era. Tenía que serlo.

Fragguot se levantó del suelo una vez fue alcanzado por la fatiga. En su rostro se reflejaba la satisfacción de sus actos. Sus manos juagadas en sangre goteaban sobre el cuarzo. Sobre la culata de su rifle, adherido a la base de la cantonera, se veía un trozo de hueso y algunos cabellos apelmazados con restos de sesos y sangre coagulada, y a sus pies, el pobre anciano destrozado.

Pasó unos minutos contemplando dichoso la dantesca escena que se desarrollaba frente a sus ojos. Jamás se sintió más satisfecho o, bueno, por lo menos desde aquella vez en que vio la destrucción de Frantasipt con sus propios ojos y que, forcejando con Lazary para evitar la custodia, le había tajado la garganta de lado a lado con la navaja que guardaba dentro de sus botas. Emitió un gesto de intachable alegría, rememorando la muerte del viejo. Eran aquellas situaciones las que lo embriagaban con lo que él definía como verdadera felicidad. La muerte era un caramelo que se deshacía sobre sus mejillas y bajo su lengua, sumergiendo su cerebro en un caldo de Dopamina. Casi podía palpar su entusiasmo. No podía pedir más.

Inspiró profundamente por la nariz, olisqueando a gusto el olor de la carne quemada, como quien olfatea una hogaza recién salida del horno. Después expiró todo el aire, se sintió radiante y fijó su atención sobre uno de sus compañeros, que se acercaba serpenteando por el suelo con un disparo sobre su abdomen y un rastro de sangre tras de sí. Clamaba por ayuda. Fragguot volvió a sonreír.

—Ayúdame —farfulló Ghlidiac'k adolorido —, Fragg... por favor, no puedes dejarme morir.

—¿Ayudarte? —repitió sonriente—, ayudar, sí, debería ayudarte —hablaba como para sí mismo.

El guardia herido le extendió la mano. —¡Por favor! —le suplicó.

Fragguot miró aquella mano temblorosa y endeble con gracia; luego miró aquel rostro suplicante, y sonrió como solo él sabía hacerlo. Se puso de cuclillas para estar más cerca del herido. Sonriente, parecía disfrutar con su dolor. Veía la pena y el sufrimiento a través de los ojos de Ghlidiac'k y no podía sentir más que excitación. Le acarició el cabello lascivamente, como un amante que con pasión palpa las fibras de su amada, y aspiró el almizcle amargo del miedo, como un león hambriento que arrincona un impala y se abastece con el terror que brota de sus poros.

Luego, rozó sus mejillas haciendo una leve caricia con su pulgar mientras acallaba los quejidos del agonizante centinela, como una madre que consuela a su hijo. Ghlidiac'k en medio de su dolor lo miró confundido. Entonces Fragguot deslizó su mano lentamente hasta el cuello del guardia, rozando con un vicio enfermo la piel del herido; su pulso era débil, acompasado y temeroso.

—Pero... —titubeó Ghlidiac'k —, ¿qué haces, idiota?

—Ayudarte —respondió Fragguot.

—¿¡Qué esperas, maldita sea!?

—¿Por qué debería ayudarte? —concluyó.

Sus comisuras alcanzaron la cumbre secular de un ser despreciable al que no le importa nada, y reafirmándose sobre su pómulo derecho, su sonrisa se evidenció más enferma que nunca. Cerró su mano sobre el cuello del guardia, cual cangrejo atenazando la dura corteza de un coco, y sus dedos se enrollaron sobre la debilitada tráquea, aplastando la musculatura lateral del cuello y comprimiendo los vasos que irrigaban su cabeza. Cual bestia tentacular, Fragguot se enroscó impasible sobre la garganta del guardia. Podía sentir su pulso cada vez más dinámico bajo la presión de sus falanges. Fue apretando más y más, y el miedo se reflejó en aquellos ojos ingenuos que clamaban en busca de ayuda. El guardia se sacudía, intentando alcanzarlo con sus manos, pero entre más oponía resistencia, mayor presión ejercía Fragguot sobre su aplastada tráquea. El guardia resollaba intentando chupar el oxígeno. Sus movimientos se tornaron flemáticos y blandos. Su pálido rostro se transmutó en un rojo amoratado; sus labios se hincharon; sus ojos se eyectaron en sangre y, expirando su último aliento como el graznido de un ganso, después de cinco minutos de lucha al fin dejó de moverse.

Sus pupilas se dilataron mirando al horizonte y en su inmensa oscuridad, el infeliz guardia fue arrastrado por la crueldad de un monstruo que, desprovisto de sus cadenas, tenía total libertad para hacer de su entorno un parque de diversiones. Fragguot alcanzó el punto más álgido del placer para un enfermo y sin soltar el cuello de su víctima sintió que algo explotaba en su entrepierna; sintió que todo su cuerpo se estremecía bañado por un éxtasis casi divino. La piel de sus brazos se vio erizada con los miles de folículos pilosos erectos en dirección al cielo y un escalofrío le recorrió de un extremo al otro su espina dorsal y se decantó sobre sus extremidades.

—Ayudarte —murmuró Fragguot acariciándole el rostro con sus manos ensangrentadas —, ayudarte... —repitió con una risa nerviosa que crecía poco a poco —, ayudarte —insistió una vez más pasando de la risa a un expresión iracunda y violenta —, ¿por qué debería ayudarte? —le apretó las mejillas y concluyó con una tétrica carcajada que apenas si se hacía notable bajó el estridor de los fusiles. Fragguot se sentía vivo. Eran él y la muerte danzando juntos y libres bajo una sola tonada.

Se puso de pie, cerró sus ojos sin dejar de reír, aspiró profundamente el óbito aroma de los cadáveres que reposaban a sus pies y enrolló su cuerpo, entrelazando sus brazos contra su espalda en un desequilibrado gesto de amor propio. Se abrazó a sí mismo, consintiendo sus acciones. Luego dio dos pasos adelante y uno atrás; un cómico giro sobre su propio eje y llevó sus manos al frente como si el viento fuera su compañero de baile. Dos pasos al frente una vez más, luego uno atrás; miró hacia el cielo, extendió sus brazos hacia los costados como si extendiera dos grandes alas y giró. Una, dos, tres, cuatro veces dio vueltas y vueltas; imaginando que una lluvia de sangre bañaba su cuerpo, que cada gota golpeaba con frescura sobre su piel y le empapaba sus ropas y su cabello mientras bailaba. Estaba demente y lo disfrutaba. En todo caso,

«¿qué era la demencia?». Se hacía la pregunta. Quizás «eran los demás quienes no entendían el verdadero sentido de la vida: matar, morir, sentir». De igual forma, todos terminarían en el mismo lugar. Finalmente, Fragguot se dejó caer de espaldas contra el suelo y, con convulsos movimientos, cual ataque de epilepsia, se retorció como un gusano sobre el charco de sangre que había dejado el pobre infeliz al que acababa de estrangular. Loco, enfermo y ahora libre, se sintió completo.

# Capítulo IV

## Evasión de culpas

*Draugr, trigésimo segundo día del Jaggrad, año 2048*

—**L**legó la hora, Gerd —dijo Octe, ingresando con premura a la enfermería. Se apoyaba en el pequeño bastón al caminar y con un ritmo acompasado, se tambaleaba de lado a lado, evitando descargar todo el peso de su cuerpo contra su rodilla izquierda.

—¿Qué está pasando? —preguntó Gerd, mientras miraba con asombro el resplandor anaranjado que, con intermitencia, refulgía en el oscuro pasillo.

—No hay tiempo —aseguró Octe, y sin darle más explicaciones, de inmediato lo ayudó a sentarse sobre la plancha metálica.

—¿Estás lista, Cimsi? —se mostró comprensivo con la joven enfermera. Puso su mano sobre su hombro y aguardó una respuesta, aunque para bien o para mal no le daría mayor relevancia; cual fuera su contestación, la obligaría a salir de ahí, así tuviera que cargarla por su propia cuenta.

Cimsi asintió, aunque con desánimo.

—Todo listo —afirmó el comandante un poco más tranquilo por evitar confrontaciones innecesarias. Enseguida, miró a su alrededor, verificó por última vez que no hubieran olvidado nada y, una vez seguro, repasando el plan que tenían en su cabeza, los puso en marcha:

—Avanzaremos a mi señal —dijo.

El viejo capitán se apoyó sobre Cimsi para bajar de la plancha. Está lo tomó del brazo y, sirviendo de sostén, se quedó junto a él esperando que pudiera mantenerse en pie por su propia cuenta.

El capitán le hizo un gesto con su cabeza para indicar que todo estaba bien y así mismo, le insinuó de mala gana que lo soltara.

Cimsi lo soltó.

En seguida, Gerd flexionó las rodillas como un atleta que se prepara para la carrera, arqueó su espalda hacia atrás estirando los lumbares, respiró con profundidad un par de veces y, a paso decidido, se plantó tras Octe, esperando la señal que le indicara que podían salir de la habitación.

Una vez tras el comandante, el capitán sintió la soledad de su propia sombra a sus espaldas y creyó sentir que algo le faltaba. De este modo, giró su cabeza por encima de su hombro y se percató de que Cimsi, no parecía muy dispuesta a acompañarlos en aquella refriega en la que estaban a punto de embarcarse. La temblorosa auriana permanecía impertérrita, con las piernas cruzadas, al borde del llanto y con la indecisión más que evidente sobre su rostro.

—Tienes que moverte —le ordenó el capitán —; si te quedas, te matarán.

Pero Cimsi no respondió. La joven enfermera mantenía un carácter meditabundo al que ningún precepto parecía influenciar. Cual hoja de loto, las palabras que salpicaban sus oídos carecían de la capacidad para incorporarse con la incertidumbre que la embargaba.

En respuesta a su insoportable pasividad, el capitán se vio privado de su limitada paciencia. Cogió a Cimsi por la muñeca con la tosquedad de aquel que se ha acostumbrado a lidiar con las bestias, y con el autoritarismo nato de un militar, sin darle tiempo para tan siquiera negarse, la arrastró con violencia tras de él.

«No había tiempo para tonterías». Pensaba el capitán.

Cimsi avanzó a trompicones, arrastrando los pies y sin levantar su mirada del suelo. Era tonto, pero sentía vergüenza de sí misma, y más aún cuando la poca decencia de aquel viejo capitán la degradaba a la cobardía. Y no, no era una cobarde, o por lo menos no de esa forma en que era juzgada. Cimsi había crecido en el nicho de la militancia marcial, con padres autoritarios y una larga carrera en la academia médica. Podría no ser lo correcto, o mucho menos lo justo, pero Cimsi había sido educada para cumplir con lo que se le ordenaba y claro, siempre había sido limitada a la fragilidad de su belleza. Trascender a la ilegitimidad de sus actos la aterraba, y como muchos otros, Cimsi temía que la muerte la alcanzara mientras sopesaba lo desconocido.

Octe, por su parte, enfocado en su labor de escape, miraba de reojo a través del pórtico de la puerta. A un lado y otro, todo parecía despejado, aunque, con tanto caos en Draugr no era de extrañar que fueran sorprendidos por algún auriano en busca de atención médica. Lo mejor era evitar cualquier imprevisto; y Octe, ya fuera por su propia experiencia o por los rezagos de la paranoia que había dejado la mendicidad, siempre parecía prevenido.

—¿En dónde está el humano? —preguntó Gerd con un interés poco natural.

—Ganando tiempo para nosotros —respondió Octe sin dejar de mirar a través del pórtico.

—Podrías... —insistió el capitán.

—Ahora no, Gerd —lo interrumpió, lanzándole una mirada combativa.

El capitán se encogió de hombros creyendo mostrarse desinteresado ante la negativa, pero la realidad es que en su rostro se marcaba la ira por ser él quien recibía órdenes y no quien las daba.

—Bien, es hora —dijo Octe haciendo un gesto con su mano para que lo siguieran. Los otros dos caminaron a hurtadillas siguiendo al comandante, pegados a la pared, aprovechando las pocas sombras que se dilataban por el resplandor de las llamas al otro lado de la muralla.

«Las secciones dos y tres ardían al rojo vivo». Podía percibir el capitán a través de la pequeña ventanilla socavada en los muros de cuarzo. A lo lejos se veían las llamas, cual lengüetas demoniacas que se removían en conflicto con el viento; elevándose por al menos cinco o seis metros.

—¿Fuego? —preguntó Cimsi aterrada —, ¿aquí?, ¿en Dragur?

—Sí —reafirmó Octe emocionado —, fuego —repitió.

Sus ojos parecían iluminados por un brillo maquiavélico, y una pequeña sonrisa se evidenció sobre su rostro a manera de burla. Fue un gesto sutil y efímero, que no había sido visto en años sobre su sombría expresión. Una mueca que, con una naturalidad auténtica, apenas si había durado una milésima de segundo antes de retornar a las sombras que siempre lo acompañaban, pero no sin antes devolverle un poco de la aurianidad constreñida por las circunstancias de su pasado.

Gerd creyó reconocer a su viejo amigo en aquel gesto, y vio a través de su sonrisa los rezagos de un auriano que alguna vez había sido feliz. Aún seguía ahí. Y aunque hubiera sido tan solo un instante, el capitán lo había descubierto a través de la máscara con la que Octe se escondía del mundo; después de todo, Gerd había sido su amigo durante muchos años. Por un momento, Gerd dejó aún lado su necesidad de superar la autoridad de su lazarillo y le devolvió una sonrisa de camaradería, que como era de esperarse, Octe descartó sin mayor importancia volviendo a su rostro el odio por todo cuanto lo rodeaba.

—No se detengan —indicó el comandante.

Cruzaron un amplio salón en el que solían celebrar las ceremonias devocionales a Anarac, para aquellos que aún conservaban su fe, claro. Era un salón amplio, con un monolito piramidal de doble punta que suponía la extensión interna de la energía que fluye desde el núcleo interior del planeta, hasta la energía que se proyecta por todo ser vivo hacia la vasta extensión del universo. El salón se bifurcaba en cuatro caminos, alineados en un vértice perfecto que enlazaba cada una de las secciones de Dragur.

Tomaron el camino más escarpado.

Gerd lo reconoció por ser el camino que tomaba en dirección a su celda después de cada golpiza, y creyó por un momento que tal vez el comandante lo estaba engañando, pero justo antes de emprender camino hacia los calabozos, fueron desviados hacia una angosta pasarela desde la que se alcanzaba la zona de almacenaje y la cámara central. Enseguida atravesaron otro pasillo que los dirigía hacia el cuarto de vigilancia; y al fondo, antes de atravesar la sección del Draked, Gerd advirtió una gran escalinata que, según tenía conocimiento, los dirigiría hacia la cubierta de desperdicios.

—Pero, ¿cómo? —insistió Cimsi mientras tosía. La humareda se hacía más densa a medida que se aproximaban al cuarto de vigilancia. El olor azufrado hacía que el aire que respiraban fuera más pesado, y a pesar de estar varios metros atrás de las llamas, podían sentir el abrasador aliento del fuego quemando sus pulmones, abrigando sus pellejos y sofocando su respiración.

—No hay forma, no, no hay, ¿fuego? —se mostraba confundida.

—Ya habrá tiempo para explicaciones —dijo el comandante mientras se cubría la nariz con el dorso de su muñeca —, por aquí —les indicó con un movimiento de su mano, señalando una vieja puerta de madera que parecía caerse a pedazos por la humedad de la cueva.

Atravesaron el pasillo a toda prisa; el humo se fue haciendo más ligero a medida que se aproximaban al despacho del comandante, pues parecía filtrarse hacia los costados, atraído por dos grandes grietas que se abrían desde el extremo inferior de la lámina de cuarzo que cubría el suelo, hasta el borde interno de una estructura rectangular, que daba la impresión de servir como contrafuerte —unos años más o la presión adecuada sobre la grieta y toda la estructura se vendría abajo.

El capitán hizo énfasis en señalar su descontento frente al mal estado en que se encontraba la prisión y dio varias sugerencias sobre lo que él hubiera hecho de haber tenido el control; sin embargo, los otros dos no parecieron darle mayor importancia. Pensaban que no era el momento para enzarzarse en una acalorada discusión sobre lo que estaba mal en Auria. Y aunque, de haber tenido oportunidad, también habrían sido partícipes de la censura hacia sus gobernantes, pues tampoco lo condonaban; de momento, el comandante y la enfermera daban mayor relevancia a que gracias a aquella filtración que agrietaba las paredes les era más fácil respirar.

Al llegar a la puerta, el comandante la mantuvo abierta, sosteniéndola con su bastón mientras los otros dos ingresaban al interior de un oscuro cuarto. Asomó su cabeza hacia afuera, como acostumbraba a hacerlo para verificar que nadie los estuviera siguiendo, y a continuación atrancó la puerta con la barra metálica que tenía como pasador.

Un penetrante olor a detergente y desinfectante envolvió su entorno.

—¿Podrías encender la luz, por favor? —pidió el comandante.

Cimsi sentía su garganta congestionada por el humo y, aunque dentro de aquel pequeño cuarto era más fácil respirar, se vio atacada por un convulso reflejo de tos.

—¿Gerd?, ¿Cimsi?, cualquiera —insistió el comandante —, al fondo, justo en medio de la silla y el monitor —les indicó.

—Yo lo hago —se ofreció el capitán.

—Cuidado con la...

—Auchh —se quejó de dolor.

—Rodilla —concluyó Octe, conteniendo las ganas de reír.

En seguida, la insignificante bombilla de color amarillo titiló tres veces, pero no se encendió. Luego emitió un chirrido, como el de una chispa que busca el combustible para eclosionar; titiló tres veces más y al final se encendió: con una luz tenue, que amenazaba con dejar en la penumbra a sus comensales en cualquier momento.

—Deplorable —se quejó el capitán, mirando hacia la bombilla y haciendo una leve presión sobre su pierna, como aquella creencia absurda que dicta que ejercer presión sobre un golpe sirve para mitigar el dolor.

—Bienvenido a la realidad, capitán —dijo Octe con un deje de ironía en su voz, antes de toser un par de veces. «¿En dónde está?». —murmuró para sí mismo, mientras miraba hacia a la puerta.

—¿Podrías explicarnos qué sucede? —le exigió Cimsi un poco molesta. En ese momento respiraba con mayor naturalidad.

—Póntelo —dijo el comandante, largándole un overol gris y unas botas militares de color plateado que tenían algunos destellos brillantes. Cimsi desdobló el traje, lo examinó por delante y por detrás, y luego miró al comandante con desaprobación.

—Tú también —se dirigió al capitán, lanzándole la respectiva dotación.

Gerd no lo pensó dos veces antes de desnudarse.

—Fue idea de Arthur —soltó el comandante —. Los uniformes son solo una medida adicional.

—¿Cómo es que una prisión revestida con un mineral de alta resistencia? —preguntó el capitán con suma curiosidad —, no tiene sentido.

—Cuando dejas de atender razones, Gerd —infirió el comandante —, y dejas volar tu imaginación, las ideas llegan por sí solas y encuentras soluciones a los problemas que pueden parecer más complicados.

—Creo que has pasado demasiado tiempo con ese humano.

—Pues ese humano —explicó Octe —, te está salvando el trasero. Arthur fue quién descubrió que la cera que utilizamos en los baños de los oficiales contiene benzina, y ya sabes que si la benzina se mezcla con jabón de...

—¿Lüminil? —agregó Gerd impresionado.

Octe asintió. —Obtienes un combustible muy potente, similar al nopalém.

—Grandioso.

—Si ignoras gran parte de las idioteces que dice Arthur —razonó el comandante —, descubres que es demasiado inteligente. Bueno, al final pudo llegar hasta aquí por su propia cuenta y nadie sabe cómo, pero en poco tiempo aprendió nuestra lengua.

—¿Cómo lograron esparcirlo? —intervino Cimsi, mientras se desnudaba. Los otros dos se dieron la vuelta un poco avergonzados.

—¿Qué?, ¿nunca han visto una auriana desnuda?

—Fue mi idea —respondió el comandante, tragando saliva e ignorando la última pregunta —, hice la sugerencia de que todo aquel que quisiera asistir al encuentro de hoy tenía que ayudar con la limpieza del salón de oficiales, las barracas y el campo de Draked.

Y fue bien recibida mi idea, sin embargo en vez de jabón, le pedí a Arthur que prepara la mezcla especial. Los voluntarios hicieron el resto. Era la distracción perfecta para sacarlos de aquí sin tanto jaleo. Con Draugr en llamas, solo era cuestión de tiempo para que los prisioneros se dieran de cuenta que no había sistemas de seguridad que los retuvieran, y bueno, ya pueden imaginarse el resto.

—¿Y los demás prisioneros? —replicó Cimsi.

—¿Qué hay con eso? —preguntó Octe.

—¿Consideraron los muertos?

—Eventos inevitables —intervino Gerd, intentando mostrar empatía por los muertos, pero como siempre, sus palabras carecían de sinceridad.

—Es lamentable —afirmó Octe simultáneamente —, pero fue la única opción que tuvimos. Considerando el tiempo, claro.

—Ellos también eran aurianos —dijo Cimsi con un tono pertinaz.

—Un sacrificio noble —agregó el capitán. Enseguida, puso su mano sobre su pecho e hizo una pequeña venia como un gesto de respeto hacia las víctimas —. Si no salimos de aquí, morirán muchos más, tenlo por seguro. Esto que hacemos también es por ellos...

—¿Por qué? —insistió la joven —, ¿por qué nuestras vidas deberían ser más valiosas que las de ellos?, ¿acaso deberíamos entonces llenarnos de sacrificios nobles y dejar que mueran millones más para salir bien librados?

—Verás, pequeña niña —dijo el capitán con un tono, que era más bien petulante y ofensivo; no podía concebir que una simple auriana opinara sobre temas que no le competían, pero aun así intentaría explicárselo por segunda vez.

—En la guerra siempre debes sopesar el valor de la vida, según el aporte de cada individuo. Están los recursos que sirven como carne de cañón —extendió su mano derecha—, y están los cerebros que controlan los recursos —extendió su mano izquierda y envolvió su mano derecha —, sin cerebro, los recursos no son más que problemas.

—Tonterías —exclamó Cimsi enojada —, eso es solo una excusa para justificar lo que es injustificable. Ninguna vida vale más que otra, y para mí, aquel que se esconde tras un escritorio a dar órdenes como si tuviera la razón absoluta de todo es solo un cobarde.

—¿Estás insinuando que soy un cobarde? —rebatió el capitán perdiendo la paciencia.

—Bueno, en realidad, no puedo asegurar que lo hayas sido, y no quiero ofenderte «capitán» —hizo un énfasis irónico en la última palabra —, pero si no eres capaz de luchar tus propias batallas, tal vez deberías cuestionarte a ti mismo si lo eres o no.

—Insolente, tú no... —levantó su mano para reprenderla.

—¿En dónde se habrá metido Arthur? —irrumpió Octe sujetando el brazo del capitán, antes de que la discusión pudiera convertirse en un problema más grande; Octe conocía de cerca el carácter del viejo y sabía que no sería tan fácil ganarle en una discusión, mucho menos, cuando se trataba de encontrar justificación a sus actos.

—Arthur tenía que llegar antes que nosotros —agregó.

—Tal vez está muerto —dijo Gerd con fastidio, mientras terminaba de ajustarse las botas.

—No podemos irnos sin él —reclamó Cimsi —quiero decir —se sonrojó—, estamos aquí gracias a él.

—Concuerdo contigo —convino Octe.

—Pero si no llega pronto —insistió el capitán—, tendremos que prescindir de nuestro pequeño amigo. No quiero sonar insistente, pero en estos momentos podría estar muerto o quizá...

La puerta retumbó, tambaleándose como si alguien intentara abrirla desde el exterior. Luego dos pesados golpes azotaron contra la madera. Octe les dirigió una mirada a los otros dos, y les hizo un gesto con su dedo para que permanecieran en completo silencio. Una vez más, la puerta se zarandeó con violencia y se escucharon varios golpes enérgicos contra la madera. Gerd agarró la silla que tenía a su derecha y se posicionó detrás de la puerta sosteniéndola sobre su cabeza. Octe, de igual forma, levantó su bastón dispuesto a golpear a quien quiera que derribara la puerta, y Cimsi, en un impulso nervioso, apagó el interruptor y se encogió sobre sus rodillas, arropando sus piernas con sus brazos. Se odiaba por ser en extremo temerosa, pero su cuerpo parecía reaccionar por cuenta propia frente a aquellas situaciones estresantes.

Quedaron en la penumbra.

—¡Soy yo! —gritó Arthur.

—Es el idiota —exclamó Gerd, respirando un poco más aliviado. Seguidamente descargó la silla sobre el suelo.

Cimsi encendió la luz de vuelta. Sentía como si su corazón se fuera a salir de su pecho y sus manos temblaban con intensidad. En seguida liberó todo el aire de sus pulmones con un sonoro soplido e intentó calmarse, contando en su mente cada respiración.

Octe retiró la barra metálica de la puerta y Arthur, que permanecía recostado contra ella, cayó de bruces contra el suelo. Tenía varias quemaduras en los brazos y el rostro tiznado de hollín.

—¿Qué pasó? —dijo el comandante, ayudándolo a levantarse.

—El fuego —anunció Arthur, jadeando del cansancio —, se encendió más rápido de lo que esperaba. Por poco y creí que me convertiría en barbacoa —su respiración se fue tornando más calmada —. Luego me encontré con ese loco —hizo una pausa para recobrar el aliento.

—¿Loco? —preguntó Octe con nerviosismo —¿qué loco?

—Ya sabes, el loco. Ese, el de la sonrisa rara.

El comandante y el capitán se dirigieron una mirada.

—¿Fragguot? —preguntó el capitán.

Octe asintió.

—Le dije que se revisara esa caries. Tiene los incisivos como un queso suizo. ¿me entiendes?, yo solo quería ayudarlo, pues como decía mi madre: «Arthur, la salud dental es lo más...».

—Concéntrate, Arthur —lo interrumpió Octe —, ¿te siguió alguien?

—Bueno —dijo Arthur con aire victorioso —, el muy imbécil intentó golpearme, pero no sabía con quien se estaba enfrentando —simuló algunos movimientos de karate.

El capitán agarró al pequeño humano por las solapas del uniforme, su nivel de tolerancia con Arthur era más reducida que la de los otros dos. —¿Te siguieron sí o no? —insistió.

—Tómalo con calma, capitán bovino —se burló Arthur —, el imbécil intentó seguirme, pero yo soy más rápido —le dio un manotazo a Gerd y este lo soltó.

—Tenemos que darnos prisa —propuso Gerd —, Fragguot puede ser un problema.

—Y lo será —afirmó Octe —, puede ser un maldito loco, pero es bastante astuto.

—Arthur, no hay tiempo para que te cambies de ropa —agregó —, de igual manera nadie creería que eres de la guardia real —señaló su estatura.

Arthur refunfuñó con un tono chillón:

—Nidii criiri qii iris di li giirdii riil.

—Vamos —dijo Octe sin prestar atención a las quejas de Arthur.

—Deberías ir primero, pequeño humano —señaló el capitán —; digo, eres más difícil de ver.

Arthur levantó su puño e hizo un gesto de golpear a Gerd, y este se preparó para golpearlo de vuelta mientras sonreía, pero antes de que la situación pudiera escalar a un nivel más patético, Cimsi se interpuso en medio de ambos.

—¡Ya basta! —gritó furiosa, y los otros tres quedaron pasmados —, no tenemos tiempo para esta mierda —su rostro se ruborizó por la rabia que sentía —. Ustedes me trajeron hasta aquí y prometieron sacarme con vida. No pienso morir porque dos idiotas decidieron demostrar quién era el más idiota de todos.

Arthur agachó la cabeza y el capitán desvió la mirada hacia el comandante. Ambos se sintieron avergonzados.

—Cimsi tiene razón —ratificó Octe —, deberían comportarse. Vamos, no perdamos más tiempo.

—Arthur, tú primero —agregó mirando a Arthur.

Arthur lo miró molesto.

—No te ofendas, Arthur —aclaró Octe —, lo digo porque sabes el camino. Yo iré atrás, será más fácil lidiar con las adversidades, además de que soy el más lento.

Arthur se mostró más comprensivo frente a esta explicación; respiró hondo y se preparó para salir tan pronto como se sintiera seguro.

Antes de poner un pie fuera de la habitación, miró por el rabillo de la puerta entreabierta; dos sujetos pasaron a toda prisa cargando a un tercero que parecía inconsciente e iba dejando un rastro de sangre a su paso. No parecían peligrosos, pero Arthur retrocedió de un sobresalto y tragó saliva.

Pasados unos minutos, las sombras se perdieron en la lejanía de una oscuridad intermitente, y Arthur, mientras murmuraba algo que para los demás fue ininteligible, corrió fuera de la habitación, tan rápido como le permitieron sus pequeñas piernas. Se detuvo al llegar a la escalinata que daba a los pisos superiores. Asomó su cabeza desde el gran muro, mirando hacia arriba por la pequeña abertura central, y finalmente les hizo señas a los otros tres para que avanzaran.

Cimsi fue la segunda en salir. Caminaba a paso decidido y manteniendo la cabeza agachada. Al llegar junto a Arthur, se recostó de espaldas contra el muro, evitando su mirada —respiraba más agitada de lo normal, sentía muchas náuseas y pensaba que su cuerpo se iba desplomar en cualquier momento, aunque tampoco quería demostrarlo. De inmediato, se sostuvo sobre sus rodillas, en un intento por convencerse a sí misma de que todo estaba bien.

Arthur intentó tranquilizarla, y apoyó su mano sobre su espalda haciéndole leves caricias. Sintió un fuerte impulso por abrazarla, pero antes de que pudiera siquiera intentarlo, esta lo hizo a un lado.

—Estoy bien, gracias —dijo con tosquedad, sacudiendo la espalda.

Arthur retiró su mano, como quien se quema con las llamas, y aunque sabía que no tenía oportunidades frente aquella hermosa criatura, no podía evitar sentirse atraído por el rechazo que esta consagraba.

En seguida, el capitán salió de la habitación, tropezó con sus pantalones, dos tallas más grades que él, y fingiendo que nada había pasado, se levantó y no tardó en juntarse con los otros dos.

Arthur contuvo las ganas de reír.

Cimsi le dio un manotazo en el pecho para que se callara. Pero al igual que Arthur, también controlaba el impulso de reírse del capitán.

Gerd los ignoró.

El último en salir fue Octe, que caminaba sin prisa, tambaleándose por la cojera y apoyándose en el viejo bastón. A medio camino pareció atacado por una brusca contracción sobre su rodilla, sentía que el dolor en su pierna comenzaba a calarle a través de los huesos y se vio obligado a detenerse para reafirmar su voluntad, pero ante la impaciencia de sus compañeros de fuga, que se miraban unos a otros como queriendo cargarlo en sus espaldas, al pobre comandante no le quedó más opción que apretar el paso para alcanzarlos. No quería ser una carga.

Casi a punto de juntarse con los otros tres, se escuchó una inoportuna voz a sus espaldas, una voz que perforó en lo más profundo de su confianza y los atrajo hacia su centro gravitatorio, como la pesadez de un agujero del cual se hace imposible escapar; aquella voz les era espantosamente familiar: chillona, disonante y roñosa, el peor contratiempo al que podían enfrentarse.

«No podía ser cierto». Pensó Octe.

Todos giraron sus cabezas en dirección de aquella voz chillona y, rígidos cual esculturas de cera, sintieron como si un trozo de hielo recorriera su espina dorsal.

—¡Vaya, vaya! —exclamó Fragguot con una sonrisa de oreja a oreja. Su uniforme se había secado con un gran manchón de color granate que abarcaba casi un setenta por ciento de su cuerpo. Su rostro y sus manos eran de un color rojo; estaba descalzo y su cabello apelmazado y peinado hacia atrás tenía algunos coágulos de sangre y fragmentos diminutos de hueso que se trenzaban entre sus fibras capilares.

—Dijiste que no te había seguido —murmuró el capitán bastante molesto.

Arthur se encogió de hombros.

—El gran traidor, haciendo lo que mejor sabe hacer —agregó Fragguot.

—¿Te estás divirtiendo, imbécil? —dijo Octe mirándolo de pies a cabeza. Y se sintió asqueado. El aspecto de Fragguot era por demás repulsivo.

—La diversión ha adquirido un nuevo significado para mí, comandante —se miró las manos ensangrentadas y volvió a sonreír —, yo lo llamaría placer.

—Eres un maldito enfermo —soltó Gerd sin poder contenerse.

—Pero, ¿a quién tenemos aquí? —dijo Fragguot, dirigiendo su atención a los otros tres —, el capitán de los muertos —bajó su mirada —, el estúpido humano, y...

—Y tú —prosiguió Fragguot —, luz de mi vida, jamás lo hubiera esperado de ti.

Cimsi era incapaz de mirarlo a la cara, temblaba tan solo de escuchar su voz, y sentía como si sus piernas se estuvieran desdoblando cual fideos sobre un tazón con agua hirviendo.

—Tan pura, tan frágil, tan, tan hermosa —. Fragguot hablaba con un lascivo y enfermo deseo, pero para Cimsi sus palabras eran como cuchillas afiladas.

La pobre enfermera se estremeció.

—Aún conservo tu aroma entre mis dedos —se llevó los dedos a la nariz y aspiró el aroma de una manera burda y exagerada.

Cimsi comenzó a sollozar y se aferró al capitán. Gerd la envolvió con su brazo, como quién protege un bien preciado; Arthur, por otra parte, los miró sintiéndose celoso.

«¿Por qué tenía que ser el capitán y no él?». Pensaba Arthur; entonces intentó interponerse entre ambos, pero Cimsi lo apartó de un empujón.

Arthur, furioso, se adelantó unos cuantos pasos al frente luego de darle un pisotón al capitán, cosa que no sintió, por supuesto, y en un intento por mostrarse gallardo y valiente frente aquella que lo rechazaba, señaló a Fragguot con su dedo y farfulló:

—Si le pusiste un dedo encima, juro que...

—Un grupo de lo más encantador: los lisiados, rechazados y solitarios, ¿a dónde se dirigen? —prosiguió Fragguot con un tono pretencioso, y una vez más, ignoró a Arthur —, nadie me dijo que tendríamos una fiesta —, clavó sus ojos en Cimsi —, pequeña Cimsi, sabía que eras una perra, pero no sabía hasta qué punto... Más de tres ya es sadismo, me encanta.

—¡Te voy a matar! —gritó Arthur.

—Mantén la calma, Arthur —indicó Octe.

—¿Ahora tienes mascota?, comandante —inquirió Fragguot con tono burlón —, deberías ponerle una correa.

—¿Qué quieres, Fragguot? —dijo el comandante perdiendo la paciencia.

—Qué falta de cortesía, señor comandante —prosiguió Fragguot —, solo pensé que podríamos divertirnos un poco. Ya sabes... Cimsi puede ser un poco dura, pero cuando le aflojas las piernas, ya no puede resistirse.

—Yo lo mato —dijo Arthur haciendo a un lado al comandante.

—Arthur, ¡no! —exclamó Octe intentando atraparlo, pero Arthur, haciendo caso omiso de él, se escabulló bajo sus robustos brazos y corrió furioso con la intención en embestir a Fragguot con su cuerpo.

Sus piernas se movían con gran agilidad, los músculos de su cuello se mostraban tensos, apretaba sus manos con dos pesados puños y una expresión de odio sincero se proyectaba desde sus ojos. Tenía la intención de matarlo, si lograba acercarse, claro.

Fragguot soltó una carcajada al ver que el «pequeño» Arthur intentaba hacerle frente, y antes de que Arthur pudiera alcanzarlo, de una patada, lo lanzó hacia al costado opuesto.

Arthur primero golpeó la pared y luego repicó de frente contra el suelo, como si fuera un simple muñeco.

La grieta crujió y se extendió unos cuantos centímetros más hacia el techo.

El capitán, enfurecido, apartó a Cimsi de sus brazos.

—Tranquilo, Gerd —murmuró Octe, poniendo una mano sobre su hombro —, ya sabes cómo es.

Arthur tardó unos minutos en reponerse del golpe, pero al final se levantó del suelo, aunque un poco desorientado. Se presionaba la frente por el dolor que le había proporcionado aquel trastazo y parpadeaba repetidas veces, intentando enfocar las imágenes que tenía a su alrededor. Todo le daba vueltas. En seguida, sus ojos se encontraron con la mirada de aquel sádico asesino que no paraba de reír. Arthur, se sintió encolerizado y por un momento, pensó en una segunda embestida, no obstante, antes de emprender carrera por segunda vez, las náuseas le substrajeron las intenciones y, con una resignación preceptiva, no tuvo más que aceptar la derrota con un poco más de razón. Claro, considerando las diferencias anatómicas entre ambos y que al final, cargando su peso contra la pared, Arthur se dobló sobre su abdomen y sin más, vació su estómago.

—Sucio humano —dijo Fragguot indignado —¿cómo te atreves? —cargó su rifle, pero parecía atascado, así que le dio varios golpes en la culata.

—Ven aquí, pedazo de tonto —gritó Cimsi con preocupación.

—Yo solo quería... —titubeó Arthur, muy humillado.

—Arthur, ven aquí —le ordenó el comandante, al notar las intenciones de Fragguot.

—Rápido —lo apresuró Cimsi.

—Arthur... —insistió Octe con un tono apremiante.

Arthur se movió con lentitud, caminaba de espaldas sin perder de vista al perturbado asesino que tenía delante. Pero no podía avanzar más rápido, le dolía la frente, y sentía que el piso bajo sus pies se movía como si se encontrara caminando en un navío en medio de una tormenta.

Fragguot logró desatascar su rifle.

Arthur comenzó a correr.

Entonces, Fragguot apuntó su rifle hacia el frente e hizo un disparo. El primer proyectil rebotó bajo los pies de Arthur, pero Fragguot accionó su rifle en una segunda ocasión, y el proyectil por poco y lo alcanza en el cuello; al tercer intento, el arma se atascó de nuevo.

Todos se sobresaltaron por los disparos, y Arthur, que intentaba huir de su atacante, tropezó cayendo sobre su retaguardia.

Fragguot comenzó a reír con descontrol a pesar de que no había logrado atestarle un disparo.

El capitán se adelantó y tomó a Arthur de los brazos, arrastrándolo hasta el lugar donde se encontraba Cimsi, quien lo ayudó a levantarse y se hizo cargo de él.

Arthur respiraba agitado.

—¿Qué harás, capitán? —lo incitó Fragguot —, no has aprendido cuál es tu posición.

Gerd dio un paso adelante.

En simultáneo, Fragguot levantó su rifle.

—¿No puedes enfrentarme sin eso? —dijo el capitán apretando sus dientes —, vamos a un combate limpio, según las reglas tradicionales del Draked.

Fragguot emitió una disonante carcajada. —Y, ¿perder mi ventaja? —convino el sonriente psicópata—, ¿acaso crees que soy tan tonto?

—Tienen que irse —aseguró Octe —, no puedo correr tan rápido como ustedes, pero puedo encargarme de Fragguot.

—No —replicó el capitán —, esto es algo que debí hacer hace mucho tiempo.

—¿Acaso no has aprendido nada? —preguntó Octe furioso.

—Si no lo detenemos ahora...

Octe lo tomó por los hombros.

—Escúchame, Gerd. Ya no se trata de ti o de mí. Ya no se trata de la historia de dos aurianos que resarcen sus pecados por orgullo y se convierten en los héroes de su propia historia. Vivimos nuestra vida influyendo en nuestro mundo de manera egoísta, y hasta hoy hicimos todo lo posible por salir bien librados. No sé si la vida nos está dando otra oportunidad, Gerd. Pero mientras estemos aquí —lo apretó con más fuerza —, mientras estemos aquí aún podemos hacer lo correcto.

—¡Qué conmovedor! —intervino Fragguot a manera de burla.

—Tengo que detenerlo, Octe, es mi culpa que ese maldito siga...

—Tú crees que te estoy ayudando para que puedas demostrar lo valeroso que eres.

—Es mi responsabilidad —insistió Gerd, ofendido.

—No es momento para que te hagas el héroe.

—Soy el único capaz de...

Octe le dio una sacudida. —Miles de muertos te trajeron hasta aquí, y otros cientos más murieron hoy para que pudieras salir de este maldito lugar. ¿Cuántos más tendrán que morir para que lo entiendas? No eres un héroe, Gerd, jamás lo serás.

El capitán tragó saliva; miró a Cimsi, que no despegaba la mirada del suelo, miró a Arthur, que por primera vez no se burlaba de él, y por último desvió la mirada hacia abajo.

—Los muertos no te lo agradecen, capitán.

—Mi hijo —agregó Octe haciendo una pausa antes de continuar, pues sintió que su voz se iba a quebrar —, toda mi vida se fue con él, Gerd. Y aquí estoy, sacrificando lo que queda de mi orgullo para cambiar lo que hicimos. No desperdicies la última oportunidad, deja de ser un maldito necio.

Aquellas palabras golpearon al capitán como un choque de realidad. Su mente fue azotada por el vivo recuerdo de todos aquellos que por su arrogancia habían perdido la vida. Pensó en el pobre Niuth, sangrando a borbotones con su rostro desfigurado; pensó en los muertos de Frantasipt roídos por la funesta plaga y luego quemados en vida; pensó en el pobre Satúl que, con su lánguida mirada le suplicaba por ayuda. Una mirada que fue incapaz de sostener y un grito de auxilio al que se negó por conservar su estatus. Pensó en sí mismo, viendo su patético reflejo a través del fragmento de espejo con el que había intentado quitarse la vida, y finalmente, miró a Octe, su viejo amigo. Jamás la culpa le había dolido tanto como en ese momento. Miró al envejecido comandante y por fin pudo reconocer a la mayor víctima de su orgullo. Aquel apuesto joven que un día lo había seguido por mar y tierra lucía varios renacimientos más viejo, con un rostro achacado por la tragedia y un cuerpo enfermo.

Octe, con la mitad de renaceres que Gerd, era un joven atrapado en un cascarón envejecido. Un joven auriano que había madurado a la fuerza y que con la sabiduría y experiencia de mil aurianos más había vivido muchas vidas en tan solo unos pocos renacimientos. Gerd miró a los ojos del comandante y por primera vez no vio su propio reflejo. A través de aquellos cansados ojos pudo ver el dolor de un auriano sometido por la vida. Un paria, un comodín, aquellos a los que llaman un mal necesario.

Los ojos del capitán se aflojaron en lágrimas, y más que con una mirada misericordiosa, miró al comandante como alguna vez lo había visto: como el hijo que nunca pudo tener.

El capitán Gerd se quedó sin palabras.

Octe lo volvió a sacudir por los hombros. —¡¿Qué te pasa Gerd, maldita sea?! —le gritó —, despierta de una maldita vez.

Las palabras: «no eres un héroe —resonaban en su cabeza —, y jamás lo serás».

—¡Despierta! —le gritó Octe agitándolo con violencia hasta que sus palabras por fin lo sacaron de su ensimismamiento.

Fragguot encontraba muy graciosa toda esa situación, y no dejaba de reír; disfrutaba al descubrir los descontrolados sentimientos con los que podía exponer a sus víctimas, y al final tenía el control, no tenía prisa por matarlos.

—Lo lamento —respondió Gerd.

—A buena hora te desfasas, capitán —dijo Octe bastante molesto.

—Por un instante creí que se besarían —agregó Arthur.

—Tú cierra la boca, enano —dijo Gerd, fulminándolo con la mirada.

—Llévalos afuera —el comandante se dirigió a Arthur —, yo distraeré a Fragguot.

—Morirás... —murmuró Cimsi.

—Ya lo veremos.

—Nadie irá a ningún lado —intervino el psicópata, mientras la sonrisa se borraba de su rostro. Enseguida levantó su rifle y sin dar tiempo para réplica alguna, apretó el gatillo. Y aunque todos esperaban el atronador estallido del proyectil, no sucedió nada. Su arma seguía atascada por la sangre que embarraba el cerrojo.

Cimsi dio un gritó ahogado, pensando que las balas habían alcanzado su cuerpo, y ante la inminente amenaza de muerte, quedó pasmada, con los ojos bien abiertos, temblando ante una eventualidad que ni siquiera había sucedido.

—¡Ahora! —gritó Octe.

Arthur tomó a Cimsi de la mano y la jaló en dirección a las gradillas, pero Cimsi apenas si se movió. ¡Vamos! —gritó Arthur —, ¡tenemos que irnos! —la tiró con más fuerza, pero no tuvo suerte.

La joven enfermera sentía que sus piernas estaban fijadas al suelo, sentía como si moverse de su posición la enterrara cada vez más en un fangoso lodazal. Todo su cuerpo temblaba. No tenía fuerzas, no podía moverse.

Fragguot golpeaba su rifle intentando desatascarlo. Y presionaba el gatillo sin obtener respuesta.

—¡Reacciona, Cimsi! —gritó el comandante.

Cimsi se estremeció por aquel grito, pero aun así no reaccionaba, sentía un impulso muy fuerte por gritar y tirarse al suelo, o mejor aún, que la tierra se abriera en dos y se la tragara de un bocado.

—¡Gerd, haz algo, mierda! —agregó.

El capitán también se encontraba pasmado. Miraba al uno y al otro, pero su mente estaba en blanco.

Fragguot arrojó su rifle al suelo, rendido a la frustración de su inutilidad. Luego se palpó la parte baja de la espalda. Todavía conservaba su estoque.

Gerd al fin reaccionó y tomó a Cimsi en sus brazos, la joven permanecía petrificada, respirando con rapidez; el capitán incluso podía sentir los latidos en su pecho.

—¿Qué mierda les pasa? —dijo Octe apresurándolos.

Cimsi miró al comandante, muy avergonzada y no pudo contener las lágrimas.

—Lo lamento —dijo sollozando.

Fragguot corrió en dirección hacia ellos cargando en su mano derecha el bastón de neutralización, típico de la guardia real. Pero esta vez, a diferencia de aquella ocasión en que lo había empleado en contra de Satúl, el bastón emitía un brillo blanco e intenso, con un sonido vibrante, alto y grave. Su grosor era de un diámetro más pequeño y de su base afloraba un pequeño holograma que citaba la palabra: «Estoque».

—No tienes que hacerlo solo, y lo sabes —dijo Gerd, mientras sujetaba a Cimsi entre sus brazos. Sentía que le ardían los delgados músculos, pero no podía soltarla. No la iba abandonar tan fácil.

Cimsi desbocó su llanto, se sentía inútil. Arthur se adelantó escaleras arriba, corriendo a trompicones por las dimensiones de cada peldaño, pero después de llegar al último escalón se detuvo para recuperar el aliento.

—¡Vamos, carajo! —Gritó Arthur respirando agitado —tenemos que irnos.

—¿Qué esperas, Gerd? —lo apresuró el comandante.

Fragguot se encontraba muy cerca.

—Déjame ayudarte —insistió.

—¡Largo! —gritó Octe furioso.

Gerd titubeó por un instante, pero finalmente se aferró a la indefensa jovencita que tenía sobre sus brazos. Tomó una buena cantidad de aire y emprendió carrera hacia su libertad. Dio el primer paso por la escalinata y sintió que todo su cuerpo se desgajaba bajo el peso de Cimsi. Tres escalones más, y ambos rodaron escaleras abajo. El capitán estaba muy débil.

Al caer, Gerd se apoyó sobre su lesionada mano y vio como sus falanges se desencajaban de su lugar. El dolor era punzante y le recorría por todo el brazo, como aquella vez en que Fragguot lo había pisoteado sin piedad. Soltó varias maldiciones y apenas si pudo ahogar su grito de dolor.

Por otra parte, Cimsi pudo sostenerse de la barandilla antes de caer. No se había hecho mayor daño aparte de unos cuantos moratones en sus pantorrillas, pero el vértigo, y el grito del capitán, habían sido más que suficientes para concientizarla de la absurda situación en la que los había puesto. De esta forma, apagó su llanto, se limpió las mejillas y ayudó al capitán a levantarse; luego lo cargó sobre su espalda. Ahora era ella quien se haría cargo.

Ambos subieron por la escalera, y junto a Arthur, quién los guio a través de un largo y angosto pasillo, se dirigieron sin detenerse hacia la escotilla metálica que daba al cuarto de desechos.

Fragguot alcanzó al comandante. Sin frenar su carrera, levantó su luminoso cuchillo y lo descargó con un mano doble mientras sonreía. La sed de sangre era evidente. Su locura se reflejaba sobre sus pupilas dilatadas, y la sevicia con que la que intentaba asesinar al comandante se hacía evidente en la contundencia de su ataque. Había soñado con ese momento durante semanas, y ahora se encontraba embriagado por el éxtasis de una aspiración a la que veía casi completa.

Octe respondió a su ataque bloqueando la estocada con su viejo bastón. Pero el cuchillo, con un tajo implacable y la agudeza de un haz de energía que se concentraba en el filo lo partió en dos, como si tratara de un simple trozo de gelatina. El comandante se echó hacia atrás y el estoque rozó su mentón y su pecho, dejando visible un pequeño corte.

Enseguida, Fragguot arremetió por segunda vez con una estocada hacia el frente. Esta vez el comandante no pudo esquivarlo, pero con la agilidad de un guerrero a quien la memoria muscular lo guarece, se cubrió con su brazo derecho, para mitigar el daño. El cuchillo, al igual que con su bastón, lo atravesó sin dificultad alguna. Octe aulló de dolor y se dejó caer hacia a un costado para poner distancia entre el cuchillo y las partes vitales de su cuerpo.

Una cantidad considerable de sangre manaba de su antebrazo. El cuchillo había dejado una abertura de al menos ocho centímetros entre los tendones extensores y su muñeca y, a su vez, el tajo lo atravesaba a cada lado de su antebrazo.

El comandante se hacía presión intentando detener la hemorragia.

—Me quedaré con tu cabeza, comandante —exclamó Fragguot, relamiéndose los labios al ver la sangre, y enseguida arremetió de nuevo contra Octe. Se arrojó sobre él, cargando su cuchillo en alto; el comandante permanecía tendido sobre el suelo, pero con agilidad lo frenó con sus rodillas y lo atajó apretándolo por las muñecas.

Fragguot, sostenía el cuchillo verticalmente en dirección al pecho de Octe, y hacía presión con sus dos manos sobre el mango. El haz de energía se acercaba lentamente.

El comandante hacía oposición intentando doblar las muñecas de aquel loco, pero con el corte sobre uno de sus brazos, su resistencia estaba decayendo.

—Tal vez me la coja después de cortarla.

—Me das asco —farfulló Octe, poniendo toda su fuerza en sus manos.

Ambos aurianos temblaban haciendo fuerzas opuestas.

El estoque seguía descendiendo, y Octe podía sentir el calor muy cerca de sus pectorales, cada vez que su pecho se henchía con el aire que entraba a sus pulmones.

El comandante respiraba agitado. El rumor electrizante del filo resonaba en sus oídos acompañado de la funesta risa de su atacante, y algunas gotas de sangre que se deslizaban por su antebrazo recaían sobre sus párpados haciendo que le ardieran los ojos. Octe sabía que estaba perdiendo.

—¿Tienes miedo, comandante? —insinuó Fragguot viendo el pánico en sus ojos—, ¿qué se siente estar del otro lado?

La punta del estoque alcanzó el pecho del comandante.

Fragguot se sintió cada vez más excitado, y puso el peso de su cuerpo para poner más presión sobre su atacante.

Octe gruñó por el dolor. El estoque se había clavado unos tres centímetros a la derecha de su esternón, y seguía descendiendo.

Plagado por el miedo, el comandante comenzó a sacudirse. Impulsaba sus piernas hacia arriba, intentando zafarse de su atacante. Pero Fragguot, como montado en un toro mecánico, se aferraba a su víctima hundiendo su cuchillo con más sevicia.

La agonía sobre su pecho se fue agudizando a medida que la hoja descendía, y su rodilla estalló en dolor por el esfuerzo que le requería levantar el peso de Fragguot para sacudirse. Todo estaba perdido.

El estoque se clavó otros dos centímetros más, horadando sus costillas y rosando por milímetros su pulmón derecho.

Fragguot no paraba de sonreír; el comandante gruñía, pero no retraía su voluntad. A ambos les temblaban los brazos y los músculos les ardían, pero Octe necesitaba ganar todo el tiempo posible para que el capitán y sus otros dos acompañantes pudieran escapar.

Por otra parte Fragguot; bueno, Fragguot no tenía intenciones de dejarlo con vida.

Con el terror que profería la idea de morir bajo el peso de una bestia, el comandante alzó la mirada al cielo, como quien busca el amparo de un ser supremo, aunque más que una súplica o asistencia para superar aquella casualidad a la que se enfrentaba, Octe buscaba la forma de aceptar su propia muerte.

Tal vez no era la forma en la hubiera imaginado partir del mundo: tendido sobre una fría superficie, atravesado de lado a lado con una estaca luminosa, pero aun así, si moría en ese instante, quería sentirse tranquilo, pues al fin con su último aliento estaría entregando los perjuicios remanentes de aquellas acciones que habían definido su existencia. Morir le confería una oportunidad para hacer las paces con el universo y acabar así, con la tortuosa angustia de tener que levantarse cada mañana sin llenar aquellos intensos vacíos que sentía sobre su pecho. Ser asesinado por Fragguot era la oportunidad que había estado esperando por mucho tiempo. «Entonces, ¿por qué tenía miedo?».

De repente lo vio, justo antes de abandonar sus fuerzas. Sus ojos, tan negros como la misma oscuridad que los envolvían a él y a su asesino, se fijaron sobre aquella grieta que se extendía sobre sus cabezas. Una hendidura de una profundidad que le pareció infinita, y que, como un atrayente gravitacional absorbía la humareda y la desplazaba hacia mundos jamás imaginados.

Octe sintió deslizarse por aquella grieta, desplazarse hacia su interior como una pequeña partícula capaz de estrujarse y cambiar de forma para volar libre en la inmensidad de un universo indefinido. Desplazó sus ojos a lo largo de aquella abertura que raía la piedra, siguiendo el recorrido de lo que descubrió como una oportunidad, pero no para él, sino para aquellos a quienes creía estar ayudando. Entonces lo supo.

El estoque se deslizó un poco más dentro de su pecho.

«Bendita sea la corrupción —pensó el comandante con ironía —, y todos aquellos malditos que hacen las cosas mal hechas».

Ignorando el dolor, deslizó una de sus rodillas bajo el abdomen de su atacante, extendiendo su pierna de forma horizontal hasta alcanzar con la punta de su pie la base de aquel contrafuerte que tan solo con aquella leve presión que el comandante había ejercido hacia adentro, se había tambaleado como una torre de jenga a la que le faltan las bases para mantener su estabilidad.

Octe confirmó sus sospechas. Como siempre.

Al momento, retrajo su pierna unos centímetros, como un resorte que se retrae sobre su base, y de súbito golpeó el contrafuerte. Octe escuchó cómo la grieta crujía y se abría a lo ancho para dejar escapar algunas piedras pequeñas, pero no se resquebrajó de inmediato.

Fragguot seguía embebido en un caldo de su propia locura, y no se había dado por enterado de las intenciones del comandante.

Octe golpeó por segunda vez la columna inestable, y entonces, con el rugido de una furiosa bestia, una pequeña parte del techo de la cueva se abrió en dos y la grieta se hizo notablemente más clara.

Fragguot al fin alzó sus ojos, aunque muy tarde, para descubrir una lluvia de rocas de considerable tamaño, que llovieron sobre su cabeza. Su cuerpo se desgajó sobre el del comandante, y el peso de este, finalmente hizo que el cuchillo se hundiera por completo dentro de su cuerpo.

Al igual que su atacante, Octe también recibió la descarga de rocas, aunque en menor medida, pues la gran mayoría de estas habían sido atajadas por Fragguot, que ahora permanecía sobre el suelo, inconsciente o tal vez muerto.

El techo volvió a crujir, amenazando con fragmentarse sobre los dos cuerpos que se encontraban arropados bajo un manto irregular de rocas, cuarzo y arena; sin embargo, la gran pilastra se asentó como una pieza de rompecabezas que encuentra su fracción homónima, y mantuvo a cuestas los rezagos de la gran bóveda, o por lo menos lo que quedaba de esta. Al menos no moriría aplastado.

Octe levantó su cabeza con suma dificultad, sacudiendo el polvo de su rostro y apartando algunos fragmentos planos de cuarzo que reposaban sobre su pecho, y mientras lo hacía, se fijó en el psicopático asesino tendido boca abajo, con una pequeña hendedura en la parte frontal de su cabeza, de la que brotaba un formidable volumen de un líquido granate, espeso y borboteante; tenía los ojos en blanco y un pequeño torrente de saliva se derramaba por la comisura de su boca entreabierta. Todavía respiraba, según podía percibir el comandante, pero sus respiraciones, estertóreas y convulsas, parecían apagarse. Su vida estaba terminando de una forma patética y dolorosa, y aunque no merecía menos, el comandante no podía sentir compasión por aquella monstruosa figura que agonizaba en el suelo. Auria sería un mundo mejor sin aquella escoria.

Por otra parte, Octe pensó que su suerte, como una más de las múltiples bondades del universo, al fin lo había alcanzado.

Descubrió que el mango del estoque reposaba por completo dentro de su pecho. Pero esta vez no sintió miedo, tampoco intentó retirarlo de su lugar, pues ya no tenía sentido. Había hecho lo correcto y era lo único que importaba. Del mismo modo, con su último aliento, introdujo sus manos en sus bolsillos en busca de aquella botella tornasolada que durante tanto tiempo lo había acompañado como su única y fiel compañera. La despojó de su tapa, la llevó a sus labios, y aunque pudo imaginar el líquido amargo quemando su garganta, no ocurrió nada. La botella estaba vacía, o más bien rota.

Entonces el comandante se rindió ante sus últimos intentos por saciar sus vicios. Asentó su cabeza contra el suelo y sus respiraciones se fueron haciendo más superficiales, su corazón latía más fuerte, pero a un ritmo mucho más lento. Su piel era tan fría como el mismo invierno, y sus párpados, con la plena serenidad de quien encuentra la paz, se abrieron hacia el infinito, y como aquel instante en que creyó que la grieta lo succionaba a través de aquella vastedad desconocida, Octe se dejó arrastrar hacia una oscuridad de la que no pudo escapar y al final solo cerró los ojos, como quien duerme el más plácido de los sueños.

# Capítulo V

## Disposiciones finales para un nuevo comienzo

*Draugr, trigésimo segundo día del Jaggrad, año 2048*

**A** las afueras de Draugr, el cielo se mostraba iluminado por un fulgor anaranjado; una columna negra se alzaba hacia la atmosfera fundiéndose con las nubes vaporosas y recaía con feroz entusiasmo en forma de gruesos goterones de color negro. La niebla dispendiaba un aura enturbiada, como el vaho de un volcán a punto de entrar en erupción; el ambiente estaba cargado de un olor húmedo y ahumado, y hacía tanto frío que el capitán, la enfermera y el pequeño humano, emparamados hasta las medias, tiritaban como una trinca de calaveras danzando al son de un irregular jazz libre.

Habían bordeado un delgado camino plagado de rocas que rodeaba una pequeña parte del flanco de la montaña y los alejaba, de momento, de la gran pendiente que se extendía varios kilómetros bajo la peña. La lluvia parecía tener intervalos de sosiego acompañados de una fina llovizna, e intervalos de fiera vehemencia con gotas tan grandes que parecían envolver sus cuerpos de pies a cabeza. En el firmamento se veían indicios de la llegada de Nirú, y aunque su presencia no sería suficiente para hacerlos entrar en calor, sería un elemento esencial para dispersar la pesada niebla y facilitar la visibilidad que hasta entonces había impedido que pudieran seguir avanzando.

Escampaban bajo un abrigo rocoso. El barro les salpicaba la ropa, pasando del gris a un tono cobrizo; tenían los zapatos empantanados con gruesos burujos de lodo, y sus cabellos, relamidos, goteaban a chorros sobre el suelo.

Al frente tenían un elevado peñasco de al menos ocho metros por el que se habían descolgado para alcanzar la pequeña planicie, que si bien había indicado el comandante, precedía al inclinado descenso que les permitiría alcanzar la linde de un pequeño pueblo llamado Spicia.

Además de la niebla, el capitán, aunque no se atreviera a aceptarlo, se mostraba reacio a seguir avanzando sin que Octe los hubiera alcanzado. Hacía todo lo posible por retrasar su marcha, achacando su lentitud al dolor en su mano y, de cuando en cuando, manifestando una exagerada falta de energía que lo hacía sentarse sobre el suelo cada vez que tenía una oportunidad.

De igual forma, no había tenido que hacer mayor esfuerzo para retrasarlos, dadas las difíciles condiciones a las que se enfrentaban. Loplik S. era una montaña plagada de muchos caminos y laberintos, pero con pocas salidas, pues a la menor de las equivocaciones se darían de frente contra un gran abismo. Y no solo tenían que andarse con cuidado, sino que, debían dar por ciertas las instrucciones trazadas en un empapado trozo de papel al que humedad había desfigurado los trazos. Y por supuesto, hasta entonces habían corrido con suerte al atravesar la montaña sin toparse con la muerte, pero sin Octe muy probablemente se verían extraviados.

Después de unos cuantos minutos, la tormenta pareció darles un respiro.

—Creo que ya esperamos suficiente —dijo Arthur con voz preocupada.

—Solo un poco más —respondió el capitán, mirando con atención la fina niebla que se cernía sobre el peñasco y que, con los primeros rayos de Nirú, parecía disolverse en un vaho frágil y ligero. Tenía la esperanza de que el comandante atravesara la niebla en cualquier momento y con voz victoriosa les dijera que todo estaba bien, que no solo podían seguir adelante, sino que, en adelante, ya nada saldría mal.

Pero con cada minuto transcurrido, que en realidad se convirtieron en horas, aquel escenario le parecía más incierto, y la idea de que tal vez Octe estuviera muerto fue cobrando una materialidad inevitable en sus pensamientos. El capitán, jamás había sentido la intranquilidad que sentía en aquel momento, y además de un corazón desbocado, por instantes sentía que la deuda que tenía con su conciencia le atravesaba el pecho.

—Quizá debemos considerar que...

—No lo digas —lo interrumpió el capitán.

—No podemos detenernos más tiempo —insistió Arthur —, nos atraparán.

—Solo un poco más —repitió en voz baja —, yo sé que vendrá.

Arthur miró a la enfermera en busca de respuestas, y esta esquivó sus ojos, clavando su atención en el turbado y viejo capitán. Sentía compasión por sus penas, y pensaba que, de haber tenido el valor, lo habría ceñido entre sus brazos y lo habría besado con insana locura hasta que pudiera olvidarse incluso de su propio nombre.

Arthur suspiró con frustración y se dio media vuelta para sopesar el camino que tenían por delante.

—Crees que esté... —titubeó la joven —, ¿muerto?

—Gerd la miró de reojo y de inmediato volvió su atención hacia la cima del peñasco.

—No lo sé —musitó intranquilo —, pero el comandante es un hueso duro de roer, quiero creer que... —pero antes de terminar sus palabras se vio interrumpido por una silueta que, bordeada por la niebla, se asomó por el flanco de la montaña.

Gerd aguzó la vista en un intento por definir los límites de la silueta, pero con tanta niebla, y arropados por la penumbra del amanecer, poco podía hacer para distinguir lo que tenía a más de dos metros frente a él.

Cimsi, por otra parte, se puso nerviosa. Creyó que todo aquel prosaico acontecimiento finalizaría con una lluvia de proyectiles sobre sus cabezas; definió la muerte de Octe como un hecho innegable; y adjudicó la silueta que se proyectaba en la lejanía a la figura de aquel despreciable ser de sonrisa desdeñable que, con sus asquerosas garras, la arrastraría hacia la niebla y dispondría de su cuerpo con el ansia de una furiosa bestia que ha alcanzado a su débil presa. Por un momento sintió el impulso de salir corriendo. «Nos atrapó», pensaba la joven. No obstante se quedó junto al capitán, pues de igual forma no tenían a donde huir.

Arthur se percató de la situación siguiendo la mirada de sus compañeros y creyó más conveniente el permanecer oculto mientras se tiraba sobre el lodo.

La silueta se hizo más próxima. Adoptando la figura de un ser delgado que caminaba a paso cansino y que, con sus manos, tanteaba la densidad que tenía enfrente.

—¿Qué hacemos? —preguntó Cimsi.

Gerd tragó saliva y decidió jugarse su anonimato a cambio de descubrir quién se aproximaba hacia ellos. Fuera lo fuera, ya no podían seguir esperando y tampoco tenían muchas opciones.

—«*Ordgn iste hafia liben*» —pronunció en un machacado auriano antiguo, aquellas palabras que Octe algún día le había enseñado, palabras que se podrían traducir como: «el orden es la mitad de la vida» (del proverbio alemán: *Ordnung ist das halbe Leben*). Y aguardó una respuesta; si no era el comandante, tendrían que huir tan rápido como les permitieran sus piernas o morir, pero no volverían a Draugr.

Cimsi lo miró desconcertada. «¿Qué clase de idiota reveleba su posición así sin más? —reflexionó la enfermera —, y así dice que yo soy quien no sabe nada».

Después de una breve pausa, una voz fina y cansada le respondió en la lejanía:

—¿Señor O'dir, es usted?

Gerd se sintió confundido. No era lo que esperaba.

—¿Quién... quién eres? —le preguntó.

—Soy Ari —respondió la voz que emergía de la niebla.

—¿Ari?, ¿qué Ari?

—El señor Zivot me contactó hace unas cuantas horas, me dijo que tenía un plan para concretar su escape. Veo que lo han conseguido.

—¿Quién eres tú?

—Señor... —dijo conservando la paciencia —, ahora no tiene importancia quién soy.

—¿Cómo podemos confiar en lo que nos estas diciendo?

—Créame, señor O'dir —respondió Ari molesta —, de no ser por su importancia para la resistencia, ya lo habría dejado morir aquí en este peñasco.

«Así como usted lo hizo con Satúl». Murmuró para sí misma.

—Ahora, basta de tonterías, ¿en dónde está el señor Zivot?

—Está un poco retrasado —respondió Gerd.

—¿Qué sucedió?

—Nos descubrieron, eso pasó —dijo el capitán muy molesto —, el muy necio no me dejó ayudarle.

—Entiendo —dijo Ari con melancolía —. Sabíamos que habría inconvenientes, aunque no pensé que sería él quien nos dejaría. En todo caso lo más importante es concretar la misión. El señor Zivot fue muy insistente al respecto.

Gerd sabía lo que eso significaba, pero no quiso decir nada.

—¿Cómo saldremos de aquí? —intervino Gerd, evitando pensar en el comandante.

—Bueno, la tormenta me apartó del lugar dónde debía encontrarme con ustedes y con suerte apenas si he salido con vida con toda esta niebla. Mi autodeslizador necesita unos cuantos ajustes, pero podremos marcharnos en cuanto esté listo.

—¡Arthur, ven! —agregó Cimsi con alegría —, ¡estamos a salvo!

—¿Cómo llegaron ahí abajo? —preguntó Ari al descubrir las otras dos empapadas figuras que temblaban varios metros más abajo.

—Tuvimos suerte, supongo.

—Y mucha —afirmó Ari —, un poco más a la derecha y todo hubiera sido un desastre.

—Y tú, ¿cómo nos encontraste?

—Bueno —aceptó Ari —, solo había dos opciones: o habrían caído por el acantilado o habrían bordeado la montaña; me incliné por la segunda opción y me alegra mucho encontrarlos con vida. Ahora, si pueden subir, nos veremos unos metros más adelante, ya no nos queda mucho tiempo. Debemos asumir que el señor Zivot ya no nos acompañará, y si no nos largamos ahora, en unas cuantas horas más esto estará inundado de soldados de la guardia real. Y no queremos eso.

—Aunque me pese decirlo, creo que tienes razón —dijo Gerd —, ya es hora.

Ari se retiró sin decir nada más.

—¿Y qué pasará ahora? —preguntó Cimsi al capitán.

Gerd miró una última vez en dirección hacia Draugr y en su mente terminó la frase que esperaba el comandante respondiera unos minutos antes de que llegara Ari: «*Ine uordgn iste otrora hafia*» (Y el caos es la otra mitad).

—Gracias —dijo con un susurro y así se despidió del comandante.

—¿Gerd? —insistió Cimsi.

Gerd la miró a los ojos. —No lo sé —respondió —, por primera vez puedo decir que no lo sé.

La lluvia cesó al fin después de varias horas de rocío intermitente, Nirú iluminó los cielos con todo su esplendor y, tras disiparse la niebla, los tres fugitivos y la nueva acompañante, siguieron su camino; un camino largo y adusto que los conducía hacia lo incierto.

Este, tan solo era el comienzo.


Continuará...

# Epilogus

—**S**é que ahora lo entiendes, Elilah, y sé que podrás lograrlo. Hay cosas que no podemos cambiar y es lamentable, claro, pero cuando aprendes de los errores y aceptas el dolor, encuentras el verdadero sentido y defines la manera correcta para seguir adelante.

—¿Y si no puedo lograrlo?

—No es la primera ni la última vez que nos veremos, Elilah, y cuando regreses, sé que será un logro para ambos. No toda pérdida es en vano.

—¿Qué hay del sufrimiento?

—¿El sufrimiento?

—Sí.

—Nos esperes recibir un premio por ello, el sufrimiento es necesario. Solo tienes que decidir que harás con él después de que lo tengas en tus manos.

—¿Me dirás tu nombre?

—¿Es tan importante para ti?

—Sí.

—Muy bien, te lo diré. Aunque creo que la respuesta no será tan satisfactoria como crees... En el pasado hemos tenido muchos nombres, y cada uno cuenta su propia historia. Algunas veces hemos sido Nadia, otras; Patyl, Eneric, Franny, Alteria, Francel, Louis, Octe... y quizá otros tantos más que podría nombrar hasta el infinito. Pero cuando llegas aquí, Elilah, tu nombre se convierte en un elemento insustancial. Todos tus nombres se convierten en uno solo, y vuelves en lo que eres ahora. Tú llámame Lucileh, el núcleo central o tu conciencia. Será fácil para tu inconsciente recordarlo.

—Lucileh —repitió Elilah —, me gusta, Lucileh.

—Bien, es hora de regresar.

—¿Regresar?

—Sí, ¿no era lo que deseabas?

—No... bueno sí, pero no.

—Ahora, ¿lo dudas?

—La verdad es que no sé si estoy preparado.

—No necesitas estarlo, ya irás aprendiendo.

—¿Qué pasará contigo?

—No te preocupes por eso, siempre te estaré acompañando. Después de todo, somos uno solo.

—¿Y si te necesito? —dijo Elilah —, quiero decir, ¿cómo haré para hablarte?

—Ya encontrarás ayuda con eso. Solo tienes que buscar en tu interior.

—Adiós, Elilah —agregó.

—Pero, espera. ¿Qué?, no estoy listo. Solo te pido un poco más.

—Ya es hora. Tienes que irte.

—Noooo —gritó Elilah, pero antes que pudiera decir una palabra más, un rayo de luz iluminó sus ojos y sintió que una fuerza externa lo arrastraba de aquella oscuridad jalándolo por la cabeza. Por un momento le costó distinguir su entorno, y con la confusión de quien se quita una venda de los ojos y encuentra un panorama ajeno al que conoce, se sintió confundido. Después de unos segundos de haber comprendido lo que estaba viviendo, sintió una melancolía extraña, como un triunfo agridulce, y al final solo le quedó el llanto, un llanto agudo y vigoroso. Había vuelto.

—Felicitaciones —escuchó decir —, es una niña muy hermosa.

Ordnung ist das halbe Leben...
    ...und Unordnung die andere Hälfte.
            (Proverbio y antiproverbio alemán).